教育部哲学社会科学研究重大课题攻关项目
"中国历代民歌整理与研究"(09JZD0012)阶段性成果之一

中国历代民歌整理与研究丛书

丛书名 刘书主编

魏晋南北朝民族史

王 建 刘驰 编著

教育部高等学校人文社会科学研究重大课题攻关项目
"中国历代民族政策研究与整理"（09JZD0012）阶段性成果之一

南京师范大学出版社
NANJING NORMAL UNIVERSITY PRESS

图书在版编目（CIP）数据

秦汉魏晋南北朝民歌集 / 王昊，李猛正编著. -- 南京 : 南京师范大学出版社, 2014.9
（中国历代民歌整理与研究 / 陈书录主编）
ISBN 978-7-5651-1875-3

Ⅰ. ①秦… Ⅱ. ①王… ②李… Ⅲ. ①民歌－作品集－中国－汉代②民歌－作品集－中国－魏晋南北朝时代 Ⅳ. ①I276.2

中国版本图书馆CIP数据核字(2014)第214604号

书　名	秦汉魏晋南北朝民歌集
陈书录	主编
编　著	王昊　李猛正
责任编辑	王欣佳
出版发行	南京师范大学出版社
社　址	江苏省南京市宁海路122号(邮编：210097)
电　话	(025)83598919(发编办)　83598412(营销部)　83598297(邮购部)
网　址	http://www.njnup.com
电子信箱	nspzbb@163.com
排　版	南京理工大学印刷编排中心
印　刷	南通印刷总厂有限公司
开　本	787毫米×1092毫米　1/16
印　张	24
字　数	540千
版　次	2014年9月第1版　2014年9月第1次印刷
书　号	ISBN 978-7-5651-1875-3
定　价	88.00元

出　版　人　彭志斌

南京师范大学版图书若有印装问题请与销售商调换
版权所有　侵权必究

整理说明

一、本书为两汉魏晋南北朝民歌的初步整理。在时间上，其上限应该是公元前206年西汉建立；其下限，从北朝来说为公元581年北周灭亡，从南朝来说为公元589年隋灭陈。本次整理基本收纳了这一段近八百年历史中产生的民歌。大体根据朝代分为两汉、三国、两晋、宋、齐、梁、陈、十六国、北朝九个部分。

二、本书的收录标准：

1. 民歌流传于下层社会百姓当中，以口头传播为主要特点。民歌的作者，应该是下层民众，而非文学史上有名姓的作家；民歌产生的契机应是"缘事而发"，即所谓的"饥者歌其食，劳者歌其事"。除此之外，历史上有许多谶谣儿歌，是为了达到特定的政治目的而创作的，是实现某种政治目的的辅助工具，尽管其作者可能为上层统治者，但由于这些谶谣儿歌往往以口头传播的方式在民众中广为流行，具有通俗性、流行性的特点，我们将此类谶谣视为民歌予以收录；还有不少民歌最初产生于民间，后来为文人关注并加以改造而趋于雅化，被用于上层统治者的宴会娱乐及各类仪式，如鼓吹曲辞中的《铙歌十八曲》，晋舞曲歌辞中的《白纻舞歌诗》、《杯盘舞歌诗》等，这类诗歌本书也予以收录；在魏晋志怪小说中保存了大量的诗歌，这些诗歌具有较强的民歌风味，或许其中有些为文人所作，但大多本于民间传说，此类诗歌也予以收录；还有不少诗歌，具有较强的民歌风味，但其作者尚有争议，如《河中之水歌》或题为梁武帝作，或题为民歌，此类诗歌本书也予以收录。

2. 这一时期的民歌有相当一部分都曾被采入乐府配乐演唱，但在正史中记载的与时事有关的韵语却不入乐府，这些韵语多以"歌"、"谣"、"谚"、"语"来命名。作为"民歌"，其中一个重要的特点是其音乐性。《初学记》卷十五引《尔雅》谓："声比于琴瑟曰歌。"《韩诗章句》卷上曰："有章曲曰歌，无章曲曰谣。"虽然这些歌咏政事的诗篇称为歌，却不一定配乐，只是侧重其声调"主于咏叹"、"曲折纡徐"罢了。"谣"的重要特点之一也是音乐性："徒歌之谓谣"，也是侧重其可歌的特点。谚语则不侧重音乐性,杜文澜《古谣谚·凡例》中说:"谣、谚二字之本意各有专属主名,盖谣训徒歌,歌者咏言之谓也;谚训传言,言者直言之谓,直言即经言,经言即捷言也。长言主于咏叹,故曲折纡徐,捷言欲其显明,故平易而急速,此谣谚所由判也。"尽管谣、谚的区分并非如此截然分明,但为了操作方便起见,在整理时,以"谚"、"语"命名的篇章暂不予收录。不过,有些谚语多有韵,声律和谐,在此一史籍中称为谚语,而在另一史籍中称为歌谣的则加以收录。这一时期,在铜镜铭文中有大量韵语,但这些韵语是不是口头传播不甚明确,此次整理暂不予收录。

三、对这一时期民歌的整理,前人已经做过不少工作,比较著名的如宋代郭茂倩的《乐府诗集》、明代冯惟讷的《古诗纪》、清代杜文澜的《古谣谚》以及今人逯钦立先生的《先秦汉魏晋南北朝诗》等,这些著作都收录了大量的民歌杂谣。尤其是逯钦立先生的《先秦汉魏晋南北朝诗》,集前人之大成,不仅将之前几部歌谣总集中的民歌全数吸收,而且广泛搜罗类书、敦煌文献等材料,对前人的工作作了很大的补充,可以说,此书几乎已将此一时期的民歌网罗殆尽。这次整理工作就是依据以上资料,结合史籍所作的重新整理。

四、此次整理的民歌排列以历史先后为顺序,排列在同一时代的民歌,主要以民歌的音乐特性为标准进行排列,不入乐府的杂歌谣辞在前,先列歌辞,次列谣辞。其他按鼓吹曲辞、横吹曲辞、相和歌辞、舞曲歌辞、清商曲辞、杂曲歌辞的顺序排列。年代难确定的作为附录置于书后。

五、本书在整理每首诗时,先列正文,正文之后为注释,其中注释①主要阐明本首民歌出处以及创作背景;之后是对诗中异文及疑难词语典故的注释。关于异文,逯钦立先生的《先秦汉魏晋南北朝诗》中所列已甚为详备,为本次整理工作带来了极大的便利,本书主要采用逯先生的研究成果,只是对其中极少数的错误做了订正。尽管尽了努力,但限于水平,此一阶段的民歌中仍有一些疑难的词语我们并没有搞懂,在注释中只能付之阙如。其中的错误,希望读者能够随时指正。

目 录

整理说明 ……………………………………………（1）

两汉民歌

杂歌谣辞 ……………………………………………（1）

歌辞/1

平城歌/1　画一歌/1　民为淮南厉王歌/2　天下为卫子夫歌/2　郑白渠歌/3　鸡鸣歌/4　颍川儿歌/4　牢石歌/4　上郡吏民为冯氏兄弟歌/5　长安为尹赏歌/5　长安百姓为王氏五侯歌/6　闾里为楼护歌/6　匈奴歌/6　黄门倡歌/7　刘圣公宾客醉歌/7　渔阳民为张堪歌/8　临淮吏人为朱晖歌/8　凉州民为樊晔歌/9　董少平歌/9　郭乔卿歌/9　蜀中为费贻歌/10　鲍司隶歌/10　通博南歌/10　蜀郡民为廉范歌/11　苍梧人为陈临歌（二首）/11　乡人为秦护歌/12　魏郡舆人歌/12　范史云歌/13　顺阳吏民为刘陶歌/13　董逃歌/14　交阯兵民为贾琮歌/14　皇甫嵩歌/15　洛阳人为祝良歌/15　巴人歌陈纪山/16　汲县长老为崔瑗歌/16　崔君歌/17　彭子阳歌/17　王世容歌/17　巴郡人为吴资歌（二首）/18　六县吏人为爱珍歌/18　咏谯君黄诗/18　伤三贞诗/19　风巴郡太守诗/19　刺巴郡郡守诗/19　思治诗/20

谣辞/20

长沙人石虎谣/20　元帝时童谣/21　长安谣/21　成帝时燕燕童谣/22　成帝时歌谣/22　汝南鸿隙陂童谣/23　王莽末天水童谣/23　更始时南阳童谣/24　公孙述时蜀中童

· 1 ·

谣/24 会稽童谣(二首)/25 河内谣/25 顺帝末京都童谣/26 蜀郡童谣/26 益都民为王忳谣/26 恒农童谣/27 桓帝初天下童谣/27 桓帝初城上乌童谣/28 桓帝时京都童谣/29 桓帝末京都童谣/29 茅田童谣/29 乡人谣/30 二郡谣/30 太学中谣(五首)/31 京兆为李燮谣/34 灵帝末京都童谣/34 献帝初京都童谣/34 献帝初童谣/35 初平中长安谣/35 兴平中吴中童谣/36 建安初荆州童谣/36 汉末江淮间谣/36 汉末洛中谣/36 京师为光禄茂才谣/37 阎君谣/37 东门奂谣/37 商子华谣/37 时人谣/38 擿洛谣/38 京师为唐约谣/38 蒋横遘祸时童谣/38 时人为三茅君谣/39 箜篌谣/39

鼓吹曲辞 ······(40)

汉铙歌十八曲/40

朱鹭/41 思悲翁/41 艾如张/42 上之回/42 翁离/43 战城南/44 巫山高/45 上陵/45 将进酒/46 君马黄/47 芳树/47 有所思/48 雉子班/49 圣人出/49 上邪/50 临高台/50 远如期/51 石留/51

相和歌辞 ······(52)

相和曲/52

箜篌引/52 江南/53 东光/53 薤露/54 蒿里/54 鸡鸣/55 乌生/56 平陵东/57 陌上桑/58

吟叹曲/60

王子乔/60

平调曲/61

长歌行/61 长歌行(二首)/62 君子行/63 猛虎行(饥不从猛虎食)/64 猛虎行(少年惶且怖)/64 猛虎行(禀气有丰约)/64

清调曲/65

豫章行/65　董逃行(二首)/66　相逢行/67　长安有狭斜行/68

瑟调曲/69

善哉行/69　陇西行(二首)/71　折杨柳行/73　西门行(二曲)/75　东门行(二曲)/76　饮马长城窟行/78　妇病行/79　孤儿行/80　雁门太守行/81　艳歌何尝行(古词)/84　艳歌何尝行(双白鹄)/85　艳歌何尝行(何尝快)/86　艳歌行/87　艳歌/88　上留田行(出是上独西门)/88　上留田行(里中有啼儿)/89　古步出夏门行(三首)/89　古新成安乐宫/90

楚调曲/90

白头吟(二曲)/90　怨诗行/92

大曲/93

满歌行(二曲)/93

舞曲歌辞 ……………………………………………………(96)

淮南王篇/96　公莫舞/97

杂曲歌辞 ……………………………………………………(98)

蜨蝶行/98　悲歌/99　前缓声歌/99　古诗为焦仲卿妻作(并序)/100　古艳歌(孔雀东飞)/108　古艳歌(行行随道)/108　古艳歌(茕茕白兔)/109　古艳歌(兰草自生香)/109　古艳歌(秋霜白露下)/109　古艳歌(白盐海东来)/109　古艳歌(居穷衣单薄)/110　枯鱼过河泣/110　乐府/110　离歌/111　古歌(上金殿)/111　古歌(秋风萧萧愁杀人)/112　古咄唶歌/112　古胡无人行/113　视刀镮歌/113　古乐府罩辞/113　古乐府诗(二首)/114　古乐府(六首)/114　古妍歌/115　乐府歌(二首)/116　汉书歌/116　古歌(四首)/116　有所思/117　古辩异博游/118　古乐府/118　古歌(二首)/118　益都为任文公谣/119　赵嘉歌/119　歌/119　锡山古谣/120　古诗(五首)/120　古诗(二首)/123　古诗(二首)/124　古诗

（二首）/125　古绝句（四首）/125　古五杂俎诗/126　古两头纤纤诗/127　古诗（十一首）/127　古游仙诗/129　古八变歌/129

三国民歌

曹魏民歌 ·· (130)

杂歌谣辞 ·· (130)

歌辞/130
邺人金凤旧歌/130　军中为夏侯渊歌/130　徐干引古人歌/131　徐州为王祥歌/131　荥阳令歌/131　襄阳民为胡烈歌（二首）/132　京兆民为李庄歌/132　行者歌/133　太和中京师歌/133

谣辞/134
明帝时宫人谣/134　明帝景初中童谣/134　正始中时人谣/134　嘉平中谣/135　蒋济为护军时谣/135

蜀汉、东吴民歌 ······································ (136)

杂歌谣辞 ·· (136)

歌辞/136
时人为张飞玉追马歌/136　白纻歌/136

谣辞/136
时人为周瑜谣/136　孙亮初童谣/137　孙亮初白鼍鸣童谣/137　孙皓初童谣/138　建衡中寿春童谣/138　使者为妖祠诗/138　孙皓天纪中童谣/139

两晋民歌

杂歌谣辞·····················（140）

歌辞/140

徐圣通歌/140 南土为杜预歌/140 军中为杜预歌/141 阳平人为束晳歌/141 三郡民为应詹歌/141 襄阳儿童为山简歌/142 吴郡民为邓攸歌/143 豫州耆老为祖逖歌/143 吏为郭颐刘聪歌/144 京师为张轨歌/144 时人为阮修歌/144 闾里为消肠酒歌/144 宣城民为陶汪歌/145 石头民为庾亮歌（二首）/145 升平中童歌/146 升平末民歌/146 太和中百姓歌/146 凤凰歌/146 荆州百姓歌/147 历阳百姓歌/147 桓玄篡时小儿歌/147 司马休之从者歌/148 淫豫歌（二首）/148 巴东三峡歌（三首）/149 武陵人歌/149 时人为郗超、王珣歌/150 时人为中兴三明歌/150 绵州巴歌/151

谣辞/151

泰始中谣/151 泰始中童谣/152 蜀民为许逊谣/152 武帝太康后童谣（三首）/152 蜀人谣（二首）/153 惠帝即位时童谣/153 惠帝时谣/154 赵王伦为乱时谣/154 时人为赵王伦谣/154 永熙中温县狂人书/155 惠帝永熙中童谣/155 元康三年蜀中童谣（四首）/156 元康中童谣/156 元康中洛中童谣/157 惠帝元康中京洛童谣（二首）/157 惠帝大安中童谣/158 著布谣/158 洛下谣/158 惠帝时洛阳童谣/159 怀帝永嘉初童谣/159 永嘉中童谣/159 苟晞将破汲桑时谣/160 军中为汲桑谣/160 王彭祖谣/161 北州为朱硕枣嵩谣/161 愍帝初童谣（二首）/161 建兴中江南谣/162 时人为裴秀谣/162 王敦将灭时童谣/162 明帝太宁初童谣/163 冀州童谣/163 咸康二年童谣/163 成帝末童

谣/164 荆楚谣/164 吴中童谣/164 哀帝隆和初童谣/165 太和末童谣/165 沈麟士引童谣/165 京口民间谣/166 京口谣（二首）/166 孝武帝太元末京口谣/167 荆州童谣/167 安帝元兴初童谣（二首）/167 安帝元兴中童谣/168 安帝义熙初童谣/168 安帝义熙初谣（二首）/169 晋世京师谣/169 义熙中童谣/169 三峡谣/170

清商曲辞 ································(170)

吴声歌曲/171

子夜歌（四十二首）/171

子夜四时歌（七十五首）/180

春歌（二十首）/180 夏歌（二十首）/184 秋歌（十八首）/189 冬歌（十七首）/192 大子夜歌（二首）/196 子夜警歌（二首）/196 子夜变歌（三首）/197 上声歌（八首）/197 欢闻歌/199 欢闻变歌（六首）/200 前溪歌（七首）/201 阿子歌（三首）/203 团扇郎（七首）/204 七日夜女郎歌（九首）/205 长史变歌（三首）/208 黄生曲（三首）/208 桃叶歌（四首）/209 长乐佳（八首）/210 欢好曲（三首）/212 懊侬歌（十四首）/212

神弦歌/215

宿阿曲/215 道君曲/215 圣郎曲/216 娇女诗（二曲）/216 白石郎曲（二曲）/217 青溪小姑曲/217 湖就姑曲（二曲）/217 姑恩曲（二曲）/218 采莲童曲（二曲）/218 明下童曲（二曲）/219 同生曲（二曲）/219

西曲歌/220

三洲歌（三曲）/220 采桑度（七曲）/221 江陵乐（四曲）/222 青阳度（三曲）/223 青骢白马（八曲）/224 共戏乐（四曲）/225 安东平（五曲）/225 女儿子（二曲）/226 来罗（四曲）/227 那呵滩（六曲）/228 孟珠（十曲）/229 翳乐（三曲）/231 月节折杨柳歌（十三首）/231 夜黄/234 夜度

娘/234　长松标/234　双行缠(二曲)/234　黄督(二曲)/235　平西乐/235　寻阳乐/236　拔蒲(二曲)/236　作蚕丝(四曲)/237　黄鹄曲(四首)/238

舞曲歌辞 ……………………………………………………………… (238)

拂舞歌诗/238

白鸠篇/239　独漉篇/240　济济篇/241

白纻舞歌诗/242

晋杯盘舞歌诗/244

晋世宁/244　俳歌辞/245

杂曲歌辞 ……………………………………………………………… (246)

西洲曲/246　长干曲/247　休洗红(二首)/247　邯郸歌/248
杂诗/248　吴趋行/248　曲池歌/249　乐辞/249

南朝·宋民歌

杂歌谣辞 ……………………………………………………………… (250)

歌辞/250

时人为檀道济歌(二首)/250　刘敬叔引诗/250　读曲歌/251

谣辞/251

民间为谢灵运谣/251　元嘉末童谣/251　民间为奚显度谣/252　百姓为袁粲褚彦回谣/252　泰始中童谣/252　永光初谣言/252　元徽中童谣/253　东阳为释慧约谣/253

清商曲辞 ……………………………………………………………… (253)

吴声歌曲/253

碧玉歌(三首)/253　华山畿(二十五首)/254　读曲歌(八十

九首)/258
西曲歌/275
　　石城乐(五曲)/275　莫愁乐(二曲)/276　乌夜啼(八曲)/277
　　襄阳乐(九曲)/279　寿阳乐(九曲)/280　西乌夜飞(五
　　曲)/282　丁督护歌(六首)/283

南朝·齐民歌

杂歌谣辞···(285)

歌辞/285
　　苏小小歌/285　永明初歌/285　百姓为东昏侯歌/286
谣辞/286
　　张敬儿自为歌谣/286　永元元年童谣/286　永元中童谣/287
　　东昏侯时宫中谣/287

清商曲辞···(288)

西曲歌/288
　　杨叛儿(八曲)/288

南朝·梁民歌

杂歌谣辞···(290)

歌辞/290
　　荆州民为始兴王憺歌/290　鄱阳民为陆襄歌(二首)/290　南
　　豫州民为夏侯兄弟歌/291　雍州歌/291　河中之水歌/292
谣辞/293
　　梁武帝时谣/293　昭明为太子时谣/293　山阴民为丘仲孚

谣/293　普通中童谣/294　的胆乌童谣/294　侯景即位时童谣/294　江陵童谣/295　湘东王府中为鱼宏徐绲谣/295　梁时童谣/295　梁末童谣/296　百姓为萧正德父子谣/296　乌山童谣/296　三馀童谣/297

相和歌辞 ··· (297)

相和曲/297
　陌上桑/297

杂歌曲辞 ··· (298)

东飞伯劳歌/298

清商曲辞 ··· (299)

西曲歌/299
　攀杨枝/299

南朝·陈民歌

杂歌谣辞 ··· (300)

歌辞/300
　陈人为齐云观歌/300
谣辞/300
　陈初童谣（三首）/300　陈宣帝时谣/301

十六国民歌

杂歌谣辞 ··· (302)

歌辞/302

陇上为陈安歌(二首)/302　苻坚时关陇人歌/303　苻坚时凤凰歌/304　苻坚时长安为慕容冲歌/304　平原为太守索棱歌/305　陇头歌/305　时人为庞世谣/306

谣辞/306

凉州民谣(二首)/306　西土谣/307　姑臧谣/307　时人为张冲谣/307　临水人为张楼谣/307　洪水谣/308　陇上童谣/308　苻生时长安谣(二首)/308　苻坚时长安谣/309　苻坚初童谣/309　苻坚时童谣(二首)/309　苻坚时长安谣/310　凉州为张氏谣/310　长安民谣/311　苻坚国中谣/311　朔马谣/311　燕童谣/312　大风谣/312

北朝民歌

杂歌谣辞 …………………………………… (313)

歌辞/313

咸阳宫人为咸阳王禧歌/313　河北民为裴侠歌/313　时人为上商里歌/314　北军为韦睿歌/314　诘汾歌/315　李波小妹歌/315　敕勒歌/316　光州民为郑氏父子歌/316　邯郸郭公歌/317　济北民为崔伯谦歌/317　褚士达梦中所得诗/317

谣辞/318

赵郡为李曾谣/318　元嘉中魏地童谣(二首)/318　永明中房中童谣/319　永明中魏地童谣/319　河东民为元淑谣/319　宣武孝明时谣/320　西魏时童谣/320　孝明时洛下谣/320　清河民为宋世良谣(二首)/321　洛中童谣(二首)/321　北方童谣/322　洛阳童谣/322　东魏童谣/322　东魏武定末童谣/323　祖珽引魏世谣/323　柳楷引谣/323　文宣时谣/324　柳达摩引北方童谣/324　废帝时童谣(三首)/324　孝昭时童谣/325　武成殂后谣/325　武平元年童谣/326　武平中童谣(二首)/326　武成时童谣/327　北齐末邺中童谣/327　武平

末童谣/327　徐之范引童谣/328　杨子术引谣言/328　周初童谣/328　玉浆泉谣/329

横吹曲辞……………………………………………………(329)

梁鼓角横吹曲/329

企喻歌(四曲)/330　琅琊王歌辞(八曲)/331　钜鹿公主歌辞(三曲)/332　紫骝马歌辞(六曲)/333　紫骝马歌/334　黄淡思歌(四曲)/334　地驱乐歌辞(四曲)/335　地驱乐歌/336　雀劳利歌辞/336　慕容垂歌辞(三曲)/337　陇头歌辞(三曲)/338　陇头流水歌辞(三曲)/338　隔谷歌(二曲)/339　淳于王歌(二曲)/340　东平刘生歌/340　捉搦歌(四曲)/340　折杨柳歌辞(五曲)/341　折杨柳枝歌(四曲)/342　幽州马客吟歌辞(五曲)/343　慕容家自鲁企由谷歌/344　高阳乐人歌(二曲)/345　木兰诗(二首)/345

杂曲歌辞……………………………………………………(349)

阿那环/349　杨白花/349

附　录

杂曲歌辞(无时代可考者)……………………………………(350)

古歌/350　出塞/350　阳春曲/351　项王歌/351　于阗采花/351　沐浴子/352　泽雉/352　舍利佛/352　摩多楼子/352　湘川渔者歌/353　越谣歌/353

鬼神歌……………………………………………………(354)

杜兰香所作诗(二首)/354　丁令威歌/354　崔少府女赠卢充诗/355　紫玉歌/356　庐山夫人女婉抚琴歌/357　聂包鬼

歌/357　陵欣歌/357　鬼谣歌/358　鬼歌/358　郭长生吹笛歌/358　陈阿登弹琴歌/359　方山亭鬼歌(二首)/359　九里亭狸女歌(三首)/360　鹤吟/360　王敬伯泫露诗/361　刘妙容宛转歌(三首)/361　青溪小姑歌/362　犬妖歌/363　徐铁白怨歌/363　鸟妖诗/363　白燕歌/364

引用书目……………………………………………………(365)

两汉民歌

杂歌谣辞

【歌辞】

平 城 歌①

平城之下亦诚苦②!
七日不食③,不能彀弩④。

【注释】

① 出《汉书》卷九十四《匈奴传》。据载,汉高祖刘邦亲自带兵平定韩王信之乱,至平城(今山西省大同市)时,步兵尚未尽到,匈奴冒顿单于率精兵三十余万,将刘邦围困于白登七天,后用陈平秘计才得以脱离险境。此诗或为被围士卒所作。

② 下:《后汉书》注作"事",《古诗纪》一作"围"。诚:《后汉书》注作"甚大"。

③ 不:《后汉书》注此下有"得"字。

④ 彀弩:拉满弓弩,《后汉书》注作"弯弓"。

画 一 歌①

萧何为法②,讲若画一③。
曹参代之,守而勿失。
载其清靖④,民以宁壹。

【注释】

① 出《史记》卷五十四《曹相国世家》。据载,秦亡后,楚汉争霸,萧何与刘邦共定天下,制定法律政令。萧何卒后,曹参代萧何为相国,法律政令无所变更,皆遵何旧法,百姓

歌之。《古诗纪》作《百姓歌》。

② 法:《文选补遗》作"政"。

③ 講(jiǎng):直。《史记》作"顠",《全唐文》同。《后汉书·班固传》注作"较",《文选注》、《白帖》、《文选补遗》、《古诗纪》并同。

④ 清靖:清静,安宁。"靖"《史记》作"净"。《文选》注、《文选补遗》、《全唐文》并同,《后汉书·王充传论》注作"静",《艺文类聚》、《太平御览》、《乐府诗集》、《古诗纪》并同。

民为淮南厉王歌①

一尺布②,尚可缝③;
一斗粟④,尚可舂⑤。
兄弟二人不相容⑥。

【注释】

① 出《史记》卷一百一十八《淮南厉王传》,又见《汉书·淮南厉王传》、《淮南鸿烈解叙》、《世说新语·方正》注、《艺文类聚》卷八十五、《白帖》卷二十六、《太平御览》卷八百二十、八百四十。《乐府诗集》卷八十四作《淮南王歌》,《古诗纪》卷十八作《淮南民歌》。据载,淮南厉王刘长为刘邦少子,在封国不奉法度,图谋不轨。大臣以为当定死罪,文帝不忍心将其置于死地,于是载以辎车,流放到西南边远地区,刘长绝食而死。文帝十二年(前168),民间作此歌,文帝听后,追尊淮南王为厉王,以诸侯礼仪为其置陵园。

② 布:《淮南鸿烈解叙》作"缯"。《太平御览》卷八百四十作"帛"。

③ 尚可缝:《淮南鸿烈解叙》作"好童童"。

④ 斗:《淮南鸿烈解叙》作"升"。粟:《白帖》或作"谷"。

⑤ 尚可舂:《淮南鸿烈解叙》作"饱蓬蓬"。

⑥ 兄弟:《文选补遗》"兄弟"上有"奈何"二字。不:《史记》此下有"能"字,《淮南鸿烈解叙》、《世说新语·方正》注同。

天下为卫子夫歌①

生男无喜②,生女无怒③。
独不见卫子夫霸天下④。

【注释】

① 出《史记》卷四十九《外戚世家》,又见《艺文类聚》卷十九、五十一,《太平御览》卷一百九十九、四百六十五,《乐府诗集》卷八十四,《古诗纪》卷十八。据载,卫子夫因武帝宠

幸而立为皇后,其弟卫青因此得宠,从大将军封为长平侯。卫青三子在襁褓中皆被封侯。其姊卫少儿之子霍去病,也因讨伐匈奴有功,被封为冠军侯,号骠骑将军。卫氏家人以军功起家,五人被封侯,民间故有此歌。《乐府诗集》作《卫皇后歌》,《古诗纪》同。

② 无:《艺文类聚》《乐府诗集》作"勿"。

③ 怒:《太平御览》《乐府诗集》作"怨"。

④ 《艺文类聚》《乐府诗集》"卫"下有"青"字。卫子夫:名不详,字子夫。西汉平阳(今山西临汾)人,汉武帝刘彻第二任皇后。

郑白渠歌①

田于何所②？池阳谷口③。
郑国在前④,白渠起后⑤。
举锸如云,决渠为雨。
水流灶下,鱼跳入釜⑥。
泾水一石,其泥数斗⑦。
且溉且粪⑧,长我禾黍。
衣食京师,亿万之口。

【注释】

① 出《汉书》卷二十九《沟洫志》。据载,战国时期,韩国欲使秦国疲惫而无力东伐,派水工郑国游说秦国,让秦国从中山西之瓠口开凿河渠,向东连接洛水。这一水利工程灌溉泽卤之地四万余顷,完工后将其命名为郑国渠。汉武帝太始二年(前95),赵中大夫白公复奏穿渠,首起谷口,尾入栎阳,溉田四千五百余顷,命名为"白渠",民得其饶,歌之。

② 田:这里指开掘。

③ 池阳:今陕西省泾阳县和三原县的部分地区。谷口:又名瓠口。在今陕西泾阳县湾里五村与上然村之间。西汉于此置谷口县,东汉废。因位于九嵕山东,仲山西,当泾水出山之处,故谓之谷口。

④ 郑国:指郑国渠。秦始皇元年(前246)由韩国水工郑国主持兴建,约十年后完工。流经陕西省泾阳、三原、高陵、临潼等县,长约三百余里。

⑤ 白渠:西起自池阳谷口郑国渠南岸,引出泾河水流向东南,经池阳、栎阳向东到下邽后折向南注入渭河,全长约二百里。

⑥ 《乐府诗集》《古诗纪》无此两句,据《前汉纪》补。

⑦ 由于泾河含有较多泥沙,通过白渠为关中平原农田带来了肥沃的沉积土壤。

⑧ 粪:施肥。

鸡鸣歌①

东方欲明星烂烂,汝南晨鸡登坛唤。
曲终漏尽严具陈②,月没星稀天下旦。
千门万户递鱼钥③,宫中城上飞乌鹊。

【注释】

① 《乐府诗集》卷八十三引《乐府广题》:"汉有鸡鸣卫士,主鸡唱宫外。旧仪,宫中与台并不得畜鸡。昼漏尽,夜漏起,中黄门持五夜,甲夜毕传乙,乙夜毕传丙,丙夜毕传丁,丁夜毕传戊,戊夜是为五更。未明三刻,鸡鸣卫士起唱。"又引《晋太康地记》:"后汉固始、鮦阳、公安、细阳四县卫士习此曲,于关下歌之,今《鸡鸣歌》是也,然则此歌盖汉歌也。"

② 漏:古代计时器,铜制有孔,可以滴水或漏沙,有刻度标志以计时间。严具:即妆具,盛梳妆用品的器具。

③ 鱼钥:鱼形的钥匙。

颍川儿歌①

颍水清,灌氏宁。
颍水浊,灌氏族。

【注释】

① 出《史记》卷一百○七《灌夫传》。据载,汉武帝时,灌夫因犯法而失官,家居于颍川。灌夫不喜好文学而崇尚任侠,在颍川与其往来者,多为地方豪杰。家中累财数千万,每日招致食客数百人,横行于颍川。颍川小儿歌之。

牢石歌①

牢邪石邪,五鹿客邪②!
印何累累,绶若若邪③!

【注释】

① 出《汉书》卷九十三《佞幸传》。据载,元帝时,宦官石显任中书令,与仆射牢梁、少府五鹿充宗结为党友,附倚石显的人都获得宠位,百姓作此歌,咏其地位之显赫。其中"牢"指牢梁,"石"指石显。

② 五鹿:指五鹿充宗,卫之五鹿人,以地为氏。他是西汉著名的儒家学者,受汉元帝宠幸,先为尚书令,后官至少府。

③ 绶:一种丝质带子,古代常用来拴在印纽上,后用来拴勋章。若若:长貌。

上郡吏民为冯氏兄弟歌①

大冯君,小冯君,

兄弟继踵相因循,聪明贤知惠吏民。

政如鲁卫德化钧②,周公康叔犹二君③。

【注释】

① 出《汉书》卷七十九《冯野王传》。据载,西汉成帝时,冯野王任上郡太守。后来其弟冯立也从五原太守徙西河、上郡太守。冯立为官公正廉洁,治理措施与冯野王相似,对百姓也多有恩德,上郡吏民赞美冯野王、冯立二人相继为太守,作此歌。

② 鲁卫:鲁,周公封国;卫,康叔封国。钧:均平、均等。

③ 周公:姓姬,名旦,周文王的第四子,周武王的同母弟。康叔:姓姬,名封,周文王第八子,周武王同母弟。

长安为尹赏歌①

安所求子死,桓东少年场②。

生时谅不谨③,枯骨后何葬。

【注释】

① 出《汉书》卷九十《酷吏传》。据载,永始、元延年间,成帝荒怠于政事,贵戚骄横恣纵,与侠客相勾结,藏匿亡命之徒。长安城中奸猾之徒渐多,"群辈杀吏,受赇报仇。相与探丸为弹,得赤丸者斫武吏,得黑者斫文吏,白者主治丧。城中薄暮尘起,剽劫行者,死伤横道,枹鼓不绝"。后尹赏为长安令,上任以后,修建长安狱,挖地长、宽、深各数丈,用砖磊四周,用大石覆其口,名为虎穴。收捕不法之徒数百人,囚禁于穴中,覆以大石。数月后,盗贼止,郡国亡命散走,各归其处,不敢窥长安,长安百姓作此歌。

② 桓东少年场:据《汉书·酷吏传》,尹赏逐捕长安奸猾少年后,"尽以次内虎穴中,百人为辈,覆以大石。数日一发视,皆相枕藉死,便舆出,瘗寺门桓东,楬著其姓名,百日后,乃令死者家各自发取其尸"。桓:即华表。

③ 谅:谅必。

长安百姓为王氏五侯歌①

五侯初起,曲阳最怒②。
坏决高都,连境外杜③。
土山渐台西白虎④。

【注释】

① 出《汉书》卷九十八《元皇后传》。据载,成帝河平二年(前27),封大将军王凤庶弟王谭为平阿侯,王商为成都侯,王立为红阳侯,王根为曲阳侯,王逢时为高平侯,五人同日封侯,故世人称他们为"五侯"。当时五侯生活极为奢侈,后庭姬妾,各有数十人。陈列钟磬,使优倡在后庭表演歌舞。大规模修建房第屋室,堆起土山高台,房室建筑之多,一望无际。百姓作此以歌其奢侈。
② 曲阳:指曲阳侯王根。怒:气势盛。
③ 坏决高都,连境外杜:长安有高都、外杜里,王根大治第宅,既坏决高都作殿,复衍及外杜里。
④ 渐台:汉武帝作建章宫,太液池中有渐台,高二十馀丈,台址在水中。白虎:指白虎殿,汉宫殿名。此处是说王根之第宅均仿效天子之制。

闾里为楼护歌①

五侯治丧楼君卿②。

【注释】

① 出《汉书》卷九十二《楼护传》。据载,楼护在京城做官数年,和谷永一起依附于五侯,为五侯座上客。楼护母亲死后,送葬者的车达二三千辆,乡里因此歌之。《古诗纪》卷十八作《楼护歌》。
② 五侯:见上诗注①。君卿:楼护字。

匈奴歌①

亡我祁连山②,使我六畜不蕃息③。
失我焉支山④,使我妇女无颜色⑤。

【注释】

① 据《太平御览》卷七百一十九引《西河旧事》:焉支山,为匈奴重要的游牧场地,东

西百余里,南北二十里,山上有松柏五木,水草丰茂,适合畜牧。汉武帝时屡次讨伐,匈奴最终失掉祁连、焉支二山,匈奴人作此歌。另见《太平寰宇记》卷一百五十二,《乐府诗集》卷八十四,《云麓漫钞》卷一,《尔雅翼》卷三,《古诗纪》卷十八。

② 亡:《乐府诗集》作"失",《云麓漫钞》、《尔雅翼》同。祁连山:位于青海省东北部与甘肃省西部边境。

③ 蕃:《尔雅翼》作"繁"。息:《云麓漫钞》作"殖"。

④ 焉支,《尔雅翼》作"阏氏",此山位于甘肃张掖市山丹县城东南四十公里处。

⑤ 使:《乐府诗集》作"令"。《乐府诗集》息、色二韵颠倒,《古诗纪》同。

黄门倡歌①

佳人俱绝世,握手上春楼。
点黛方初月②,缝裙学石榴③。
君王入朝罢,争竞理衣裳。

【注释】

① 出《乐府诗集》卷八十四,又见《古诗纪》卷一百四十。《汉书·礼乐志》载:"成帝时,郑声尤甚。黄门名倡丙强、景武之属,富显于世。"《隋书·乐志》曰:"汉乐有黄门鼓吹,天子宴群臣之所用也。"此诗不似汉代民歌,但不知作者,姑系于此。

② 黛:古代女子用以画眉的青黑色颜料。方:通"仿",模拟。

③ 缝裙学石榴:指在裙上绘绣石榴花图案。

刘圣公宾客醉歌①

朝亨两都尉②,游徼后来,用调羹味。

【注释】

① 出《后汉书》卷十一《刘玄传》注引《续汉书》。据载:刘玄,字圣公,曾聚客饮酒,请游徼俱饮,宾客醉后歌此歌,游徼听后大怒,束缚宾客捶挞数百下,以报其无礼。此歌盖戏谑之辞。又见《太平御览》卷八百四十六。

② 亨:《太平御览》作"烹"。

③ 游徼(jiào):秦汉时乡官名,掌巡察缉捕之事。

渔阳民为张堪歌①

桑无附枝②,麦穗两歧③。
张君为政,乐不可支④。

【注释】

① 出《后汉书》卷三十一《张堪传》。据载:张堪光武帝时为渔阳太守,在郡中捕捉恶人,任人赏罚必信,并抗击匈奴侵略,使郡内得以安定,官民都愿意为之效力。后又在狐奴开垦稻田八千余顷,鼓励人民耕种,人民因此致富,百姓作歌颂之。又见《水经注·沽水注》,《北堂书钞》卷七十六引华峤《后汉书》,《艺文类聚》卷十九、五十、八十五引《东观汉记》,《初学记》卷二十七,《白帖》卷二十一,《文选》卷三十六《策秀才文》注,《太平御览》卷二百六十、四百六十五、八百三十八、九百五十五引谢承《后汉书》,《乐府诗集》卷八十五作《张君歌》,《文选补遗》卷三十五作《渔阳民歌》,《古诗纪》卷十八作《张君歌》。

② 附枝:多余的枝条。

③ 麦穗两歧:一根麦长两个穗。比喻年成好,粮食丰收。穗:《北堂书钞》作"秀",《艺文类聚》卷五十、《太平御览》卷四百六十五亦作"秀"。

④ 支:《艺文类聚》卷十九作"欺",卷五十作"为"。

临淮吏人为朱晖歌①

彊直自遂②,南阳朱季。
吏畏其威,民怀其惠③。

【注释】

① 据《后汉书》卷四十三《朱晖传》载:朱晖字文季,建武中任临淮太守,喜欢选拔任用有节操气概之人。如有人为私怨报仇,只要不违背义气,朱晖都会替他求情而得以免除处罚,对不义之徒则毫不留情。官吏百姓都对其既畏又爱,故作此歌之。又见《太平御览》卷二百六十、四百二十七、四百六十五引《东观汉记》,《乐府诗集》卷八十五作《朱晖歌》,《文选补遗》卷三十五作《临淮民歌》,《古诗纪》卷十八作《朱晖歌》。

② 彊直自遂:刚正而自行其意。彊:《太平御览》作"强"。

③ 民:《后汉书》作"人"。

凉州民为樊晔歌①

游子常苦贫,力子天所富。
宁见乳虎穴②,不入冀府寺③。
大笑期必死,忿怒或见置④。
嗟我樊府君,安可再遭值⑤。

【注释】

① 据《后汉书》卷七十七《樊晔传》载:樊晔在光武帝时任天水太守,用申、韩等法家思想来治理百姓,违犯禁令者都被处死,官员百姓及羌胡都很害怕他。在其治理下,天水郡道不拾遗,凉州百姓作此歌颂之。此诗一作《樊晔歌》。《文选补遗》卷三十五、《古诗纪》卷十八作《凉州歌》。又《颜氏家训·书证》引寺一韵,《北堂书钞》卷七十引《东观汉记》引府、置、植三韵,《太平御览》卷二百六十二引《东观汉记》引富、寺、值三韵。

② 乳虎:育子的母虎。

③ 冀府:天水郡治为冀县。《北堂书钞》作"州府",《颜氏家训》作"晔城",《太平御览》作"冀城"。

④ 置:赦免。

⑤ 值:碰上。《北堂书钞》引《东观汉纪》作"植",误。

董少平歌①

枹鼓不鸣董少平②。

【注释】

① 据《后汉书》卷七十七《董宣传》载:董宣字少平,光武帝时任洛阳令,捕捉违法犯禁的豪强,如鹰击鸟雀,不法之徒都为之战栗,称他为"卧虎"。百姓作此歌颂之。又见《白帖》卷十二,《乐府诗集》卷八十五。《古诗纪》卷十八作《董宣歌》。

② 枹鼓:鼓槌和鼓。

郭乔卿歌①

厥德仁明郭乔卿,中正朝廷上下平②。

【注释】

① 出《后汉书》卷二十六《蔡茂传》。据载,郭贺字乔卿,建武年间任尚书令,在职六年,后来又被任命为荆州刺史,在任期间政绩斐然,百姓作此歌颂之。又见《渚宫旧事》卷

四,《艺文类聚》卷十九引谢承《后汉书》,《太平御览》卷二百一十、四百六十五,《乐府诗集》卷八十五,《古诗纪》卷十八。

② 中:《艺文类聚》、《太平御览》作"忠"。上下:一作"天下"。

蜀中为费贻歌①

节义至仁费奉君。
不仕乱世,不避恶君。

【注释】

① 出《华阳国志》卷十《犍为士女赞》。据载,费贻字奉君,公孙述时,他为了躲避战乱而漆身为厉,佯狂避世。公孙述失败后,任合浦太守,蜀中人作歌颂之。

鲍司隶歌①

鲍氏骢②,三人司隶再入公③。
马虽瘦④,行步工⑤。

【注释】

① 据《列异传》载:鲍宣,其子鲍永及永子鲍昱,三世都任司隶,却乘同一匹马,京师百姓作此歌以颂其清廉。出《北堂书钞》卷六十一引《列异记》,又见《太平御览》卷二百五十引《列异传》、八百九十七引《列异记》,《乐府诗集》卷八十五,《古诗纪》卷十八。

② 骢(cōng):青白杂毛的马。

③ 司隶:即司隶校尉,为京师和地方的监察官。人:《太平御览》作"入"。

④ 瘦:《太平御览》卷二百五十作"疲"。

⑤ 步:《太平御览》卷二百五十作"步转"。工:《北堂书钞》作"通"。

通博南歌①

汉德广,开不宾②。
度博南,越兰津③。
度兰仓④,为他人⑤。

【注释】

① 据《后汉书》卷五十九《西南夷传》载:永平十二年(69),哀牢王柳貌派其子率种人

归附汉朝。明帝在其旧地设置哀牢、博南二县,把益州郡西部都尉所领六县与哀牢、博南二县合为永昌郡,汉朝从此才开始通博南山,渡兰仓水。此地崇山峻岭,交通极不方便。此歌可能是当时到此地做官者所作。一作《行者歌》。又见《华阳国志》卷四《南中志》,《水经注·若水注》,《太平御览》卷五十九、七百八十六,《古诗纪》卷十八。

② 宾:服从,归顺。
③ 兰:《水经注》、《太平御览》卷五十九作"仓"。
④ 度:《太平御览》卷五十九作"一渡"。仓:《后汉书》注作"沧",《华阳国志》同。
⑤ 他:《后汉书》作"它",《水经注》作"作"。

蜀郡民为廉范歌①

廉叔度,来何暮。
不禁火,民安作②。
平生无襦今五袴③。

【注释】

① 据《后汉书》卷三十一《廉范传》载:廉范,字叔度,建中初任蜀郡太守。成都人民富裕,物产丰富,房屋建筑鳞次栉比,极易失火,一旦发生火灾,会造成巨大损失。因此,旧制夜间禁火,以防火灾,但民间却偷偷用火,火灾日渐增多。廉范到任后废除以前禁令,只是让百姓多储存水以备火灾,百姓得其便利,乃作此歌歌颂廉范。又见《北堂书钞》卷一百二十九,《艺文类聚》卷十九、五十,《白帖》卷四、十二、二十一,《太平御览》卷四百六十五、六百九十五、八百六十八,《乐府诗集》卷八十五作《廉叔度歌》,《文选补遗》卷三十五作《蜀民歌》,《古诗纪》卷十八作《廉范歌》。又《华阳国志·蜀志》及《艺文类聚》卷六十七引暮、袴二韵,《白帖》卷二十四引堵、袴二韵,《韵补》引暮、作二韵。
② 民:《白帖》、《太平御览》卷四百六十五作"人"。安:《韵补》作"夜"。作:《北堂书钞》、《艺文类聚》、《白帖》、《太平御览》卷四百六十五作"堵"。
③ 平生:《艺文类聚》、《白帖》、《太平御览》卷八百六十八作"昔日"。今:《太平御览》卷六百九十五"今"下有"有"字。全句一作"昔无襦,今有袴"(袴,《后汉书》作"绔")。《华阳国志》作"来时我单衣,去时重五袴"。《艺文类聚》、《白帖》或作"昔无襦,今有袴",或作"昔无一襦,今有五袴"。

苍梧人为陈临歌(二首)

一①

苍梧陈君恩广大,令死罪囚有后代,德参古贤天报施。

【注释】

① 据谢承《后汉书》,陈临字子然,在他任苍梧太守时,有遗腹子替父报仇,被捕入狱,当判死罪。陈临同情他没有后代,让其妻一起入狱,在其妻怀孕生子后才将其处死。百姓歌其贤德。见《太平御览》卷四百六十五引谢承《后汉书》。《古诗纪》卷十八作《陈临歌》。

二①

苍梧府君惠及死,能令死人不绝嗣。

【注释】

① 出《舆地纪胜》卷一百〇八,又见《古诗纪》卷十八。

乡人为秦护歌①

冬无袴,有秦护。

【注释】

① 见《太平御览》卷六百九十五引谢承《后汉书》。据载,秦护清廉,不接受别人的馈赠,家境贫穷,衣服单薄,甚至在冬天也无棉衣御寒,乡人因此歌之。

魏郡舆人歌①

我有枳棘②,岑君伐之。
我有蟊贼③,岑君遏之④。
狗吠不惊⑤,足下生氂⑥。
合脯鼓腹⑦,焉知凶灾。
我喜我生⑧,独丁斯时⑨。
美矣岑君⑩,于戏休兹⑪。

【注释】

① 舆人:众人。据《后汉书》卷一七《岑彭传》载,岑熙任魏郡太守,招聘隐居的贤人,让他们参与政事,无为而治。在郡内任官两年,舆人歌之。又见《艺文类聚》卷十九引谢承《后汉书》,《太平御览》卷二百六十引华峤《后汉书》,《太平御览》卷四百六十五引谢承《后汉书》,《乐府诗集》卷八十五作《岑君歌》,《文选补遗》卷三十五,又见《古诗纪》卷十八。又《北堂书钞》卷七十六引之、之、氂三韵,卷三十五引"狗吠不惊,独于斯时"二句。

② 枳棘(zhǐ jí):枳木与棘木,因其多刺而称恶木。

③ 蟊(máo)贼：吃禾苗的两种害虫，以喻奸吏侵渔。蟊：《北堂书钞》作"畔"，《太平御览》或作"蛑"。

④ 遏：阻止。《北堂书钞》作"化"。

⑤ 吠：《北堂书钞》作"犬"。狗吠：《太平御览》卷四百六十五作"吠狗"。

⑥ 氂(máo)：长毛也。犬无追吠，故足下生氂。《北堂书钞》误作"蟊"。

⑦ 合脯：当作"含脯"，嘴里嚼着肉干。鼓腹：鼓起肚子，即饱食。

⑧ 喜：《艺文类聚》作"嘉"，《太平御览》同。

⑨ 丁：《先秦汉魏晋南北朝诗》误作"于"。《太平御览》、《乐府诗集》、《古诗纪》均作"丁"。

⑩ 矣：《艺文类聚》作"哉"。

⑪ 休：《艺文类聚》作"在"，《太平御览》卷二百六十作"在"，卷四百六十五作"如"。

范史云歌①

甑中生尘范史云②，釜中生鱼范莱芜③。

【注释】

① 据《后汉书》卷八一《范冉传》载：范冉，字史云，桓帝时任莱芜长，因守母丧而不就任，隐身于梁、沛之间，在集市上以占卜为生。后遭党锢之祸，以鹿车载妻子儿女，靠捡拾田中遗留下来的谷物来维持生计。虽然穷居却自得其乐，无忧戚之色，闾里因此歌之。另见《艺文类聚》卷三十五引《续汉书》，《初学记》卷十八引《续汉书》，《白帖》卷二十一，《太平御览》卷四百二十五引袁山松《后汉书》、四百六十五引《东观汉记》、四百八十四引《续汉书》，《乐府诗集》卷八十五，《古诗纪》卷十八，又《太平御览》卷三十七引谢承《后汉书》引"云"一韵。

② 甑(zèng)：古代蒸饭的一种瓦器。底部有许多透蒸气的孔格，置于鬲上蒸煮，如同现代的蒸锅。这里代指饮具。

③ 釜：古代的一种锅。中：《太平御览》卷四百八十四作"里"。

顺阳吏民为刘陶歌①

悒然不乐②，思我刘君。
何时复来，安此下民③。

【注释】

① 据《后汉书》卷五七《刘陶传》：刘陶字子奇，颍川颍阴人，为北贞王刘勃之后。桓帝时，被举为孝廉，朝廷任命他为顺阳长。顺阳县多不法之徒，陶到任之后，招募吏民，共

募得勇武有力、不畏死亡者数百人,持兵器待命,对不法之徒逐一查办,无一人漏网。后刘陶以病免官,吏民思念他而作此歌。《水经·淮水注》作《童谣歌》,《艺文类聚》卷十九、五十、《白帖》卷十二、四十、《太平御览》卷二百六十七、四百六十五、《乐府诗集》卷八十五及《古诗纪》作《刘君歌》,《文选补遗》卷三十五作《顺阳民歌》。《艺文类聚》引谢承《后汉书》、《太平御览》引《后汉书》,刘陶作"刘騊駼"或"刘陶駼"。顺阳:谢承《后汉书》作"扒阳"。

② 悒:《后汉书》作"邑",《太平御览》、《乐府诗集》、《文选补遗》并同。

③ 民:《白帖》作"人"。

董 逃 歌①

承乐世董逃,游四郭董逃。
蒙天恩董逃,带金紫董逃②。
行谢恩董逃,整车骑董逃。
垂欲发董逃,与中辞董逃。
出西门董逃,瞻宫殿董逃。
望京城董逃,日夜绝董逃。
心摧伤董逃③。

【注释】

① 据《后汉书》卷一百〇三《五行志》载:汉末董卓专权,飞扬跋扈,谋篡汉朝皇位,被司徒王允设计除掉。史书说,"董"指董卓,虽然跋扈,却终归逃窜,最后至于灭族。董卓认为《董逃歌》是影射自己,于是禁绝此歌,改"董逃"为"董安"。但是从这首民歌来看,似乎不是针对董卓而作,每句后的"董逃"二字在这里应该没有实际意义,只是作为句末发音词而已,观此诗意思应该是将要外出就任的官员所作。《古诗纪》卷十八云:一作《灵帝中平中京都歌》。

② 金紫:指黄金印章和系印的紫色绶带,古代相国、丞相、太尉、大司空、太傅、太师、太保、前后左右将军及六宫后妃所佩,后代指高官显爵。

③ 摧:《后汉书》作"推"。

交阯兵民为贾琮歌①

贾父来晚,使我先反。
今见清平,吏不敢饭。

【注释】

① 据《后汉书》卷三十一《贾琮传》载：中平元年(184)，交阯屯兵作乱，囚禁刺史及合浦太守，灵帝命令选能平叛者为交州刺史，有司推举贾琮能任此职。贾琮到任后，调查叛乱的原因，百姓都说是因为赋敛过重，民不聊生，所以相聚为盗贼。于是贾琮发布文书告示，减轻徭役赋税，使百姓安于本业，斩杀叛乱首领，挑选能够守卫各县城的良吏。百姓得以安定，因作此歌。又见《艺文类聚》卷五十引谢承《后汉书》，《太平御览》卷二百五十六，又四百六十五引司马彪《续汉书》，《乐府诗集》卷八十五及《古诗纪》卷十八作《贾父歌》，《文选补遗》卷三十五作《交阯民歌》。

皇甫嵩歌①

天下大乱兮市为墟②，
母不保子兮妻失夫③，
赖得皇甫兮复安居④。

【注释】

① 据《后汉书·皇甫嵩传》载：皇甫嵩字义真，灵帝时爆发黄巾起义，朝廷任命他为左中郎将，皇甫嵩讨伐起义军屡次有功，后被任命为左车骑将军，领冀州牧。时战乱频仍，百姓流离，无暇进行农业生产，皇甫嵩请求以冀州一年的田租来赈济饥民，百姓作歌颂之。又见《艺文类聚》卷十九、五十，《太平御览》卷二百五十、四百六十五，《乐府诗集》卷八十五，《古诗纪》卷十八，《文选补遗》卷三十五作《百姓歌》。

② 大：《太平御览》卷二百五十无此字。

③ 兮：《太平御览》卷四百六十五、《艺文类聚》卷十九无此字。

④ 得：《太平御览》卷二百五十作"有"。兮：《艺文类聚》卷十九无此字。安：《艺文类聚》卷五十、《太平御览》卷四百六十五作"汝"。

洛阳人为祝良歌①

天久不雨，烝民失所②。
天王自出，祝令特苦③。
精符感应，滂沱而下④。

【注释】

① 据《北堂书钞》卷九十引《长沙耆旧传》载：祝良字召卿。任洛阳令时天大旱，皇帝求雨也无济于事。祝良于是自己曝身于阶庭，向上天诉说诚意，将罪过归咎于自己，从早

晨直到夜晚,天果为之降雨,百姓作此歌颂之。又见《水经注·洛水注》,《太平御览》卷五百二十九。《乐府诗集》卷八十五及《古诗纪》卷十八作《洛阳令歌》。
② 烝:众多。民:《水经注》、《乐府诗集》作"人",《古诗纪》同。
③ 特:《北堂书钞》作"时"。
④ 下:《水经注》、《乐府诗集》、《古诗纪》此字后有"雨"。

巴人歌陈纪山①

筑室载直梁②,国人以贞真。
邪娱不扬目③,枉行不动身④。
奸轨僻乎远⑤,理义协乎民。

【注释】
① 《华阳国志》卷一《巴志》载:巴郡人陈纪山,任汉司隶校尉,他为人严明正直。西域国家向汉朝进献眩术,皇帝让他们在朝庭上表演,并分给公卿大臣作为戏乐之资,只有陈纪山一人不看表演,京师百姓称赞他,巴人为之作此歌。
② 筑室载直梁:建筑居室需要笔直的梁木承载。
③ 邪娱:不正当的娱乐。扬目:张开眼睛。
④ 枉行:不合正道的行为。枉:一作"狂"。
⑤ 僻:通"避"。

汲县长老为崔瑗歌①

上天降神明②,锡我仁慈父③。
临民布德泽④,恩惠施以序。
穿沟广溉灌,决渠作甘雨。

【注释】
① 据《太平御览》卷二百六十八、四百六十五引崔鸿《崔氏家传》载:崔瑗任汲县令,开沟造稻田,使盐碱地变为沃土。百姓因此而受利,长老歌之。又《古诗纪》卷十八作《崔瑗歌》。
② 此句《太平御览》卷二百六十八作"天降神明君"。
③ 锡:赐。仁慈:《太平御览》卷二百六十八作"慈仁"。
④ 民:《太平御览》卷四百六十五作"人"。

崔君歌①

課治小序兮稼穑分②,天赐我兮此崔君。

【注释】

① 出《鸣沙石室古籍丛残》之《略出籑金·县令子男》篇第二十四小序条。此诗歌颂崔君,崔君为何人不明,但从诗意看可能为地方长官,有恩惠于百姓。

② 課:当作"课"。课治:按规定治理。分:在此是有秩序的意思。

彭子阳歌①

时岁仓卒②,盗贼纵横。
大戟强弩不可当③,赖遇贤令彭子阳。

【注释】

① 据《北堂书钞》卷三十九引谢承《后汉书》载:彭循字子阳,太守秘君听说他仗义勇猛,足智多谋,请他担任吴县令。他在任时捕捉盗贼,百姓得以安宁,因作此歌颂之。又见《太平御览》卷三百五十二、四百六十五引谢承《后汉书》。

② 仓卒:指有非常事变。

③ 当:挡。

王世容歌①

王世容,治无双②。
省徭役,盗贼空。

【注释】

① 据《艺文类聚》卷十九引《吴录》载:王镡字世容,任武城令,以德服民,恶人闻之奔逃出境,父老歌之。武城,《艺文类聚》卷十九作"成武"。此歌《古诗纪》编入吴诗,逯钦立认为,"武城"或"成武"皆汉之旧县,其地皆不在孙吴辖区,作吴地歌谣甚非。又见《太平御览》卷四百六十五,《乐府诗集》卷八十五,《古诗纪》卷二十。

② 治:《乐府诗集》作"政",《古诗纪》同。

巴郡人为吴资歌①（二首）

一

习习晨风动，澍雨润禾苗②。
我后恤时务③，我人以优饶④。

【注释】

① 据《华阳国志》卷一《巴志》载：泰山吴资字符约，顺帝永建中任巴郡太守，在职期间屡获丰年，民为之作歌。后来吴资改任他官，百姓思念他，又歌之。又见《太平御览》卷二百六十二、四百六十五，《北堂书钞》卷七十六作"李资"，《古诗纪》卷十八作《吴资歌》。
② 澍（shù）雨：及时雨。禾：《太平御览》作"乎"。
③ 后：对长官、郡守或将领的尊称。
④ 人：《太平御览》卷二百六十二作"民"。

二

望远忽不见，惆怅当徘徊①。
恩泽实难忘，悠悠心永怀。

【注释】

① 当：《北堂书钞》作"常"。

六县吏人为爰珍歌①

我有田畴，爰父殖置②。
我有子弟，爰父教诲。

【注释】

① 据《太平御览》卷四百六十五引《陈留耆旧传》载：爰珍任六县令，劝课农桑，教诲百姓，百姓歌之。又《古诗纪》卷十八作《爰珍歌》。
② 爰父：指爰珍。殖置：开发，种植。

咏谯君黄诗①

肃肃清节士②，执德实固贞③。
违恶以授命，没世遗令声④。

【注释】

① 出《华阳国志·巴志》。《华阳国志》曰:"巴郡谯君黄……不事公孙述。述怒,遣使赍药酒以惧之,君黄笑曰:'吾不省药乎?'其子瑛纳钱八百万得免。"国人作此诗。
② 肃肃:严正之貌。
③ 固贞:坚固贞正,守持正道,坚定不移。
④ 没世:终身,永远。令声:美名。

伤三贞诗①

间关黄鸟②,爰集于树。
窈窕淑女,是绣是黼③。
惟彼绣黼,其心匪石。
嗟尔临川,邈不可获。

【注释】

① 据《华阳国志·巴志》曰:"永初中,广汉、汉中羌反,虐及巴郡。有马妙祈妻义、王元愦妻姬、赵蔓君妻华,凤丧夫,执共姜之节,守一醮之礼,号曰'三贞'。遭乱兵迫匿,惧见拘辱,三人同时沉于西汉水而没死。有黄鸟鸣其亡处,徘徊焉。国人伤之。"
② 间关:形容宛转的鸟鸣声。
③ 绣、黼:都是指衣服上美丽的花纹,这儿用来比喻三位妇女节操的美好。

风巴郡太守诗①

明明上天,下土是亲。
帝选元后②,求定民安。
孰可不念,祸福由人。
愿君奉诏,惟德日亲。

【注释】

① 此出《华阳国志·巴志》。据《华阳国志》载:"汉安帝时,巴郡太守连失道,国人风之。"
② 元后:天子。

刺巴郡郡守诗①

狗吠何喧喧②,有吏来在门③。

披衣出门应④，府记欲得钱⑤。
语穷乞请期，吏怒反见尤⑥。
旋步顾家中，家中无可为。
思往从邻贷，邻人已言匮。
钱钱何难得，令我独憔悴。

【注释】

① 出《华阳国志·巴志》，又见《鸣沙石室古籍丛残》本《类书残卷·刺史门》“卢鹊”条，《鸣沙石室古籍丛残》本《略出籝金·县令子男》“庭鹊喧”条。据《华阳国志》载：“孝桓帝时，河南李盛仲和为巴郡守，贪财重赋，国人刺之。”

② 狗吠：《鸣沙类书残卷》作“卢鹊”。《略出籝金》同。

③ 吏：《类书残卷》作“史”。在：《类书残卷》作“到”。

④ 出门应：《略出籝金》作“出户看”。

⑤ 府记：《略出籝金》作“吏言”。记：与“计”同，掌管计簿的官吏。此二句《类书残卷》作“问史何所以，已言欲得钱”。

⑥ 尤：责备、怪罪。

思治诗①

混混浊沼鱼②，习习激清流③。
温温乱国民④，业业仰前修⑤。

【注释】

① 出《华阳国志·巴志》。《华阳国志》曰：“汉末政衰，牧守自擅，民人思治。”作此诗。

② 混混：混浊污秽之貌。

③ 习习：水流的声音。

④ 温温：动荡混乱之貌。

⑤ 业业：危惧貌。

【谣辞】

长沙人石虎谣①

石虎头截，仓廪不阙②。

【注释】

① 出《寰宇记》卷一百一十四。据载,长沙县有石虎在县东四里,百姓常常以仓廪谷物祭祀它,损耗日趋严重。吴芮为长沙王时,以生肉祭祀石虎之后就截其头截其身,从此不再祭祀,县中仓廪因此而得以充实,由是长沙人作此谣。

② 阙:通"缺"。

元帝时童谣①

井水溢,灭灶烟。
灌玉堂,流金门②。

【注释】

① 《汉书》卷二十七《五行志》载此诗,并云:"元帝时童谣曰:……至成帝建始二年(前31)三月戊子,北宫中井泉稍上,溢出南流。"此诗为谶谣,预测王莽将篡夺汉朝皇位。另见《初学记》卷二十五,《太平御览》卷一百八十九、八百七十一,《乐府诗集》卷八十八,《古诗纪》卷十八。

② 《汉书·五行志》解此诗曰:"井水,阴也;灶烟,阳也。玉堂、金门,至尊之居:象阴盛而灭阳,窃有宫室之应也。王莽生于元帝初元四年(前45),至成帝封侯,为三公辅政,因以篡位。"

长 安 谣①

伊徙雁②,鹿徙菟③。
去牢与陈实无贾④。

【注释】

① 出《汉书》卷九十三《佞幸传》。据载,成帝初年,丞相御史逐条上奏石显的罪状,其党羽牢梁、陈顺都因此免官。石显与妻子徙归故郡,忧懑不食,病死于返乡路上。因依附于石显而得官者都被罢官。少府五鹿充宗左迁为玄菟太守,中丞伊嘉为雁门都尉。长安百姓因此而作此谣。另见《太平御览》卷四百六十五,《乐府诗集》卷八十七,《古诗纪》卷十八。

② 伊:指伊嘉,原任中丞。雁:指雁门都尉。《太平御览》脱"徙"字。

③ 鹿:指五鹿充宗,原任少府。菟:指玄菟太守。

④ 牢:指牢梁,原任中书仆射。陈:指陈顺,石显党羽。实无贾:实,《太平御览》作"石";贾,《乐府诗集》作"价"。

成帝时燕燕童谣①

燕燕尾涎涎②,
张公子③,时相见。
木门仓琅根④。
燕飞来,啄皇孙;
皇孙死,燕啄矢⑤。

【注释】

① 据《汉书》卷二十七《五行志》载:成帝时有此童谣。后成帝微服出游,常常与富平侯张方化名为富平侯家人,到阳阿公主家作乐。在公主家成帝遇见舞者赵飞燕,对其大加宠幸。此诗盖预测成帝将宠幸赵飞燕、赵合德二人,并因此殃及成帝子嗣之事,是为谶谣。另见《汉书》卷九十七《外戚传》,《开元占经》卷一百一十三。《文选补遗》卷三十五作《西汉童谣》,《锦绣万花谷》卷三十九,《古诗纪》卷十八,《玉台新咏》卷九引殿、见、根、孙四韵。

② 涎涎:官本《汉书》作"涎涎",《开元占经》、《古诗纪》同,《玉台新咏》作"殿殿"。《汉书·五行志》曰:"'燕燕尾涎涎',美好貌也。"

③ 张公子:《汉书·五行志》曰:"'张公子',谓富平侯也。"富平侯名张方。

④ 《汉书·五行志》曰:"'木门仓琅根',为宫门铜锾,言将尊贵也,后遂立为皇后。"琅:《玉台新咏》云:一作"狼"。

⑤ 《汉书·五行志》解曰:(赵飞燕)弟昭仪贼害后宫皇子,卒伏辜,所谓"燕飞来,啄皇孙;皇孙死,燕啄矢"者也。

成帝时歌谣①

邪径败良田②,谗口乱善人③。
桂树华不实④,黄爵巢其颠⑤。
故为人所羡⑥,今为人所怜。

【注释】

① 据《汉书》卷二十七《五行志》云:成帝时有此歌谣。《开元占经》卷一百一十三作《成帝时童谣》,《乐府诗集》卷八十八,《文选补遗》卷三十五作《西汉童谣》,《事类赋·雀赋》作《古诗》,《风雅翼补遗》作《成帝时黄雀谣》,《古诗纪》卷十八。又《玉台新咏》卷九引"人"、"颠"二韵,《太平御览》卷九百二十二作《古诗》,引"颠"一韵。

② 邪径:比正道近便的小路。

③ 口:《开元占经》作"言"。

④ 《汉书·五行志》解此句:"'桂',赤色。汉为火德,服色尚赤,此指西汉;'华不实',指汉帝无继嗣。"华:《事类赋》作"秋"。

⑤ 《汉书·五行志》解此句:"王莽自谓黄象,'黄爵巢其颠'指王莽当代汉称帝。"爵:《风雅翼》作"雀"。

⑥ 故:《开元占经》作"昔",《文选补遗》、《事类赋》、《古诗纪》并同。

汝南鸿隙陂童谣①

坏陂谁②?翟子威③。

饭我豆④,食羹芋葵⑤。

反乎覆⑥,陂当复。

谁云者⑦?两黄鹄。

【注释】

① 陂(bēi):池塘。此诗出《汉书》卷八十四《翟方进传》。据载,汝南旧有鸿隙大陂,郡中因此陂而富饶。成帝时,关东屡次发大水,陂水溢出,为害农田。翟方进当时为丞相,他认为如果将陂水放干,其地肥美,可以作良田耕种,并能省去堤防费。后翟方进因事被灭族,乡里归恶于翟方进,认为他想得到陂下良田不成才上奏将陂水放干。到王莽时,此地常枯旱,郡中追怨翟方进,故有此童谣。又见《白帖》卷二,《太平御览》卷七十二,《文选补遗》卷三十五。《乐府诗集》卷八十八作《王莽时汝南童谣》,《古诗纪》卷十八作《鸿隙陂童谣》,注云:一作《王莽时汝南童谣》。又《后汉书·许杨传》引威、魁、复三韵,《水经注·淮水注》引威、复二韵,《艺文类聚》卷八十七引威、葵二韵,《太平御览》卷九百七十五引威、魁二韵。

② 此句《后汉书》作"败我陂者",《水经注》作"败我陂",《艺文类聚》作"怀我陂"。

③ 翟子威:即翟方进。子威:翟方进字。

④ 饭:《后汉书》作"饴"。《艺文类聚》脱"豆"字。

⑤ 食:《后汉书》作"大豆"。羹:《后汉书》作"亨我"二字;葵:《后汉书》作"魁",《艺文类聚》、《白帖》、《太平御览》并同。

⑥ 反:《白帖》作"及",无"乎"字。

⑦ 云:《白帖》作"言",无"者"字。

王莽末天水童谣①

出吴门②,望缇群③。

见一蹇人,言欲上天④。

令天可上,地上安得民⑤。

【注释】

① 出《后汉书》卷一百〇三《隗嚣传》注引《续汉书》。王莽末年,天水有此童谣。当时隗嚣初起兵于天水,此后其野心膨胀,想要称帝,但最终被消灭。这首谶谣预言此事。《文选补遗》卷三十五作《天水童谣》,又见《古诗纪》卷十八。

② 吴门:天水郡治冀县的城门名。

③ 缇群:天水附近的山名。

④ 蹇人:跛子,指隗嚣,隗嚣小时因病而蹇。

⑤ 上:《文选补遗》作"下"。民:《后汉书》注引《续汉书》作"人"。

更始时南阳童谣①

谐不谐,在赤眉。
得不得,在河北。

【注释】

① 出《后汉书》一百〇三《五行志》。据载:王莽更始时南阳有此童谣。当时王莽在长安,刘秀为大司马,平定河北。王莽大臣内部不和谐,相互攻击对方专权。后王莽果为赤眉起义军所杀。刘秀从河北起兵,取得政权,故云"得不得,在河北"。史家以此为谣妖。又见《后汉书》卷一《光武纪》注,《乐府诗集》卷八十八,《文选补遗》卷三十五作《南阳童谣》,《古诗纪》卷十八。

公孙述时蜀中童谣①

黄牛白腹,五铢当复②。

【注释】

① 据《后汉书》卷一百〇三《五行志》载:汉光武帝建武六年(30),蜀中有此童谣。公孙述在四川自立为帝,并且废止汉朝的铜钱,自铸铁钱。由于铁钱不被民众所信任,民间一时难以流通。百姓以此歌表达对改铸铜钱的不满,以及对汉室复兴的期望。又出《后汉书·公孙述传》,《华阳国志》卷五《公孙述刘二牧志》,《太平御览》卷四百六十五、八百三十五,《乐府诗集》卷八十八,《文选补遗》卷三十五作《蜀童谣》,《古诗纪》收入卷十八。

② 五铢:五铢钱,乃汉朝发行的铜钱。

会稽童谣①（二首）

一

弃我戟②，捐我矛③。
盗贼尽，吏皆休④。

【注释】

① 据《后汉书》卷三十六《张霸传》载：张霸在和帝永元中任会稽太守，到任时盗贼横行，郡界不宁，于是发布文书，招募能捕贼之人，盗贼束手归附，不劳烦士卒之力，民间有此童谣歌之。另见《艺文类聚》卷十九，《太平御览》卷三百五十二，又卷四百六十五引《续汉书》，《乐府诗集》卷八十七，《古诗纪》卷十八。

② 我：《太平御览》卷三百五十二作"若"。

③ 我：《太平御览》卷三百五十二作"若"。

④ 休：歇息。

二①

城上乌鸣哺父母②，府中诸吏皆孝友③。

【注释】

① 《太平御览》卷二百六十二引《益都耆旧传》载：张霸任会稽太守，推举贤能之士在郡中讲授，百姓为之感化，作此歌颂之。又《东观汉记》载，张霸：字伯饶，蜀郡成都人，在童年时如有吃的东西，必让父母先吃，乡人称他为张曾子。后任会稽太守，儿童歌之。又见《太平御览》卷四百十二引《东观汉记》，《古诗纪》卷十八。

② 乌鸣哺父母：古人认为，乌初生时，母哺六十日，长则反哺六十日。《太平御览》无"鸣"字。

③ 友：《太平御览》作"子"。

河内谣①

王稚子，世未有②。
平徭役，百姓喜。

【注释】

① 据《东观汉记》载：王涣任河内温令，在他治理下，政治清平，百姓乐业，商贾露宿，路不拾遗，夜不闭户，民作此歌颂之。逯钦立认为，此王涣即《雁门太守行》称颂之洛阳令王君。此歌见《华阳国志》卷十《广汉士女传》，又见《太平御览》卷四百六十五，《古诗纪》卷

十八。

② 世：《太平御览》作"代"。

顺帝末京都童谣①

直如弦②，死道边。
曲如钩③，反封侯④。

【注释】

① 据《后汉书》卷一百〇三《五行志》载：太尉李固认为清河王刘雅生性聪明，娴习诗礼，且为长子，应当即位。时梁冀把持朝政，让太后罢免李固，而立蠡吾侯。李固是日死于狱中，暴尸于道路，而依附梁冀的太尉胡广被封安乐乡侯、司徒赵戒被封厨亭侯、司空袁汤被封安国亭侯，时京都有此童谣。又见于《意林》卷四，《后汉书》卷七《桓帝纪》注，《文选》卷三十一《袁阳源诗》注，《太平御览》卷四百二十八引《李固别传》、七百六十七引《风俗通》，《乐府诗集》卷八十八，《文选补遗》卷三十五，《古诗纪》卷十八。

② 弦：系在弓背两端的、能发箭的绳状物及乐器上发声的线都称为弦。

③ 钩：指形状弯曲，用于探取、悬挂器物的用品。

④ 反：《太平御览》卷七百六十七作"乃"。

蜀郡童谣①

两日出天兮②。

【注释】

① 据《北堂书钞》卷七十六引谢承《后汉书》载，黄昌为蜀郡太守，未至蜀郡时就有此童谣。

② 两日：即"昌"字。"兮"字，逯钦立《先秦汉魏晋南北朝诗》认为当作"兵戢"二字。

益都民为王忳谣①

信哉少林世为遇②，飞被走马与鬼语。

【注释】

① 出《太平御览》卷四百六十五引《益都耆旧传》。据载："王忳，字少林，诣京师，于客邸见诸生病甚困。生谓忳曰：'腰下有金十斤，愿以相与，乞收藏尸骸。'未问姓名，呼吸因绝。忳卖金一斤，以给棺絮，九斤置生腰下。后署大度亭长。到亭日，有马一匹至亭中，

大风,有一绣被随风以来。后忱骑马突入它舍,主人见曰:'真得盗矣。'忱说得状,又取被示之。彦父怅然曰:'被马俱止,卿有何阴德?'忱具说葬诸生事。彦父曰:'此吾子也,姓金名彦。'遣迎彦丧,金俱存。"民为之作谣。

② 为:当作"无"。

恒农童谣①

君不我忧,人何以休。
不行界署②,焉知人处。

【注释】

① 据《太平御览》卷四百六十五引《陈留耆旧传》载:吴佑任恒农令,奖善惩恶,贪婪邪恶之人不敢于境内停留,在其治下风调雨顺,作物大收,当时有童谣歌之。又见《广博物志》,《太平御览》卷四百六十五引。"恒农"或"弘农"之讹,明本《太平御览》"恒"作"宏"。

② 界署:指县境之内。

桓帝初天下童谣①

小麦青青②,大麦枯③。
谁当获者?妇与姑④。
丈夫何在⑤?西击胡。
吏买马,君具车。
请为诸君鼓咙胡⑥。

【注释】

① 据《后汉书》卷一百〇三《五行志》载:桓帝之初,天下有此童谣。桓帝元嘉年间,凉州诸羌反叛,南入蜀、汉,东略三辅,延及并州、冀州,大肆烧杀。桓帝命众将平定诸羌,但汉军常常为诸羌所败,于是朝廷大肆征发士卒,麦子等农作物的收割只有靠妇女来完成。此谣极写兵役对农业生产的破坏。《玉台新咏》卷九作《桓帝时童谣歌》,《乐府诗集》卷八十八及《古诗纪》卷十八作《桓帝初小麦童谣》,《文选补遗》卷三十五作《小麦谣》。

② 小:《玉台新咏》作"大"。

③ 大:《玉台新咏》作"小"。

④ 姑:妇女的通称。

⑤ 夫:《后汉书》作"人"。

⑥ 鼓咙胡:谓不敢公开言说,私下传语。

桓帝初城上乌童谣①

城上乌,尾毕逋②。

公为吏,子为徒③。

一徒死,百乘车④。

车班班⑤,入河间⑥,

河间姹女工数钱⑦。

以钱为室金为堂⑧,石上慊慊舂黄粱⑨。

梁下有悬鼓⑩,我欲击之丞卿怒⑪。

【注释】

① 据《后汉书》卷一百〇三《五行志》载:桓帝之初,京师有此童谣。此歌大意是讽刺为政者贪婪无厌,忠贞之士欲反抗而不得。见《玉台新咏》卷九,《后汉书》卷八《灵帝纪》注,《艺文类聚》卷四十三作《后汉桓帝时童谣》,《太平御览》卷八百四十二,《乐府诗集》八十八,《文选补遗》卷三十五作《城上乌谣》,《古诗纪》卷十八作《城上乌童谣》,又《初学记》卷三十及《太平御览》卷九百二十引乌、逋、雏、徒、车五韵,《白帖》卷二十九引乌、雏、徒三韵。

② 毕逋:乌鸦的拍翼声。《后汉书·五行志》说此句意为:处高利独食,不与下共,谓人主多聚敛也。《初学记》此下有"一年生九雏"五字,《白帖》、《太平御览》卷九百二十同。

③ 徒:服劳役的人。子:《玉台新咏》作"儿"。《艺文类聚》、《初学记》、《白帖》同。《后汉书·五行志》说:此句言父既为军吏,其子又为卒徒。

④ 《后汉书·五行志》说:此句言前一人往讨胡既死矣,后又遣百乘车往。

⑤ 班班:后一"班"字,《艺文类聚》作"兰"。

⑥ 入:《玉台新咏》作"至"。河间:东汉时的河间郡或河间国,治所在今河北河间市。《后汉书·五行志》说:此句言桓帝将崩,乘舆班班入河间迎灵帝也。

⑦ 姹女:少女,美女。《灵帝纪》作"妊女",《玉台新咏》作"婉女"。工:《玉台新咏》作"能",《艺文类聚》同。

⑧ 以钱:《玉台新咏》无"以"字,《艺文类聚》只作"银"字。《后汉书·五行志》说:灵帝既立,其母永乐太后好聚金以为堂也。

⑨ 石上慊慊舂黄粱:石,《玉台新咏》作"户",《艺文类聚》同。《后汉书·五行志》说:此言永乐唯积金钱,慊慊常苦不足,使人舂黄粱而食之也。慊慊,据《后汉书》的解释是心不满足貌,但更有可能是形声字,形容舂黄粱的声音。《艺文类聚》作"膲膲"。此句《玉台新咏》作:"户上舂膲梁"。

⑩ 悬:《艺文类聚》无"悬"字。《玉台新咏》"梁"上有"膲"字,下有"之"字。

⑪　卿：《玉台新咏》作"相"，《艺文类聚》、《文选补遗》同，《太平御览》卷八百四十二作"丞相卿"。《后汉书·五行志》说：此言永乐主教灵帝，使卖官受钱，所禄非其人，天下忠笃之士怨望，欲击悬鼓以求见。"丞卿主鼓"者，亦复谄顺，怒而止我也。

桓帝时京都童谣①

游平卖印自有平②，不辟豪贤及大姓③。

【注释】

①　据《后汉书》卷一百〇三《五行志》载：桓帝之初，京都有此童谣。至延熹末年，果然应验。又见《后汉书》卷六十九《窦武传》注。《乐府诗集》卷八十八，《古诗纪》卷十八作《桓帝初京都童谣》，《文选补遗》卷三十五作《卖印童谣》。

②　游平：窦皇后之父名武字游平。《后汉书·五行志》云：窦贵人父窦武，时任城门校尉。窦太后摄政，窦武为大将军，与太傅陈蕃戮力同心，任人唯贤，其所任命官员，皆得其人，豪门大姓皆绝望矣。平：《窦武传》注作"评"。

③　辟：《窦武传》注作"避"。

桓帝末京都童谣①

白盖小车何延延②，

河间来合谐③，河间来合谐。

【注释】

①　此为谶谣。《后汉书》卷一百〇三《五行志》载：桓帝末年，京都有此童谣。随后应验。又见《乐府诗集》卷八十八，《古诗纪》卷十八。

②　延延：众多貌。桓帝驾崩，使者与解犊侯皆乘白盖车从河间来。

③　河间：解犊亭属饶阳河间县，故曰"河间来"。桓帝在时，御史刘修建议立灵帝为嗣，桓帝任命刘修为侍中。中常侍侯览惧怕刘修排挤，建议任刘修为泰山太守，并令司隶趁机将其杀死。朝廷百官认为刘修功高，因此任用其弟刘合，刘合官位至司徒，此为"合谐"也。

茅田童谣①

茅田一顷中有井②，四方纤纤不可整③。

嚼复嚼④，今年尚可后年饶⑤。

【注释】

① 此诗为桓帝末之童谣。反映了汉末宦官专权,禁锢群贤,奸慝大炽,上层人物不恤王政,耽溺宴饮的史实。出《后汉书》卷一百〇三《五行志》,又见《窦武传》注,收入《古诗纪》卷十八。

② 《后汉书·五行志》解曰:"茅"喻群贤也,"井"者,法也。于时中常侍管霸、苏康憎疾海内英哲,与长乐少府刘器、太常许咏等,代作唇齿。河内牢川诣阙上书:"汝、颍、南阳,上采虚誉,专作威福。甘陵有南北二部,三辅尤甚。"由是传考黄门北寺,始见废阁。"茅田一顷"者,言群贤众多也。"中有井"者,言虽厄穷,不失其法度也。

③ 《后汉书·五行志》解曰:"四方纤纤不可整"者,言奸慝大炽,不可整理。

④ 《后汉书·五行志》解曰:"嚼复嚼"者,京都饮酒相强之辞也。言食肉者鄙,不恤王政,徒耽宴饮歌呼而已也。

⑤ 《后汉书·五行志》解曰:"今年尚可"者,言但禁锢也。"后年饶"者,陈、窦被诛,天下大坏也。饶:《风俗通》作"饶",《后汉书·窦武传》注同。

乡 人 谣①

天下规矩,房伯武②。
因师获印,周仲进③。

【注释】

① 据《后汉书》卷六十七《党锢传序》,桓帝为蠡吾侯时,曾从甘陵周福学习。即位后,随即提拔周福为尚书。而当时周福同郡人房植有高名,故乡人作此谣加以讽刺。二家宾客,互相讥揣,遂各树朋徒,渐成尤隙。党人之议自此始。此谣收入《古诗纪》卷十八。

② 房伯武:房植,字伯武,甘陵(治所在今山东省高唐县清平镇南)人。

③ 周仲进:即周福。

二 郡 谣①

汝南太守范孟博②,南阳宗资主画诺③。
南阳太守岑公孝④,弘农成瑨但坐啸⑤。

【注释】

① 《后汉书》卷六十七《党锢传序》载:汝南太守宗资任范滂为功曹,南阳太守成瑨亦委任岑晊为功曹,二郡百姓为之作此谣。又见《北堂书钞》卷七十七,《太平御览》卷二百六十四,《乐府诗集》卷八十七,《古诗纪》卷十八,又《白帖》卷十二引孝、啸、博、诺四韵。

② 范孟博:即范滂,字孟博。
③ 宗资:字叔都,南阳安众人,世代为汉将相名臣。
④ 岑公孝:即岑晊,字公孝。岑:《白帖》误作"成"。
⑤ 成瑨:字幼平,弘农人。迁南阳太守,在任上打击不法豪强,甚有威名。

太学中谣①（五首）

三 君

天下忠诚窦游平②。

天下义府陈仲举③。

天下德弘刘仲承④。

【注释】

① 《后汉书》卷六十七《党锢列传序》载:桓帝时,朝廷日乱,李膺风格秀整,以声名自高。后进之士,有被其容接者,以为登龙门。李膺喜欢品评天下之士,为之称号,上称三君,次八俊,次八顾,次八及,次八厨,犹古之八元、八凯也。又见《太平御览》卷四百六十五略引袁山松《后汉书》、卷六百九十三引《古今善言》,《古诗纪》卷十八。
② 窦游平:即窦武,扶风平陵人,大将军、槐里侯。
③ 陈仲举:即陈蕃,汝南平舆人,高阳乡侯。
④ 刘仲承:即刘淑,河间人,侍中。三君的另一种说法是:"不畏强御陈仲举,九卿直言有陈蕃。"《太平御览》引袁山松《后汉书》与此同。

八 俊

天下模楷李元礼①。

天下英秀王叔茂②。

天下良辅杜周甫③。

天下冰凌朱季陵④。

天下忠贞魏少英⑤。

天下好交荀伯条⑥。

天下稽古刘伯祖⑦。

天下才英赵仲经⑧。

【注释】

① 李元礼:即李膺,颍川人,少傅。

② 王叔茂：即王畅，山阳高平人，司空。
③ 杜周甫：即杜密，颍川阳城人，太仆。
④ 朱季陵：即朱浮，沛国人，司隶校尉。凌：《太平御览》卷四百六十五作"楞"。
⑤ 魏少英：即魏朗，会稽上虞人，尚书。
⑥ 荀伯条：即荀翌，沛国颍阴人。
⑦ 刘伯祖：即刘佑，博陵安平人，大司农。
⑧ 赵仲经：即赵典，蜀郡成都人，太常。

八 顾

天下和雍郭林宗①。

天下慕恃夏子治②。

天下英藩尹伯元③。

天下清苦羊嗣祖④。

天下珤金刘叔林⑤。

天下雅志蔡孟喜⑥。

天下卧虎巴恭祖⑦。

天下通儒宗孝初⑧。

【注释】

① 郭林宗：即郭泰，太原介休人，有道。
② 夏子治：即夏馥，陈留圉人，太常。
③ 尹伯元：即尹勋，河南巩县人，尚书令。
④ 羊嗣祖：即羊陟，太山平阳人，河南尹。
⑤ 珤(bǎo)：古文"宝"。刘叔林：即刘儒，东郡阳发人，议郎。《后汉书》无刘儒，有范滂。
⑥ 蔡孟喜：即蔡衍，陈国项人，冀州刺史。
⑦ 巴恭祖：即巴肃，渤海东城人，颍川太守。
⑧ 宗孝初：即宗慈，南阳安众人，议郎。

八 及

海内贵珍陈子鳞①。

海内忠烈张元节②。

海内謇谔范孟博③。

海内通士檀文友④。

海内才珍孔世元⑤。

海内彬彬范仲真⑥。

海内珍好岑公孝⑦。

海内所称刘景升⑧。

【注释】

① 陈子鳞：即陈翔，汝南召陵人，御史中丞。

② 张元节：即张俭，山阳高平人，卫尉。

③ 謇谔(jiǎn è)：正直敢言。范孟博：即范滂，汝阳细阳人，太尉掾。《后汉书》无范滂，有翟超。

④ 檀文友：即檀敷，山阳高平人，蒙令。

⑤ 孔世元：《后汉书》作"元世"，即孔昱，鲁国人，洛阳令。

⑥ 范仲真：即范康，渤海重合人，太山太守。

⑦ 岑公孝：即岑晊，南阳棘阳人，太尉掾。

⑧ 刘景升：即刘表，山阳高平人，镇南将军、荆州牧、武城侯。

八　厨

海内贤智王伯义①。

海内修整蕃嘉景②。

海内贞良秦平王③。

海内珍奇胡母季皮④。

海内光光刘子相⑤。

海内依怙王文祖⑥。

海内严恪张孟卓⑦。

海内清明度博平⑧。

【注释】

① 王伯义：即王商。东莱曲城人，少府。《后汉书》作王章。

② 蕃嘉景：即蕃响，鲁国人，郎中。

③ 秦平王：即秦周，陈留已吾人，北海相。

④ 胡母季皮：即胡母班，太山奉高人，侍御史。

⑤ 刘子相：即刘翊，颍川颍阴人，太尉掾。《后汉书》无刘翊，有刘儒。

⑥ 王文祖：即王考，东平寿张人，冀州刺史。

⑦ 张孟卓：即张邈，东平寿张人，陈留相。

⑧ 度博平：即度尚，山阳湖陆人，荆州刺史。

京兆为李燮谣①

我府君,道教举。
恩如春,威如虎。
刚不吐,柔不茹②。
爱如母,训如父。

【注释】

① 《太平御览》卷四百六十五引《续汉书》载:李燮拜京兆尹,皇帝下诏发西园钱,燮上封事,遂止不发。吏民爱仰,乃作此歌。又见《艺文类聚》卷十九引《续汉书》。《乐府诗集》卷八十七作《京兆谣》,《古诗纪》卷十八从之。《太平御览》卷二百五十二引《李燮传》引举、虎、父三韵。

② 刚不吐,柔不茹:对强硬的不害怕,对软弱的不欺侮。茹:吃。

灵帝末京都童谣①

侯非侯,王非王。
千乘万骑上北芒②。

【注释】

① 据《后汉书》卷一百〇三《五行志》载:灵帝末年京都有此童谣。中平六年(189),少帝登皇位,汉献帝当时尚未有爵号,袁绍、何进谋诛宦官不胜,少帝为中常侍段珪等胁迫出逃,至黄河岸边,最后公卿百官与董卓迎还少帝于北邙坂上。又见《三国志》卷六《董卓传》注,《后汉书》卷八《灵帝纪》注,《太平御览》卷四十二,《乐府诗集》卷八十八,《古诗纪》卷十八。

② 上:《三国志》卷六《董卓传》注作"走"。芒:《后汉书》卷八《灵帝纪》注作"邙",《太平御览》同。北芒:即邙山,在今河南洛阳市东北。自东汉城阳王祉葬于此后,遂成王侯公卿葬地,后因泛称墓地。

献帝初京都童谣①

千里草②,何青青③。
十日卜④,不得生⑤。

【注释】

① 据《后汉书》卷一百〇三《五行志》载:献帝初,董卓专权,京城有此童谣。此诗可

与《董逃行》相互参照。又见《三国志》卷六《董卓传》注,《意林》卷四,《乐府诗集》卷八十八,《文选补遗》卷三十五作《京都童谣》,《古诗纪》卷十八。

② 千里草:合起来为"董"字。
③ 青青:指董卓当权时气焰之盛。
④ 十日卜:合起来为"卓"字。
⑤ 不得生:指不久当被杀,后来董卓果为群臣所杀。

献帝初童谣①

燕南垂,赵北际②。
中央不合大如砺③,唯有此中可避世。

【注释】

① 据《后汉书》卷七十三《公孙瓒传》载:此为献帝初童谣。公孙瓒认为易就是童谣中所谓可避世处,于是徙镇于易,在此修筑城池,囤积谷物,以等待天下之变。建安三年(198),袁绍进攻公孙瓒,公孙瓒大败,在缢死其姊妹妻子后,引火自焚。此诗又见《三国志》卷八《公孙瓒传》注,《太平御览》卷一百六十二、七百六十七,《乐府诗集》卷八十八,《古诗纪》卷十八。
② 易城在燕南、赵北。
③ 《太平御览》卷七百六十七缺"大"字。砺:磨刀石。

初平中长安谣①

头白皓然,食不充粮。
褰衣褰裳②,当还故乡。
圣王愍念,悉用补郎③。
舍是布衣,被彼玄黄④。

【注释】

① 据《后汉书·献帝纪》载:初平四年(193)九月甲午,策试儒生四十余人,获上第者赐位郎中,次第者赐太子舍人,下第者罢之。年龄超过六十的,皇帝怜愍其年老无成,赐官太子舍人。当时长安中为此事作谣。此诗出《后汉书》卷九《献帝纪》注引刘艾《献帝纪》。
② 褰裳:揭衣,用手提起衣裳。
③ 悉用补郎:指献帝任命他们为太子舍人。
④ 玄黄:指彩色的官服。

兴平中吴中童谣①

黄金车,班兰耳②。
阊阊门③,出天子。

【注释】

① 《三国志》卷四十七《孙权传》记载:兴平中吴地有此童谣,预示孙权将为天子。收入《古诗纪》卷十八。
② 班兰:即斑斓,色彩错杂灿烂的样子。耳:指车较,车箱两旁板上的横木。士大夫以上的乘车,较上饰有曲铜钩。
③ 阊(kǎi):开。阊门:指吴西郭门,夫差所建。

建安初荆州童谣①

八九年间始欲衰②,至十三年无孑遗③。

【注释】

① 《后汉书》卷一百〇三《五行志》载:自东汉以来,荆州没有发生大的战乱。刘表任荆州牧后,荆州政治安定,农业生产屡获丰收。此时中原战乱频仍,人民不断从北方迁往荆州。此诗为预言性质的谶谣,预言荆州的衰败。又见《搜神记》卷六,《渚宫旧事》卷四,《古诗纪》卷十八。
② 八九年间始欲衰:指刘表妻死,诸将也相继零落。
③ 十三年无孑遗:指建安十三年(208)刘表死,人民当另迁他方。

汉末江淮间谣①

大兵如市,人死如林。
持金易粟,粟贵于金。

【注释】

① 据《太平御览》卷八百四十引任昉《述异记》载:汉末大饥,江淮间有此歌谣。

汉末洛中谣①

虽有千黄金,无如我斗粟。
斗粟自可饱,千金何所直。

【注释】

① 据《太平御览》卷八百四十引任昉《述异记》载:汉末洛中大饥,民间有此歌谣。

京师为光禄茂才谣①

欲得不能,光禄茂才。

【注释】

① 据《后汉书》卷六十一《黄琬传》载:旧制,光禄举荐三署郎,以功高、久任官职、才能出众、道德高尚的人为茂才四行,当时的权贵富家子弟,凭借人事关系得到举荐,而贫困有操守的人却被遗弃,故京城中有此童谣。《古诗纪》卷十八作《京都谣》。

阎 君 谣①

阎君赋政,既明且昶②。
去苛去碎③,动以礼让④。

【注释】

① 《华阳国志》卷十载:阎宪字孟度,成固人。任绵竹令,用礼法来感化治理百姓,百姓无敢犯法者。县中有一男子杜成夜行,拾得遗物一包,其中有锦二十匹,但杜成并未占为己有,而是寻找到失主将物归还。当时有此童谣歌其为政。见《太平御览》卷四百六十五,《古诗纪》卷十八。

② 既:《太平御览》无"既"字,《古诗纪》同。昶:通"畅",舒畅。

③ 去:《太平御览》作"蠲"。碎:《华阳国志》作"辟"。

④ 动:《太平御览》无"动"字,《古诗纪》同。

东门奂谣①

东门奂,取吴半。
吴不足,济阴续②。

【注释】

① 《太平御览》卷四百九十二引《鲁国先贤传》载:东门奂,历任吴郡、济阴太守,为官贪婪,喜欢搜刮聚敛财物,百姓作此歌讽刺他。

② 济阴:属兖州,治所在定陶(今山东省定陶县西北)。

商子华谣①

石里之勇商子华②,暴虎见之藏爪牙③。

【注释】

① 据《太平御览》卷四百六十五引《商氏家传》载：商亮，字子华，被举为孝廉，在到杨城的路上遇到两只老虎争夺一只羊，商亮拔剑将羊斩为两段，两虎各衔一半离去，时人为之作此谣。又见《太平御览》卷四百三十六引《殷氏家传》。

② 商：《太平御览》卷四百三十六作"殷"。

③ 藏：《太平御览》卷四百三十六作"合"。

时 人 谣①

五侯之斗血成江。

【注释】

① 《白帖》卷十五引《春秋考异邮》载：龙斗，下血如注，时人作谣。

擿 洛 谣①

剡者配姬以放贤，山崩水溃纳小人，家伯冈主异哉震。

【注释】

① 见《黄氏逸书考》引《古微书》所载《诗泛历枢》，所指不详。

京师为唐约谣①

治身无嫌，唐仲谦。

【注释】

① 谢承《后汉书》载：唐约，字仲谦，官拜尚书，屡次向皇帝直言进谏。做官不为财利，执法公正，不避亲疏，京师作此谣。见《事文类聚》，谢承《后汉书》，《古谣谚》卷十六。

蒋横遘祸时童谣①

君用谗慝，忠烈是殛。
鬼怨神怒，妖气充塞。

【注释】

① 据《全唐文·后汉亭侯蒋澄碑》载：蒋澄父蒋横，为大将军、复遒侯，为司隶羌路

所诬陷,当时有童谣歌此事。见《全唐文》卷三百五十四,《古谣谚》卷八十一。

时人为三茅君谣①

茅山连金陵②,江湖据下流。
三神乘白鹤,各在一山头③。
佳雨灌畦稻④,陆地亦复周⑤。
妻子保堂室⑥,使我无百忧⑦。
白鹤翔青天⑧,何时复来游。

【注释】

① 李尊《茅君内传》载:茅盈,咸阳人,得道隐居句曲山,时人因此称句曲山为茅君山。当时茅盈两位兄弟都任高官,茅衷任五官大夫、西河太守,茅固为执金吾,但二人都弃官渡江,从其兄学道于茅山,后来均得仙道。太上让茅固治丹阳句曲山,茅衷治良常山,茅盈为司命真君东岳上卿,于是盈与二弟诀别而去。当时人作此歌。又见《初学记》卷三十,《太平御览》卷九百一十六,《茅山志》,《古诗纪》卷一百四十一作《茅山父老歌》。

② 陵:《初学记》作"穴"。

③ 在:《初学记》作"居",《茅山志》作"治",《古诗纪》云:一作"治"。

④ 佳:《茅山志》作"召"。畦:田园中分成的小区。《初学记》作"得",《太平御览》作"旱"。

⑤ 地:《初学记》、《太平御览》作"田"。周:《茅山志》作"柔"。

⑥ 保堂室:《茅山志》作"咸保室"。

⑦ 无百:《初学记》作"百无",《茅山志》同。

⑧ 鹤:《茅山志》作"鹄"。青天:《初学记》作"金穴",《太平御览》同。

箜篌谣①

结交在相知②,骨肉何必亲。
甘言无忠实③,世薄多苏秦④。
从风暂靡草⑤,富贵上升天⑥。
不见山巅树⑦,摧杌下为薪⑧。
岂甘井中泥⑨,上出作埃尘⑩。

【注释】

① 箜篌：古代的一种弹拨乐器，此以为题，与歌辞内容无关。此歌似为拼合之作，前四句讲交友识人之道，后六句讲处世保身之诀，合而言之，都是生活经验的总结，与汉乐府中一些警世喻理之作属同一类型。《文苑英华》卷二百一十题为失名，次梁刘孝威后，《乐府诗集》卷八十七作无名氏，《太平御览》卷四百〇六作《古歌辞》，引亲、秦二韵。

② 知：《文苑英华》作"得"，《乐府诗集》同。

③ 甘言：即甜美之言。

④ 苏秦：战国时期的韩国人，著名纵横家，善游说，朝秦暮楚，没有固定的立场与操守。

⑤ 靡：散乱；顺风倒下。

⑥ 天：《文苑英华》作"人"，注：一作"真"。

⑦ 山：《文苑英华》作"高"。

⑧ 摧扤（wù）：摧折倒下。扤：《文苑英华》误作"抗"。

⑨ 岂甘：《文苑英华》注：一作"目睹"。

⑩ 此句《文苑英华》作"时至出作尘"，《古诗纪》注：一云"时至出作尘"。

鼓吹曲辞

【汉铙歌十八曲】

《汉铙歌十八曲》为鼓吹曲的一部分，在西汉时广泛运用于燕飨、朝会、给赐、道路等仪式场合，并非专指军乐，至东汉之后才逐渐雅化，成为专门的军乐。正如萧涤非先生所说："《铙歌》以西汉初用途至广，故内容亦杂，并非由沈约杂凑而成。《铙歌》之声价，自明帝列为四品之一，始渐抬高，故魏晋以下遂全变为雅颂诗。"原有二十二曲，其中《务成》、《玄云》、《黄爵》、《钓竿》四曲已亡。除少部分歌颂君王之作外，大都为民间之作，部分作品由于声辞相杂与传写讹误，很难理解，因此解释者众多，意见却不一致。尽管这十八曲中有歌颂帝王之作，但因其民歌风味较浓，故一并录于此，以作参考。

朱 鹭①

朱鹭②,鱼以乌③,路訾邪④。鹭何食⑤?食茄下⑥。不之食,不以吐,将以问谏者⑦。

【注释】

① 出《宋书·乐志》,又见《乐府诗集》卷十六,《古诗纪》卷十五。此诗表面是咏建鼓上的鹭鸟,实则鼓励进谏者能极言进谏。鹭鸟为建鼓上的装饰图案,据《隋书·乐志》载:"建鼓殷所作,又栖翔鹭于其上,不知何代所加。然则汉曲,盖因饰鼓以鹭而名曲焉。"建鼓的功用之一为进谏,诗中建鼓上的鹭鸟口中有鱼,不吃下去也不吐出来,是为了将鱼送给那些敢于进谏的人。此诗意在鼓励大臣进谏。

② 朱鹭:鸟名,用以装饰鼓,又引申指进谏者。

③ 鱼以乌:以,同"已"。乌:歍(wū)之省字,食而欲吐。

④ 路訾邪:路訾,闻一多认为即"鹭鹚"。邪同"呀"。一说为表声字,无意义。

⑤ 鹭何食:鹭鸟在哪里捕食。

⑥ 茄:与"荷"通,荷叶。

⑦ 此句意为朱鹭含鱼,不吞不吐,将要把鱼赠送给能进谏的人。问:存问,即赠送之意。谏:《宋书》作"诛",注云:一作"谏",今从注文。《古诗纪》同。

思 悲 翁①

思悲翁②,唐思③,夺我美人侵以遇④。悲翁也,但我思⑤。蓬首狗⑥,逐狡兔,食交君⑦。枭子五,枭母六,拉沓高飞莫安宿⑧。

【注释】

① 出处同上。此诗写一家之中,男主人被贼人所劫持,妇人思夫却无可奈何。无安身之地,只好携子远走他方。

② 思悲翁:何承天《思悲公篇》翁字作"公"。公、翁为对男子的尊称,悲与"彼"通(从闻一多说),此句意为思念那个男子。

③ 唐思:"唐"与"但"一声之转。唐思,仅仅思念他而已。

④ 美人:指自己的丈夫,即上面所说之悲翁。以:我。遇:闻一多《乐府诗笺》认为"遇"读为"寓",即寓所之意。赵敏俐《汉铙歌十八曲研究》认为"遇"应读为"偶",意为配偶之偶。

⑤ 但我思:"但"与"徒"一声之转,白白地。

⑥ 蓬首:《乐府诗集》一作"蒉"。

⑦ 食交君:交,小。君,为"麏"之省字,獐子。此句言侵夺者之凶恶。

41

⑧ 枭子五,枭母六,拉沓高飞莫安宿:此句徐仁甫《古诗别解》解释说:"枭本不孝鸟,然自关而西谓枭为流离,(诗中)不明言流离而言枭,所谓隐语双关也。诗人修辞,寓有深刻意义。谓悲翁既被劫夺,其妻子又被驱散;言流离之子五,连流离之母则为六,母子拉遝。高飞而去,无有安宿之所。此正写其流离失所,而紧张惨急,意在言外;生动形象,耐人寻思。"拉沓:飞貌。

艾如张①

艾而张罗②,夷于何③,行成之。四时和④,山出黄雀亦有罗⑤,雀以高飞奈雀何⑥?为此倚欲⑦,谁肯礦室⑧。

【注释】

① 出处同上。本诗讥刺统治者刑法严密,人民不愿受其迫害而远离,有如黄雀高飞躲避网罗。"如"读为"而"。

② 艾而张罗:艾与"刈"同,芟草。陈沆《诗比兴笺》:"《榖梁传》'艾兰以为防',《御览》引作'立兰以为防',谓刈草列栏盾以为防,而后设网罗,天子诸侯蒐狩之礼。故《榖梁传》言过防不逐,不从奔之道也。"此句写古代帝王狩猎遵从"三驱"之戒,与下面当今统治者对人民的苛暴统治形成鲜明对比。

③ 夷于何:表声字,无实义。

④ 四时和:写古代统治者法网宽疏,四时和乐,人民富足。

⑤ 山出黄雀亦有罗:山上的黄雀虽小也遭到捕捉,极写当今统治者罗网之密。

⑥ 雀以高飞奈雀何:意为黄雀已高飞远去,当奈其何?比喻人民不堪压迫纷纷逃离。

⑦ 倚欲:闻一多认为当为"掎脚",捕鸟之器。

⑧ 礦室:郑文《汉诗选笺》认为即"蒙矢",遭受箭矢。

上之回①

上之回②,所中益③,夏将至。行将北,以承甘泉宫④。寒暑德⑤,游石关⑥,望诸国⑦。月支臣⑧,匈奴服⑨,令从百官疾驱驰⑩,千秋万岁乐无极。

【注释】

① 出《宋书·乐志》,《乐府诗集》卷十六,《文选补遗》卷三十四,《广文选》卷十二,《古诗纪》卷十五。此诗写汉武帝幸回中。据《汉书·武帝纪》曰:"天汉二年(前99)春,行

幸东海,还幸回中。"此年五月,"贰师将军三万骑出酒泉,与右贤王战于天山"。结合本诗,可知此次汉武帝幸回中,是为贰师将军出征匈奴助威。

② 上之回:上,皇上,指汉武帝。之,到。回:指回中,秦宫名。其地有数说,一说故址在今陕西陇县西北。秦始皇二十七年出巡陇西、北地(今宁夏和甘肃东部),东归时经过此处。汉文帝十四年,匈奴从萧关(今宁夏固原东南)深入,烧毁此宫。后武帝通回中道,数次到此地。

③ 所中益:所,行在所,天子所幸之地。意为所临幸的地方有大的好处。这两句用嵌字法表示地名。

④ 甘泉宫:汉代古宫殿名,位于淳化甘泉山,其故基原是黄帝的明庭甘泉之地。《读史方舆纪要》引《括地志》云:"甘泉山有宫,秦始皇所作林光宫,周匝十余里。汉武帝元封二年(前109)于林光宫旁更作甘泉宫。"甘泉宫周围十九里,离长安三百里,可以遥望长安城。

⑤ 德:《文选补遗》作"得"。

⑥ 石关:观名,武帝建元中建,在云阳甘泉宫外。

⑦ 诸:《文选补遗》作"渚"。

⑧ 月支:亦作月氏、月氏,是公元前3世纪至公元1世纪居于河西走廊、祁连山之间的游牧部族。

⑨ 匈奴:我国古代北方民族之一,也称"胡",其名称先后有鬼方、混夷、猃狁、山戎,秦时称匈奴。散居大漠南北,过游牧生活,善骑射。

⑩ 驱驰:策马奔驰,这里指奔走效劳。

翁 离①

拥离趾中可筑室,何用茸之蕙用兰,拥离趾中。

【注释】

① 出《宋书·乐志》,《乐府诗集》卷十六,《古诗纪》卷十五。一作《拥离》。此诗为残篇,不易理解,现将诸家注释者之说罗列备考:

一、陈直解《拥离》作"雍地离宫"。

二、逯钦立说:"翁离"当作"翁杂",为汉时习语,用来描写五采之貌。《郊祀歌十九章》有"殊翁杂,五采文",是其证。趾者读为"沚","《诗·谷风》"湜湜其沚",《说文》水部引作"止"。《诗·七月》"四之日举趾",《汉书·食货志》引作"止"。"趾"皆可作"止",故"趾"可借为"沚"。又"沚"即"畤",见《左氏·隐三年传》释文。汉郊五畤,《郊祀志》谓五畤祭黄、青、赤、白、黑神,祝宰之衣,各如其色,则五畤土色自亦各别,五畤而五色相映,故曰"翁杂"。又畤中筑室所以祠神,故以蕙兰茸成。

三、闻一多认为"趾"应读作"沚","拥离"犹"痈瘰",水中的小洲重重叠叠,如人身体上生长的痈瘰的样子。

四、徐仁甫《古诗别解》认为"拥离"是联绵词,当作"翁丽",草木茂盛貌。趾同"沚"。

战 城 南①

战城南,死郭北②,野死不葬乌可食③。为我谓乌④,且为客豪⑤,野死谅不葬⑥,腐肉安能去子逃⑦。水深激激⑧,蒲苇冥冥⑨。枭骑战斗死⑩,驽马裴回鸣⑪。梁筑室⑫,何以南,梁何北。禾黍而获君何食,愿为忠臣安可得⑬。思子良臣⑭,良臣诚可思⑮。朝行出攻,莫不夜归⑯。

【注释】

① 《宋书·乐志》,《乐府诗集》卷十六,《文选补遗》卷三十四,《风雅翼》,《选诗补遗》下,《广文选》卷十二,《古诗纪》卷十五。此诗为悼念阵亡士卒的哀歌,郑文《汉诗选笺》认为此诗是诅咒战败并哀悼阵亡战士之诗,稍有不同。

② 战城南,死郭北:两句互文。郭,外城。

③ 野死:战死在野外。乌:乌鸦,嗜腐肉。

④ 为:《文选补遗》无"为"字。我:作者自称。

⑤ 客:指战死者,即下文之忠臣、良臣。豪:通"譹",即号哭之"号"。古人对新死者例行招魂之礼,招时且哭且说,即所谓"号"。

⑥ 谅:信,为揣测之辞,想必。

⑦ 子:指乌鸦。此句意为,反正战士死在野外,无论如何都是乌鸦的美餐,只是请求乌鸦先不要吃死者的肉,等招魂之礼完成后再吃。

⑧ 激激:清澈貌。

⑨ 冥冥:幽暗寂寞貌。

⑩ 枭骑:枭通"骁"。骁骑,善战骏马,实用以指善战之人。

⑪ 驽马:劣马,驽钝的马,实指不善战者。裴回:徘徊,回旋。

⑫ "梁筑室"三句:在桥梁上建造房子,一说为在桥梁上构筑营垒。梁何北:《文选补遗》此三字作"何以北",《风雅翼》、《广文选》、《古诗纪》并同。徐仁甫《古诗别解》:"梁为桥梁,所以通南北者,若梁上筑室,则何以通南,何以通北乎?"再一说:"梁"为表声字,无义。

⑬ 此两句意为桥上筑起房屋如何交通南北?庄稼没有收获士卒用什么充饥?无食充饥如何战斗为君效力尽忠?而:《风雅翼》作"不",《广文选》、《古诗纪》同。

⑭ 子:指战死者。良臣:对战死者的美称。

⑮ 诚可思:实在值得怀念。

⑯ 莫不夜归:到晚上也没回来,指战士战死沙场。莫不夜:《文选补遗》作"暮夜不"。

巫山高①

巫山高②,高以大③。淮水深④,难以逝⑤。我欲东归,害梁不为⑥。我集无高曳⑦,水何梁汤汤回回⑧。临水远望,泣下沾衣。远道之人心思归,谓之何。

【注释】

① 见《宋书·乐志》,《乐府诗集》卷十六,《广文选》卷十二,《古诗纪》卷十五。此为游子思乡之作,欲归乡而不得,假托巫山、淮水之高深阻碍了自己回乡。也有学者认为《巫山高》为汉高祖刘邦在平定三秦时,随刘邦征戍的巴渝地区的賨人所唱。(王建伟《汉鼓吹铙歌〈巫山高〉试解》,载《四川文物》1998年2期。)

② 巫山:山名,在四川省巫山县东南。山形如"巫"字,故名。

③ 以:且。

④ 淮水:即淮河,源出今河南南部桐柏山,东流经安徽、江苏北部入海。

⑤ 逝:渡过。

⑥ 害梁不为:害,何。梁:表声字,无义。

⑦ 集高曳:逯钦立认为集高曳为"济篙枻(yè)"之借字,渡河用的船桨。

⑧ 水何梁汤汤(shāng)回回:梁,表声字,无义。汤汤,大水貌。回回,水回旋貌。

上 陵①

上陵何美美②,下津风以寒③。问客从何来,言从水中央。桂树为君船,青丝为君笮④。木兰为君櫂⑤,黄金错其间⑥。沧海之雀赤翅鸿,白雁随⑦。山林乍开乍合,曾不知日月明。醴泉之水⑧,光泽何蔚蔚。芝为车,龙为马。览遨游,四海外。甘露初二年⑨,芝生铜池中⑩。仙人下来饮⑪,延寿千万岁。

【注释】

① 见《宋书·乐志》,《乐府诗集》卷十六,《广文选》卷十二,《古诗纪》卷十五,又《北堂书钞》卷五百三十八、《太平御览》卷七百七十一并引笮、间二韵。据《汉书·礼乐志》载:"宣帝即位,由武帝正统兴,故立三年,尊孝武庙为世宗,行所巡狩郡国皆立庙。告祠世宗庙日,有白鹤集后庭。以立世宗庙告祠孝昭寝,有雁五色集殿前。西河筑世宗庙,神光兴于殿旁,有鸟如白鹤,前赤后青。神光又兴于房中,如烛状。广川国世宗庙殿上有钟音,门户大开,夜有光,殿上尽明。"又《汉书·宣帝纪》神爵元年(前61)诏曰:"乃者金芝九茎,产于函德殿铜池中。"甘露二年(前52)诏曰:"乃者凤凰甘露,降集京师,黄龙澄兴,醴泉滂流。

枯槁荣茂,神光并见,咸受祯祥。"诗中有大量的祥瑞出现,并且提到"甘露初二年",是此诗作于宣帝时,为赞美宣帝之辞。

② 上陵何美美:逯钦立认为:此"上陵"与下文"山林"都是"上林"之误。诗中"上陵"与"下津"对举,都是地名。美美:谓景色壮丽。

③ 下津:地名,不详。以:且。

④ 笮:拉船用的竹索。

⑤ 木兰:香木名。又名杜兰、林兰,皮似桂而香,状如楠树。櫂:《北堂书钞》作"棹",《太平御览》同。

⑥ 黄金错其间:谓涂金以为文饰。

⑦ 雀:在这里为鸟的通称。赤翅鸿、白雁:都是指宣帝时所出现的祥瑞,见注释①。

⑧ 醴泉:甘甜的泉水。《太平御览》卷八百七十三引孙氏《瑞应图》:"醴泉者,水之精也,味甘如醴。泉出流所及,草木皆茂,饮之令人寿也。"

⑨ 甘露:汉宣帝年号(前53—前50),因凤凰、甘露等祥瑞集京师而改。

⑩ 芝生铜池中:亦为祥瑞。《汉书·宣帝纪》神爵元年诏曰:"乃者金芝九茎,产于函德殿铜池中。"

⑪ 仙人下来饮:《太平御览》卷八百七十三引孙氏《瑞应图》:"理讼得所,醴泉出于京师,有仙人以爵酌之。"

将 进 酒①

将进酒②,乘大白③,辨加哉④。诗审搏⑤,放故歌⑥。心所作⑦,同阴气⑧。诗悉索⑨,使禹良工观者苦⑩。

【注释】

① 出《宋书·乐志》,《乐府诗集》卷十六,《古诗纪》卷十五。此诗为饮酒宴会之歌。

② 将(qiāng):请,表示尊敬之词。

③ 乘:用,举。大白:即大杯。

④ 辨加:闻一多认为"辨"与"辩"通,指饮酒中的言辞辩论。赵敏俐认为即"遍加",指遍加酒,给所有的大杯斟满酒。加:《古诗纪》作"佳"。

⑤ 诗审搏:诗:辞。审:精工。博:广泛。二句意为饮酒之际,参加宴会者议论纷纷,相互辩驳,所用言辞详尽而繁博。

⑥ 放:"仿",仿效。

⑦ 心:逯钦立认为是"新"之借字。

⑧ 阴气:闻一多、郑文以其为阴声,即大吕、应钟、南吕、函钟、小吕、夹钟。逯钦立认为是"饮泣"之借字,赵敏俐认为是"饮讫"之借字。

⑨ 诗悉索:闻一多、郑文指其词音细微幽妙。赵敏俐认为是指把诗全都取来吟诵或歌唱。

⑩ 禹良工:谓良工如禹者。苦:当作"若"。与白、搏、作、索为韵。若,顺也,言观者心皆惬意。

君 马 黄①

君马黄,臣马苍,二马同逐臣马良。易之有魁蔡有赭②。美人归以南,驾车驰马,美人伤我心。佳人归以北,驾车驰马,佳人安终极③。

【注释】

① 出《宋书·乐志》,《乐府诗集》卷十六,《文选补遗》卷三十四,《风雅翼》,《选诗补遗》下,《广文选》卷十二,《古诗纪》卷十五。此诗写朋友之间相互交好而最终相背离。

② 易:战国燕故邑,汉涿郡易县。魁(guī):浅黑色的马,《文选补遗》作"丑"。蔡:周代诸侯国名,在今河南省上蔡、新蔡等县一带。赭:毛色赤白相夹杂的马。

③ 终极:穷尽,最后。

芳 树①

芳树日月②,君乱如于风③。芳树不上无心④,温而鹄,三而为行⑤。临兰池⑥,心中怀我怅⑦。心不可匡⑧,目不可顾,妒人之子愁杀人⑨。君有它心,乐不可禁⑩。王将何似⑪?如孙如鱼乎⑫,悲矣!

【注释】

① 出《宋书·乐志》,《乐府诗集》卷十六,《古诗纪》卷十五。此诗不易理解,似写女子被抛弃之后的无限怨怅。

② 日月:犹"今兹",现在。

③ 君乱如于风:"君"为衍字。结合上句,此句意思为芳树被风吹乱。

④ 芳树不上无心:据许云和解释,此句中"不"字应为"下"。这句话的意思是芳树之心性姿态,上下皆出于无心(《汉乐府研究三题》,见《汉魏六朝文学考论》第185页,上海古籍出版社2006年)。

⑤ 温而鹄,三而为行:温,颜色和柔。鹄,直立。此句意思是芳树颜色和柔,排列成行。

⑥ 临兰池:《史记·秦始皇本纪》:"夜出逢盗兰池。"《集解》:"《地理志》:'渭城县有兰池宫。'"《正义》:"《括地志》云:'兰池陂即古之兰池,在咸阳县界。《秦记》云:始皇都长安,引渭水为池,筑为蓬、瀛,刻石为鲸,长二百丈。逢盗之处也。'"诗中之兰池盖指此处。

47

⑦ 心中怀我怅:心中有无限惆怅。
⑧ 匡:匡正。
⑨ 妒人之子愁杀人:子,指女子。妒人之子:受君王宠幸的妃子。
⑩ 此句意为:君王有了新欢,正沉浸在快乐之中。它,《乐府诗集》作"他"。
⑪ 王将何似:王下一步会怎么样。
⑫ 如孙如鱼:"孙"读为"荪","荪"即"荃"字,是一种饵鱼的香草。古代常用鱼与饵代表男女之间的关系。鱼受惑于饵,比喻君王受惑于新宠嬖妾。

有 所 思①

有所思,乃在大海南②。何用问遗君③?双珠玳瑁簪④,用玉绍缭之⑤。闻君有它心⑥,拉杂摧烧之⑦。摧烧之,当风扬其灰。从今以往,勿复相思,相思与君绝⑧。鸡鸣狗吠,兄嫂当知之⑨。妃呼狶⑩,秋风肃肃晨风飔⑪,东方须臾高知之⑫。

【注释】

① 出《宋书·乐志》,《乐府诗集》卷十六,《广文选》卷十二,《古诗纪》卷十五,又《太平御览》卷六百八十引南、簪二韵。此诗写一女子在听到爱人变心前后的情绪、行动,表现了女子真挚热烈的情感。

② 此二句意思是我思念的人在大海之南。

③ 问遗(wèi):赠与。《太平御览》作"为问遗"。

④ 双珠玳瑁簪:古代男女用来绾住头发或把头发别在帽子上的首饰,上面是用玳瑁的甲壳装饰,两边各有一珠。玳瑁:海龟的一类。

⑤ 绍缭:缠绕。

⑥ 他心:二心,心有他属。《乐府诗集》无"心"。

⑦ 拉杂:折断。摧烧:拆毁焚烧。

⑧ 这三句意为以后与君断绝相思。

⑨ 这两句为女子回忆当时约会时的情景:曾经惊动了鸡狗,哥嫂一定知道了我们之间的事。

⑩ 妃呼狶:象声词,无实义。

⑪ 肃肃:风声。晨风飔(sī):"飔"为"思"之讹。晨风:鸟名,鹞子一类的鸟,常朝鸣以求偶。此句言晨风鸟慕类悲鸣,隐喻求偶失败。

⑫ 此句意思是东方发白,天色渐明。须臾,不久。高,此处音义同"皓"。

雉子班①

雉子！班如此②，之于雉梁③。无以吾翁孺④，雉子！知得雉子高飞止，黄鹄飞之以千里⑤，王可思⑥。雄来飞从雌，视子趋一雉⑦，雉子！车大驾马滕⑧，被王送行所中⑨。尧羊飞从王孙行⑩。

【注释】

① 出《宋书·乐志》，《乐府诗集》卷十六，《古诗纪》卷十五。本诗具有寓言色彩，写一只雉鸟的幼子被人引诱捕捉以供玩乐，表现了它与其亲子的生离死别之情，与《乌生八九子》有相似之处。

② 班：同斑，文彩貌。

③ 之于雉梁：飞往山梁。

④ 无以吾翁孺：无：同"毋"，不要。吾："悟"之省字，接近。翁孺：指人类。

⑤ 黄鹄飞之以千里：言黄鹄飞行用千里计算。

⑥ 王可思：郑文《汉诗选笺》认为"王"读为旺，使气力旺盛，即思鼓劲。

⑦ 视子趋一雉：趋：就，靠近。"一雉"之"雉"，指雉媒，驯化过的野雉，用以作诱饵捕捉雉鸟。

⑧ 滕：通"腾"。

⑨ 被王送行所中：王送，当作"生送"。行所：行在所，天子出京所住之地。

⑩ 尧羊飞从王孙行：此句意为王孙得雉子，雉子与王孙同在车上，故老雉随王孙飞行。尧羊：即"翱翔"。

圣人出①

圣人出，阴阳和。美人出，游九河②。佳人来，骈离哉何③。驾六飞龙四时和，君之臣明护不道④。美人哉，宜天子⑤。免甘星筮乐甫始⑥，美人子⑦，含四海⑧。

【注释】

① 出《宋书·乐志》，《乐府诗集》卷十六，《广文选》卷十二，《古诗纪》卷十五。此为歌颂天子之诗。

② 九河：禹时黄河的九条支流。近人多认为是古代黄河下游许多支流的总称，也泛指黄河。

③ 骈：古代驾车的马，在中间的叫服，在两旁的叫骈。离哉何："离何"与"迤倚"音近意同，指驾车时一高一下。

④ 明:闻一多认为当作"萌",与"民"通。护不道:徐仁甫《古诗别解》认为,"护"为"谁"之误。道,称道。

⑤ 宜:即"仪",匹配。

⑥ 免甘星筮乐甫始:甘,徐仁甫《古诗别解》认为是"用"的意思。星筮:以星象占验吉凶。乐甫始:意为奏甫始之乐,或意为音乐刚刚开始。甫始:或为乐名。

⑦ 子:与"哉"同,为声之转。

⑧ 含:与"函"通,包含,容纳。

上 邪①

上邪②!我欲与君相知③,长命无绝衰④。山无陵⑤,江水为竭,冬雷震震⑥,夏雨雪⑦,天地合,乃敢与君绝!

【注释】

① 《宋书·乐志》,《乐府诗集》卷十六,《广文选》卷十二,《古诗纪》卷十五。《古诗纪》:邪,一作"雅"。此诗为一女子的誓词,将五件不可能发生的事作为绝交的条件,表现了女子真挚、强烈的情感。

② 上:指天。邪:读为"耶",语词。

③ 相知:相亲相爱。

④ 命:使,令。

⑤ 陵:山峰。

⑥ 震震:雷声。

⑦ 雨(yù):动词,落下。

临 高 台①

临高台以轩②,下有清水清且寒。江有香草目以兰③,黄鹄高飞离哉翻④。关弓射鹄⑤,令我主寿万年!收中吾⑥。

【注释】

① 《宋书·乐志》,《乐府诗集》卷十六,《风雅翼》,《选诗补遗》下,《广文选》卷十二,《古诗纪》卷十五。此为游宴祝颂之词。

② 临高台以轩:"以"前疑缺"高"字,曹丕《临高台篇》:"临台高,高以轩。"以:且。轩:高举貌。

③ 目:疑当为"苴",香草名。

50

④ 离哉翻：离翻，飞貌。哉，句中发语词，凑足音节。
⑤ 关：引弓。
⑥ 收中吾：此句疑为残句，亦或为记录曲调的文字，不知何意。

远 如 期①

远如期，益如寿②。处天左侧③，大乐万岁，与天无极④。雅乐陈，佳哉纷。单于自归⑤，动如惊心。虞心大佳⑥，万人还来，谒者引向殿陈⑦。累世未尝闻之，增寿万年亦诚哉⑧！

【注释】

① 出《宋书·乐志》，《乐府诗集》十六，《广文选》卷十二，《古诗纪》卷十五。此诗一名《远期》。逯钦立认为此诗为美宣帝时单于来朝之作。据《汉书》卷八《宣帝纪》载："匈奴呼韩邪单于稽侯狦（shān）来朝，赞谒称藩臣而不名。赐以玺绶、冠带、衣裳、安车、四马、黄金、锦绣、缯絮。使有司道单于先行就邸长安，宿长平。上自甘泉宿池阳宫。上登长平阪，诏单于毋谒。其左右当户之群皆列观，蛮夷君长王侯迎者数万人，夹道陈。上登渭桥，咸称万岁。单于就邸。置酒建章宫，飨赐单于，观以珍宝。"单于来朝事在甘露三年（前51），此时正值汉朝祥瑞毕至之时，前已有《上陵》一曲美宣帝，匈奴来朝，万国归附，作歌美宣帝是很合理的。另外，诗中的句子，如"单于自归"、"万人还来"等也是与史料记载相一致的。
② 远如期，益如寿："如"与"汝"声同，即"汝"意。这两句为颂祷之辞，祝宣帝长寿。
③ 处天左侧：古人方位观念，左为东，右为西。匈奴在中国西边，中国在匈奴东边。自匈奴言之，汉天子自然处天的东边，故称"处天左侧"。
④ 这两句为作诗者代单于颂汉天子之词。
⑤ 单于自归：指呼韩邪单于来归附。
⑥ 虞：乐，因单于来附而高兴。
⑦ 谒者：官名，秦置，汉因之，掌宾赞，又称大谒者。引向殿陈：引导归附者在殿廷陈列。
⑧ 增寿万年亦诚哉：此句亦为向宣帝祝福的颂词。

石 留①

石留凉阳凉石水流为沙锡以微河为香向始众冷将风阳北逝肯无敢于扬心邪怀兰志金安薄北方开留离兰

【注释】

① 出《宋书·乐志》,《乐府诗集》卷十六,《古诗纪》卷十五。"留":《古诗纪》作"流"。此诗不易解读,逯钦立解此诗谓:"'留'、'凉'双声,'阳'、'凉'叠韵,皆石之形容。'锡'读为'细',与前曲'高以大'语法同,言细又微也。'冷将风阳北逝',冬日行北陆,故曰阳北逝。盖上言石沙之销毁,下言时光之迅速。"录于此,以备一说。

相和歌辞

今汉乐府所保存的民歌大都属于相和歌辞,大体都产生在东汉。《乐府诗集》:"相和,汉旧曲也,丝竹更相和,执节者歌。本一部,魏明帝分为二,晋荀勖采旧辞施用于世,谓之清商三调歌诗,即沈约所谓因弦管金石造歌以被之者也。"可见汉代相和歌辞在流传到晋代之时,已经失去其声调,荀勖根据古辞作新声与之相配合。其歌辞内容,《晋书·乐志》载:"凡乐章古辞今之存者,并汉街陌谣讴,《江南可采莲》、《乌生八九子》、《白头吟》之属是也。"由此可知主要为民歌。此外,《唐书·乐志》:"平调、清调、瑟调,皆周房中曲之遗声,汉世谓之三调。又有楚调、侧调……总谓之相和调。"张永《元嘉正声技录》:"有《吟叹》四曲,亦列于相和歌。又有《大曲》十五篇,分于诸调。唯《满歌行》一曲,诸调不载,故附见于大曲之下。"今依《乐府诗集》收集汉代民歌的次序将其排列如下。

【相和曲】

箜篌引①

公无渡河,公竟渡河。
堕河而死②,将奈公何③?

【注释】

① 此辞一名《公无渡河》。崔豹《古今注》云:"《箜篌引》者,朝鲜津卒霍里子高妻丽玉所作也。子高晨起刺船,有一白首狂夫,披发提壶,乱流而渡,其妻随而止之,不及,遂堕河而死。于是援箜篌而鼓之,作《公无渡河》之曲,声甚凄怆,曲终,亦投河而死。子高还,

以其声语其妻丽玉,丽玉伤之,乃引箜篌而写其声,闻者莫不垂泪饮泣,名曰《箜篌引》。"见《初学记》卷十六,《白帖》卷十八,《乐府古题要解》卷下作《公无渡河》,另见《乐府诗集》卷二十六,《文选补遗》卷三十四,《广文选》卷十二,《古诗纪》卷十六。

② 《文选》"堕"作"坠",《初学记》"堕"上有"公"字。《白帖》作"公堕河"。

③ 《初学记》无"公"字。

江　南①

江南可采莲②,莲叶何田田。鱼戏莲叶间。
鱼戏莲叶东,鱼戏莲叶西,鱼戏莲叶南,鱼戏莲叶北。

【注释】

① 此诗写江南采莲时的场面,语言质朴,却充满生动活泼的气息。最后五句虽然只改变其中一字,却不显得呆板沉闷。《乐府诗集》引《乐府解题》:"江南古辞,盖美芳晨丽景,嬉游得时。"见《宋书》卷二十一《乐志》,另见《乐府诗集》卷二十六,《文选补遗》卷三十四,《古诗纪》卷十六,又《艺文类聚》卷八十二作《古诗》,引莲、田、东、西、南、北四韵,《白帖》卷三十作《古诗》,引"鱼戏莲叶下"一句,可能为异文。《太平御览》卷九百九十九作《古诗》,引莲、田二韵。

② 莲:此诗中"莲"字,《艺文类聚》均作"荷"。

东　光①

东光平,苍梧何不平②?
苍梧多腐粟,无益诸军粮。
诸军游荡子③,早行多悲伤。

【注释】

① 此诗内容盖写将士出征及征役之苦。《古今乐录》引张永《元嘉正声技录》云:《东光》旧有弦无音,宋识造其声歌。《乐府诗集》卷二十七云:此曲魏晋乐所奏。出《宋书》卷二十一《乐志》,另见《乐府诗集》卷二十七,《古乐府》卷四,《广文选》卷十二,《古诗纪》卷十六。东光:属冀州渤海郡,县治在今河北省沧州市东光县。

② 苍梧:郡治在广信县(在今广西梧州市),属交阯刺史部。辖境大致相当于今广西都庞岭、大瑶山以东,广东肇庆、罗定以西,湖南江永、江华以南,广西藤县、广东信宜以北。汉明帝永平十四年(71)增置鄐平县。

③ 游荡子:出门在外的游子。

薤 露①

薤上露②,何易晞③。
露晞明朝更复落④,人死一去何时归⑤。

【注释】

① 此辞亦名《泰山吟行》,为丧歌。把人命比作薤露,突出了生命的短暂无常。崔豹《古今注》载其本事曰:"《薤露》、《蒿里》,并哀歌也,本出田横门人。横自杀,门人伤之,为作悲歌,言人命奄忽,如薤上露,易晞灭也。亦谓人死魂魄归于蒿里,故有二章。至孝武时,李延年乃分二章为二曲,《薤露》送王公贵人,《蒿里》送士大夫庶人,使挽柩者歌之,亦呼为《挽歌》。"见《古今注》中,另见《后汉书》卷六十一《周举传》注、《文选》卷二十八《挽歌诗》注、《初学记》卷十四、《太平御览》卷十二,又五百五十二作《古辞》、《乐府诗集》卷二十七、《事类赋·露赋》注、《合璧事类》卷六十八、《草堂诗笺》卷二十四《故秘诗》注、《古诗纪》卷十六,又《文选》卷二十四《赠白马王彪》诗注、《白帖》卷二、《太平御览》卷九百七十七引第一句。

② 薤(xiè):多年生草本植物,地下有鳞茎,鳞茎和嫩叶可食。《后汉书》注作"䪥"。《初学记》"露"上有"朝"字,《文选》注、《古今注》、《合璧事类》、《草堂诗注》同,《文选》注"露"上或有"零"字。

③ 何易:《白孔六帖》作"朝日"。晞:干。《太平御览》卷九百九十七作"稀"。

④ 露晞:《太平御览》无此二字,《事类赋》同。更:《后汉书》注作"还"。落:《初学记》作"露",《太平御览》卷五百五十二作"露",《古今注》作"滋"。

⑤ 《太平御览》卷十二无"一去"二字,《事类赋》同。

蒿 里①

蒿里谁家地,聚敛魂魄无贤愚②。
鬼伯一何相催促,人命不得少踟蹰③。

【注释】

① 蒿里:即蒿里山,位于今泰山火车站南,汉以前称作"高里山"。相传人死后魂魄归于此地。此辞本事,参看《薤露》注①,同样抒发生命无常的感慨。《古诗纪》作《蒿里曲》。见《古今注》下,另见《文选》卷二十八《挽歌诗》注、《初学记》卷十四、《太平御览》卷五百五十二、《乐府诗集》卷二十七、《乐府古题要解》上、《草堂诗笺》卷二十四《故秘诗》注引《古今注》、《合璧事类》卷六十八引干宝《搜神记》、《古诗纪》卷十六。

② 聚:《草堂诗笺》作"收"。魂:《太平御览》作"精",《草堂诗笺》同。魄:《太平御览》作"魂"。

③ 人命:《乐府要解》作"今乃"。

鸡　鸣①

　　鸡鸣高树巅,狗吠深宫中②。
　　荡子何所之③,天下方太平。
　　刑法非有贷④,柔协正乱名⑤。
　　黄金为君门,璧玉为轩阑堂⑥。
　　上有双樽酒,作使邯郸倡。
　　刘王碧青甓⑦,后出郭门王⑧。
　　舍后有方池,池中双鸳鸯。
　　鸳鸯七十二,罗列自成行⑨。
　　鸣声何啾啾,闻我殿东厢⑩。
　　兄弟四五人,皆为侍中郎⑪。
　　五日一时来,观者满足傍。
　　黄金络马头,颎颎何煌煌⑫。
　　桃生露井上⑬,李树生桃傍⑭。
　　虫来啮桃根⑮,李树代桃僵⑯。
　　树木身相代,兄弟还相忘⑰。

【注释】

① 《乐府诗集》以此为魏晋乐所奏。汉时古曲至魏晋时期往往被乐工重新编配,成为新的音乐形式,但歌辞基本保持不变。后皆类此。此歌辞前后文意不连贯,疑原非一首,由不同乐府割裂拼凑而成。见《宋书》卷二十一《乐志》,另见《乐府诗集》卷二十八,《通志·乐略》,《文选补遗》卷三十四,《广文选》卷十二,《古诗纪》卷十六,《艺文类聚》卷八十六作《古歌辞》,引傍、僵、忘三韵,《太平御览》卷九百六十七作《古歌辞》,引傍、僵、忘三韵,《事类赋·井赋注》作《古诗》,引傍、僵二韵。

② 宫:《通志》作"巷"。

③ 荡子:指辞家远出、羁旅忘返的男子。

④ 贷:宽恕,饶恕。

⑤ 柔协:以怀柔协和远方。协:《文选补遗》作"叶"。

⑥ 璧:《乐府诗集》注:一作"碧"。阑:《古诗纪》无"阑"字。

⑦ 刘玉:似应作"琉玉",即玉石。玉:《乐府诗集》作"王",《文选补遗》、《广文选》、《古诗纪》并同。甓(pì):砖。

⑧ 王:《文选补遗》作"望"。以"望"为是。

⑨ 罗:《文选补遗》误作"难"。

⑩ 厢:《宋书》作"箱",古通。

⑪ 侍中郎:一说为侍中,一说即为郎官。

⑫ 颎颎、煌煌:均色彩鲜明、辉煌之貌。

⑬ 桃生:《事类赋》作"种桃"。

⑭ 《艺文类聚》此句作"李生桃树旁"。

⑮ 《太平御览》此句作"虫来食桃桃"。

⑯ 僵:枯死。《乐府诗集》作"殭"。李树代替桃树而死,比喻兄弟互相爱护互相帮助。

⑰ 兄弟:《艺文类聚》作"骨肉",《太平御览》同。

乌 生①

乌生八九子,端坐秦氏桂树间②。

唶我③!秦氏家有游遨荡子④,工用睢阳彊⑤,苏合弹⑥。左手持彊弹两丸⑦,出入乌东西。

唶我!一丸即发中乌身,乌死魂魄飞扬上天。阿母生乌子时,乃在南山岩石间⑧。

唶我!人民安知乌子处?蹊径窈窕安从通?白鹿乃在上林西苑中⑨,射工尚复得白鹿脯⑩。

唶我!黄鹄摩天极高飞⑪,后宫尚复得烹煮之⑫。鲤鱼乃在洛水深渊中,钓钩尚得鲤鱼口。

唶我!人民生各各有寿命,死生何须复道前后?

【注释】

① 《乐府诗集》云,此曲为魏晋乐所奏,一曰《乌生八九子》,《古诗纪》同。此诗借助黄鹄能高飞却为人用弹弓所获,鹿能疾驰却为人用箭射杀,来说明人生寿命各有定数,不必因年寿长短而戚戚于心,在达观态度背后隐藏着浓厚的悲剧意识。又见《宋书》卷二十一《乐志》,《乐府诗集》卷二十八,《文选补遗》卷三十四,《古诗纪》卷十六,又《文选》卷二十七《从军诗》注作《古乌生八九子歌》,引"黄鹄摩天极高飞"一句。《初学记》卷三十引间、弹两韵,《太平御览》卷三百五十引间、丸二韵、九百〇六引"白鹿"以下四句,又九百一十六作

《魏武乐府》,引"黄鹄"以下二句。

② 端坐:《太平御览》无此二字。

③ 喈(jiē)我:乌鸟的哀鸣声。喈:叹声,《初学记》作"昔"。我:语尾助词。

④ 遨荡子:《太平御览》作"游荡子"。

⑤ 工:《太平御览》作"立",《初学记》无此字。当作"弓"。睢阳:春秋时代宋国之地,在今河南商丘。彊:硬弓。据《阙子》载:宋景公时有工人九年造了一把强弓,弓成而死。

⑥ 苏合:西域香名,由多种香料合成。苏合弹:就是用苏合香和泥做成弹丸。合上句是说弓精弹实。

⑦ 彊:《宋书》作"强",《太平御览》同,《初学记》无此字。弹两丸:《太平御览》只作"弹丸"二字。

⑧ 南山:即终南山,秦岭的主峰,在长安南。

⑨ 上林宛:天子园林,在长安西南,其中多养鸟兽,供天子游猎。

⑩ 脯:干肉。这里作动词,是说射得白鹿来制脯。《太平御览》此句作"射工尚得脯腊之"。

⑪ 鹄:《太平御览》作"鹤"。

⑫ 《太平御览》无"复"字。烹:《宋书》作"亨"。

平 陵 东①

平陵东②,松柏桐③,不知何人劫义公。

劫义公在高堂下,交钱百万两走马④。

两走马,亦诚难,顾见追吏心中恻⑤。

心中恻,血出漉⑥,归告我家卖黄犊。

【注释】

① 《乐府诗集》卷二十八引崔豹《古今注》曰:"《平陵东》,汉翟义门人所作也。"又引《乐府解题》曰:"义,丞相方进之少子,字文仲,为东郡太守。以王莽方篡汉,举兵诛之,不克,见害。门人作歌以怨之也。"并云此曲为魏晋乐所奏。又见《宋书》卷二十一《乐志》,《乐府诗集》卷二十八,《古诗纪》卷十六。

② 平陵:汉昭帝刘弗陵的陵墓,东距未央前殿四十余里,西距茂陵十二里。

③ 松柏桐:古代坟地上常种松柏、梧桐。

④ 走马:善跑的好马。

⑤ 恻:心痛。

⑥ 漉:漫漫地渗下。

陌上桑①

日出东南隅,照我秦氏楼。
秦氏有好女,自名为罗敷。
罗敷喜蚕桑,采桑城南隅。
青丝为笼系,桂枝为笼钩。
头上倭堕髻②,耳中明月珠③。
缃绮为下裙④,紫绮为上襦⑤。
行者见罗敷,下担捋髭须⑥。
少年见罗敷,脱帽着帩头⑦。
耕者忘其犁,锄者忘其锄。
来归相怨怒,但坐观罗敷⑧。
使君从南来⑨,五马立踟蹰⑩。
使君遣吏往,问"是谁家姝⑪?"
"秦氏有好女,自名为罗敷。"
"罗敷年几何?"
"二十尚不足,十五颇有余。"
使君谢罗敷:"宁可共载不?"
罗敷前致辞⑫:"使君一何愚,
使君自有妇,罗敷自有夫。
东方千余骑,夫婿居上头。
何用识夫婿,白马从骊驹⑬。
青丝系马尾,黄金络马头。
腰中鹿卢剑⑭,可直千万余⑮。
十五府小史⑯,二十朝大夫⑰。
三十侍中郎⑱,四十专城居⑲。
为人洁白皙,鬑鬑颇有须⑳。
盈盈公府步㉑,冉冉府中趋㉒。
坐中数千人,皆言夫婿殊㉓。"

【注释】

① 此诗《宋书·乐志》作《艳歌罗敷行》,题名《罗敷》,属大曲。所谓大曲,主要是一种兼有器乐演奏的歌舞曲。完整的大曲由艳→曲→趋(乱)三部分组成,《宋书·乐志》说此诗"前有艳词曲,后有趋"。《玉台新咏》卷一作《日出东南隅行》,《乐府诗集》卷二十八作《艳歌罗敷行·日出东南隅篇》。《艳歌罗敷行》是曲调名,代表它的音乐形式,《日出东南隅》是歌辞名,代表它的歌辞内容。关于此诗的本事,《乐府诗集》卷二十八引崔豹《古今注》:"《陌上桑》者,出秦氏女子。秦氏,邯郸人,有女名罗敷,为邑人千乘王仁妻。王仁后为赵王家令。罗敷出采桑于陌上,赵王登台见而悦之,因置酒欲夺焉。罗敷巧弹筝,乃作《陌上桑》之歌以自明,赵王乃止。"又引《乐府解题》曰:"'古辞言罗敷采桑,为使君所邀,盛夸其夫为侍中郎以拒之。'与前说不同。"从本诗看来,比较符合后者所述。此诗描写一位美丽的采桑女子罗敷,机智地拒绝了使君的邀请,捍卫了自己的名节。诗歌出色地运用了铺叙、烘托、夸张的艺术手法,塑造了一位个性鲜明的艺术形象。此诗另见《广文选》卷十二,《古诗纪》卷十六。又《北堂书钞》卷二十九作《古诗》,引襦一韵,《艺文类聚》卷四十一作《古陌上桑罗敷行》,引楼、敷、隅、钩、珠、襦、躅、姝、馀、不、愚、夫、头、驹、头、馀、夫、居、须、趋二十韵。《初学记》卷十九作《陌上桑行》,引楼、敷、隅、钩、珠、襦、须、头、锄、敷、躅十一韵,卷二十六作《古乐府陌上采桑》,引敷、襦二韵。《白帖》卷二作《古诗》,引襦一韵,《白帖》卷二十三作《古诗》,引隅、钩二韵。《太平御览》卷三百四十四作《古诗》,引馀一韵,卷三百八十一引楼、敷、隅、钩、珠五韵,卷六百八十八作《古诗》,引隅、头二韵,卷六百九十五作《古诗》,引隅、襦二韵,卷六百九十六引敷、襦二韵,卷八百十四作《古乐府歌诗》,引隅、钩、驹、头四韵,卷八百十六作《古诗》,引襦一韵,卷八百二十五作《古艳歌》,引楼、敷、隅三韵。又《韵补》卷一作《古日出东南隅诗》,引隅、钩二韵。《草堂诗笺》卷四《丽人行》注引珠一韵。

② 倭(wō)堕髻:又称堕马髻,发髻偏于一边,呈欲堕之状,是当时流行的发型。倭:《艺文类聚》作"绥",《初学记》作"发",《太平御览》同。

③ 明月珠:宝珠名。

④ 缃:浅黄色。绮:有细密花纹的绫。"缃"《玉台新咏》作"绿",《古诗纪》同,《北堂书钞》作"湘",《太平御览》卷六百九十五作"绀";裙,《玉台新咏》、《艺文类聚》作"裾",《初学记》作"裳"。

⑤ 襦:短袄。

⑥ 捋:抚摩。

⑦ 帩(qiào)头:男子包头发的纱巾。古人先以头巾束发,再戴帽子。帽,《玉台新咏》作"巾"。《后汉书》注、《乐府诗集》、《事文类聚》、《合璧事类》同。

⑧ 坐:因为。

⑨ 使君:汉时对州刺史的称呼。

⑩ 五马:东汉的大部分时间内,作为皇帝使者的州刺史所坐之车为骖驾加騑,共四马。最早在中平四年(187)以后,改为驷马加騑,成为五马之车。

⑪ 姝:美女。
⑫ 置辞:犹"致辞",答话。
⑬ 骊驹:深黑色的小马。
⑭ 鹿卢:通"辘轳",原为井上汲水用的滑轮,此指剑首以玉雕成辘轳形状。
⑮ 直:通"值"。
⑯ 府小史:太守府衙当差的小官吏。
⑰ 朝大夫:朝廷中的大夫。
⑱ 汉代侍中郎为加官,是在原官上特加的荣衔,兼任这种官职的多在皇帝左右侍奉。
⑲ 专城居:治理一城的长官,如太守一类。诗中所叙的官职乃罗敷之夸耀,并不符合汉朝官员升迁的一般程序。
⑳ 鬑(lián)鬑:须发稀疏貌。《玉台新咏》作"翯翯",《艺文类聚》作"鬓鬓"。
㉑ 盈盈:舒缓貌。公府步:犹言"官步"。
㉒ 冉冉:亦为缓步貌。趋:行走。
㉓ 殊:非凡,出众。

【吟叹曲】

王 子 乔①

王子乔,参驾白鹿云中遨②。
参驾白鹿云中遨,下游来。
王子乔,参驾白鹿上至云戏游遨。
上建逋阴广里践近高③,结仙宫,过谒三台④。
东游四海五岳上⑤,过蓬莱紫云台。
三王五帝不足令,令我圣朝应太平⑥。
养民若子事父明,当究天禄永康宁⑦。
玉女罗坐吹笛箫,嗟行圣人游八极⑧。
鸣吐衔福翔殿侧⑨,圣主享万年。
悲今皇帝延寿命。

【注释】
① 《乐府诗集》卷二十九引刘向《列仙传》曰:"王子乔者,周灵王太子晋也,好吹笙作

凤鸣。游伊、洛之间,道人浮丘公接以上嵩高山。三十余年后,求之于山上,见桓良曰:'告我家,七月七日待我于缑氏山头。'至时,果乘白鹤驻山头,望之不得到,举手谢时人,数日而去。为立祠于缑氏山下及嵩高之首焉。"并云此曲是魏晋乐所奏。又见《广文选》卷十二、《古诗纪》卷十六。

② 参:通"骖"。参驾:即驾驭、乘坐。遨:游。

③ 建:立。通阴:未详其地。广里:洛阳有步广里。此两地当为王子乔立祠之处。高:指嵩高山。践近高:是说近于嵩高可以履践。

④ 谒:谒见。三台:星座名。《五礼通考》卷三十五疏引《五陵太守星传》云:"三台,一名天柱。上台司命……中台司中……下台司禄……"

⑤ 上:《广文选》作"山"。

⑥ 朝:《乐府诗集》作"明"。

⑦ 究:尽。

⑧ 刘熙《释名》云:嗟,佐也。这里指玉女吹箫笛以佐行。圣人:指王子乔。

⑨ 此句是说围绕宫殿飞行,以鸣叫表达祝福。

【平调曲】

长 歌 行①

青青园中葵②,朝露待日晞③。
阳春布德泽④,万物生光辉⑤。
常恐秋节至,焜黄华叶衰⑥。
百川东到海,何时复西归。
少壮不努力,老大徒伤悲⑦。

【注释】

① 本诗写人生短促,当努力为乐,莫待年老而悲伤。《事文类聚》引作颜延年诗。见《文选》卷二十七,另见《艺文类聚》卷四十二、《乐府诗集》卷三十、《文章正宗》卷二十九、《古诗纪》卷十六,又《北堂书钞》卷一百五十四引辉一韵,《文选》卷四十三《与吴质书》注引悲一韵,《文选》卷四十五《秋风辞》注引伤一韵,《太平御览》卷二十引晞、晖二韵,《事文类聚》前集卷六引辉一韵。

② 葵:指"冬葵",古代主要的蔬菜,可腌制,又称葵菹。

③ 待:李善本《文选》作"行"。晞:干。

④ 德泽:恩德;恩惠。

⑤ 物:《北堂书钞》作"里"。辉:《文选》作"晖",《太平御览》、《文章正宗》同。
⑥ 焜黄:色衰的样子。华:通"花"。叶:李善本《文选》作"蕊"。
⑦ 徒:李善本《文选》作"乃"。伤悲:《文选》卷四十五《秋风辞》注作"悲伤"。

长 歌 行① (二首)

一

仙人骑白鹿,发短耳何长。
导我上太华②,揽芝获赤幢③。
来到主人门④,奉药一玉箱。
主人服此药,身体日康彊⑤。
发白复更黑⑥。延年寿命长。

【注释】

① 《乐府诗集》卷三十合"岩岩山上亭"通为一首,《古诗纪》卷十六分为二首,注云"《乐府诗集》通作一首,严沧浪云:'茗岩山上亭以下,其义不同,当别为一首也。'"第一首写游仙祈福,第二首为游子思乡,内容迥异,自不可合为一首。《古诗纪》又于"岩岩山上亭"以下注曰:"《艺文类聚》载魏文帝《明津诗》,与此大同而逸其半。"又见《广文选》卷十二,《艺文类聚》卷八十一作《古诗》,引长、箱、强、长四韵,《太平御览》卷九百八十四作《乐府歌》,引长、彊、箱、强、长五韵,《文选》卷二十四《秀才入军诗》注作《古诗》,引音一韵。
② 太华:即西岳华山,在陕西省华阴县南,因其西有少华山,故称太华。
③ 芝:芝草,即灵芝,菌类植物,古人把它视为仙者所食的神草。赤幢:菌盖如伞的红色灵芝。这二句《太平御览》作:"导我奉上药,览之获无疆。"
④ 到:《艺文类聚》作"至"。
⑤ 《乐府诗集》"体"下有"一"字,中华书局点校本据《古诗纪》删。《广文选》同。《古诗纪》云:一有"一"字。彊,《艺文类聚》作"强",《太平御览》同。
⑥ 《乐府诗集》无"复"字,《广文选》同。更:《太平御览》作"还"。

二

岩岩山上亭①,皎皎云间星。
远望使心思②,游子恋所生。
驱车出北门,遥观洛阳城。
凯风吹长棘③,夭夭枝叶倾④。

黄鸟飞相追⑤,咬咬弄音声⑥。

　　伫立望西河,泣下沾罗缨⑦。

【注释】

① 岩岩:高峻的样子。

② 思:悲。

③ 凯风:和风,柔风。棘:泛指有芒刺的草木。

④ 夭夭:嫩弱的样子。

⑤ 飞:《文选》注作"鸣"。

⑥ 咬(jiāo)咬:鸟鸣声。音声:《文选》注作"好音"。

⑦ 罗缨:丝制冠带。

君 子 行①

　　君子防未然,不处嫌疑间。

　　瓜田不纳履②,李下不正冠③。

　　嫂叔不亲授④,长幼不比肩⑤。

　　劳谦得其柄⑥,和光甚独难⑦。

　　周公下白屋,吐哺不及餐。

　　一沐三握发,后世称圣贤⑧。

【注释】

① 出六臣本《文选》卷二十七。此诗教导大众如何才能成为一个君子,即"不处嫌疑间",且要谦虚下人。又见《乐府诗集》卷三十二,《文章正宗》卷二十九,《古诗纪》卷十六,《艺文类聚》卷四十一作《陈思王曹植君子行》,引间、冠、餐、贤四韵,《白帖》卷四、二十八、九十八各引间、冠二韵,《太平御览》卷九百六十八、九百七十八引间、冠二韵,《合璧事类》别集卷四十二引间、冠二韵,又《外集》卷二十四引第四句。

② 纳履:穿鞋。

③ 正:《白帖》、《合璧事类》作"整",《太平御览》卷九百七十八同。

④ 嫂叔不亲授:小叔和嫂子不能亲手递受物品,以表男女有别。

⑤ 长幼不比肩:长辈和晚辈不能挨着走一起,以示长幼有序。

⑥ 劳谦:《周易·谦》九三爻辞云:"劳谦,君子有终,吉。"意为有功劳却不夸耀。柄:根本。全句意为:知道谦退就得到了为人的根本。

⑦ 和光:《老子》五十六章云:"和其光,同其尘。"意为收敛光芒,混同尘世。引申为才华内蕴,不露锋芒。

⑧ 此四句用周公之典。《史记·鲁周公世家》:"周公戒伯禽曰:'我文王之子,武王之弟,成王之叔父,我于天下亦不贱矣。然我一沐三捉发,一饭三吐哺,起以待士,犹恐失天下之贤人。子之鲁,慎无以国骄人。'"白屋,白茅铺顶的房屋,平民所居,代指平民。下白屋即礼贤下士。世:《艺文类聚》作"人"。

猛虎行①（饥不从猛虎食）

饥不从猛虎食②,暮不从野雀栖③。
野雀安无巢,游子为谁骄。

【注释】

① 《猛虎行》:乐府《平调曲》名,此是乐府古辞,见《乐府诗集》卷三十一,另见《文选》卷二十八《猛虎行》注,《文选》卷三十《杂诗》注,《古诗纪》卷十七。
② 猛虎:喻横暴不义之人。这句大意为:再贫困也不跟随横暴不义之人作恶。
③ 野雀:喻卑鄙小人。这句大意是:再窘迫也不与卑鄙小人为伍。

猛虎行①（少年惶且怖）

少年惶且怖,伶俜到他乡②。

【注释】

① 此诗出《文选》卷十六《寡妇赋》注。
② 伶俜:孤单无依的样子。

猛虎行①（禀气有丰约）

禀气有丰约②,受形有短长。

【注释】

① 出《文选》卷五十《谢灵运传论》注。
② 丰:丰沛。约:简要。

【清调曲】

豫章行①

白杨初生时,乃在豫章山。
上叶摩青云②,下根通黄泉。
凉秋八九月,山客持斧斤。
我□何皎皎③,梯落□□□④。
根株已断绝,颠倒岩石间。
大匠持斧绳,锯墨齐两端⑤。
一驱四五里,枝叶自相捐。
□□□□□⑥,会为舟船旛⑦。
身在洛阳宫,根在豫章山。
多谢枝与叶,何时复相连。
吾生百年□⑧,自□□□俱⑨。
何意万人巧,使我离根株。

【注释】

① 豫章在今江西南昌市,《豫章行》为乐府"相和歌·清调曲"调名。此诗写豫章山上白杨被砍后运往城市,成为洛阳宫栋梁,从而遭受根株分离之苦。《乐府诗集》卷三十四认为此是晋乐所奏。又见《古诗纪》卷十六,《艺文类聚》卷八十九作《古诗》,引山、泉二韵。案:《四库》本《乐府诗集》补阙字多处,不知根据何本。

② 摩:擦,蹭,接触。《艺文类聚》作"拂"。

③ □:四库本《乐府诗集》作"心",《古诗纪》注:阙。

④ □□:四库本《乐府诗集》作"叶渐倾",《古诗纪》注:阙。

⑤ 此二句"绳"与"锯"互倒,应作:"大匠持斧锯,绳墨齐两端。"

⑥ □□□□:四库本《乐府诗集》作"弃捐勿复道",《古诗纪》注:阙。

⑦ 旛:焚烧。

⑧ □:四库本《乐府诗集》作"事",《古诗纪》注:阙。

⑨ □□:四库本《乐府诗集》作"与浮云",《古诗纪》注:阙。

董逃行① (二首)

一

吾欲上谒从高山②,山头危险道路难③。

遥望五岳端,黄金为阙班璘④。

但见芝草叶落纷纷。

（一解）

百鸟集,来如烟,山兽纷纶,麟辟邪⑤其端。

鹍鸡声鸣⑥,但见山兽援戏相拘攀。

（二解）

小复前行,玉堂未心怀流还。

传教出门来,门外人何求所言。

欲从圣道,求一得命延。

（三解）

教敕凡吏受言⑦,采取神药若木端⑧。

玉兔长跪捣药虾蟆丸⑨。

奉上陛下一玉柈⑩,服此药可得神仙⑪。

（四解）

服尔神药,莫不欢喜。

陛下长生老寿,四面肃肃稽首。

天神拥护左右⑫,陛下长与天相保守。

（五解）

【注释】

① 此诗主旨为游仙,求仙药以保长寿,称为《董逃行》却与董卓无关。见《宋书》卷二十一《乐志》,另见《乐府诗集》卷三十四,《广文选》卷十二,《古诗纪》卷十六。《艺文类聚》卷九十五作《古歌诗》,引端、丸、拌三韵,《太平御览》卷九百〇七作《乐府歌诗》,引端、丸、柈三韵。

② 上谒:求见地位或辈分高的人。

③ 道路难:《宋书》作"大难",《乐府诗集》同。

④ 阙:宫阙。班璘:同"斑斓",灿烂多彩貌。

⑤ 纷纶:众多貌。麟:古代传说中的祥瑞动物,像鹿,全身有鳞甲,有尾。辟邪:神

兽,有翼的狮虎。

⑥ 鹍鸡:鸟名,似鹤。

⑦ 教敕:教诫;教训。

⑧ 若木:神话中供太阳栖息的神木。《宋书》作"若水",《艺文类聚》只作"山"字,《太平御览》作"山之"。

⑨ 虾蟆丸:一味仙药。古人认为蟾蜍是长寿之物,服食以它为原料配制的药物能够长生不老。玉:《宋书》作"白",《艺文类聚》、《太平御览》、《乐府诗集》、《广文选》同。《艺文类聚》无"长跪"二字,《太平御览》同。《艺文类聚》无"药"字,《太平御览》作"成"。

⑩ 柈(bàn):盛物之器。

⑪ 神:《宋书》作"即"。

⑫ 拥:《宋书》作"攊"。

二①

年命冉冉我遒②,零落下归山丘。

【注释】

① 出《汉魏诗乘补遗》,题为《古董逃行》,又见《文选》卷二十二《宿东园诗》注引前一句。此诗表达时不我待之感。

② 《广雅·释诂》:"遒,急也。"

相逢行①

相逢狭路间,道隘不容车。
不知何年少②,夹毂问君家③。
君家诚易知,易知复难忘④。
黄金为君门,白玉为君堂⑤。
堂上置樽酒⑥,作使邯郸倡⑦。
中庭生桂树⑧,华镫何煌煌。
兄弟两三人,中子为侍郎⑨。
五日一来归⑩,道上自生光。
黄金络马头⑪,观者盈道傍⑫。
入门时左顾⑬,但见双鸳鸯。
鸳鸯七十二,罗列自成行。
音声何噰噰⑭,鹤鸣东西厢。

大妇织绮罗⑮,中妇织流黄⑯。

小妇无所为⑰,挟瑟上高堂。

丈人且安坐,调丝方未央⑱。

【注释】

① 此诗一作《相逢狭路间行》,亦名《长安有狭斜行》。《乐府诗集》卷三十四引《乐府解题》曰:古辞文意与《鸡鸣曲》同。此诗写富贵之家的生活,场景颇为生动。《玉台新咏》卷一作《相逢狭路间》。另见《广文选》卷十二,《古诗纪》卷十六。《艺文类聚》卷四十一引车、家、忘、堂、煌、郎、光、傍、鸯、黄、堂、央十二韵。《初学记》卷十八作《古乐府诗》,引忘、堂、倡、煌、郎、光、傍七韵。《文选》卷十四《舞鹤赋》注作《古乐府》,引堂、倡二韵,卷二十二《古意酬到长史》注引郎、傍二韵。《太平御览》卷一百七十六作《古诗》,引堂、煌二韵。

② 此句《玉台新咏》作"如何两少年"。

③ 毂:轮之中央为毂。夹:《玉台新咏》作"挟",注:一作"夹"。夹毂:犹言夹车。

④ 易知:《初学记》作"悠悠"。

⑤ 白:《艺文类聚》作"璧"。玉:《文选》注作"璧"。

⑥ 堂上置:《文选》注作"上有双"。置酒樽:《初学记》作"罗酒樽"。

⑦ 作使:犹役使。《玉台新咏》作"使作",《初学记》同。邯郸:赵地一大都会;倡:女乐。赵地女子多习歌舞,游媚富贵之家。

⑧ 中庭:《太平御览》作"庭中"。

⑨ 侍郎:官名,东汉尚书有侍郎三十六人,秩各四百石。《文选》注作"侍中郎"。

⑩ 五日一来归:汉朝的中朝官每五日有一次例假,叫做"休沐"。一:《艺文类聚》作"因";归:《玉台新咏》作"游"。

⑪ 络:《玉台新咏》作"骆"。

⑫ 盈道:《玉台新咏》、《文选》注作"满路"。

⑬ 左:《艺文类聚》作"一"。左顾:即回顾,左右都有回环的意思。

⑭ 噰(yōng)噰:鸟鸣声。

⑮ 绮罗:《玉台新咏》作"罗绮"。

⑯ 流黄:又作"留黄",黄紫色的绢。

⑰ 小:《广文选》作"少"。为:《玉台新咏》作"作"。

⑱ 方未央:没有结束。《玉台新咏》作"未遽央",《匡谬正俗》同,《艺文类聚》作"调弦未遽央",《乐府诗集》注:一作"调丝未遽央"。

长安有狭斜行①

长安有狭斜,狭斜不容车。

适逢两少年，夹毂问君家。
　　君家新市傍，易知复难忘。
　　大子二千石②，中子孝廉郎③。
　　小子无官职，衣冠仕洛阳。
　　三子俱入室，室中自生光。
　　大妇织绮纻④，中妇织流黄。
　　小妇无所为⑤，挟琴上高堂。
　　丈人且徐徐⑥，调弦讵未央⑦。

【注释】

① 狭斜，又作狭邪，即狭路。见《乐府诗集》卷三十五，另见《古诗纪》卷十六。《太平御览》卷八百十六作《古歌诗》，引黄、堂二韵，又八百二十六作《古歌辞》，引黄、堂、史三韵。此诗与上一首《相逢行》，诗意与文辞大同小异。

② 二千石：汉代的官秩，光武帝时的月俸为每月一百二十斛。

③ 孝廉郎：即是以孝廉的资格为郎官。

④ 纻(zhù)：苎麻纤维织成的布。《乐府诗集》注云：一作"罗"。

⑤ 为：《太平御览》卷八百一十六作"作"。

⑥ 人：《太平御览》作"夫"，《乐府诗集》同。徐徐：安稳、宽舒貌。

⑦ 讵：《太平御览》作"遽"。

【瑟调曲】

善 哉 行①

　　来日大难，口燥唇干。
　　今日相乐，皆当喜欢。
　　　　（一解）
　　经历名山②，芝草翻翻③。
　　仙人王乔，奉药一丸。
　　　　（二解）
　　自惜袖短，内手知寒④。
　　惭无灵辄⑤，以报赵宣⑥。
　　　　（三解）

月没参横⑦,北斗阑干⑧。

亲交在门⑨,饥不及餐⑩

　　(四解)

欢日尚少,戚日苦多。

何以忘忧⑪,弹筝酒歌。

　　(五解)

淮南八公⑫,要道不烦。

参驾六龙,游戏云端。

　　(六解)

【注释】

① 《乐府诗集》卷三十六引《乐府解题》曰:"古辞云'来日大难,口燥唇干。'言人命不可保,当见亲友,且永长年岁,与王乔八公游焉。"又说此诗为魏晋乐所奏,可见其音乐形式和文辞的一部分在魏晋时期有过改编与增补。此诗主旨与《乐府解题》所言一致。又见《宋书》卷二十一《乐志》,《广文选》卷十二,《古诗纪》卷十六,《艺文类聚》卷四十一作魏陈思王曹植诗,引干、欢、翩、丸、寒、宣、干、餐八韵,《初学记》卷十八引干、飧二韵,《太平御览》卷四百十引干、餐二韵,吴棫《韵补》卷二作曹植诗,引宣、干二韵,又引翩、丸二韵。

② 经:《艺文类聚》作"径",《韵补》同。

③ 翻翻:《艺文类聚》作"翩翩",《韵补》同。

④ 内:通"纳"。

⑤ 辙:《艺文类聚》、《乐府诗集》、《广文选》并作"辄"。《左传》宣公二年载:灵辄饥困于翳桑时,受食于赵盾,盾并以箪食与肉遗其母。后辄为晋灵公甲士,灵公伏甲欲杀盾,辄倒戈相救。盾问其故,曰:"翳桑之饿人也。"遂自逃去。

⑥ 报:《宋书》作"救",《艺文类聚》同。

⑦ 没:《宋书》作"落",《韵补》同。参:星名,二十八宿之一。

⑧ 阑干:横斜貌。

⑨ 交:《宋书》作"友",《艺文类聚》、《初学记》、《太平御览》同。

⑩ 此句《初学记》作"忘寝与餐",《太平御览》同。

⑪ 何以:《乐府诗集》作"以何"。

⑫ 淮南八公:为道教仙话中的八位仙人,原型是西汉淮南王刘安的八个门客,即苏飞、李尚、左吴、田由、雷被、毛周、伍被、晋昌,世称"八公"。后来《神仙传》和《灵异录》将他们衍化为八位仙人。

陇西行①（二首）

一

邪径过空庐，好人常独居。
卒得神仙道，上与天相扶②。
过谒王父母③，乃在太山隅。
离天四五里，道逢赤松俱④。
揽辔为我御，将吾天上游⑤。
天上何所有，历历种白榆⑥。
桂树夹道生⑦，青龙对伏趺⑧。
凤凰鸣啾啾，一母将九雏⑨。
顾视世间人，为乐甚独殊。
好妇出迎客，颜色正敷愉⑩。
伸腰再拜跪，问客平安不⑪。
请客北堂上，坐客毡氍毹⑫。
清白各异樽⑬，酒上玉华疏⑭。
酌酒持与客⑮，客言主人持。
却略再拜跪，然后持一杯。
谈笑未及竟，左顾敕中厨⑯。
促令办粗饭，慎莫使稽留。
废礼送客出⑰，盈盈府中趋。
送客亦不远，足不过门枢。
取妇得如此，齐姜亦不如⑱。
健妇持门户⑲，亦胜一丈夫⑳。

【注释】

① 《乐府诗集》卷三十七云：一曰《步出夏门行》。《乐府解题》曰："古辞云'天上何所有，历历种白榆'。始言妇有容色，能应门承宾。次言善于主馈，终言送迎有礼。此篇出诸集，不入《乐志》。若梁简文'陇西四战地'，但言辛苦征战，佳人怨思而已。"王僧虔《技录》云："《陇西行》歌武帝'碣石'、文帝'夏门'二篇。"《通典》曰："秦置陇西郡，以居陇坻之西为名。后魏紧置渭州。《禹贡》曰：'导渭自鸟鼠同穴。'即其地也。今首阳山亦在焉。"《古诗纪》云：此篇之辞，前后不属，首四句乃与《步出夏门行》同，而辞意复备。逯钦立《先秦汉魏晋南北朝诗》云：《古诗纪》此说甚善，细勘之，《陇西行》与《步出夏门行》实同属一篇也。

一、《步出夏门行》辞云:"邪径过空庐,好人常独居。卒得神仙道,上与天相扶。过谒王父母,乃在太山隅。离天四五里,道逢赤松俱。揽辔为我御,将我上天游。天上何所有,历历种白榆。桂树夹道生,青龙对伏跌。"文义不完,且与《陇西行》之前段大同小异。二、《宋志》《乐府诗集》皆言《陇西行》一曰《步出夏门》,是二调古辞亦原为一篇,特标题不同耳。三、"凤皇鸣啾啾,一母将九雏"二句,今属《陇西行》语,但《文选》注引《歌录》,二句正作《步出夏门行》,尤证《陇西行》、《步出夏门行》之原为一辞。四、九代乐章所载《步出夏门行》较今为备,十四句后又有"凤皇鸣啾啾,一母将九雏。顾视世间人,为乐甚独殊"四句,亦证二者同属一篇,节取又有不同。依此,今并二者为一篇,以符原歌旧貌。诗见《玉台新咏》卷一,又见《乐府诗集》三十七、《文选补遗》卷三十四、《广文选》卷十二、《古诗纪》卷十六俱引"天上何所有"以下,《乐府诗集》卷三十七、《广文选》卷十二、《古诗纪》卷十六作《步出夏门行》,引"邪径过空庐"至"青龙对伏跌"等句,又《白帖》卷二十九作《古诗》,引"凤皇何啾啾"二句,《文选》卷十八《笙赋》注作《步出夏门行》,引雏一韵,《草堂诗笺》卷二十二《水槛诗》注作《陇西行》,引夫一韵,《太平御览》卷二作《古乐府》,引榆一韵,卷七百〇八作《古乐府》,引氍一韵,《苕溪渔隐丛话》卷十二作《陇西行》,引夫一韵,《韵补》卷一作《陇西行》,引疏、持二韵。

  ② 扶:沿。与天相沿,意思为挨着天。
  ③ 王父母:东王父和西王母的简称。
  ④ 赤松:赤松子,传说中的古仙人名。
  ⑤ 天上:《乐府诗集》作"上天"。
  ⑥ 历历:原文为"歷歷",《太平御览》卷二作"曆曆",误。白榆:余冠英说,应该是星名。
  ⑦ 桂树:余冠英认为此指星,纬书中有"阳星之精生椒桂"的说法。
  ⑧ 青龙:为东方七宿之称。伏跌:疑亦是星名。《玉台新咏》作"道隅",《文选补遗》同,《乐府诗集》、《广文选》或同。
  ⑨ 将:带。《文选》注作"从"。《白帖》此二句作"凤皇何啾啾,三母将九子"。
  ⑩ 敷愉:《广文选》作"敷腴",喜悦貌。
  ⑪ 不:《广文选》作"否"。
  ⑫ 氍毹:较粗的毛所织的地毯。此二句《太平御览》或作"请客上北堂,坐毡及氍毹"。
  ⑬ 酒有清酒、白酒,清白各异樽是指两种酒齐备,随客取用。
  ⑭ 玉华疏:玉华:指泛起的酒沫如白花一样。玉:各书作"正",今从《韵补》作"玉"。
  ⑮ 持:《韵补》作"待"。
  ⑯ 敕:吩咐。
  ⑰ 废礼:罢礼,终礼。
  ⑱ 齐姜:齐国姜姓之女。《诗经·衡门》云:"岂取其妻,必齐之姜。"由此齐妻成为贤妻的代表。亦:《文选补遗》作"有"。

⑲ 健妇：有丈夫气概的女子。
⑳ 亦胜一：《玉台新咏》作"胜一大"，《草堂诗注》、《西溪丛话》、《文选补遗》同。

二①

行行重行行，白日薄西山②。

【注释】

① 见《文选》卷二十四《赠徐干诗》注。
② 薄：迫近。

折杨柳行①

默默施行违②，厥罚随事来③。
末喜杀龙逢④，桀放于鸣条⑤。
（一解）
祖伊言不用⑥，纣头悬白旄⑦。
指鹿用为马，胡亥以丧躯⑧。
（二解）
夫差临命绝，乃云负子胥⑨。
戎王纳女乐，以亡其由余⑩。
璧马祸及虢，二国俱为墟⑪。
（三解）
三夫成市虎⑫，慈母投杼趋⑬。
卞和之刖足⑭，接舆归草庐⑮。
（四解）

【注释】

① 《宋书》卷二十一《乐志》又题名为《默默》，属于大曲。《乐府诗集》卷三十七以此诗为魏晋乐所奏，并引《古今乐录》曰："王僧虔《技录》：《折杨柳行》歌，文帝《西山》、古《默默》二篇，今不歌。"《折杨柳行》为曲调名，《默默》为文辞名。观其辞意，为咏史之作，以古代事例来说明"默默施行违，厥罚随事来"的道理，不似下层百姓所作。《广文选》卷十二作《折杨柳》，收入《古诗纪》卷十六。
② 违：邪恶，过失。
③ 厥：因而，因此，于是。

④ 末喜:又作妹喜,末嬉,夏朝第十七位君主履癸(桀)的王妃。传说夏桀因过分宠幸她而导致亡国。关龙逢,夏末贤臣。桀为酒池、糟丘,作长夜之饮。龙逢进谏,立而不去,为桀囚拘而杀。此句的主语是桀,说的是二事,即宠幸末喜,杀了关龙逢。

⑤ 商汤出兵攻伐夏桀,与夏师在鸣条大战,商汤大获全胜,夏桀大败南逃,死于南巢,夏朝灭亡。

⑥ 祖伊:商纣王臣。周文王蓄谋灭商,诸侯多叛纣归周,他见商朝将亡,力谏纣王改变残暴统治,纣不听,终致殷亡。

⑦ 《史记·殷本纪》载:纣兵败后,"衣其宝玉衣,赴火而死。周武王遂斩纣头,悬之大白旗"。

⑧ 《史记·秦始皇本纪》:"赵高欲为乱,恐群臣不听,乃先设验,持鹿献于二世,曰:'马也。'二世笑曰:'丞相误邪?谓鹿为马。'问左右,左右或默,或言马以阿顺赵高。"后赵高令阎乐逼迫胡亥自杀。

⑨ 《史记·吴太伯世家》载:"越败吴。越王勾践欲迁吴王夫差于甬东,予百家居之。吴王曰:'孤老矣,不能事君王也。吾悔不用子胥之言,自令陷此。'遂自刭死。"

⑩ 据《史记·秦本纪》记载:由余为西戎之臣,奉命出使秦国。秦缪公以为贤,便设计离间他与戎王的关系,令内史廖以女乐二八遗戎王。戎王受而说之,终年不还。于是秦乃归由余。由余数谏不听,缪公又数使人闲要由余,由余遂去降秦。

⑪ 据《左传》僖公二年记载:晋献公使荀息以玉璧与宝马贿赂虞君,试图借道于虞以伐虢,虞公贪财答应了。荀息伐虢后顺道灭了虞。

⑫ 据《韩非子·内储说上》:"庞恭与太子质于邯郸,谓魏王曰:'今一人言市有虎,王信之乎?'曰:'否。''二人言市有虎,王信之乎?'曰:'寡人疑矣。''三人言市有虎,王信之乎?'王曰:'寡人信之矣。'"

⑬ 《战国策·秦策二》:"昔者曾子处费,费人有曾参者,与曾子同名族,杀人。人告曾子之母曰:'曾参杀人。'曾子之母曰:'吾子不杀人也。'织自若。有顷,人又曰:'曾参杀人。'其母尚织自若。顷之,一人又告之曰:'曾参杀人。'其母惧,投杼逾墙而走。"

⑭ 《韩非子·和氏》载:"楚卞和往荆山,见石中有璞玉,抱献楚厉王。厉王使玉人相之,曰:'石也。'王怪其诈,刖其左足。厉王卒,子武王立,和又献之。王使玉人相之,曰:'石也。'王又怪其诈,刖其右足。"

⑮ 据皇甫谧《高士传》载:楚人陆通,字接舆,见楚政无常,乃佯狂不仕。楚王闻其贤,使使者持金百镒聘其治江南。通笑而不应,后与妻一起逃离。舆:《宋书》作"予"。

西门行①（二曲）

本　辞

出西门，步念之。

今日不作乐，当待何时②。

逮为乐，逮为乐③，当及时。

何能愁怫郁④，当复待来兹。

酿美酒，炙肥牛。

请呼心所欢，可用解忧愁。

人生不满百，常怀千岁忧。

昼短苦夜长，何不秉烛游。

游行去去如云除，弊车羸马为自储⑤。

【注释】

①　《乐府诗集》卷三十七以其为本辞，引《古今乐录》曰："王僧虔《技录》云：《西门行》，歌古西门一篇，今不传。"《宋书》记载此曲属于大曲。完整的大曲当由艳→曲→趋（乱）三部分构成，这首大曲仅有"曲"，是大曲中形式最简单的。诗云人生苦短，故当及时行乐，以解忧愁。又见《文选补遗》卷三十四，《古诗纪》卷十六。《文选》卷二十王粲《公燕诗》注作《古乐府歌》，引时一韵。

②　《文选》注作："今日尚不乐，当复待何时。"

③　逮为乐：就是急为乐。《文选补遗》不重句。

④　怫郁：忧郁，心情不舒畅。

⑤　弊：通"敝"。破旧，破损。车：《文选补遗》作"裘"。羸：瘦弱。《文选补遗》无"为"字。

晋　曲①

出西门，步念之。

今日不作乐，当待何时。

（一解）

夫为乐，为乐当及时。

何能坐愁怫郁，当复待来兹②。

（二解）

饮醇酒,炙肥牛。
请呼心所欢,可用解愁忧。
　　（三解）
人生不满百,常怀千岁忧。
昼短而夜长③,何不秉烛游④。
　　（四解）
自非仙人王子乔,计会寿命难与期⑤。
自非仙人王子乔,计会寿命难与期。
　　（五解）
人寿非金石,年命安可期。
贪财爱惜费,但为后世嗤。
　　（六解）

【注释】

① 《乐府诗集》卷三十七以其为晋乐所奏,辞意与古辞同。又见《宋书》卷二十一《乐志》,《广文选》卷十二,《古诗纪》卷十六。
② 《宋书》缺"待"字。
③ 而:《广文选》作"苦",《古诗纪》同。
④ 《宋书》云:一本"烛游"后作"行去之,如云除,弊车羸马为自推",无"自非"以下四十八字。
⑤ 计会:计算。

东门行①（二曲）

本　辞

出东门,不顾归。
来入门,怅欲悲。
盎中无斗米储②,还视架上无悬衣③。
拔剑东门去,舍中儿母牵衣啼④。
"他家但愿富贵,贱妾与君共铺糜⑤。
上用仓浪天故⑥,下当用此黄口儿⑦。今非！"
"咄⑧！行！吾去为迟！白发时下难久居。"

【注释】

① 此为《东门行》本辞。《乐府诗集》卷三十七引《古今乐录》曰:"王僧虔《技录》云:《东门行》歌《古东门》一篇,今不歌。"《宋书》收录此诗于大曲中。此诗反映了下层人民的生活。士人贫穷不能安居,拔剑奋起反抗,妻子牵其衣欲留之,愿意与其过贫苦生活,但士人终不为所动。收入《古诗纪》卷十六。又《文选》卷二十一《咏史诗》注作《古出东门行》,引衣一韵,《太平御览》卷七百六十五作《古诗》,引衣一韵。

② 甕:小口大腹的瓦瓮。

③ 还视:回头看。这两句《太平御览》作"罂中无斗米,架上无悬衣"。

④ 母:《古诗纪》注:一作"女"。

⑤ 餔:通"哺"。糜:粥。餔糜:吃粥,指过穷日子。

⑥ 用:因,因为。仓:通"苍"。仓浪:青绿色。苍浪天:苍天,青天。

⑦ 黄口儿:幼小的孩子。

⑧ 咄:呵斥声。

晋 曲①

出东门,不顾归。

来入门,怅欲悲。

甕中无斗储,还视桁上无悬衣②。

　　(一解)

拔剑出门去,儿女牵衣啼。

他家但愿富贵③,贱妾与君共餔糜。

　　(二解)

共餔糜,

上用仓浪天故④,下为黄口小儿。

今时清廉,难犯教言⑤。

君复自爱,莫为非。

　　(三解)

今时清廉,难犯教言。

君复自爱,莫为非。

行!吾去为迟!

平慎行⑥,望君归⑦。

　　(四解)

【注释】

① 《乐府诗集》卷三十七以此为晋乐所奏。辞意与上一首相同。又见《宋书》卷二十一《乐志》,《文选补遗》卷三十四,《风雅翼补遗》下,《广文选》卷十二,《古诗纪》卷十六。

② 桁(héng):衣架。

③ 他:《宋书》作"它",《风雅翼》同。

④ 仓:《文选补遗》作"沧"。

⑤ 教言:教诲的话。

⑥ 平慎:平安小心。

⑦ 君:《宋书》作"吾"。

饮马长城窟行①

青青河边草②,绵绵思远道③。
远道不可思,宿昔梦见之④。
梦见在我傍⑤,忽觉在他乡。
他乡各异县⑥,展转不可见⑦。
枯桑知天风,海水知天寒。
入门各自媚⑧,谁肯相为言⑨。
客从远方来,遗我双鲤鱼⑩。
呼儿烹鲤鱼⑪,中有尺素书⑫。
长跪读素书,书中竟何如⑬。
上有加餐食⑭,下有长相忆⑮。

【注释】

① 《饮马长城窟行》是汉代乐府古题。相传古长城边有水窟,可供饮马,曲名由此而来。这首诗在《文选》载为"古辞",不署作者。在《玉台新咏》中署作蔡邕。从诗意来看,应为妇女口吻,是否为蔡邕之作有待考察,姑附于此。此诗见于《文选》卷二十七,又见于《玉台新咏》卷一,《艺文类聚》卷四十一,《乐府诗集》卷三十八,《古诗纪》卷十三,《白帖》卷十引鱼、书、如、思四韵,《草堂诗笺》卷十四引乡、忆二韵,《太平御览》卷九百三十六引鱼、书二韵,《事类赋》引鱼、书、如、思四韵。

② 边:《艺文类聚》作"畔"。《乐府诗集》、六臣本《文选》同。

③ 绵绵:连续不断的样子。

④ 宿:《文选》作"夙"。

⑤ 我:《草堂诗笺》作"己在"。
⑥ 各:《杜诗补遗》注作"复"。
⑦ 展转:迁移不定。可:《乐府诗集》作"相"。
⑧ 媚:逢迎,亲热。
⑨ 为:《太平御览》作"赠"。
⑩ 遗(wèi):赠。《玉台新咏》作"相",《乐府诗集》同。
⑪ 儿:《太平御览》作"童",《古诗纪》同。
⑫ 素书:写在素帛上的书信。
⑬ 中:李善本《文选》作"上"。竟:《事类赋》作"意"。书中竟:《白帖》作"素书意"。
⑭ 有:《白帖》作"言"。食:《乐府诗集》作"饭"。加餐食:即加餐饭,此是汉魏时慰勉别人的习用语,犹言善自珍重。
⑮ 有:《白帖》作"言"。忆:《艺文类聚》作"思",《白帖》、《事类赋》同。

妇 病 行①

妇病连年累岁,传呼丈人前一言②。
当言未及得言,不知泪下一何翩翩。
"属累君两三孤子③,莫我儿饥且寒。
有过慎莫笞答④,行当折摇⑤,思复念之。"
乱曰⑥:抱时无衣,襦复无里⑦。闭门塞牖⑧,舍孤儿到市。道逢亲交⑨,泣坐不能起,从乞求与孤买饵⑩。对交啼泣,泪不可止。我欲不伤悲不能已,探怀中钱持授交。入门见孤儿⑪,啼索其母抱。徘徊空舍,行复尔耳⑫,弃置勿复道。

【注释】
① 出《乐府诗集》卷三十八,收入《古诗纪》卷十六。本诗描写一位下层妇女身得重病,临死时向丈夫交代后事,充满悲怆的情感色彩。
② 丈人:丈夫。
③ 属累:托付。
④ 笞答(dá chī):答挞,鞭打。
⑤ 折(shé)摇:死亡。
⑥ 乱:古代乐曲的最后一章或辞赋末尾总括全篇要旨的部分。
⑦ 襦:短衣。里:里衬。
⑧ 牖:窗洞。

⑨ 亲交：亲戚旧交。
⑩ 饵：糕饼。
⑪ 《古诗纪》无"儿"字。
⑫ 行复尔耳：又将如此。

孤儿行①

孤儿生，孤子遇生②，命独当苦。
父母在时，乘坚车，驾驷马。
父母已去，兄嫂令我行贾③。
南到九江，东到齐与鲁。
腊月来归，不敢自言苦。
头多虮虱，面目多尘。
大兄言办饭④，大嫂言视马⑤。
上高堂⑥，行取殿下堂⑦。
孤儿泪下如雨。
使我朝行汲，暮得水来归。
手为错⑧，足下无菲⑨。
怆怆履霜⑩，中多蒺藜。
拔断蒺藜肠肉中⑪，怆欲悲。
泪下渫渫⑫，清涕累累。
冬无复襦⑬，夏无单衣。
居生不乐，不如早去，下从地下黄泉⑭。
春气动，草萌芽。
三月蚕桑，六月收瓜。
将是瓜车⑮，来到还家。
瓜车反覆⑯。助我者少，啖瓜者多。
愿还我蒂⑰，兄与嫂严。
独且急归⑱，当兴校计⑲。

乱曰：里中一何譊譊⑳，愿欲寄尺书，将与地下父母㉑，兄嫂难与久居。

【注释】

① 据《乐府诗集》卷三十八,《孤子生行》又名《孤儿行》、《放歌行》。此诗写孤儿为兄嫂所苦,难于和兄嫂久居,世态炎凉尽在其中。收入《古诗纪》卷十六。

② 遇:同"偶"。

③ 行贾(gǔ):出外经商。行贾,在汉代被看作贱业。

④ 逯钦立认为:诗中大兄之"大",为"土"之讹字,当属上句,作"面目多尘土"。"土"与前后韵"贾"、"鲁"、"马"、"雨"皆叶,今"土"讹"大",则断"尘"为句,失其韵。又"土"讹"大",连下读为"大兄",后人遂不得不于"嫂"字上亦添"大"字,使篇中"兄嫂"辞例亦乱,应添"土"字,去两"大"字,即:"面目多尘土,兄言办饭,嫂言视马。"

⑤ 视马:照看骡马。

⑥ 高堂:正屋,大厅。

⑦ 行:复。取:"趣"字的省文;趣,古同"趋",急走。

⑧ 手为错:是说两手皴裂如错石(磨刀石)。一说,"错"应读为"皵"(què),皮肤皴裂。

⑨ 菲:与"屝"通,用草麻等做的鞋。《古诗纪》注:一作"扉"。

⑩ 怆怆:悲伤貌。一说,"怆怆"应读为"跄跄",疾走之貌。履霜:踏着冬霜。

⑪ 肠:即"腓肠",是足胫后面的肉。

⑫ 渫渫:泪流貌。

⑬ 复襦:短夹袄。

⑭ 黄泉:犹言"地下"。这三句是说活在世上受苦,还不如早点死去,到地下去跟随在父母身边。

⑮ 将是瓜车:推着瓜车。将,推。是:此,这。

⑯ 反覆:同"翻覆"。

⑰ 蒂:瓜蒂。

⑱ 独且:据王引之说,"独"犹"将";"且",句中语助词。

⑲ 兴:《古诗纪》作"与"。校计:犹"计较"。这四句是说,我要赶快回家,希望你们将瓜蒂还给我,因为哥嫂待我刻薄,又要有一番争吵。

⑳ 诪诪:吵闹声。这句是说孤儿远远就听到兄嫂在家中叫骂。

㉑ 将与:捎给。

雁门太守行①

孝和帝在时②,洛阳令王君。
本自益州广汉蜀民③。

少行宦④学,通五经论⑤。

（一解）

明知法令,历世衣冠⑥。

从温补洛阳令⑦,治行致贤⑧。

拥护百姓,子养万民⑨。

（二解）

外行猛政,内怀慈仁。

文武备具,料民富贫⑩。

移恶子姓⑪,篇著里端⑫。

（三解）

伤杀人,比伍同罪对门⑬。

禁鎏矛八尺⑭,捕轻薄少年。

加笞决罪,诣马市论⑮。

（四解）

无妄发赋⑯,念在理冤。

敕吏正狱⑰,不得苛烦。

财用钱三十⑱,买绳礼竿⑲。

（五解）

贤哉贤哉,我县王君。

臣吏衣冠,奉事皇帝。

功曹主簿⑳,皆得其人。

（六解）

临部居职,不敢行恩㉑。

清身苦体㉒,夙夜劳勤。

治有能名㉓,远近所闻。

（七解）

天年不遂㉔,早就奄昏㉕。

为君作祠,安阳亭西。

欲令后世㉖,莫不称传。

（八解）

【注释】

① 《宋书》卷二十一《乐志》又题名为《洛阳行》,其中《燕门太守行》是曲调名,《洛阳行》是文辞名,属于大曲。《乐府诗集》卷三十九说是晋乐所奏。此诗歌所颂之东汉和帝时洛阳令王涣,据《后汉书·王涣传》载:王涣,字稚子,广汉郪人也。少好侠,尚气力,晚改节,敦儒学。习书读律,略通大义。后举茂才,除温令,讨击奸猾,境内清夷。永元十五年(103),还为洛阳令,政平讼理,发摘奸伏。京师称欢,以为有神算。民思其德,为立祠安阳亭西,每食辄弦歌而荐之。延熹中,桓帝事黄老道,悉毁诸旁祠,惟存卓茂与涣祠焉。收入《古诗纪》卷十六。《后汉书·王涣传》作《古乐府歌》,引君、人、论、冠、贤、仁、端、宽、勤、闻、昏、西、传十三韵,《文选》卷五十九《故安陆王碑文》注引仁、贫、端三韵,《草堂诗笺》卷二十一《送梓诗》注引私、闻二韵。

② 孝和帝:东汉第四代皇帝,名肇,公元89年到105年在位。

③ 《宋书》无"蜀"字。民:《后汉书》注作"人"。

④ 少:《文选》注作"小"。宦:《后汉书》注作"官"。行宦:在外乡做官。

⑤ 五经论:就是五经和《论语》。论:《宋书》作"纶"。

⑥ 历世衣冠:是说王涣历代做官。其父王顺曾任安定太守。世:《后汉书》注作"代"。

⑦ 温:地名,在今河南温县西南。

⑧ 治行:政绩。治:《后汉书》注作"化"。致:周密。

⑨ 子养:爱民育民如子。

⑩ 料:调查计算。《文选》注作"课"。富:《文选》注作"不"。

⑪ 移:传告。《宋书》"姓"后有"名"字。

⑫ 此句是说在里门上榜公布出来。篇:《文选》注作"偏",《宋书》"篇"前有"五"字。

⑬ 比:五家为比。伍:也是指五家。这句是说有人犯了伤杀罪,要使罪犯的同比伍和对门的邻人连坐。

⑭ 鉴:《宋书》作"镏"。

⑮ 论:判决。

⑯ 发:兴办。

⑰ 正狱:治罪判囚。

⑱ 财:通"才",仅仅。

⑲ 礼:通"理",治也。《古诗纪》云:一作"理"。这两句是说贫民借得公田,用绳索竹竿来圈地,而所费不过三十钱。

⑳ 功曹主簿:掌管郡县的助理官吏,功曹掌管人事,主簿掌管文书。

㉑ 此句是说不敢对人滥施恩惠。恩:《草堂诗笺》注作"私"。

㉒ 清身苦体:是说廉洁而且勤劳。

㉓ 治:《后汉书》注作"化"。

㉔ 遂:终也。此句言不能尽其天然的年寿。
㉕ 奄昏:犹云长夜。
㉖ 世:《后汉书》注作"代"。

艳歌何尝行①（古词）

白 鹄

飞来双白鹄②,乃从西北来③。
十十将五五④,罗列成行⑤。
　　（一解）
妻卒被病⑥,行不能相随⑦。
五里一返顾⑧,六里一徘徊⑨。
　　（二解）
吾欲衔汝去,口噤不能开⑩。
吾欲负汝去,毛羽何摧颓⑪。
　　（三解）
乐哉新相知,忧来生别离。
躇蹰顾群侣,泪下不自知。
　　（四解）
念与君离别,气结不能言。
各各重自爱⑫,道远归还难⑬。
妾当守空房,闭门下重关⑭。
若生当相见,亡者会重泉。
今日乐相乐,延年万岁期。

【注释】
① 此题名出自《宋书·乐志》,其云为古词,一名《飞鹄行》,是十五首大曲之一。《乐府诗集》引《古今乐录》曰:"王僧虔《技录》云:《艳歌何尝行》,歌文帝《何尝》、古《白鹄》二篇。"可能在魏文帝时这两首曲在音乐形式上有过一次改编,将其从简单的相和曲改编为大曲。不过,它主要的文辞部分依然是出自汉代的。此诗出《宋书》卷二十一《乐志》,收入《乐府诗集》卷三十九,《文选补遗》卷三十四作《飞鹄行》,《古诗纪》卷十六,又《艺文类聚》卷九十作《古诗》,引来、行、随、徊、开、颓六韵,《太平御览》卷九百一十六作《古歌辞》,引

来、行、随、徊、开、颓六韵,《初学记》卷十八作《飞鹄行》,引言、难二韵,《白帖》卷二十九作《飞来双白鹤》,引徊一韵,《事类赋·鹤赋》注作《古歌辞》,引方、行、随、徊、开、颓六韵。

② 《艺文类聚》无"双"字。鹄:天鹅。《太平御览》作"鹤",《艺文类聚》、《事类赋》同。

③ 《太平御览》无"乃"字,《艺文类聚》、《事类赋》同。北:《黄氏集千家注杜工部诗史》作"南"。来:《事类赋》作"方",《古诗纪》同。

④ 此句《艺文类聚》作"十五十五"。

⑤ 罗列:《艺文类聚》作"逻迴"。

⑥ 卒:通"猝"。

⑦ 《太平御览》无"行"字,《艺文类聚》同。

⑧ 《太平御览》无"一"字。返:《太平御览》作"还",《事类赋》作"还一"。

⑨ 六:《白帖》作"十"。《太平御览》无"一"字。

⑩ 噤:闭口。

⑪ 何:《艺文类聚》作"日",《事类赋》同。摧颓:损毁。

⑫ 各:《初学记》作"言"。

⑬ 此句《初学记》作"远道归来难"。

⑭ 关:门闩。

艳歌何尝行①(双白鹄)

飞来双白鹄②,乃从西北来。
十十将五五,罗列行不齐。
忽然卒被病,不能飞相随。
五里一反顾,六里一徘徊③。
吾欲衔汝去,口噤不能开。
吾欲负汝去,羽毛日摧颓。
乐哉新相知,忧来生别离。
跱峙顾群侣④,泪落纵横垂。
今日乐相乐,延年万岁期。

【注释】

① 出《玉台新咏》卷一,当是《艳歌何尝行·白鹄》的另一个版本。

② 鹄:《草堂诗笺》作"鹤"。

③ 六:《草堂诗笺》作"十"。

④ 跱峙:《草堂诗笺》作"踟蹰"。

艳歌何尝行①（何尝快）

何尝快独无忧②，但当饮醇酒，炙肥牛③。

（一解）

长兄为二千石④，中兄被貂裘。

（二解）

小弟虽无官爵，鞍马駷駷⑤，往来王侯长者游⑥。

（三解）

但当在王侯殿上。快独摴蒲六博⑦，对坐弹棋⑧。

（四解）

男儿居世，各当努力，蹙迫日暮⑨，殊不久留。

（五解）

少小相触抵⑩，寒苦常相随。

忿恚安足诤⑪，吾中道与卿共别离。

约身奉事君⑫，礼节不可亏。

上惭沧浪之天，下顾黄口小儿⑬。

奈何复老心皇皇⑭，独悲谁能知。

【注释】

① 《宋书·乐志》作《古词》，另见《乐府诗集》卷三十九，《广文选》卷十三，《古诗纪》卷十二。《乐府诗集》注："少小"下为趋，前为艳。《乐府诗集》作魏文帝诗，《魏文帝集》中也收录此诗。此诗民歌风味较浓，前五解颇似《长安有狭邪行》，后面"趋"中的"上惭沧浪之天，下顾黄口小儿"又颇似《东门行》中的句子，姑录于此以备考。

② 何尝：何曾。快独：快绝，快乐无比。

③ 但：只。醇酒：美酒。炙：烧烤。

④ 二千石：汉代官品的等级名，指禄俸为二千石的官员。汉代二千石的禄俸仅次于九卿。

⑤ 駷（sà）駷：马疾驰的样子。

⑥ 长者：指官高位尊的人。

⑦ 摴（chū）蒲六博：古代的一种赌博游戏，类似后来的掷骰子。玩时投掷五枚木制的骰子，每枚骰子四面分别刻着"枭"、"雉"、"卢"、"㹠"等彩。六博，亦名陆博，古代的一种赌博游戏。共十二枚棋子，六黑六白，每人各执一色对博。

⑧ 对坐弹棋:古代的一种赌博游戏,两人对局,白黑棋子各六枚,玩时先在棋盘上把棋子相对摆好,然后轮流以指弹射。至魏时,棋子增至十六枚,唐又增加到二十四枚,宋以后其法失传。对坐:《广文选》作"坐对"。

⑨ 蹙迫:穷困窘迫。

⑩ 触抵:犹言抵触顶撞。

⑪ 忿恚:忿怒。诤:劝阻。

⑫ 约身:约束自己。

⑬ 顾:顾念。黄口小儿:指自己的孩子。

⑭ 皇皇:不安貌。

艳 歌 行①

翩翩堂前燕,冬藏夏来见。
兄弟两三人,流宕在他县②。
故衣谁当补③,新衣谁当绽④。
赖得贤主人⑤,览取为我绽⑥。
夫婿从门来,斜柯西北眄⑦。
语卿且勿眄,水清石自见。
石见何累累,远行不如归。

【注释】

① 相和歌辞中以《艳歌》为名者有多篇,有直接单称《艳歌》的,即此篇《艳歌行》。其它有《艳歌双鸿行》、《艳歌福钟行》、《艳歌罗敷行·日出东南隅篇》等。艳是乐府大曲的组成部分,一般在正曲之前,如同引子或过门,但也有独立成篇者。此诗写家中贤主人为流荡在外的游子缝补旧衣而受到丈夫怀疑的故事。见《玉台新咏》卷一,《乐府诗集》卷三十九,《广文选》卷十二,《古诗纪》卷十六,《韵补》卷四作《古艳歌》,引县、绽二韵。

② 流宕:远游。宕:《玉台新咏》作"荡",《韵补》同,鸣沙石室古籍丛残本《类书残卷》作"分居"。

③ 当:《玉台新咏》作"为",《古诗纪》云,一作"为",《韵补》作"当谁"。

④ 谁当:《韵补》作"当谁"。绽:缝联裂缝。

⑤ 贤主人:指女主人。

⑥ 绽:《广文选》、《古诗纪》误作"组"。

⑦ 斜柯:歪斜着。柯:《古诗纪》作"倚"。眄(miǎn):斜着眼看。

艳 歌①

今日乐上乐,相从步云衢②。
天公出美酒,河伯出鲤鱼③。
青龙前铺席④,白虎持榼壶⑤。
南斗工鼓瑟⑥,北斗吹笙竽⑦。
姮娥垂明珰⑧,织女奉瑛琚⑨。
苍霞扬东讴⑩,清风流西歈⑪。
垂露成帷幄,奔星扶轮舆⑫。

【注释】

① 出《选诗拾遗》,又见《古诗类苑》卷三十三,《古诗纪》卷十七,又《太平御览》卷五百三十九作《古艳诗》,引从、鱼、壶、竽四韵。

② 云衢:云中的道路。《太平御览》无"步云衢"三字。

③ 河伯:古代神话中的黄河水神。

④ 青龙:东方七星(角、亢、氐、房、心、尾、箕)的总称。

⑤ 白虎:西方七宿(奎、娄、胃、昴、毕、觜、参)的总称,其形像虎。

⑥ 南斗:即斗宿,有星六颗。在北斗星以南,形似斗,故称。瑟:《太平御览》作"琴"。

⑦ 北斗:即北斗七星,北方夜空中接近北极点的一个星组,其形状如舀水的斗勺,故名。

⑧ 姮娥:即嫦娥。珰:古代妇女戴在耳垂上的装饰品。

⑨ 织女:是织女星的女神。瑛琚:美玉。

⑩ 讴:歌谣。

⑪ 歈:歌谣。

⑫ 奔星:流星。

上留田行①（出是上独西门）

出是上独西门,三荆同一根生②。
一荆断绝不长,兄弟有两三人,块摧独贫③。

【注释】

① 《上留田行》为相和歌瑟调曲之曲名。《乐府诗集》卷三十八《上留田行》题解说:《古今乐录》曰:"王僧虔《技录》:有《上留田行》,今不歌。"崔豹《古今注》曰:上留田,地名

也。人有父母死,不字其孤弟者,邻人为其弟作悲歌以风其兄。注曰上留田。《乐府广题》曰:盖汉世人也。云:里中有啼儿,似类亲父子。回车问啼儿,慷慨不可止。此首《上留田行》出《文选》卷二十八《豫章行》注。

② 荆:落叶灌木名。

③ 块摧:奇崛不平的样子。

上留田行①（里中有啼儿）

里中有啼儿,似类亲父子②。

回车问啼儿,慷慨不可止③。

【注释】

① 出《乐府诗集》卷三十八《上留田行》注,又见《古诗纪》卷十七。

② 父:当是"交"字残文。亲交:汉人习语,指亲戚故交。

③ 慷慨:激昂不平的样子。

古步出夏门行①（三首）

一②

白骨不覆,疫疠流行。

【注释】

① 《步出夏门行》为相和曲瑟调曲曲名,又名《陇西行》(详见《陇西行》注①)。

② 此诗出《文选》卷二十《关中诗》注。

二①

市朝易人②,千载墓平③。

【注释】

① 出《文选》卷二十八《门有车马客诗》注、卷三十《和伏武昌诗》注。

② 易人:一作"人易"。

③ 载:一作"岁"。

三①

行行复行行,白日薄西山。

【注释】

① 出《文选》卷二十七《从军诗》注。

古新成安乐宫①

般鼓钟声②,尽为铿锵。

【注释】

① 据《乐府诗集》卷三十六,《新成安乐宫》是相和歌辞瑟调曲曲名。此诗出《文选》卷十七《舞赋》注。
② 般鼓:即鼙鼓,军队所用的军鼓。

【楚调曲】

白头吟①（二曲）

一

皑如山上雪,皎若云间月②。
闻君有两意,故来相决绝。
今日斗酒会,明旦沟水头③。
躞蹀御沟上④,沟水东西流。
凄凄复凄凄,嫁娶不须啼。
愿得一心人,白头不相离。
竹竿何袅袅,鱼尾何簁簁⑤。
男儿重意气,何用钱刀为⑥。

【注释】

① 据《西京杂记》载,卓文君丈夫司马相如将娶茂陵人女为妾,卓文君作《白头吟》以自绝,相如乃止。《乐府诗集》卷四十一引王僧虔《技录》说:"《白头吟行》歌古《皑如山上雪》篇。"不知此《皑如山上雪》是否就是卓文君所作之《白头吟》。诗见《玉台新咏》卷一,又见《乐府诗集》卷四十一。《古诗纪》卷十二作《卓文君白头吟》,《太平御览》卷七十五作《古诗》,引头、流二韵。
② 皑、皎:都是白的意思。
③ 旦:《太平御览》作"日"。
④ 躞蹀(xiè dié):小步走路的样子。《太平御览》作"蹀躞"。御沟上:指流经御苑,或环绕宫墙的水沟。

⑤ 簁簁(shāi)：形容鱼尾像濡湿的羽毛。《玉台新咏》作"葰葰"。
⑥ 钱刀：战国时期燕国和齐国所铸造的铜币形如马刀，称为刀币。

二①

皑如山上雪②，皎如云间月③。
闻君有两意④，故来相决绝⑤。
　　　（一解）
平生共城中，何尝斗酒会。
今日斗酒会，明旦沟水头⑥。
蹀躞御沟上⑦，沟水东西流。
　　　（二解）
郭东亦有樵⑧，郭西亦有樵。
两樵相推与⑨，无亲为谁骄。
　　　（三解）
凄凄重凄凄⑩，嫁娶亦不啼⑪。
愿得一心人，白头不相离。
　　　（四解）
竹竿何袅袅，鱼尾何离簁。
男儿欲相知，何用钱刀为。
齫如马啖箕⑫，川上高士嬉。
今日相对乐，延年万岁期。
　　　（五解）

【注释】

① 此诗在《宋书·乐志》中属于大曲，《乐府诗集》以其为晋乐所奏。可见汉朝的古曲于魏晋时期在音乐形式上有过一次改编，为了适应音乐形式的变化，在歌辞上也有一些增补。与本辞相比，多"两樵相推与，无亲为谁骄"、"齫如马啖箕，川上高士嬉。今日相对乐，延年万岁期"等句。最后两句与晋乐所奏《艳歌何尝行》末两句同，属于大曲中的"乱"辞。诗见《宋书》卷二十一《乐志》，《乐府诗集》卷四十一，《风雅翼补遗》下，《广文选》卷十二，《古诗纪》卷十二作《卓文君白头吟》，又《太平御览》卷十二作《乐府歌》，引雪、月、绝三韵，《合璧事类》卷二十八引月、别、头、流、啼、离六韵。

② 皑：《宋书》作"晴"，《太平御览》作"皓"，《合璧事类》作"晓"。雪：《宋书》作"云"。

③ 如：《玉台新咏》作"若"，《太平御览》同。

· 91 ·

④ 闻君：《合璧事类》作"良人"。
⑤ 来：《合璧事类》作"与"。绝：《合璧事类》作"别"。
⑥ 旦：《太平御览》作"日"，《乐府诗集》、《合璧事类》同。
⑦ 御：《合璧事类》作"向"，《古诗纪》云：一作"向"。
⑧ 郭：城郭，即城。樵：打柴的人。
⑨ 推与：余冠英说"推"当作"雅"。"雅与"是劳动时呼喊的号子声。
⑩ 凄凄：《文选集注》作"妻妻"。
⑪ 亦不：《文选集注》作"不须"，《合璧事类》同。
⑫ 齕(hé)如：嚼燥物的声音。啖：食。《乐府诗集》云："如"下或有"五"字。《宋书》"如"下有"五"字，又注：一本云，词曰"上有紫罗，咄咄奈何"。

怨诗行①

天道悠且长，人命一何促。
百年未几时，奄若风吹烛②。
嘉宾难再遇，人命不可续。
齐度游四方，各系太山录③。
人间乐未央，忽然归东岳。
当须荡中情④，游心恣所欲⑤。

【注释】

① 此诗叹息人命短促，与《短歌行》、《薤露》、《蒿里》主题相同。见《乐府诗集》卷四十一，又见《广文选》卷十二，《古诗纪》卷十六。《古诗纪》云：一曰《怨诗行歌》。

② 奄：忽然，突然。

③ 太山：即泰山。汉代观念，泰山神主掌阴间鬼魂。《孝经援神契》曰："太山天帝孙，主召人魂。"录：簿录。

④ 荡：放纵。

⑤ 恣：放纵。

【大曲】

满歌行①（二曲）

本　辞

为乐未几时！
遭时崄巇②，逢此百罹③。
零丁荼毒④，愁苦难为。
遥望极辰⑤，天晓月移。
忧来填心，谁当我知。
戚戚多思虑，耿耿殊不宁⑥。
祸福无形，惟念古人逊位躬耕⑦。
遂我所愿，以兹自宁⑧。
自鄙栖栖⑨，守此末荣⑩。
暮秋烈风⑪，昔蹈沧海。
心不能安，揽衣瞻夜。
北斗阑干⑫，星汉照我。
去自无他，奉事二亲。
劳心可言，穷达天为。
智者不愁，多为少忧。
安贫乐道，师彼庄周。
遗名者贵⑬，子遐同游⑭。
往者二贤，名垂千秋。
饮酒歌舞，乐复何须。
照视日月，日月驰驱。
辚轲人间⑮，何有何无。
贪财惜费，此一何愚。
凿石见火⑯，居代几时⑰？
为当欢乐，心得所喜。
安神养性，得保遐期⑱。

【注释】

① 《乐府诗集》卷四十三引《乐府解题》："古辞云'为乐未几时,遭时崄巇。'其始言逢此百罹,零丁荼毒,古人逊位躬耕,遂我所愿。次言穷达天命,智者不忧,庄周遗名,名垂千载。终言命如凿石见火,宜自娱以颐养,保此百年也。"亦当是表现生命主题的诗篇。《乐府诗集》此曲先列晋曲,后列本辞,现将其次序调整。又见《广文选》卷十二,《古诗纪》卷十六。

② 崄巇(xiǎn xī):喻人事艰险或人心险恶。

③ 罹:忧患,苦难。

④ 零丁:孤独无靠的样子。荼毒:悲痛。

⑤ 极辰:指北极星。

⑥ 耿耿:心中不平的样子。

⑦ 逊位:退位,这里指归隐。

⑧ 《乐府诗集》无"兹"字。

⑨ 鄙:鄙视,轻视。栖栖:忙碌不安的样子。《广文选》作"捿捿"。

⑩ 末荣:浅薄的荣誉。

⑪ 暮:《乐储》作"莫"。

⑫ 阑干:横斜貌。

⑬ 遗名:遗弃名位。

⑭ 子遐:不详。余冠英猜测或是指乐瑕公。据《史记·乐毅列传》,乐瑕公是传老子之道的人。

⑮ 轗轲:坎坷,困顿,不得志。

⑯ 凿石见火:石头敲出火星,比喻时光短促。

⑰ 居代:停留。

⑱ 遐期:长寿。

晋 曲①

为乐未几时!

遭世崄巇,逢此百罹②。

零丁荼毒,愁懑难支。

遥望辰极,天晓月移。

忧来填心③,谁当我知。

（一解）

戚戚多思虑!

耿耿不宁,祸福无刑④。

唯念古人，逊位躬耕。

遂我所愿，以兹自宁。

自鄙山栖，守此一荣。

（二解）

暮秋烈风起⑤！

西蹈沧海，心不能安。

揽衣起瞻夜，北斗阑干。

星汉照我，去去自无他。

奉事二亲，劳心可言。

（三解）

穷达天所为！

智者不愁，多为少忧。

安贫乐正道，师彼庄周。

遗名者贵，子熙同巇⑥。

往者二贤，名垂千秋。

（四解）

饮酒歌舞，不乐何须。善哉！

照观日月，日月驰驱。

轗轲世间，何有何无。

贪财惜费，此一何愚。

命如凿石见火，居世竟能几时。

但当欢乐自娱，尽心极所嬉怡⑦。

安善养君德性，百年保此期颐⑧。

【注释】

① 《宋书·乐志》又题名《为乐》。《满歌行》为曲调名，《为乐》为文辞名。此为晋乐所奏，与本辞略有不同。见《宋书》卷二十一《乐志》，《乐府诗集》卷四十三，《古诗纪》卷十六。

② 瞿：《宋书》作"离"。

③ 填：《宋书》作"阗"。

④ 刑：通"型"，法式：准则。

⑤ 暮：《宋书》作"莫"。烈：《宋书》作"冽"。

⑥ 子熙：不详。余冠英猜测或为惠施的字，也有可能是关尹喜。巇（xī）：险。《古诗

纪》作"巇",误。
⑦　嬉:《宋书》作"熙"。
⑧　期颐:百岁。

舞曲歌辞

淮南王篇①

淮南王,自言尊②,百尺高楼与天连。
后园凿井银作床③,金瓶素绠汲寒浆④。
汲寒浆,饮少年,少年窈窕何能贤,扬声悲歌音绝天。
我欲渡河河无梁⑤,愿化双黄鹄还故乡⑥。
还故乡,入故里,徘徊故乡,苦身不已。
繁舞寄声无不泰⑦,徘徊桑梓游天外⑧。

【注释】

①　出自《宋书·乐志》,另见《晋书·乐志》,《乐府诗集》卷五十四,《文选补遗》卷三十四,《广文选》卷十二,《古诗纪》卷十六,又《南齐书·乐志》引尊、连、梁、乡四韵。此诗《乐府诗集》卷五十四列在晋拂舞歌中,为杂舞,本出于民间,后用于殿堂。崔豹《古今注》认为此辞为淮南小山所作:"《淮南王》,淮南小山之所作也。淮南王服食求仙,遍礼方士,遂与方士相携俱去,莫知所往。小山之徒,思恋不已,乃作《淮南王》之曲焉。"朱乾《乐府正义》认为,此诗大概是哀淮南之愚而取祸。萧涤非也认为此篇是哀讽之词而非思恋之作。此诗是否为淮南小山所作尚待讨论,因其颇具民歌风味,故录以备考。

②　自言尊:自然尊贵。《宋书》作"尊言"。
③　床:井栏。
④　绠:汲水所用的绳子。汲寒浆:汲取清凉的泉水。《文选补遗》无此三字。
⑤　渡:《宋书》作"度"。
⑥　化:《南齐书》作"作",《晋书》、《文选补遗》同。
⑦　寄声:《晋书》作"奇歌",《文选补遗》同。
⑧　桑梓:家乡的代称。《诗·小雅·小弁》:"维桑与梓,必恭敬止。靡瞻匪父,靡依匪母。"

公莫舞①

一　吾不见公莫[姥]，〈时〉吾何婴，

公来婴姥〈时〉吾〈哺声〉何为茂？〈时〉为来婴。

当思吾明月之土②，〈转起〉吾何婴，土来婴〈转〉。

二　去吾〈哺声〉何为？土[士]〈转南〉来婴当去吾！

城上羊，下食草吾何婴下来吾食草吾〈哺声〉。

汝何三年〈针缩〉何来婴吾亦老！

吾〈平平门[频频扣]〉淫涕下吾何婴何来婴涕下吾〈哺声〉。

三　昔结吾马，客来婴吾当行吾！

度四州，洛[略]四海。吾何婴，海何来婴，海何来婴，四海吾〈哺声〉。

熵[鄗]西马头香，来婴吾。

洛道五吾洛五丈度汲水。吾噫邪！〈哺〉。

四　谁当求儿？母何意零！邪！〈钱[践]健步哺〉。

谁当吾求儿？

五　母：何吾！〈哺声，三针[振]一发，交，时，还，弩心〉意何零！

意〈弩心，遥[还]〉来婴〈弩心，哺声，复相，头[投]巾〉意何零！何邪！〈相，哺，头[投]巾，相〉吾来婴，〈[投]头巾〉。

母：何何吾！〈复来推排〉意何零！〈相，哺，推，相〉，来婴，〈推非[排]〉。

母：何吾！〈复车[转]轮〉意何零！

子：以邪！〈相，哺，转轮〉，吾来婴，〈转〉。

母：何吾！使君去时意何零！

子：以邪！使君去时，使来婴去时。

母：何吾！思君去时意何零！

子：以邪！思君去时，思来婴吾去时。

母：何何吾吾！

【注释】

①　最早见于《宋书·乐志》,郭茂倩编《乐府诗集》卷五十四收录歌辞全文。由于《公莫舞》中歌辞与音乐杂在一起,声辞混杂,难以通读,因此其内容、体制、文体性质等问题,一直没有得到解决。目前对此曲的研究成果比较重要的有以下几家:

一、陆侃如、冯沅君在《中国诗史》中,认为《公莫舞》的主题"或者是写游牧生活的"。

二、逯钦立根据《道藏》中现存的六朝道曲曲谱,将道曲中的声字分为甲、乙两类。又以此法将《巾舞歌诗》的歌辞与表声字分开,将《巾舞歌》的歌辞析出,将其主题定为弃妇诗。

三、杨公骥《西汉歌舞剧巾舞〈公莫舞〉的句读和研究》是研究这首舞曲歌辞最有突破性的成果。其成就主要有以下几个方面:(1)指出《公莫舞》原辞中不但有声有辞,还杂有舞蹈动作、角色名称等;(2)从歌舞剧的角度对原辞作了校点,将其定性为一出描写母子分别的歌舞剧,并将其分为五节;(3)论证了《公莫舞》产生的时间下限及其最初流行地区。

四、赵逵夫《我国最早的歌舞剧〈公莫舞〉演出脚本研究》(《中华文史论丛》1989年第1辑),通过对《公莫舞》的校勘与复原,将其确定为"三场歌舞剧"。

五、姚小鸥对《公莫舞》的研究也取得了很大成就,他在杨公骥研究的基础上对此辞进行了校释。本书中的校点就是依据姚小鸥先生《〈巾舞歌辞〉校释》的研究成果。

通过以上诸家的研究,这首舞曲歌辞可以归入民歌范畴,故在这里予以收录。

②　思:《乐府诗集》作"恩"。土:《乐府诗集》作"上"。

杂曲歌辞

蜨 蝶 行①

蜨蝶之遨游东园②,奈何卒逢三月养子燕③,接我首蘅间④。持之我入紫深宫中⑤,行缠之传榜栌间⑥。雀来燕,燕子见衔哺来,摇头鼓翼何轩奴轩⑦。

【注释】

①　本诗为寓言,写蜨蝶被燕子捉去喂养乳燕的故事。见《乐府诗集》卷六十一,《古诗纪》卷十七,又《初学记》卷三十。

②　蜨:就是蝶。《初学记》作"蝶游蝶"。游:《初学记》、《万花谷》作"戏"。

③ 卒：通"猝"。卒逢：《初学记》作"未还"。养子燕：正在哺雏的燕。
④ 苜蓿(mù xu)：苜蓿属植物的通称，俗称"三叶草"，是一种多年生开花植物。
⑤ "之"字疑衍。紫：当作"此"。此句当作"持我入此深宫中"。
⑥ 行缠：包裹的意思。传：《乐府诗集》作"傅"。傅：放置。欂栌：又称斗拱，是一种垫在立柱顶上用以承接横梁的建筑结构。
⑦ "奴"字疑衍。轩轩：高举貌。

悲　歌①

悲歌可以当泣，远望可以当归。
思念故乡，郁郁累累②。
欲归家无人，欲渡河无船。
心思不能言③，肠中车轮转。

【注释】

① 出《乐府诗集》卷六十二，《文选补遗》卷三十六，《广文选》卷十二，《古诗纪》卷十七。
② 郁郁累累：重重积累之貌。
③ 心思：心悲。

前缓声歌①

水中之马，必有陆地之船，
但有意气，不能自前②。
心非木石，荆根株数，得覆盖天③。
当复思东流之水，必有西上之鱼。
不在大小，但有朝于复来。
长笛续短笛，欲今皇帝陛下三千万④。

【注释】

① 出《乐府诗集》卷六十五，《广文选》卷十二，《古诗纪》卷十七。
② 意气：主观愿望。
③ 荆：落叶灌木，叶有长柄，开蓝紫色小花，枝条可编筐篮等。数(cù)：密集。《古诗纪》作"复"，《广文选》同。

④ 今:当作"令"。

古诗为焦仲卿妻作①(并序)

汉末建安中②,庐江府小吏焦仲卿妻刘氏③,为仲卿母所遣④,自誓不嫁。其家逼之,乃投水而死⑤。仲卿闻之,亦自缢于庭树。时人伤之⑥,为诗云尔⑦。

孔雀东南飞,五里一徘徊⑧。"十三能织素⑨,十四学裁衣。十五弹箜篌⑩,十六诵诗书⑪。十七为君妇⑫,心中常苦悲。君既为府吏⑬,守节情不移⑭。贱妾留空房,相见常日稀⑮。鸡鸣入机织,夜夜不得息,三日断五匹⑯,大人故嫌迟⑰。非为织作迟,君家妇难为⑱。妾不堪驱使,徒留无所施⑲。便可白公姥⑳,及时相遣归㉑。"

府吏得闻之,堂上启阿母㉒:"儿已薄禄相㉓,幸复得此妇。结发同枕席㉔,黄泉共为友㉕。共事三二年㉖,始尔未为久㉗。女行无偏斜,何意致不厚㉘?"阿母谓府吏:"何乃太区区㉙!此妇无礼节㉚,举动自专由。吾意久怀忿,汝岂得自由!东家有贤女,自名秦罗敷㉛。可怜体无比㉜,阿母为汝求。便可速遣之,遣去慎莫留㉝!"府吏长跪告㉞,伏惟启阿母㉟:"今若遣此妇,终老不复取㊱!"阿母得闻之,槌床便大怒㊲:"小子无所畏,何敢助妇语㊳!吾已失恩义,会不相从许㊴!"

府吏默无声,再拜还入户。举言谓新妇㊵,哽咽不能语㊶:"我自不驱卿㊷,逼迫有阿母。卿但暂还家,吾今且报府㊸。不久当归还,还必相迎取。以此下心意㊹,慎勿违吾语。"新妇谓府吏:"勿复重纷纭㊺!往昔初阳岁㊻,谢家来贵门㊼。奉事循公姥㊽,进止敢自专㊾?昼夜勤作息,伶俜萦苦辛㊿。谓言无罪过,供养卒大恩㉛。仍更被驱遣,何言复来还?妾有绣腰襦㉜,葳蕤自生光㉝。红罗复斗帐㉞,四角垂香囊。箱帘六七十㉟,绿碧青丝绳㊱。物物各自异,种种在其中。人贱物亦鄙㊲,不足迎后人㊳。留待作遗施㊴,于今无会因。时时为安慰,久久莫相忘㊵。"

鸡鸣外欲曙,新妇起严妆㊶。著我绣夹裙,事事四五通㊷。足下蹑丝履,头上玳瑁光㊸。腰若流纨素㊹,耳著明月珰㊺。指如削葱根㊻,口如含朱丹㊼。纤纤作细步,精妙世无双。上堂拜阿母㊽,阿母怒不止㊾。"昔作女儿时,生小出野里㊿。本自无教训,兼愧贵家子。受母钱帛多㉛,

不堪母驱使㊄。今日还家去,念母劳家里。"却与小姑别㊅,泪落连珠子。"新妇初来时㊆,小姑如我长。勤心养公姥,好自相扶将㊇。初七及下九㊈,嬉戏莫相忘㊉。"出门登车去,涕落百余行㊆。

府吏马在前,新妇车在后。隐隐何甸甸㊆,俱会大道口。下马入车中,低头共耳语:"誓不相隔卿㊇,且暂还家去。吾今且赴府,不久当还归,誓天不相负。"新妇谓府吏:"感君区区怀㊆。君既若见录㊆,不久望君来。君当作盘石㊆,妾当作蒲苇。蒲苇纫如丝㊆,盘石无转移。我有亲父兄㊆,性行暴如雷。恐不任我意,逆以煎我怀㊆。"举手长劳劳㊆,二情同依依㊆。

入门上家堂,进退无颜仪㊆。阿母大拊掌㊆:"不图子自归㊆!十三教汝织,十四能裁衣。十五弹箜篌,十六知礼仪。十七遣汝嫁,谓言无誓违㊆。汝今无罪过㊆,不迎而自归㊆?"兰芝惭阿母:"儿实无罪过。"阿母大悲摧㊆。

还家十余日,县令遣媒来。云有第三郎,窈窕世无双㊆。年始十八九,便言多令才㊆。阿母谓阿女:"汝可去应之。"阿女含泪答㊆:"兰芝初还时,府吏见丁宁㊆,结誓不别离。今日违情义,恐此事非奇㊆。自可断来信,徐徐更谓之㊆。"阿母白媒人:"贫贱有此女,始适还家门㊆。不堪吏人妇,岂合令郎君。幸可广问讯㊆,不得便相许㊆。"

媒人去数日,寻遣丞请还㊆。说㊆"有兰家女,承籍有宦官㊆"。云"有第五郎,娇逸未有婚㊆。遣丞为媒人,主簿通语言㊆"。直说"太守家,有此令郎君。既欲结大义㊆,故遣来贵门㊆。"阿母谢媒人:"女子先有誓,老姥岂敢言㊆。"阿兄得闻之,怅然心中烦。举言谓阿妹:"作计何不量㊆!先嫁得府吏,后嫁得郎君。否泰如天地㊆,足以荣汝身。不嫁义郎体㊆,其往欲何云㊆!"兰芝仰头答:"理实如兄言。谢家事夫婿,中道还兄门。处分适兄意㊆,那得自任专?虽与府吏要㊆,渠会永无缘㊆。登即相许和㊆,便可作婚姻㊆。"媒人下床去,诺诺复尔尔㊆。还部白府君:"下官奉使命,言谈大有缘。"府君得闻之,心中大欢喜。视历复开书㊆,便利此月内㊆,六合正相应㊆。"良吉三十日㊆,今已二十七,卿可去成婚。"交语速装束㊆,络绎如浮云㊆。青雀白鹄舫㊆,四角龙子幡㊆,婀娜随风转㊆。金车玉作轮。踯躅青骢马㊆,流苏金镂鞍㊆。赍钱三百万㊆,皆用青丝穿。杂彩三百匹㊆,交用市鲑珍㊆。从人四五百,郁郁登郡门㊆。

· 101 ·

阿母谓阿女:"适得府君书[138],明日来迎汝。何不作衣裳,莫令事不举[139]!"阿女默无声,手巾掩口啼,泪落便如泻。移我琉璃榻[140],出置前窗下[141]。左手持刀尺[142],右手执绫罗。朝成绣夹裙,晚成单罗衫。晻晻日欲暝[143],愁思出门啼[144]。

府吏闻此变,因求假暂归。未至二三里,摧藏马悲哀[145]。新妇识马声,蹑履相逢迎。怅然遥相望,知是故人来。举手拍马鞍,嗟叹使心伤。"自君别我后,人事不可量[146]。果不如先愿,又非君所详。我有亲父母,逼迫兼弟兄。以我应他人,君还何所望。"府吏谓新妇[147]:"贺卿得高迁[148]!盘石方且厚[149],可以卒千年。蒲苇一时纫,便作旦夕间[150]。卿当日胜贵[151],吾独向黄泉。"新妇谓府吏:"何意出此言!同是被逼迫,君尔妾亦然。黄泉下相见[152],勿违今日言!"执手分道去,各各还家门。生人作死别,恨恨那可论。念与世间辞,千万不复全[153]。

府吏还家去,上堂拜阿母:"今日大风寒,寒风摧树木,严霜结庭兰。儿今日冥冥[154],令母在后单。故作不良计[155],勿复怨鬼神。命如南山石,四体康且直[156]。"阿母得闻之,零泪应声落[157]。"汝是大家子,仕宦于台阁[158]。慎勿为妇死,贵贱情何薄[159]?东家有贤女,窈窕艳城郭[160]。阿母为汝求,便复在旦夕。"府吏再拜还,长叹空房中,作计乃尔立[161]。转头向户里,渐见愁煎迫[162]。

其日牛马嘶[163],新妇入青庐[164]。奄奄黄昏后[165],寂寂人定初[166]。"我命绝今日,魂去尸长留。"揽裙脱丝履,举身赴清池。府吏闻此事,心知长别离。徘徊顾树下[167],自挂东南枝[168]。

两家求合葬,合葬华山傍[169]。东西植松柏,左右种梧桐。枝枝相覆盖,叶叶相交通。中有双飞鸟,自名为鸳鸯。仰头相向鸣,夜夜达五更。行人驻足听,寡妇起彷徨[170]。多谢后世人[171],戒之慎勿忘[172]。

【注释】

① 《玉台新咏》诗下有"无名人"三字。出《玉台新咏》卷一,另见《乐府诗集》卷七十三,《古乐府》卷十并作《焦仲卿妻》,《古诗纪》卷十七,又《艺文类聚》卷三十二引徊、衣、诗、移、息、迟、为、光、囊、绳十韵,《韵补》卷九引区、由二韵。《韵补》卷一引专、辛二韵及鞍、穿二韵。此诗又名《焦仲卿妻》,是我国文学史上最长的叙事诗,初见于徐陵编《玉台新咏》,题为《古诗无名人为焦仲卿妻作》,全诗共三百五十三句,一千七百六十五字,讲述了焦仲卿和刘兰芝二人的悲剧爱情故事,反映了封建家长对爱情婚姻的戕害,对主人公的遭遇和反抗精神予以同情和赞扬,同时也塑造了一批鲜明的艺术形象,取得了很高的艺术成就。

② 建安:汉献帝年号(196—220)。
③ 庐江府:郡名,在今安徽省庐江县西南。
④ 遣:古代女子出嫁以后被休回娘家。
⑤ 投:《玉台新咏》、《乐府诗集》并作"没"。
⑥ 人:《玉台新咏》无"人"字。
⑦ 为诗云尔:云尔,语气词,《乐府诗集》作"而为此辞也"。
⑧ 孔雀东南飞,五里一徘徊:为全诗的起兴,古诗写夫妻离别常用。
⑨ 素:白色的绢,《艺文类聚》作"绮"。
⑩ 箜篌:乐器名,体曲而长,二十三弦或二十五弦。
⑪ 诗书:《诗经》、《尚书》,此处指学习仪礼。《艺文类聚》作"书诗"。
⑫ 为君:君,指焦仲卿。《艺文类聚》作"嫁为"。
⑬ 府吏:郡中小官。吏:《艺文类聚》作"史"。
⑭ 节:指节操,本处指爱情。
⑮ 稀:少。《玉台新咏》无此二句,《乐府诗集》同。
⑯ 断五疋:断,截断,从织布机上将织好的布截下来。疋,"匹"的俗写。
⑰ 大人:指焦仲卿母。《古诗纪》一作"丈人"。嫌:责怪。《艺文类聚》作"言"。
⑱ 难为:难做。
⑲ 无所施:没什么用处。
⑳ 公姥:公婆,此处偏指婆婆。
㉑ 遣归:遣回娘家。
㉒ 阿母:母亲。
㉓ 薄禄相:古人认为通过面相可以看出人的命运,此处指自己已经不会有大的升迁。
㉔ 结发:指成年,古代男子二十而冠,女子十五及笄,为成年。
㉕ 黄泉:地下,指死亡。
㉖ 三二:《玉台新咏》、《乐府诗集》作"二三"。
㉗ 始尔:尔,如此,刚开始这样。
㉘ 不厚:不受宠爱。
㉙ 区区:小貌。
㉚ 礼节:礼仪。
㉛ 秦罗敷:当时称呼美女常用的名字。
㉜ 可怜:可爱。
㉝ 之:《乐府诗集》作"去"。
㉞ 告:《玉台新咏》作"答"。
㉟ 伏惟:古时对长辈的尊敬用语。

㊱ 取:通"娶"。

㊲ 槌床:拍打床,床为当时的坐卧用具。

㊳ 何敢:怎敢。

㊴ 会不相从许:绝不答应。

㊵ 举言:发言。

㊶ 哽咽:悲痛时因气结而不能说话。

㊷ 驱卿:将你赶走。驱,《古乐府》误作"取"。

㊸ 报府:报,通"赴",指到庐江府办公。报,《古诗纪》作"赴"。

㊹ 下心意:余冠英释为低声下气,闻一多释为安心,樊维纲释为出主意、用心思。

㊺ 纷纭:余冠英释为麻烦,樊维纲释为争论。

㊻ 初阳岁:指冬至节。

㊼ 来贵门:嫁到焦家。

㊽ 循:白,告诉。

㊾ 进止:行动。止,《乐府诗集》作"心",《古乐府》同,《韵补》作"退"。

㊿ 俾:《韵补》作"娉"。

51 卒大恩:完成大恩,指奉养婆婆到老。

52 绣腰襦:绣花的短袄。

53 葳蕤自生光:葳蕤,草木枝叶繁盛貌,这里形容短袄上的刺绣。自生光,《艺文类聚》作"金缕光"。

54 复斗帐:双层的帐子。

55 箱帘六七十:《艺文类聚》作"交文象牙簟",《太平御览》作"交文象牙篦"。

56 绿碧:《太平御览》作"宛转"。青:《艺文类聚》作"素"。

57 此句《艺文类聚》作"鄙贱虽可薄"。

58 不足迎后人:《艺文类聚》作"犹中迎后人"。

59 遗施:赠送,施与。遗:《玉台新咏》作"遣",《乐府诗集》、《古乐府》同。

60 相忘:忘记。

61 严妆:整妆,好好打扮。

62 四五通:四五遍。

63 玳瑁:指用玳瑁的甲壳制成的装饰品。

64 纨素:质地轻柔的丝织品。形容刘兰芝的腰际像丝一样流转轻盈。

65 明月珰:明月珠做的耳坠。

66 削葱根:形容手指洁白细腻。

67 含朱丹:形容嘴唇红艳。

68 拜:《乐府诗集》作"谢",《古乐府》同,《古诗纪》云,一作"谢"。

69 阿母怒:《玉台新咏》作"母听去",《乐府诗集》、《古乐府》同。

⑩ 野里:乡野,此处为谦辞。
⑪ 钱帛:指聘礼。
⑫ 不堪:不能胜任。
⑬ 小姑:丈夫的姐妹称姑,此处指焦仲卿之妹。
⑭ 此句下《古诗纪》有"小姑始扶床,今日被驱遣"二句。
⑮ 扶将:扶持。
⑯ 初七及下九:初七,指农历七月初七,相传此日牛郎织女相会,妇女于此日晚上祭祀织女、乞巧。下九,指农历每月的十九日。古代以每月二十九日为"上九",初九日为"中九",十九日为"下九"。下九日为汉代妇女欢聚的日子。
⑰ 嬉戏:玩耍。相忘:忘记。
⑱ 百余行:形容涕泪滂沱。
⑲ 隐隐何甸甸:指车声。
⑳ 隔卿:与你相诀绝。隔,绝。
㉑ 区区怀:犹拳拳,忠爱专一。
㉒ 见录:被收留。
㉓ 盘:通"磐",磐石。
㉔ 纫:通"韧",坚韧。
㉕ 父兄:此处偏指兄。
㉖ 煎我怀:使我内心痛苦,犹如煎熬。
㉗ 劳劳:怅然若失貌。
㉘ 依依:恋恋不舍貌。
㉙ 无颜仪:脸上没有光彩。
㉚ 拊掌:拍掌,表示惊讶。
㉛ 不图:没有想到。
㉜ 誓违:过失。
㉝ 无:《古诗纪》作"何"。
㉞ 不迎:古代女子出嫁后,一般只有娘家派人去接才回家,独自回家是被休的表现。
㉟ 悲摧:悲伤。
㊱ 无双:只有一个,无人能比。
㊲ 令才:美好的才能。
㊳ 含:《玉台新咏》作"衔"。
㊴ 丁宁:再三嘱咐。
⑩⓪ 非奇:不佳。奇,佳,美好意。
⑩① 徐徐更谓之:慢慢再讨论改嫁之事。
⑩② 始适:刚才,不久。

105

⑬ 广问讯：广泛打听消息。问，《古乐府》误作"门"。
⑭ 许：许嫁。
⑮ 丞：郡丞。《乐储》作"承"。
⑯ 说：《乐府诗集》作"谁"，《古乐府》同。
⑰ 承籍：六朝习语，依凭、继承的意思。
⑱ 娇逸：娇美文雅。
⑲ 主簿：官名，郡县有主簿，掌管文书簿籍。
⑳ 结大义：结成婚姻。既：《玉台新咏》、《乐府诗集》作"即"。
㉑ 贵门：指刘兰芝母家。
㉒ 岂敢言：怎敢说。
㉓ 何不量：为什么不加以考虑。
㉔ 否(pǐ)泰：《周易》中有"否"、"泰"二卦，否为坏运，泰为好运。此处指好坏悬殊很大。
㉕ 义郎体：指郡守子。
㉖ 住：《古乐府》作"往"，《古诗纪》同。
㉗ 适：顺从。
㉘ 要：约。
㉙ 渠会：和他相会。渠：他。
㉚ 登即相许和：登即，立即，许和，答应。
㉛ 姻：《古诗纪》作"婣"。
㉜ 诺诺复尔尔：应承之声。
㉝ 开书：打开历书，选取结婚吉日。
㉞ 便利：适宜于。
㉟ 六合：古人选择吉日时，月建和日将的干支都相适合叫六合。
㊱ 良吉：良辰吉日。
㊲ 束：《古乐府》作"表"。
㊳ 络绎：形容人多。《玉台新咏》作"骆驿"。
㊴ 白鹄舫：装饰有白鹄的船。
㊵ 龙子幡：绣龙的旗帜。
㊶ 婀娜：旗帜飘动貌。
㊷ 青骢马：毛色青白夹杂的马。
㊸ 流苏：一种下垂的以五彩羽毛或丝线等制成的穗子。缕：《玉台新咏》、《乐府诗集》作"镂"。
㊹ 赍：付。
㊺ 杂采：各式绸缎。

⑬ 用:《玉台新咏》、《乐府诗集》作"广",《古诗纪》同,又注:一作"用"。鲑(xié)珍:泛指山珍海味。交广市鲑珍:到交州、广州购买来各式山珍海味。
⑬ 郁郁:盛貌,形容人多。
⑬ 书:信。
⑬ 不举:不成功。
⑭ 琉璃榻:镶嵌有琉璃的坐榻。
⑭ 前窗下:窗前。
⑭ 尺:《古乐府》误作"天"。
⑭ 暝:天黑。
⑭ 愁思:满腹愁绪。
⑭ 摧藏:凄怆,悲哀。
⑭ 不可量:不能预料。
⑭ 谓:《乐府诗集》误作"为"。
⑭ 得:《乐府诗集》误作"德"。
⑭ 且:《玉台新咏》、《乐府诗集》作"可"。
⑮ 且夕间:早晚之间,指早晚之间会发生变化,极言时间之短。
⑮ 日胜贵:一天天贵盛起来。
⑮ 下:《玉台新咏》、《乐府诗集》作"不"。
⑮ 不复全:再也不能保全。
⑮ 日冥冥:如太阳变暗,比喻自己将要死去。
⑮ 不良计:不好的打算。
⑮ 康且直:健康而舒适。
⑮ 应声落:眼泪随着说话声而落。
⑮ 台阁:古代尚书的官署称台阁,此处指官府。
⑮ 贵贱情何薄:焦仲卿地位尊贵,刘兰芝地位低,离婚怎么能算薄情呢?
⑯ 艳城郭:非常漂亮,整个城中无人能及。
⑯ 乃尔立:这样决定了。
⑯ 愁煎迫:愁绪煎熬内心。
⑯ 嘶:鸣叫。
⑯ 青庐:用青布幔子做的帐子,行婚礼时所用。
⑯ 庵庵:通"晻晻",昏暗貌。
⑯ 人定:古时把一天划分为十二个时辰,每个时辰等于现在的两小时。人定是一昼夜十二时中的最末一个时辰,它指夜里的二十一点至二十三点,地支命名是亥时,与二更、二鼓、乙夜相对应。
⑯ 顾:《玉台新咏》、《乐府诗集》作"庭"。

⑯ 自挂:指上吊自杀。
⑯ 华山:不可考,疑是当地山名。
⑰ 彷徨:徘徊失意貌。
⑰ 谢:敬告。
⑰ 戒之:以之为戒。

古艳歌①（孔雀东飞）

孔雀东飞,苦寒无衣。
为君作妻,中心恻悲。
夜夜织作,不得下机。
三日载匹,尚言吾迟。

【注释】

① 出《太平御览》卷八百二十六。逯钦立认为《古诗为焦仲卿作》即继承此歌,到底何者为先,难以确定。

古艳歌①（行行随道）

行行随道②,经历山陂③。
马啖柏页④,人啖柏脂⑤。
不可常饱⑥,聊可遏饥。

【注释】

① 《古诗纪》作《古诗》。又见《艺文类聚》卷八十八,《太平御览》卷四百八十六,《草堂诗笺》卷十六《空囊诗》注,《古诗纪》卷二十,《太平御览》卷九百五十三木部松引脂、饥二韵。
② 此句《太平御览》作"行不随道",《草堂诗笺》同。
③ 山:《草堂诗笺》作"止"。
④ 页:通"叶"。
⑤ 啖:《草堂诗笺》作"啗"。柏:《太平御览》卷九百五十三作"松"。
⑥ 常:《古诗纪》作"长"。

古艳歌① (茕茕白兔)

茕茕白兔②,东走西顾。
衣不如新,人不如故。

【注释】
① 出《太平御览》卷六百八十九、九百〇七。亦称《古怨歌》。
② 茕茕:孤独无依靠的样子。

古艳歌① (兰草自生香)

兰草自生香,生于大道傍。
十月钩帘起②,并在束薪中③。

【注释】
① 出《匡谬正俗》卷七,又见《升庵诗话》"兰草"条,《古诗纪》卷二十作《古乐府》。
② 帘:通"镰"。此句《升庵诗话》作"腰镰八九月"。
③ 并:《升庵诗话》作"俱"。

古艳歌(秋霜白露下)①

秋霜白露下,桑叶郁为黄②。

【注释】
① 出《太平御览》卷十四。
② 郁:繁盛的样子。

古艳歌① (白盐海东来)

白盐海东来,美豉出鲁门②。

【注释】
① 出《北堂书钞》卷一百四十六,又见《太平御览》卷八百五十五。
② 豉(chǐ):一种用熟的黄豆或黑豆经发酵后制成的食品。

古艳歌① （居穷衣单薄）

居穷衣单薄,肠中常苦饥。

【注释】

① 出《文选》卷二十七《善哉行》注。

枯鱼过河泣①

枯鱼过河泣,何时悔复及。

作书与鲂鲥②,相教慎出入。

【注释】

① 这是首寓言诗,出《乐府诗集》卷七十四,《文选补遗》卷三十四,《广文选》卷十二,《古诗纪》卷十七。

② 鲂:即今之鳊鱼;鲥:即今之鲢鱼。鲂鲥连称,在这里泛指鱼类。

乐 府①

行胡从何方②？列国持何来？

氍毹毾㲪五木香③,迷迭艾纳及都梁④。

【注释】

① 出《乐府诗集》卷七十七,另见《太平御览》卷九百八十二,《古诗纪》卷十七,《艺文类聚》卷八十一引香、良二韵,《锦绣万花谷》卷三十二引香、良二韵。

② 行胡:指流动行贾的胡商。方:《太平御览》作"来"。

③ 氍毹(qú shū):一种织有花纹图案的毛毯,古代产于西域,可用作地毯、壁毯、床毯、帘幕等。毾㲪(tà dēng):即毛毯,出西域,西汉时已传入中土。《艺文类聚》无"毹毾"二字,《太平御览》同。《锦绣万花谷》无"毾㲪"二字。五木:指五木香,一种香料。木:《艺文类聚》作"水",《锦绣万花谷》同。五木:《太平御览》作"五味"。

④ 迷迭:迷迭香,一种香草,叶带有茶香,味辛辣、微苦,常被使用在烹饪上,也可用来泡花草茶喝。迭:《太平御览》误作"送"。艾纳:香草名,高一至三米,全体密被黄色绒毛或绢毛,揉碎时有冰片香味。纳:《艺文类聚》误作"网",《万花谷》无"艾纳"二字。都梁:香草名,又名都梁香、泽兰。梁:《艺文类聚》作"良"。

离　歌①

　　晨行梓道中②,梓叶相切磨。

　　与君别交中,繣如新缣罗③。

　　裂之有馀丝④,吐之无还期。

【注释】

①　离歌:离别之歌。出《乐府诗集》卷八十四,《古诗纪》卷十七作《杂歌》,注云:一作《离歌》。

②　两旁栽有梓树的大道。梓:关合"子"。

③　繣(huà):丝绸破裂的声音,关合"别"和"裂"。缣:双丝的细绢。罗:轻软的丝织品。罗:《古诗纪》作"维",并注:一作"罗"。缣罗:丝织品的总称。

④　馀丝:双关"余思"。

古　歌①（上金殿）

　　上金殿,著玉樽②。

　　延贵客,入金门③。

　　入金门④,上金堂⑤。

　　东厨具肴膳,椎牛烹猪羊⑥。

　　主人前进酒,弹瑟为清商⑦。

　　投壶对弹棋⑧,博奕并复行。

　　朱火飏烟雾,博山吐微香⑨。

　　清樽发朱颜⑩,四坐乐且康。

　　今日乐相乐,延年寿千霜。

【注释】

①　此诗出《选诗拾遗》,又见《古诗类苑》卷四十五,《古诗纪》卷十七,又《艺文类聚》卷七十四引樽、门、堂、羊、商、行六韵。

②　著:《艺文类聚》误作"者"。樽:酒杯。

③　金:《艺文类聚》无此字。

④　入金门:《艺文类聚》无此三字。

⑤　上:《艺文类聚》作"黄"。

⑥　椎牛:击杀牛。

⑦ 弹：《艺文类聚》作"琴"。
⑧ 投壶：古代士大夫宴饮时做的一种投掷游戏，将箭矢的端首掷入壶内才算投中，投中获胜者罚不胜者饮酒。弹棋：西汉末年始流行的一种棋戏，据晋人徐广《弹棋经》记载，"二人对局，黑白各六枚，先列棋相当，下呼上击之"。即以自己的棋子击弹对方的棋子，以击中为胜。
⑨ 博山：即博山炉，汉、晋时期常见的香炉。
⑩ 清樽：在此指代清酒。

古歌① (秋风萧萧愁杀人)

秋风萧萧愁杀人②，
出亦愁，入亦愁。
座中何人谁不怀忧？
令我白头！
胡地多飚风③，树木何修修④。
离家日趋远，衣带日趋缓。
心思不能言⑤，肠中车轮转。

【注释】
① 出《选诗拾遗》，又见《古诗类苑》卷四十五，《古诗纪》卷十七，又《太平御览》卷二十五作《古乐府歌》，所引无忧、头二韵，《文选》卷二十三《七哀诗》注作《古诗》，引忧、头二韵。案：此歌与前《悲歌》当为同篇残文。
② 萧萧：风声。
③ 胡：《古诗纪》作"故"。飚风：强劲的风，狂风。
④ 修修：《太平御览》作"萧萧"，草木摇落的声音。
⑤ 思：悲。

古咄唶歌①

枣下何攒攒②，荣华各有时。
枣欲初赤时，人从四边来。
枣适今日赐，谁当仰视之。

【注释】
① 出自《文选》卷十八《笙赋》注，又见《古诗纪》卷十七。咄唶（jiè）：有瞬间、叹息、惊

叹之意。由于此诗不是本辞,不知其本意为何。

② 攒攒:人头凑集之貌。

古胡无人行①

　　望胡地,何崄嵦②。
　　断胡头,脯胡臆③。

【注释】

① 此诗出《太平御览》卷八百。
② 崄嵦(xiǎn zè):山峰险峻的样子。
③ 脯:把……制成肉干。臆:胸脯。

视刀镮歌①

　　常恨言语浅,不如人意深。
　　今朝两相视,脉脉动人心。

【注释】

① 《文选补遗》卷三十五云此诗亦入乐府,并将此篇置汉《悲歌》后、赵整《酒德歌》前,又见《广文选》卷十四,《文选补遗》。逯钦立据此推测可能为汉代诗歌。此诗又见于《刘禹锡集》,更有可能是刘禹锡所作,今姑附于此。

古乐府罩辞①

　　罩初何得,端来得鲋②。
　　小者如手,大者如履。
　　孝子持归,遗我公姬③。
　　安得此鱼,适与罩迕④。
　　从今以后,但当求鲋。

【注释】

① 出《太平御览》卷九百三十七。罩:捕鱼用的竹器。
② 端来:正用来。鲋:即鲫鱼,这里用作鱼的总称。
③ 姬:《诗乘》作"姥"。

④ 迕:相遇。

古乐府诗(二首)

一①

请说剑,

骏犀标首②,玉琢中央③。

六一所善④,王者所杖。

带以上车,如燕飞扬。

【注释】
① 出《北堂书钞》卷一百二十二。
② 骏犀标首:指用犀牛角做剑柄。
③ 玉琢中央:剑柄中央镶嵌着宝玉。
④ 六一:不详。崔豹《古今注》说:"吴大皇帝有宝剑六,一曰白虹,二曰紫电,三曰辟邪,四曰流星,五曰青冥,六曰百里。"疑指此。

二①

凿石见火能几时。

【注释】
① 《文选》卷二十六《河阳诗》注。

古乐府(六首)

一①

东家公,字仲春。

柱一鸠②,杖甇唇③。

【注释】
① 出《玉烛宝典》正月孟春第一。
② 柱一鸠:古人在手杖的扶手处做成一只斑鸠鸟的形状,称为鸠杖,在先秦时期是长者地位的象征。
③ 甇:音、义均不详。

二①

布谷鸣,农人惊。

【注释】

① 出《玉烛宝典》二月仲春第二。

三①

啄木高飞乍低仰②,抟树林薮著榆桑③。

低足头啄斸如斸④,飞鸣相骤声如篁⑤。

【注释】

① 出《玉烛宝典》五月仲夏第五。
② 啄木:啄木鸟。
③ 抟:集聚。
④ 斸(zhú):啄木鸟啄树的声音。
⑤ 篁:通"蝗",指大群蝗虫的飞鸣声。

四①

豹则虎之弟,鹰则鹞之兄②。

【注释】

① 出《太平御览》卷九百二十六。
② 鹞:一种凶猛的鸟,样子像鹰,比鹰小,捕食小鸟,通常称"鹞鹰"、"鹞子"。

五①

天寒知被薄,忧思知夜长。

【注释】

① 出《太平御览》卷七百〇七。

六①

琉璃琥珀象牙盘②。

【注释】

① 出《太平御览》卷七百五十八。
② 琉璃:亦作"瑠璃",是指用各种颜色的人造水晶为原料,采用古代青铜脱蜡铸造法高温脱蜡而成的水晶作品。琥珀:数千万年前的树脂被埋藏于地下,经过一定的化学变化后形成的树脂化石,是一种有机的似矿物。

古 妍 歌①

妍歌展妙声,发曲吐令辞②。

【注释】

① 出《文选》卷四十六《曲水诗序》注。妍歌:美妙的歌。
② 令辞:美妙的言辞。

乐府歌(二首)

一①

集会高堂上,长弹箜篌。

【注释】

① 出《北堂书钞》卷一百一十。
② 箜篌:一种拨弦乐器,弦数因乐器大小而不同,最少的五根弦,最多的二十五根弦,分卧式和竖式两种。琴弦一般系在敞开的框架上,用手指拨弹。

二①

春酒甘如醴②,秋醴清如华③。

【注释】

① 出《北堂书钞》卷一百四十八。
② 醴:甜美的泉水。
③ 华:花。

汉书歌①

上蓬莱,咀琼英②。

【注释】

① 出《文选》卷五《吴都赋》刘渊林注。
② 咀:含在嘴里细细玩味。琼英:美玉。

古歌(四首)

一①

田中菟丝②,何尝可络③。
道边燕麦④,何尝可获。

【注释】

① 出《太平御览》卷九百九十四。

② 菟丝:一年生寄生草本植物,茎细柔,呈线状,左旋缠绕,随处生吸器,侵入寄主组织内。

③ 络:此处指纺织。

④ 燕麦:又名雀麦、野麦。我国栽培的燕麦别名颇多,华北地区称为莜麦;西北地区称为玉麦;西南地区称为燕麦,有时也称莜麦;东北地区称为铃铛麦。

二①

长笛续短笛,愿陛下保寿无极②。

【注释】

① 出《北堂书钞》卷一百一十一,《太平御览》卷五百八十,《事类赋·笛赋》注,《事类赋》只作"长笛短笛,保寿无极"。

② 《太平御览》"愿"上有"长"字。

三①

大忧摧人肺肝心。

【注释】

① 《文选》卷二十一《三良诗》注。

四①

流尘生玉匣②。

【注释】

① 出《太平御览》卷七百一十三。

② 流尘:灰尘。

有所思①

有所思,思昔人。

曾闵二子善养亲②。

和颜色,奉晨昏③。

至诚烝烝通神明④。

【注释】

① 出《对床夜语》卷三。此歌似非汉代民歌,姑录存之。

② 曾闵二子:即曾参与闵损(闵子骞)的并称,皆孔子弟子,以孝行著称。
③ 奉晨昏:《礼记·曲礼上》:"凡为人子之礼:冬温而夏清,昏定而晨省。"即对父母要晚上侍候睡定,早晨前往请安。表示侍奉父母无微不至。
④ 烝烝:形容孝德之厚美。

古辩异博游①

众星累累如连贝,江河四海如衣带。

【注释】
① 出《文选》卷二十四《赠顾交址公真诗》注引《古辩异博游》。

古 乐 府①

青天含翠彩②,素日扬清晖③。

【注释】
① 出《汉魏诗乘补遗》。
② 翠彩:青绿色。
③ 素日:白日。清晖:明净的光辉、光泽。

古歌(二首)

一①

金荆持作枕②,紫荆持作床③。

【注释】
① 出《汉魏诗乘补遗》。
② 金荆:荆树的一种。持作:拿来作成。
③ 紫荆:荆树的另一种,落叶乔木或灌木,叶圆心形,春开红紫色花。

二①

高田种小麦,终久不成穗。
男儿在他乡,焉得不憔悴。

【注释】
① 出《齐民要术》卷二注引,又见《古诗纪》卷二十。

益都为任文公谣①

任文公,智无双。

【注释】

① 出《后汉书》卷八十二,又见《太平御览》卷四百三十二引《华阳国志》,《艺文类聚》卷二十一引《华阳国志》。据载:公孙述时,武担石折。文公曰:"噫,西州智士死,我乃当之。"自是常会聚子孙设酒食,后三月果卒,益都为之作此谣。

赵嘉歌①

国有逸民②,姓赵氏名嘉③。
有志无时,命也奈何。

【注释】

① 出《后汉书》卷六十四《赵岐传》,《北堂书钞》卷一百〇六,《白帖》卷七,《太平御览》卷五百〇一引《后汉书》,又《太平御览》卷五百五十八、七百三十九并引《三辅决录》。又《文选》卷二十三《悼亡诗》注引何一韵。此诗作者有二说:其一,鱼豢《典略》载:赵岐卒,江夌作此歌。以此歌为民间所作。其二,范晔《后汉书》载:赵岐字邠卿,京兆长陵人也。初名嘉,生于御史台,因字台卿,后避难,故自改名字,示不忘本土也。岐少明经,有才艺,娶扶风马融兄女。融外戚豪家,岐常鄙之,不与融相见。仕州郡,以廉直疾恶见惮。年三十余,有重疾,卧蓐七年,自虑奄忽,乃为遗令敕兄子曰:"大丈夫生世,遁无箕山之操,仕无伊、吕之勋,天不我与,复何言哉!可立一员石于吾墓前,刻之曰:'汉有逸人,姓赵名嘉。有志无时,命也奈何!'"其后疾瘳。这里认为是赵岐自己的作品。此处姑作民歌收录。

② 国有逸民:遗民:隐居不仕之人。国:《后汉书》、《白帖》、《太平御览》作"汉",《北堂书钞》或同。民:《后汉书》、《白帖》作"人",《北堂书钞》、《太平御览》卷五百〇一同。

③ 氏:《白帖》、《太平御览》作"人",《北堂书钞》同。《后汉书》无"氏"字。嘉:《北堂书钞》作"岐",误。

歌①

濯龙望如海②,河桥渡似雷。

【注释】

① 出《文选》卷三《东京赋》薛综注引《洛阳图经》。

② 濯龙:洛阳池名。

锡山古谣①

有锡兵,天下争。无锡宁,天下清。
有锡沴,天下弊。无锡乂,天下济。

【注释】

① 出陆羽《游惠山寺记》。《游慧山寺记》载:慧山,古华山也,……山东峰当周秦间大产铅锡,至汉兴锡方殚,故创无锡县,属会稽。后汉有樵客山下得铭,上有此谣。自光武至孝顺之世,锡果竭,顺帝更为无锡县,属吴郡。

古诗(五首)

一①

上山采蘼芜②,下山逢故夫。
长跪问故夫③,新人复何如④。
新人虽言好⑤,未若故人姝⑥。
颜色类相似⑦,手爪不相如⑧。
新人从门入,故人从阁去。
新人工织缣⑨,故人工织素。
织缣日一匹⑩,织素五丈馀⑪。
将缣来比素⑫,新人不如故。

【注释】

① 出《玉台新咏》卷一,又见《艺文类聚》卷三十二,《合璧事类》卷二十八作《古乐诗》,《古诗纪》卷二十,又《艺文类聚》卷八十五,《太平御览》卷八百一十四,《太平御览》卷五百二十一并引夫、如二韵。又《白帖》卷三十二引素、馀二韵。《太平御览》卷九百八十三引夫一韵。《草堂诗笺》卷七《白丝行》注引素、故二韵。此诗通过弃妇与前夫的问答,体现出了女子在婚姻中的悲惨遭遇。

② 蘼芜(mí wú):又名蕲茝、薇芜、江蓠,是一种香草。妇女去山上采撷蘼芜的鲜叶,回来以后,于阴凉处风干,叶子风干可以做香料,亦可以作为香囊的填充物。古人相信蘼芜可使妇人多子。蘼,《艺文类聚》作"蘪",《太平御览》同。

③ 长跪:《太平御览》作"回首"。

④ 新人:前夫新娶的妻子。
⑤ 言:《艺文类聚》作"云",《合璧事类》同。
⑥ 姝:好,此处指各个方面,不仅仅指容貌。《玉台新咏》作"殊"。
⑦ 颜色:指容貌。此句《艺文类聚》作"其色似相类",《合璧事类》同。
⑧ 手爪:指纺织等妇女的手艺,与下面"织缣"、"织素"相照应。
⑨ 工:《太平御览》作"能"。
⑩ 缣:黄色绢,价值较贱。
⑪ 素:白色的绢,价值较贵。
⑫ 将:《草堂诗笺》作"持",将缣来,《艺文类聚》卷八十五作"以缣持",《太平御览》同。

二①

四坐且莫喧②,愿听歌一言。

请说铜炉器③,崔嵬象南山④。

上枝似松柏⑤,下根据铜盘。

雕文各异类,离娄自相联⑥。

谁能为此器,公输与鲁班⑦。

朱火然其中⑧,青烟飐其间。

从风入君怀⑨,四坐莫不欢⑩

香风难久居,空令蕙草残。

【注释】

① 出自《玉台新咏》卷一,另见《艺文类聚》卷七十,《初学记》卷二十五引作《古诗咏香炉诗》,《广文选》卷十五,《古诗纪》卷二十。又《太平御览》卷七百〇三引言、山、盘、连、间、叹、残七韵,《韵补》卷二引连、班二韵及盘、连二韵。

② 坐:《初学记》作"座"。

③ 铜炉器:指用铜制作的香炉。

④ 崔嵬:高耸的样子。象:《合璧事类》作"东"。

⑤ 似:《玉台新咏》作"以",《合璧事类》同;上枝似:《太平御览》作"上以植"。

⑥ 离娄:指雕镂交错分明貌。联:《艺文类聚》作"连",《初学记》、《韵补》同。

⑦ 公输与鲁班:鲁班,姓公输,名般。又称公输子、公输盘、班输、鲁般,"般"和"班"同音,古时通用,故称为鲁班。鲁国人,春秋末至战国初年工匠。公:《韵补》作"工"。

⑧ 朱:《太平御览》误作"末"。

⑨ 从:《艺文类聚》作"顺",《初学记》、《太平御览》、《合璧事类》并同。

⑩ 莫不:《广文选》作"且莫"。欢:《玉台新咏》、《太平御览》作"叹"。

三①

悲与亲友别,气结不能言②。
赠子以自爱,道远会见难。
人生无几时,颠沛在其间。
念子弃我去,新心有所欢。
结志青云上③,何时复来还。

【注释】

① 出《玉台新咏》卷一,《广文选》卷十五,《古诗纪》卷二十。
② 气结:呼吸不畅,形容心情郁闷。
③ 青云:喻远大的抱负和志向。

四①

穆穆清风至②,吹我罗衣裾③。
青袍似春草,长条随风舒④。
朝登津梁山⑤,褰裳望所思。
安得抱柱信⑥,皎日以为期⑦。

【注释】

① 《玉台新咏》卷一,《广文选》卷十五,《古诗纪》卷二十,《艺文类聚》卷八十一,《太平御览》卷九百九十四。
② 穆穆:形容风和畅。至:《太平御览》作"止"。
③ 衣:《玉台新咏》作"裳",《艺文类聚》、《太平御览》、《事类赋》同。
④ 长条:《草堂诗笺》作"修云"。随:《艺文类聚》作"从",《太平御览》、《事类赋》、《草堂诗笺》同。
⑤ 山:《玉台新咏考异》引吴兆宜曰:"案下抱柱,山当作上。"
⑥ 抱柱信:《庄子·盗跖》:"尾生与女子期于梁下,女子不来,水至不去,抱梁柱而死。"后用以比喻坚守信约。
⑦ 皎日:白日,《诗经·王风·大车》:"穀则异室,死则同穴;谓予不信,有如皦日。"表示对天发誓,以显示自己可以信赖。

五①

兰若生春阳②,涉冬犹盛滋③。
愿言追昔爱,情款感四时④。
美人在云端,天路隔无期⑤。

夜光照玄阴⑥,长叹念所思。
谁谓我无忧,积念发狂痴⑦。

【注释】

① 出《玉台新咏》卷一,作"枚乘诗",《广文选》卷十五,《古诗纪》卷二十,又《草堂诗笺》卷三十一《雨晴诗》注作"枚乘诗",引期一韵。

② 兰若:石兰和杜若,两种香草名。

③ 盛滋:繁盛貌。

④ 情款:情意诚挚融洽。

⑤ 隔:《草堂诗笺》作"杳"。

⑥ 玄阴:谓冬季极盛的阴气。

⑦ 念:《玉台新咏》作"恋"。

古诗(二首)

一①

橘柚垂华实②,乃在深山侧。
闻君好我甘,窃独自雕饰③。
委身玉盘中,历年冀见食④。
芳菲不相投⑤,青黄忽改色⑥。
人倪欲我知,因君为羽翼⑦。

【注释】

① 见《文选》卷三十一《杂体诗》注,《古诗类苑》卷七十七,《古诗纪》卷二十,《艺文类聚》卷八十六,《太平御览》卷九百六十六、九百七十三。

② 华:《艺文类聚》作"嘉"。

③ 雕饰:刻意修饰。

④ 历年:经过多年。

⑤ 芳菲:香气,香味。投:投合。

⑥ 青黄忽改色:比喻时间的流逝,年龄的增长。

⑦ 因:凭借。羽翼:翅膀。

二①

新树兰蕙葩②,杂用杜蘅草③。
终朝采其华④,日暮不盈抱。
采之欲遗谁,所思在远道。
馨香易销歇,繁华会枯槁。
怅望欲何言,临风送怀抱。

【注释】

① 见《古诗类苑》卷七十七,另见《古诗纪》卷二十,《艺文类聚》卷八十一,《太平御览》卷九百九十四并引草、抱、道三韵。

② 兰蕙葩:兰花和蕙草,皆为香草,多用以喻贤者。

③ 杜蘅:即杜若,香草,常用以比喻君子、贤人。《楚辞·离骚》:"畦留夷与揭车兮,杂杜衡与芳芷。"蘅:《太平御览》作"衡"。

④ 终朝:一整天。采其华:《太平御览》作"采草荣"。

古诗(二首)

一①

步出城东门,遥望江南路。
前日风雪中,故人从此去。
我欲渡河水,河水深无梁。
愿为双黄鹄,高飞还故乡。

【注释】

① 见《古诗类苑》卷八十四,《古诗纪》卷二十。

二①

青青陵中草,倾叶晞朝日。
阳春布惠泽②,枝叶可缆结③。
草木为恩感,况人含气血。

【注释】

① 出《太平御览》卷九百九十四,又《韵补》卷五引日、结二韵。此诗以青草感恩太阳照耀,引出人亦应当怀有感恩之心。

② 阳春布惠泽:《长歌行》有"阳春布德泽",意同。

③ 缆：《韵补》作"揽"。

古诗（二首）

一①

采葵莫伤根②，伤根葵不生。
结交莫羞贫③，羞贫友不成④。

【注释】

① 出《艺文类聚》卷八十二，另见鸣沙石室古籍丛残本《类书残卷》，《草堂诗笺》卷六《示从侄诗》注，《太平御览》卷四百六十及九百七十九作《古歌辞》，《古诗纪》卷二十。
② 葵：蔬菜名，我国古代重要蔬菜之一。
③ 第二三句：《类书残卷》作"结交莫羞贫。伤根葵不生"，《太平御览》或同。
④ 友：《类书残卷》作"交"，《草堂诗笺》同，《太平御览》或同。

二①

甘瓜抱苦蒂，美枣生荆棘②。
利傍有倚刀③，贪人还自贼④。

【注释】

① 见《太平御览》卷九百六十五、九百七十八，另见《事类赋·瓜赋》注，《古诗纪》卷二十。此诗写甘甜的瓜却有着苦涩的瓜蒂，好吃的枣子反生长在荆棘之中，提醒人们不要贪心，不然只会自取其咎。
② 枣：《太平御览》或误作"草"。棘：《太平御览》或作"刺"，《事类赋》同。
③ 利：《事类赋》误作"刺"。有倚：《事类赋》作"固有"。此句《太平御览》或作"爱利防有刀"。
④ 还自：《太平御览》或作"自还"。贼：伤害。

古绝句（四首）

一①

藁砧今何在②，山上复有山③。
何当大刀头④，破镜飞上天⑤。

【注释】

① 出《玉台新咏》卷十，另见《艺文类聚》卷五十六，《初学记》卷一，《韵补》卷二，《诗

人玉屑》卷一,《古诗纪》卷二十,又《太平御览》卷七百六十二作《古乐府》,引山一韵。《玉台新咏》题名为"古绝句",疑为后人所加。《彦周诗话》解释此诗:"藁砧何在",言"夫"也。"山上复有山",言"出"也。"何当大刀头,破镜飞上天",言"月半当还"也。

② 藁砧:藁指稻草,砧指垫在下面的砧板,有藁有砧,却没有提及铡草刀——铁。"铁"与"夫"谐音,暗示丈夫不在。今何在:《韵补》作"在何许"。

③ 山上复有山:山上复有山为"出"字。上:《艺文类聚》作"下"。有:《合璧事类》作"安",《诗人玉屑》同。

④ 当:《合璧事类》作"时",《诗人玉屑》同。刀头:"还"的隐语,还归。刀头有环,环、还音同。

⑤ 破镜:比喻残月,这里是说丈夫半个月就回来。上:《初学记》作"在"。

二①

日暮秋云阴,江水清且深。

何用通音信②,莲花玳瑁簪。

【注释】

① 出《玉台新咏》卷十,另见《古诗纪》卷二十。

② 何用:用何,用什么。

三①

菟丝从长风,根茎无断绝。

无情尚不离,有情安可别。

【注释】

① 出处同上。

四①

南山一树桂②,上有双鸳鸯。

千年长交颈,欢庆不相忘。

【注释】

① 出处同上。

② 一树桂:一棵桂树。

古五杂俎诗①

五杂俎,冈头草。往复还,车马道。不获已,人将老。

【注释】

① 出《艺文类聚》卷五十六,另见《古诗纪》卷二十。五杂俎:亦作"五杂组"。此诗感

叹人生易老,将人生比作山上的草和道路上往返的车马,随着时间的流逝,人将悄然老去。

古两头纤纤诗①

两头纤纤月初生②,半白半黑眼中睛③。
腷腷膊膊鸡初鸣④,磊磊落落向曙星⑤。

【注释】

① 出《艺文类聚》卷五十六,另见《事类赋·星赋》注,《古诗纪》卷二十,又《草堂诗笺》卷十七《发秦诗》注引生、星二韵。
② 两头纤纤:形容初生的月亮两头尖细。月初:《草堂诗笺》作"新月"。
③ 半白半黑:指眼球中眼珠黑色,其余部分为白色。《事类赋》作"半黑半白"。
④ 腷腷膊膊:形容鸡鸣叫时拍打翅膀。
⑤ 磊磊落落:形容星的众多。

古诗(十一首)

一①

啼呼哭泣,如吹胡筱②。

【注释】

① 《太平御览》卷四百八十七。以下十首,除第八首有年代可考外,其余创作年代不详,现统一以古歌命名,其中不少作品可能是由文人创作,列此备考。
② 胡筱:我国古代北方民族的管乐器,由汉张骞从西域传入,汉魏鼓吹乐中常用。

二①

有客从南来,赠我一抱笔②。

【注释】

① 出《北堂书钞》卷一百○四。
② 一抱笔:《北堂书钞》卷一百○四引蔡邕《与梁伯张府君书》云:"复惠良笔,下士所无。"用一抱笔来赠人是很贵重的礼物。

三①

泛泛江汉萍,漂荡水无根。

【注释】

① 出《艺文类聚》卷八十二。

四①

离家千里客,戚戚多思复。

【注释】

① 出《文选》卷二十五《登海峤诗》注,又卷二十七《还都诗注》作《古歌》。

五①

日暮途且远,游子悲故乡。

【注释】

① 出《白帖》卷十。

六①

屡见流芳歇。

【注释】

① 出《文选》卷三十四《七启》注。

七①

石门通越井。

【注释】

① 出《寰宇记》卷一百五十七。

八①

青蒲绿蒂,生我池中。

【注释】

① 出《艺文类聚》卷八十二。

九①

转蓬离本根,飘之畏长风。

【注释】

① 出《艺文类聚》卷八十二,又作"孤蓬转霜根"。

十①

井梧栖灵凤。

【注释】

① 出《太平御览》卷九百五十六。

十一①

驴非驴,马非马。

【注释】

① 出《太平御览》卷九百〇一引《汉书》：高昌性难伏，乃作此歌，言高昌似骡。

古游仙诗①

带我琼瑶佩，餐我沆瀣浆②。

【注释】

① 出鸣沙石室古籍丛残本《类书残卷·神仙门》。
② 沆瀣浆：夜间的水汽，露水。

古八变歌①

北风初秋至，吹我章华台②。
浮云多暮色，似从崦嵫来③。
枯桑鸣中林，络纬响空阶④。
翩翩飞蓬征⑤，怆怆游子怀。
故乡不可见，长望始此回⑥。

【注释】

① 出《选诗拾遗》，又见《古诗类苑》卷四十五，《古诗纪》卷十七，又《太平御览》卷二十五引台、来二韵。此诗描写游子思乡之情，在思想内容与风格上与《古诗十九首》有相似之处，列于此备考。
② 章华台：春秋时楚灵王建造的离宫，其所在位置说法不一，以湖北潜江说为盛。
③ 崦嵫(yān zī)：山名，在甘肃省天水县西南，传说太阳从此处落下。
④ 络纬：即莎鸡，俗称络丝娘、纺织娘。夏秋夜间振羽作声，声如纺线，故名。
⑤ 飞蓬：蓬草，草名，枯后往往在近根处被风折断，由于外呈圆形，似草球，遇风被卷起，随风飘逝，所以也叫"飞蓬"、"飘蓬"、"转蓬"、"孤蓬"，具有飘泊无依的特点，常用来指代游子。
⑥ 长望：远望。始此回：才回头眺望故乡。

三国民歌·曹魏民歌

杂歌谣辞

【歌辞】

邺人金凤旧歌①

凤阳门南天一半,
上有金凤相飞唤,
欲去不去著锁绊。

【注释】

① 出《太平寰宇记》卷五十五"相州邺县凤阳门"条。据载:曹魏都城邺城内诸街有赤阙,南面西头曰凤阳门,上有两只凤凰,其一飞入漳水,其一仍以锁绊其足,邺人有此歌。

军中为夏侯渊歌①

典军校尉夏侯渊②。
三日五百③,六日一千④。

【注释】

① 出《三国志·夏侯渊传》注,又见《太平御览》卷二百九十三、四百九十五,《古诗纪》卷二十九作《夏侯歌》。据《魏志》载:夏侯渊为将,行军迅速;常出敌不意,故军中有此歌。
② 典军校尉:官名。东汉末年设置的西园八校尉之一,统率中央常备军,秩比二千石。典:《古诗纪》作"兴",误。
③ 五百:《太平御览》或作"六百"。
④ 六:《太平御览》或作"五"。一:《太平御览》无"一"字。《古诗纪》"日"作"十"。

徐干引古人歌①

相彼玄鸟②,止于陵阪③。
仁道在近,求之无远。

【注释】

① 出徐干《中论·贵验篇》。此诗不似民歌,姑存之。
② 相:观、察看。玄鸟:燕子。
③ 陵阪:山坡。

徐州为王祥歌①

海沂之康②,实赖王祥。
邦国不空,别驾之功③。

【注释】

① 据《晋书》卷三十三《王祥传》载:汉末王祥隐居庐江三十余年,不出仕做官,吕虔魏文帝时迁为徐州刺史,请王祥为别驾。其时徐州盗贼横行,王祥率兵讨破盗贼,徐州界内得以安宁,时人作歌颂之。又见《艺文类聚》卷十九,《白帖》卷二十一,《太平御览》卷二百六十三、四百六十五,《古诗纪》卷二十九作《徐州歌》。
② 海沂:海边。
③ 别驾:全称为别驾从事史,也叫别驾从事,州刺史的佐吏。时王祥担任徐州刺史吕虔的别驾。此两字《白帖》作"王祥"。

荥阳令歌①

荥阳令,有异政。
修立学校人易性②,令我子弟耻斗讼③。

【注释】

① 据《北堂书钞》卷七十八引《殷氏世传》,殷褒任荥阳令时,扩建学校,于其中讲学,民因此而知礼让,于是作此歌。殷褒,字符祚,魏章武太守。又见《艺文类聚》卷十九,《古乐府》卷一,《古诗纪》卷二十九。
② 易:《北堂书钞》作"复"。
③ 斗讼:《北堂书钞》作"争讼",《艺文类聚》作"讼争",《古乐府》、《乐府诗集》同。

襄阳民为胡烈歌(二首)

一①

美哉明后②,俊哲惟嶷③。
陶广乾坤④,周孔是则⑤。
文武播畅⑥,威振遐域⑦。

【注释】

① 据《太平御览》卷四百六十五引《襄阳耆旧传》,襄阳太守胡烈在任期间有政绩,百姓歌之。此诗收入《古诗纪》卷十八。

② 明后:英明的长官。后是对长官、郡守的尊称。

③ 俊哲:才识不凡的人。嶷:高尚,杰出。

④ 陶:比喻教育、培养。

⑤ 周孔:周公、孔子。

⑥ 播畅:即畅播,没有阻碍地传播。

⑦ 遐域:边远之地。

二①

譬春之阳,如冬之日。
耕者让畔②,百姓丰溢。
惟我胡父,恩惠难置③。

【注释】

① 出《太平寰宇记》卷一百四十五。云:"襄阳城有古堤,皆后汉胡烈所筑。尝为襄阳太守,惠化及人,塞补决堤,民因歌之。"据此应入汉诗。《水经注》卷二十八《沔水注》云:"襄阳太守胡烈有惠化,补塞堤决,民赖其利。景元四年(263)九月,百姓刊石铭之,树碑于此。"据此应入魏诗,今姑从《水经注》。

② 耕者让畔:种田的人把田界让给对方。畔:田界。《史记·五帝本纪》:"舜耕历山,历山之人皆让畔。"

③ 置:废弃、舍弃。

京兆民为李庄歌①

我府君,惠如春,盛如唐②。

【注释】

① 《北堂书钞》卷七十六引《魏略》载：李庄任京兆太守，为官清廉，治理京兆，惠及百姓，民爱敬之，乃作此歌。

② 唐：帝尧政权的称号，尧号陶唐氏。

行者歌①

青槐夹道多尘埃，龙楼凤阙望崔嵬②。
清风细雨杂香来，土上出金火照台③。

【注释】

① 据王子年《拾遗记》卷七载："文帝所爱美人薛灵芸，常山人也，年十五，容貌绝世。咸熙中，文帝选良家子女，以入六宫，常山太守习谷以千金宝赂聘之以献。至京师，帝以文车十乘迎之，道侧烧石叶之香。未至数十里，膏烛之光，相续不灭，车徒咽路，尘起蔽于星月。又筑土为台，基高三十丈，列烛于台下，远望如列星之坠地。又于大道之傍，一里一铜表，高五尺，以志里数。故行者歌之。"逯钦立认为《拾遗记》为小说家言，未可尽信。咸熙乃陈留王年号，魏文帝不能以此时选纳嫔妃。录此备考。另见《太平广记》卷二百七十二，《古诗纪》卷二十九。

② 崔嵬：高峻之貌。

③ 《古诗纪》注曰："此七字是妖辞也。铜表志道是土上出金之义，以烛置台下则火在土下之义。汉火德王，魏土德王，火伏而土兴，土上出金，是魏灭而晋兴之兆。晋以金王也。"

太和中京师歌①

其奈汝曹何②。

【注释】

① 据《宋书》卷三十一《五行志》载：明帝太和中，京师歌此。又见《晋书》卷二十八《五行志》。

② 曹：等、辈。

【谣辞】

明帝时宫人谣[1]

不服辟寒金[2],那得帝王心。
不服辟寒钿,那得帝王怜。

【注释】

[1] 《拾遗记》载:"魏明帝时昆明国贡嗽金鸟,常吐金屑如粟,用饰钗佩,谓之辟寒金。"宫人以此谣相嘲。又见《酉阳杂俎》卷十六,又《太平御览》卷七百一十八引心一韵。

[2] 服:佩戴。

明帝景初中童谣[1]

阿公阿公驾马车,
不意阿公东渡河,
阿公东还当奈何[2]。

【注释】

[1] 据《宋书》卷三十一《五行志》,魏明帝景初中有此童谣。后司马懿平辽东,归至白屋,此时恰逢魏明帝病重,召之辅政。司马懿乘追锋车东渡黄河至洛阳受诏辅政。后终取魏室而代之,果如童谣之言。另见《晋书》卷二十八《五行志》,《乐府诗集》卷八十八,《古诗纪》卷二十九。

[2] 东:《晋书》作"来"。

正始中时人谣[1]

何邓丁,乱京城。

【注释】

[1] 据《晋书》卷一《宣帝纪》载:正始八年(247),曹爽听从何晏、邓飏、丁谧等人的计谋,将太后迁往永宁宫,自己专擅朝政,掌握禁军,树立亲党,变更制度,时人为之作此谣。

嘉平中谣①

白马素羁西南驰②,其谁乘者朱虎骑。

【注释】

① 据《宋书》卷三十一《五行志》载:魏齐王嘉平年间有此谣。"朱虎"为楚王曹彪小字。王凌、令狐愚听到此谣后谋立曹彪为帝,事发之后,王凌等被杀,而曹彪被赐死。另见《三国志》卷二十八《王凌传》注,《晋书》卷二十八《五行志》,《古诗纪》卷二十九。

② 素:白色。羁:马笼头,这里泛指所有马的装饰。

蒋济为护军时谣①

欲求牙门②,当得千匹③。
百人督④,五百匹⑤。

【注释】

① 据《三国志》卷九《夏侯玄传》注引《魏略》,护军总统诸将,主持武官选举,欲求官者需要贿赂护军方可,故蒋济为护军时有此谣。另见《北堂书钞》卷六十四。

② 牙门:即牙门将,杂号将军之一,魏文帝黄初年间始置,第五品,冠服与将军相同。

③ 匹:《北堂书钞》作"区"。

④ 百人督:军中的低级武官。《北堂书钞》作"五百人"。

⑤ 此句《北堂书钞》卷五上有"得"字。

三国民歌·蜀汉、东吴民歌

杂歌谣辞

【歌辞】

时人为张飞玉追马歌①

人守有张飞,马中有玉追。

【注释】

① 据《广博物志》载:张飞有马号玉追,时人为之作歌。

白纻歌①

行白者君②,追汝句骊马。

【注释】

① 据《南齐书》卷十一《乐志》引周处《风土记》载:吴黄龙中有此童谣,后孙权乘船浮海征公孙渊。舶:白也。句骊马指公孙渊。今歌和声,犹云"行白纻"。收入《古诗纪》卷三十。

② 白:通"舶",即船。君:指孙权。

【谣辞】

时人为周瑜谣①

曲有误②,周郎顾。

【注释】

① 《三国志》卷五十四《周瑜传》注引《吴志》，周瑜少精通音乐，虽喝三杯酒，奏曲者如果演奏有误，周瑜亦能分辨，然后回顾奏曲者，故时人为之作此谣。另见《艺文类聚》卷十九，《太平御览》卷四百六十五、五百六十四，《古诗纪》卷三十作《吴谣》。

② 有：《艺文类聚》作"复"，《古诗纪》云：一作"复"。

孙亮初童谣①

吁汝恪②，何若若③。
芦苇单衣篾钩络④，于何相求杨子阁⑤。

【注释】

① 《宋书》卷三十一《五行志》载："孙亮初童谣曰：……杨子阁者，反语石子堽也。钩络，钩带也。及诸葛恪死，果以苇席裹身，篾束其要，投之石子堽。后听恪故吏收敛，求之此堽。"另见《晋书》卷二十八《五行志》，《太平御览》卷一〇〇〇，《乐府诗集》卷八十八，《古诗纪》卷二十，《三国志》卷六十四《诸葛恪传》。

② 吁汝：《三国志》作"诸葛"，《太平御览》同。

③ 何若若：《三国志》无此三字。

④ 钩：《宋书》作"钩"，《太平御览》同。钩络，钩带。

⑤ 杨：《三国志》作"成"，《晋书》、《太平御览》作"常"，《古诗纪》作"扬"。杨子阁：石子堽的反语。

孙亮初白鼍鸣童谣①

白鼍鸣②，龟背平③。
南郡城中可长生④，守死不去义无成。

【注释】

① 据《宋书·五行志》载：孙亮初，公安有白鼍鸣，童谣随后歌此。另见《三国志》卷五十二《诸葛瑾传》注引《江表传》，《宋书》卷三十一《五行志》，《晋书》卷二十八《五行志》，《渚宫旧事》卷四，《太平御览》卷九百三十二，《乐府诗集》卷八十八，《古诗纪》卷三十。

② 鼍（tuó）：即扬子鳄。《宋书·五行志》说：鼍有鳞介，甲兵之象。

③ 龟背平：《宋书·五行志》说诸葛恪败后，其弟诸葛融镇守公安，也被袭。融刮金印龟，服之而死。

④ 《宋书·五行志》解此句说：指有急事易于逃脱。长：《太平御览》作"求"。

孙皓初童谣①

宁饮建业水,不食武昌鱼。

宁还建业死②,不止武昌居③。

【注释】

① 据《宋书》卷三十一《五行志》载:孙皓迁都武昌,物资需要从下游溯流供给,人民怨声载道,作此童谣。另见《三国志》卷六十一《陆凯传》,《晋书》卷二十八《五行志》,《太平御览》卷一百五十六引《江表传》,又引《三国志》,《太平御览》卷一百七十、九百三十五,《乐府诗集》卷八十八,又《文选补遗》卷三十五作《扬州谣》,《古诗纪》卷三十。

② 还:《太平御览》卷一百五十六作"归"。业:《太平御览》卷九百三十五作"邺"。

③ 止:《太平御览》卷一百五十六作"就",卷一百七十作"向"。

建衡中寿春童谣①

吴天子②,当西上③。

【注释】

① 据《三国志》卷四十八《孙皓传》注引《江表传》,丹阳刁玄使蜀时,得司马徽与刘廙论运命历数事,加以修改增饰,欺骗国人说:"黄旗紫盖见于东南,终有天下者,荆扬之君乎!"后有抓获曹魏的降兵说寿春有此童谣,孙皓听后大喜,认为是天命。于是载其母、妻、子及后宫数千人,从牛渚西上去往洛阳,以顺天命。路上遇到大雪,道路封堵,不能前行,兵士不能忍受,都说如果遇到敌人,一定会反叛,孙皓听后才返回。另见《太平御览》卷四十六。

② 《三国志》注、《太平御览》卷四十六无"吴"字。

③ 西:《三国志》注无"西"字。

使者为妖祠诗①

楚九州渚,吴九州都。

扬州士②,作天子。

四世治,太平始③。

【注释】

① 据《三国志》卷四十八《孙皓传》注引《江表传》载:"历阳县有石山,临水,高百丈。其三十丈所,有七穿骈罗。穿中色黄赤,不与本体相似,俗相传谓之石印。石印封发,天下

当太平。有祠屋,巫祝言,石印神有三郎。时,历阳长表,上言石印发。晧遣使,以太牢祭历山。巫言,石印三郎说,天下方太平。使者作高梯,上看印文。诈以朱书石,作二十字。还以启皓。皓大喜曰:'吴当为九州岛作都、渚乎?从大皇帝逮孤,四世矣。太平之主,非孤复谁?'"后孙皓为政更加暴虐,不久灭亡。另见《宋书》卷三十一《五行志》,《晋书》卷二十八《五行志》,《古诗纪》卷三十作《孙皓时诗妖》。

②　扬州:应该指古九州之一的扬州,地域起自淮河、黄海,涉及江苏、安徽、江西及其以南的地方。孙氏为吴郡富春人,乃扬州人士。

③　始:《宋书》作"矣"。

孙皓天纪中童谣①

阿童复阿童②,衔刀游渡江③。
不畏岸上虎④,独畏水中童⑤。

【注释】

①　据《宋书》卷三十一《五行志》及《晋书》卷三十四《羊祜传》载:孙皓天纪年间有此童谣。羊祜闻之曰:"此必水军有功,但当思应其名者耳。"会益州刺史王濬征为大司农,祜知其可任,濬又小字阿童,因表留濬监益州诸军事,加龙骧将军,密令修舟楫,为顺流之计。武帝征吴,王濬最先攻下秣陵,江西诸军均在濬后。另见《晋书》卷二十八《五行志》、卷三十四《杜预传》,《北堂书钞》卷六十四、三百二十九、四百六十五,《古诗纪》卷三十。

②　阿童:王濬,字士治,小字阿童,曾指挥水军灭吴。

③　游:《白帖》作"浮",《太平御览》卷二百三十九同。

④　虎:《晋书》作"兽",《太平御览》卷四百六十五同。

⑤　独:《晋书》作"但",《北堂书钞》、《白帖》、《太平御览》同。

两晋民歌

杂歌谣辞

【歌辞】

徐圣通歌①

徐圣通,政无双。
平刑罚,奸宄空②。

【注释】

① 据《古诗纪》卷五十三引《会稽典录》载:徐弘,字圣通,为汝阴令时,诛杀奸邪之人,县中教化大行,路不拾遗,民作此以歌之。另见《艺文类聚》卷十九,《太平御览》卷二百六十八,《乐府诗集》卷八十五。

② 奸宄(guǐ):奸诈不法。

南土为杜预歌①

后世无叛由杜翁②,孰识智名与勇功③。

【注释】

① 据《晋书》卷三十四《杜预传》载:杜预都督荆州,"旧水道惟沔,汉达江陵千数百里,北无通路。又巴丘湖,沅、湘之会,表里山川,实为险固,荆蛮之所恃也。预乃开杨口,起夏水达巴陵千余里,内泻长江之险,外通零桂之漕"。南土歌之。另见《太平御览》卷二百五十六、三百三十三、四百六十五,《古诗纪》卷四十四作《南土谣》。

② 世:《太平御览》卷三百三十三作"代"。

③ 智:《太平御览》卷二百五十六作"知"。

军中为杜预歌①

以计代战一当万。

【注释】

① 据臧荣绪《晋书》卷三《五行志》载：晋伐吴，杜预遣周旨、伍巢等伏兵乐乡城外。孙歆派军抵抗王濬，大败而还。周旨等伏兵跟随孙歆军队进入城内，直到孙歆帐下，俘获孙歆而还。故军中作此歌。

阳平人为束皙歌①

束先生，通神明，
请天三日甘雨零②。
我黍以育③，我稷以生④。
何以畴之⑤，报束长生⑥。

【注释】

① 据《晋书》卷五十一《束皙传》载：束皙，为阳平元城人。太康中，郡界大旱，束皙为邑人求雨三日而雨降，众人为皙作此歌。另见《艺文类聚》卷十九，《太平御览》卷十一、四百六十五，《乐府诗集》卷八十五、《古诗纪》卷五十三并作《束皙歌》。

② 零：《太平御览》卷四百六十五作"零零"。

③ 育：《太平御览》卷十一作"萌"。

④ 生：《太平御览》卷四百六十五作"成"。

⑤ 畴：通"酬"。《艺文类聚》作"酬"，《太平御览》卷四百六十五作"酬"。

⑥ 长：《太平御览》卷四百六十五作"先"。

三郡民为应詹歌①

乱离既普②，殆为灰朽。
侥幸之运，赖兹应后③。
岁寒不凋，孤境独守。
拯我涂炭④，惠隆丘阜⑤。
润同江海，恩犹父母。

【注释】

① 据《晋书》卷七十《应詹传》载：王澄在惠帝末年任荆州牧，他任命应詹都督南平、天门、武陵三郡军事。当时天下大乱，只有应詹境内得以保全，百姓作歌颂之。另见《太平御览》卷五百七十，《乐府诗集》卷八十五、《古诗纪》卷五十三并作《应詹歌》，又《太平御览》四百六十五引朽、后、阜、母四韵。

② 普：全，广，遍。《太平御览》四百六十五作"著"。

③ 后：对地方长官的尊称。

④ 拯：《太平御览》卷四百六十五作"荫"。涂炭：陷入泥沼，坠入炭火。比喻极其艰难困苦。

⑤ 丘阜：山丘，土山。

襄阳儿童为山简歌①

山公出何许②，往至高阳池③。
日夕倒载归④，酩酊无所知⑤。
时时能骑马⑥，倒着白接䍦⑦。
举鞭向葛彊⑧，何如并州儿⑨。

【注释】

① 《晋书》卷四十三《山简传》载：山简字季伦，永嘉初年为南征将军，镇守襄阳。此时四方寇乱，朝廷岌岌可危，但山简却能悠然自得，唯耽于饮酒。习氏为荆土豪族，有一片上好的园池，山简常到池上游玩，一饮酒就醉，人们称此池为高阳池，当时有儿童歌此事。另见《世说新语·任诞篇》，《艺文类聚》卷十九，《太平御览》卷六十七、一百六十八、四百六十五、四百九十七、五百七十、六百八十七、八百四十五，《乐府诗集》卷八十五、《古诗纪》卷五十三并作《襄阳儿童歌》，又《水经注》卷二十八引池、知二韵，《艺文类聚》卷九引池、知二韵，《白帖》卷五引四句，《舆地纪胜》卷八十二作《古白铜鞮歌》，引池、知、䍦三韵。

② 许：《水经注》作"去"，《太平御览》卷四百六十五同，《舆地纪胜》作"往"，《世说新语》"出何许"作"时一醉"，《白帖》、《太平御览》卷六百八十七同，《艺文类聚》卷十九作"何所去"，卷九作"何所往"，《太平御览》卷一百六十八作"何所诣"，或作"时一作"。

③ 往：《艺文类聚》卷九作"来"。往至：《世说新语》作"径造"，《太平御览》卷六百八十七同。

④ 夕：《世说新语》作"莫"，《水经注》作"暮"，《太平御览》卷一百六十八同。

⑤ 酩酊：大醉的样子。《世说新语》作"茗艼"。无所知：《舆地纪胜》作"何所之"。

⑥ 此句《世说新语》作"复能笠骏马"，《太平御览》卷六百八十七作"时复乘骏马"。

⑦ 着：《白帖》作"安"。白接䍦：以白鹭羽为饰的帽子。䍦：《艺文类聚》作"离"，《太

平御览》卷六百八十七作"离",或作"楼篱",《乐府诗集》、《舆地纪胜》作"羅"。

⑧ 鞭:《世说新语》作"手",《太平御览》卷六百八十七同。向:《世说新语》作"问",《太平御览》卷一百六十八同。葛彊:山简的爱将。彊:《太平御览》卷六十七作"疆"。

⑨ 并州儿:葛彊是并州人。

吴郡民为邓攸歌①

纽如打五鼓②,鸡鸣天欲曙。
邓侯挽不留③,谢令推不去。

【注释】

① 据《晋书》卷九十《邓攸传》载:邓攸,东晋元帝时任吴郡太守,为政廉洁公正,百姓乐业。后来他因疾病离任吴郡,百姓数千人牵引邓攸之船,不舍他离开,到半夜他才偷偷离去,吴人为之作此歌。另见《白帖》卷二十一、《太平御览》卷二百六十一、四百六十五,《乐府诗集》卷八十五、《古诗纪》卷五十三并作《吴人歌》。案:此歌既颂邓攸,又刺谢令,但不知谢令名字。

② 纽(dǎn):击鼓声。

③ 留:《乐府诗集》作"来"。

豫州耆老为祖逖歌①

幸哉遗黎免俘虏②,三辰既朗遇慈父③。
玄酒忘劳甘瓠脯④,何以咏思歌且舞⑤。

【注释】

① 据《晋书》卷六十二《祖逖传》载:祖逖元帝时任豫州刺史,躬行俭约,督促农事生产,从不积累资产。他的亲属子弟也亲自参加耕耘、砍柴。又为无人安葬的死者安葬,并祭祀他们,百姓为之感动。他曾经和乡亲置酒共饮,耆老在宴会上流涕说:"吾等老矣,更得父母,死将何憾。"乃歌之。另见《太平御览》卷九百七十九,《乐府诗集》卷八十五、《古诗纪》卷五十三并作《豫州歌》。《太平御览》卷二百五十八引《祖逖别传童谣》与此略异。谣云:"幸哉遗民免豺虎,三辰既明遇慈父。玄酒清醨甘瓠脯,亦何报恩歌且舞。"

② 遗黎:劫后残留的人民。

③ 三辰:谓日、月、星。

④ 玄酒:即清水。瓠脯:瓠干。

⑤ 思:《晋书》作"恩"。

吏为郭颐刘聪歌①

我有贤后②,能任玄明,政理人殷③。

【注释】

① 据《白帖》卷二十一引《前赵录》:刘聪字玄明,年十四时就博通史籍,太守郭颐招他做主簿。郡中小吏为郭颐作此歌,歌颂他善用人才。按:此歌可能有脱误。
② 后:对地方长官的尊称。
③ 理:安定、清明。殷:富裕、富足。

京师为张轨歌①

凉州大马,横行天下。

凉州鸱苕寇贼消②,鸱苕翩翩怖杀人③。

【注释】

① 《晋书》卷八十六《张轨传》载:张轨永宁初任凉州刺史,王弥攻打洛阳,张轨派遣北宫纯、张纂、马鲂、阴濬等率州军将其击破,又于河东败刘聪,京师为之作此歌。《古诗纪》卷五十三作《凉州大马歌》。
② 鸱苕(chī tiáo):威猛的鸱鸟。
③ 翩翩:飞貌。

时人为阮修歌①

长安教书罢,洛阳卖卜来。

百钱系杖头,能使世人解。

【注释】

① 出鸣沙石室古籍丛残本《略出籝金》。据载:晋阮修好酒,常以百钱系杖头。入市,若遇士子,非是故识,便邀入店,乐饮而去,时人歌之。

闾里为消肠酒歌①

宁得醇酒消肠,不与日月齐光。

【注释】

① 出《拾遗记》卷九。据载:张华为九酝酒,若大醉,不可叫笑摇荡,令人肝肠消烂,

俗人谓为"消肠酒"。或云醇酒可为长宵之乐。"消肠"与"宵长"声同而事异,故闾里有此歌。

宣城民为陶汪歌①

人当勤学得主簿②,谁使为之陶明府③。

【注释】

① 《艺文类聚》卷六引《陶氏家传》载:陶汪,咸康年间为宣城内史。其从父猷先为宣城内史,陶汪到任以后,乃广招隐逸贤人,广开学舍,以此教育百姓,优秀者则辟为掾史,百姓歌之。

② 主簿:各级官员属下掌管文书的佐吏,上至三公及御史府,下至九寺五监及郡县皆有之。

③ 明府:"明府君"的略称,汉晋人对太守的尊称。

石头民为庾亮歌①(二首)

一

庾公上武昌,翩翩如飞鸟。
庾公还扬州,白马牵旐旌②。

【注释】

① 《晋书》卷二十八《五行志》载:庾亮初镇武昌,从京城出来到石头城,百姓在岸上作此歌歌之。后来几次征召,都不回朝廷,及至薨于武昌后,方才以丧还京城。另见《宋书》卷三十一《五行志》,《世说新语·伤逝篇》注引《灵鬼志》,《乐府诗集》卷八十七、《古诗纪》卷五十三并作《庾公歌》二首。

② 旐旌:指铭旌、凶幡。白马旐旌:丧礼所用。

二

庾公初上时,翩翩如飞鸟①。
庾公还扬州,白马牵流苏②。

【注释】

① 乌:《世说新语》注作"鸦"。

② 流苏:指铭旌上下垂的以羽毛或丝线等制成的穗子。《古诗纪》:一作"旐车",《世说新语》注作"旐车"。

升平中童歌①

阿子汝闻不。

【注释】

① 《晋书》卷二十八《五行志》载：晋穆帝升平年间，儿童忽在道路上歌"阿子闻"，曲终都歌"阿子汝闻不"。不久穆帝崩，太后以此歌哭之。又见《宋书》卷三十一《五行志》。

升平末民歌①

白门廉②，宫庭廉。

【注释】

① 《晋书》卷二十八《五行志》载："升平末，俗间忽作廉歌，有扈谦者闻之曰：'廉者，临也；歌，内外悉临，国家其大讳乎？'少时而穆帝晏驾。"又见《宋书》卷三十一《五行志》。

② 廉：通"帘"。

太和中百姓歌①

青青御路杨，白马紫游缰②。
汝非皇太子，那得甘露浆。

【注释】

① 《晋书》卷二十八《五行志》载：晋海西公太和年间，百姓作此歌。"白"，是指金行。"马"，是指司马氏。"紫"是夺正之色，指以紫夺朱，皇位不保。海西公不久被废，其三子非海西公之子，被用马缰缢死，死后第二天，南方小国来进贡甘露。又见《宋书》卷三十一《五行志》，《乐府诗集》卷八十七、《古诗纪》卷五十三并作《御路杨歌》。

② 缰：马缰绳。

凤 凰 歌①

凤凰生一雏，天下莫不喜。
本言是马驹，今定成龙子。

【注释】

① 《宋书》卷三十一《五行志》载：海西公不能生子，使其从属向龙与内侍交接，内侍

生子,海西公以之为己子。百姓作歌歌之。又见《晋书》卷二十八《五行志》,《乐府诗集》卷八十五,《古诗纪》卷五十三。

荆州百姓歌①

黄昙英,扬州大佛来上明②。

【注释】

① 《晋书》卷二十八《五行志》载:桓石民为荆州,镇守上明,百姓忽然歌"黄昙子",曲终又歌此谣。不久桓石民就死去,王忱接任桓石民为荆州。"黄昙子"是王忱字,忱小字佛大,故曰"大佛来上明"。另见《宋书》卷三十一《五行志》,《世说新语·忿狷》注,《古诗纪》卷五十四作《黄昙谣》。

② 上明:桓冲任荆州刺史时以上明为州治。

历阳百姓歌①

重罗黎,重罗黎。
使君南上无还时。

【注释】

① 《晋书》卷二十八《五行志》载:庾楷镇历阳,百姓歌之,后庾楷南奔桓玄,为桓玄所杀。另见《宋书》卷三十一《五行志》,《乐府诗集》卷八十七、《古诗纪》卷五十三并作《历阳歌》。

桓玄篡时小儿歌①

芒笼茵,绳缚腹。
车无轴,倚孤木。

【注释】

① 《太平广记》卷三百六十八引吴均《续齐谐记》载:桓玄篡位后,朱雀门中忽有两小儿,浑身漆黑,相和作此歌,路边小儿数十人相附和,声调哀婉凄楚。天黑后,二小儿进入建康县,到阁下变成双漆鼓槌,第二年春桓玄战败。"车无轴,倚孤木",为"桓"字。荆州送玄首,用败笼茵包裹,又用芒绳束缚其尸,沉于江中。儿歌所唱一一应验。收入《古诗纪》卷五十三。

司马休之从者歌①

可怜司马公,作性甚温良。
忆昔水边戏,使我不能忘。

【注释】

① 《艺文类聚》卷十九引《续安帝纪》载:司马休之兄司马尚为桓玄所败,司马休之逃往淮泗,与那里的人颇为相得,从者为之作此歌。《古诗纪》卷五十三作《从者歌》。

淫豫歌①(二首)

一

滟预大如马②,瞿塘不可下③。
滟预大如牛,瞿塘不可流④。

【注释】

① 郦道元《水经注》卷三十三《江水注》载:白帝山城水门之西,江中有孤石,名淫预石。冬出水二十余丈,夏则没,亦有裁出焉。江水向东经过广溪峡,乃三峡之首也。峡中有瞿塘、黄龛二滩,夏水回复,沿溯所忌。《国史补》上载,蜀之三峡,最号峻急,四月五月尤险,故行者歌之。"淫"或作"滟","预"或作"豫"。另见《乐府诗集》卷八十六,《北梦琐言》卷七,《猗觉寮杂记》卷上,《古诗纪》卷五十三。
② 滟预:即艳预堆。长江瞿塘峡口踞于江心的一块巨石,高约二十多米,宽约十五米,长约四十米。大:《北梦琐言》作"小",《猗觉寮杂记》无"大"字。
③ 瞿塘:瞿塘峡,又名夔峡。西起重庆市奉节县的白帝城,东至巫山县的大溪镇,全长约八公里。不可:《猗觉寮杂记》作"莫"。
④ 流:《国史补》作"留",《广博物志》同。

二①

淫预大如马,瞿唐不可下。
淫预大如象,瞿唐不可上。

【注释】

① 出《古诗类苑》卷十五,《古诗纪》卷五十三。

巴东三峡歌（三首）

一①

巴东三峡巫峡长,猿鸣三声泪沾裳。

【注释】

① 郦道元《水经注》卷三十四《江水注》载:巴东三峡,谓广溪峡、巫峡、西陵峡也,三峡七百里中,两岸连山,略无阙处,重岩叠嶂,隐蔽天日,非亭午夜分,不见曦月。其中猿鸣凄清,渔者作此歌。又见《文选》卷十二《江赋》注,《太平御览》卷五十三并引盛弘之《荆州记》,《乐府诗集》卷八十六,《古诗纪》卷五十三。

二①

巴东三峡猿鸣悲,猿鸣三声泪沾衣。

【注释】

① 出《艺文类聚》卷九十五,另见《太平御览》卷五百七十二、九百一十并引晋袁山松所著《宜都山川记》,《乐府诗集》卷八十六,《古诗纪》卷五十三。

三①

滩头白勃坚相持②,倏忽沦没别无期。

【注释】

① 出《水经注》卷三十四《江水注》,收入《古诗纪》卷五十三。
② 白勃:即"勃勃",旺盛的样子。

武陵人歌①

仰兹山兮迢迢②,层石构兮嵯峨③。
朝日丽兮阳岩④,落景梁兮阴阿⑤。
障壑兮生音⑥,吟籁兮相和⑦。
敷芳兮绿林⑧,恬淡兮润波⑨。
乐兹潭兮安流,缓尔棹兮咏歌⑩。

【注释】

① 《太平御览》卷五百七十二引黄闵《武陵记》载:有绿萝山,侧岩垂水,悬萝百里许。得明月池,碧潭镜澈,百尺见底。素岩若雪,松如插翠,流风叩阿,有丝桐之韵,土人为此歌。此歌显然不是下层百姓所作,因不知作者,姑附于此。另见《广博物志》卷五引《水经

注》,《桃花源志》卷七引黄闵《武陵记》,《古诗纪》卷五十三。又《北堂书钞》卷一百〇六引黄闵《武陵记》引迢、峨、流、歌四韵。

② 迢迢:高耸貌。
③ 构:交结、组合。嵯峨:高峻貌。嵯:《太平御览》作"峨"。
④ 阳:山南曰阳。
⑤ 景:通"影"。梁:《古诗纪》注:一作"阳",《太平御览》一作"灿"。阴:山北曰阴。
⑥ 障壑:山间沟壑。
⑦ 吟籁:风吹动时发出的声音。
⑧ 敷芳:香气散布。绿:《太平御览》作"缘"。
⑨ 润波:温润平静的水波。
⑩ 尔:《北堂书钞》作"子"。

时人为郗超、王珣歌①

髯参军②,短主簿③。
能令公喜,能令公怒。

【注释】

① 出《晋书·郗超传》,又见《世说新语·赏誉》篇注引《续阳秋》,《北堂书钞》卷六十五引《晋阳秋》。据载:郗超、王珣,并以俊才为桓大司马所眷。王珣为主簿,郗超为记室参军。郗超为人多须,珣形状短小,时人为之作此歌。

② 参军:官名。东汉末年,曹操以丞相总揽朝政,其僚属往往以"参丞相军事"之名义办事,此为简称"参军"之始。后直至南北朝时代始正式官名化,凡诸王及将军开府者,皆置"参军",为重要幕僚。

③ 主簿:官名。汉始置,汉代以后,为中央和地方郡县官署主管文书簿籍和印鉴的官吏,乃掾史之首。魏晋以后,渐为统兵开府之大臣幕府中的重要僚属,参预机要,总领府事。

时人为中兴三明歌①

京都三明各有名,蔡氏儒雅荀葛清。

【注释】

① 《太平御览》卷三百六十三引《晋中兴书》曰:诸葛恢,字道明,颐弟也。弱冠知名,试守即丘长,转临沂令。值天下乱,避地江左。于时颍川荀闿,字道明;陈留蔡谟,字道明。俱有名誉,号曰中兴三明,时人为之作此歌。

绵州巴歌①

豆子山②,打瓦鼓。
扬平山③,撒白雨。
下白雨,取龙女④。
织得绢,二丈五,
一半属罗江⑤,一半属玄武⑥。

【注释】

① 此诗丁福保《全汉三国晋南北朝诗·晋诗》收录,沈德潜《古诗源》亦列入晋诗,今人余冠英认为是隋诗,因诗中绵州为隋代所置,现姑列于此以存疑备考。这是歌咏瀑布的民谣,歌辞先说在豆子山听到溪涧里水流的声音如同敲鼓,到扬平山就见到流水冲击石头,溅起水花,如同天空落下的雨点。诗歌再由鼓声联想到嫁娶,由下雨联想到龙女,由龙女引出织绢,而绢就是比喻瀑布的。最后还交代瀑的流向:一半流进罗江水,一半注入玄武湖。绵州:隋代所置,治巴西县。今为绵阳县,属四川省。
② 豆子山:即豆圌(chuí)山,在绵州。
③ 扬平山:不详。
④ 取:同"娶"。
⑤ 罗江:县名,即今四川省罗江县。又是水名,罗江水在罗江县东。
⑥ 玄武:县名,即今四川省中江县。张玉穀《古诗赏析》又说四川有湖名玄武。

【谣辞】

泰始中谣①

贾裴王,乱纪纲。
王裴贾,济天下。

【注释】

① 《晋书》卷四十《贾充传》载:贾充与裴秀、王沈、羊祜、荀勖同为皇帝亲信,泰始中,有人为充等作此谣,意为三人亡魏而成晋。另见《太平御览》卷四百六十五,《乐府诗集》卷八十七,《古诗纪》卷五十四。

泰始中童谣①

宫中大马几作驴②,大石压之不得舒③。

【注释】

① 《晋书》卷三十三《石苞传》载:石苞镇抚淮南,兵强马壮,勤于政务,对百姓有诸多恩惠。淮北监军王琛听到这首童谣,密上表诬告石苞与吴人勾结,晋武帝因此对其产生疑心。另见《北堂书钞》卷一百六十引崔鸿《后魏录》,《太平御览》卷九百〇一。

② 宫中大马:晋朝皇室姓司马。几作:《北堂书钞》作"化为"。

③ 石:双关石苞。压:《北堂书钞》作"狎"。

蜀民为许逊谣①

人无盗窃,吏无奸欺。
我君活人,病无能为。

【注释】

① 据《荆川左编》卷一百四十二载:此谣颂真君许逊。晋武帝太康元年(280),许逊为蜀郡旌阳县令,是岁发生大瘟疫,死者十有七八,许逊以神方拯救百姓,活人无数。另见《古谣谚》卷五十五。

武帝太康后童谣①(三首)

一

局缩肉②,数横目③。
中国当败吴当复。

【注释】

① 此谣预测东晋当在四十年后代孙吴复兴。据《宋书》卷三十一《五行志》载:"晋武帝太康后,江南童谣曰:……于时吴人皆谓在孙氏子孙,故窃发为乱者相继。按横目者,'四'字,自吴亡至晋元帝兴,几四十年,皆如童谣之言。元帝懦而少断,'局缩肉',直斥之也。"另见《晋书》卷二十八,《乐府诗集》卷八十八,《古诗纪》卷五十四。

② 局缩肉:不详,《宋书·五行志》谓此句是斥晋元帝懦而少断。

③ 数横目:"目"字横过来就是"四"字。自吴亡至晋元帝兴,几四十年。

二

宫门柱,且莫朽。
吴当复在三十年后。

三

鸡鸣不拊翼①,吴复不用力。

【注释】

① 拊翼:拍打翅膀。

蜀人谣①(二首)

一

尚之所爱,非邪则佞。
尚之所憎,非忠则正。
富拟鲁卫②,家成市里③。
贪如豺狼,无复极已。

【注释】

① 据《晋书》卷五十七《罗尚传》载:罗尚字敬之,一名钟,太康末为荆州刺史。赵廞反于蜀,朝廷命罗尚为平西将军、益州刺史,罗尚生性贪婪而少决断,蜀人为之作此谣。另见《古诗纪》卷五十四,又《晋书》卷一百二十《李特载记》引首二句。
② 春秋时鲁和卫都是中等国家,富拟鲁卫,意为富可敌国。
③ 市里:市集。

二

蜀贼尚可①,罗尚杀我。
平西将军,反更为祸。

【注释】

① 蜀贼:《李特载记》作"李特"。

惠帝即位时童谣①

两火没地②,哀哉秋兰③。
归形街邮④,终为人叹⑤。

【注释】

① 据《晋书》卷二十八《五行志》载：晋惠帝即位后，儿童中流传此谣。杨济以此谣问蒯钦，蒯钦垂泣道："皇太后讳季兰；两火，武皇帝讳炎字也。此言武皇崩而太后失尊，罹大祸辱，终始不以道，不得附山陵，乃归于非所也。"后来杨后果然被废，死后葬于街邮亭。童谣所言最终都一一应验。另见《襄阳耆旧记》卷二，《宋书》卷三十一《五行志》，《古诗纪》卷五十四。

② 两火没地：晋武帝名司马炎，此指司马炎之死。

③ 哀哉秋兰：晋武悼皇后，杨氏，名芷，字季兰，后被贾后之党所废，绝食而死。

④ 街邮：杨太后死后葬于街邮亭。

⑤ 终为人：《宋书》作"路人为"。

惠帝时谣①

二月尽，三月初，
桑生裴雷柳叶舒②。

【注释】

① 出王隐《晋书》卷四。

② 裴雷：即蓓蕾。此句《北堂书钞》引作"华生襄藩柳叶舒"。

赵王伦为乱时谣①

金章满箱②，尚不可长。

【注释】

① 赵王伦为乱，民间有此谣。言在位者多为小人，无法持久。出《文选》卷三十八《为范尚书让吏部封侯第一表》吕延济注。

② 金章：金质的官印。

时人为赵王伦谣①

貂不足，狗尾续②。

【注释】

① 《晋书》卷五十九《赵王伦传》载：赵王伦僭位，其党羽皆位登卿相，其余同谋者，都被授予官职，不可胜纪，至于奴卒厮役也被授予爵位。每朝会，其所授官员坐满朝廷，时人

作此谣。另见《白帖》卷十二、卷七十,《太平御览》卷九十七、四百九十、六百八十八,《古诗纪》卷五十四。

② 貂尾是古代显官冠上之饰物。因授官太滥,导致貂尾不足,只能用狗尾代替。

永熙中温县狂人书①

光光文长②,以戟为墙③。
毒药虽行④,戟还自伤⑤。

【注释】

① 《晋书》卷二十八《五行志》载:永熙中,河内温县有人如同发狂,造作此谣。此与《惠帝即位时童谣》相似,均指贾后为乱,灭杨氏,此首专咏杨骏。另见《宋书》卷三十一《五行志》,《襄阳耆旧记》卷二,《古诗纪》卷五十四。

② 文长:杨骏字文长。

③ 以:《晋书》、《宋书》作"大",《古诗纪》注:一作"大"。杨骏居内府,以戟为卫。

④ 虽:《襄阳耆旧记》作"即",《古诗纪》注:一作"即"。行:《襄阳耆旧记》作"位"。

⑤ 戟:《襄阳耆旧记》作"刃",《古诗纪》注:一作"刃"。杨骏最后被士兵用戟杀死于马厩。

惠帝永熙中童谣①

二月末②,三月初,桑生裹蕃柳叶舒③。
荆笔杨版行诏书④,宫中大马几作驴⑤。

【注释】

① 据《晋书·五行志》载:惠帝永熙中有此童谣。当时杨骏专权,楚王用事,故言"荆笔杨版"。二人不诛,则君臣礼悖,故称"几作驴"也。另见《太平御览》卷六百〇六引王隐《晋书》,《古诗纪》卷五十四,又《晋书》卷二十八《五行志》、《宋书》卷三十一《五行志》并引初、书、驴三韵,《北堂书钞》卷一百〇四引初、舒、书三韵。

② 末:《北堂书钞》、《太平御览》作"尽"。

③ 桑:《北堂书钞》作"叶"。襄蕃:《太平御览》作"裴雷"。

④ 版:古时书写用的木简。《北堂书钞》、《太平御览》作"板"。时杨骏专权,楚王用事,故言"荆笔杨版"。"楚"与"荆"同。

⑤ 大:《乐府诗集》作"人",《古诗纪》注:一作"人"。《太平御览》"马"上有"司"字。宫中大马:指惠帝司马衷。

元康三年蜀中童谣(四首)

一①

郫城坚②,盎底穿③,郫城细子李特细。

【注释】

① 《华阳国志》卷八《大同志》载:蜀自太康至于太安,怪异频发。元康三年(293)正月,一夜有火光,地震,并有童谣。
② 郫(pí):今四川省成都市郫县。
③ 盎:腹大口小的盆。

二①

江桥头,阙下市,城都北门十八子②。

【注释】

① 以下三首同出《华阳国志》卷八《大同志》,其二与四又见《魏书》卷九十六《李势传》,其载:蜀中有童谣如此。嘉宁二年(347),桓温伐蜀,李势降于温,卒如其言。另见《太平御览》卷一百二十三引崔鸿《十六国春秋·蜀录》,《太平寰宇记》卷七十二引《十六国春秋》。
② 子:《华阳国志》作"字",《太平御览》同。十八子:为李,此指李势。

三

巴郡葛,当下美。

四

有客有客,来侵门陌,其气欲索①。

【注释】

① 索:尽、空。

元康中童谣①

屠苏障日覆两耳②,当见瞎儿作天子③。

【注释】

① 《晋书》卷二十八《五行志》载:元康年间,天下商农通着大障日,当时有此童谣。赵王伦目盲,后果然篡位。另见《宋书》卷三十一《五行志》,《太平御览》卷六百八十七引《晋八王故事》,《古诗纪》卷五十四。
② 屠苏:帽名,有檐,形状似屋。障日:草帽。

③ 瞎儿:指赵王伦,史载他"其目实眇"。

元康中洛中童谣①

虎从北来鼻头汗②,
龙从南来登城看,
水从西来河灌灌③。

【注释】

① 《晋书》卷二十八《五行志》载:晋元康中,赵王伦篡位,洛中有此童谣。数月之后,齐王、成都、河间共起兵讨伐赵王伦。成都王藩在邺,故称"虎从北来";齐王藩在许,故称"龙从南来";河间在关中,故称"水从西来"。灭赵王伦后齐王辅政,居于宫西,有无君之心,故称"登城看"。另见《宋书》卷三十一《五行志》,《古诗纪》卷五十四。
② 虎:《晋书》作"兽"。
③ 河:《乐府诗集》作"何"。灌灌:水流盛貌。

惠帝元康中京洛童谣①(二首)

一

南风起兮吹白沙②,
遥望鲁国何嵯峨③,
千岁髑髅生齿牙。

【注释】

① 《晋书》卷二十八《五行志》载:惠帝元康中,京洛有此童谣。"南风"为贾后字,"白",晋五行属金,色尚白。白沙指太子,太子小字"沙门","鲁"为贾谧封国。此谣意为贾后将与谧为乱,以危太子,而赵王乘机篡夺皇位,不得其死。另见《晋书》卷五十三《愍怀太子传》,《宋书》卷三十一《五行志》,《乐府诗集》卷八十八,《古诗纪》卷五十四,《太平御览》卷一百四十八引王隐《晋书》,又《太平御览》卷三百六十八引干宝《晋纪》引沙、牙二韵。
② 《宋书》无"兮",《乐府诗集》同,起兮,《太平御览》作"烈烈"。
③ 何:《贾后传》作"郁",《愍怀传》同。嵯峨:高峻貌。

二

城东马子莫咙哅①,比至来年缠汝鬃②。

【注释】

① 城:《太平御览》作"宫"。城东:《愍怀传》作"东宫"。咙哅:马的嘶叫声。《愍怀传》作"聋空",《太平御览》作"聋啌"。

② 比:《愍怀传》作"前",《太平御览》同。来年:《宋书》作"三月",《太平御览》作"腊月"。鬃:《宋书》作"鬃",《太平御览》作"鬞"。

惠帝大安中童谣①

五马浮渡江②,一马化为龙。

【注释】

① 《晋书》卷二十八《五行志》载:晋惠帝太安中有此童谣,其后中原大乱,宗室在战乱中多数灭亡,唯琅玡、汝南、西阳、南顿、彭城诸王过江,只有琅玡王即位为皇帝。另见《晋书》卷六《元帝纪》,《宋书》卷三十一《五行志》,《艺文类聚》卷十三引《晋阳秋》,《太平御览》卷九十八引孙盛《晋阳秋》,《乐府诗集》卷八十八,《古诗纪》卷五十四。

② 晋朝宗室姓司马,五马指琅玡、汝南、西阳、南顿、彭城五王。浮:《宋书》作"游",《乐府诗集》、《晋书》卷二十八同。

著布谣①

著布袙腹②,为齐持服③。

【注释】

① 《晋书》卷五十九《齐王冏传》载:齐王冏在赵王伦篡位后,会同成都王、河间王起兵诛赵王伦,后拜为大司马,加九锡,把持朝廷政令,任用小人,终为长沙王所诛。此歌谣又收入《古诗纪》卷五十四。

② 袙(pà):裹缠。

③ 齐:指齐王冏。

洛下谣①

草木萌牙杀长沙②。

【注释】

① 《晋书》卷五十九《长沙王乂传》载:长沙王乂为晋武帝第六子。三王起兵讨伐赵王伦,后见冏专权,奉天子之命攻杀冏。河间王颙与成都王颖同伐京师,惠帝诏乂以为大都督以距颙,相持数月。后为东海王囚禁于金庸城,被张方杀死。之前,洛阳有此谣,长沙王乂在正月二十五日被废,二日后被杀,果如谣言。收入《古诗纪》卷五十四。

② 牙:通"芽"。

惠帝时洛阳童谣①

邺中女子莫千妖,前至三月抱胡腰。

【注释】

① 《乐府诗集》卷八十八引《晋书》载:惠帝时,洛阳有此童谣,明年石勒、刘曜反。另见《玉台新咏》卷九,《古诗纪》卷五十四。

怀帝永嘉初童谣①

洛中大鼠长尺二,若不早去天狗至②。

【注释】

① 《晋书》卷二十八《五行志》载:此为司马越还洛阳时童谣。司马越与苟晞构怨,不久朝廷下诏让司马越为丞相,领兖州牧,都督兖、豫、司、冀、幽、并六州,越推辞不受,自许迁于鄄城,移屯濮阳,又迁于荥阳,后自荥阳还洛。另见《宋书》卷三十一《五行志》,《乐府诗集》卷八十八,《古诗纪》卷五十四。

② 天:《晋书》、《宋书》作"大",《乐府诗集》同。

永嘉中童谣①

秦川中,血没腕②,

唯有凉州倚柱观③。

【注释】

① 《晋书》卷八十六《张寔传》载:张寔为张轨之子,张轨卒后,授张寔为凉州刺史,进位大都督。刘曜进逼京师,张寔遣太府司马韩璞往救京师,璞驻扎南安,诸羌切断韩璞军路,寔率军击破之,斩首数千。当此之时,焦崧、陈安攻打陇右,东与刘曜相持,雍州、秦州人民死者十之八九。永嘉年间长安有此童谣,至此果然应验。另见《太平御览》卷四百六

十五引刘敬叔《异苑》,《乐府诗集》卷八十八引《三十国春秋》,《古诗纪》卷五十四。

② 腕:《太平御览》作"踠"。《古诗纪》云,一作"踠"。

③ 观:《太平御览》作"看"。《古诗纪》云,一作"看"。

苟晞将破汲桑时谣①

元超兄弟大洛度②,上桑打椹为苟作。

【注释】

① 《晋书》卷二十八《五行志》载:东海孝献王越,字符超。怀帝永嘉初,出镇许昌,自许昌率苟晞及冀州刺史丁邵讨汲桑。苟晞将破汲桑时有此谣,司马越由是恶晞。打败汲桑后,司马越还许,长史潘滔说之曰:"兖州天下枢要,公宜自牧。"于是夺苟晞兖州,二人隙难遂构。另见《宋书》卷三十一《五行志》、《金楼子·说藩篇》、《乐府诗集》卷八十八、《古诗纪》卷五十四作《怀帝永嘉初童谣》。

② 洛:《晋书》作"落",《宋书》同。洛度:即落度,落拓,潦倒失意。

军中为汲桑谣①

士为将军何可羞②,六月重茵披衲裘③。不识寒暑断他头④。
雄儿田兰为报仇,中夜斩首谢并州。

【注释】

① 据《十六国春秋》引《后赵录》载:汲桑曾经在成都王司马颖手下做官,司马颖死后,汲桑聚众劫掠郡县,自称大将军。他曾在六月酷暑穿着厚重的皮裘,让侍从给他扇风,如果不凉爽,就斩扇者,时军中为之作此谣。后汲桑被并州大姓田兰、薄盛斩于平原,百姓相互庆贺,奔走道路而歌。另见《太平御览》卷二十一、卷三十四、卷四百九十二、卷六百九十四并引《赵书》,《乐府诗集》卷八十五、《古诗纪》卷五十三并作《并州歌》,又《十六国春秋》卷二十二《后赵录》引羞、裘、头三韵。《艺文类聚》卷十九引《赵书》引羞、裘、头三韵。

② 士:《太平御览》卷二十一作"奴",卷六百九十四作"仕"。

③ 重茵:指双层的坐卧垫褥。重:《太平御览》卷三十四作"累"。披:《后赵录》作"被",《太平御览》卷四百九十二作"被"。衲:缝缀。《古诗纪》作"纳",《太平御览》卷四百六十五同,《艺文类聚》作"豹",《乐府诗集》同,《太平御览》卷二十一作"狐",卷三十四作"貂"。

④ 断:《艺文类聚》、《太平御览》卷三十四作"斩"。他:《太平御览》卷四百九十二作"人"。

王彭祖谣①

幽州城门似藏户,中有伏尸王彭祖。

【注释】

① 《晋书》卷三十九《王浚传》载:王浚,字彭祖,永嘉中位进大司马,加侍中、大都督,督幽、冀诸军事。当时恰逢京城被攻陷,王浚在任上树立威令,专横跋扈,当时有此童谣。又《北堂书钞》卷七十二、《太平御览》卷五百四十九并引王隐《晋书》,《古诗纪》卷五十四。

北州为朱硕枣嵩谣①

府中赫赫朱邱伯,十囊五囊入枣郎。

【注释】

① 此诗一作《北州民谣》。《十六国春秋》卷十二引《赵录》载:晋幽州牧王浚,在任时不理政事,所任用者都是苛刻小人。枣嵩、朱硕二人尤其贪婪蛮横,故北州有此童谣。又《古诗纪》卷五十四作《枣郎谣》,引郎一韵,《晋书》卷三十九《王浚传》引郎一韵,《北堂书钞》卷一百三十六、《太平御览》卷七百〇四并引王隐《晋书》,引郎一韵。

愍帝初童谣(二首)

一①

天子何在,豆田中。

【注释】

① 《晋书》卷五《愍帝纪》载:愍帝初有此童谣,至建兴四年(316),愍帝在城东豆田壁中降刘曜。另见《晋书》卷二十八《五行志》、《太平御览》卷九十八。

二①

天子在何许,近在豆田中。

【注释】

① 《太平御览》卷八百四十一引王隐《晋书》载:王浚欲称帝,私下使人问霍原,霍原不回答,王浚对其心生怨恨。当时有从辽东内徙者三百余人,依山为贼,想劫霍原为其首领,没有成功,当时有此谣。"豆"者为霍,王浚于是杀害霍原,悬首于城门,诸生哭于其下。此与上一首基本相似,疑有误。又见《晋书》卷九十四《霍原传》,《古诗纪》卷五十四。

建兴中江南谣①

訇如白坑破②,合集持作甒③。
扬州破换败,吴兴覆瓿甊④。

【注释】

① 《晋书》卷二十八《五行志》载:"建兴中,江南有此谣歌。"另见《宋书》卷三十一《五行志》,《古诗纪》卷五十四。
② 訇(hōng):形容大声。《晋书·五行志》解此谣曰:"白者,晋行。坑器有口属瓮,瓦瓮质刚,亦金之类也。'訇如白坑破'者,言二都倾覆,王室大坏也。"坑:《宋书》作"阬"。
③ 持作:拿来作成。甒(wǔ):古代盛酒的有盖的瓦器,口小,腹大,底小,较深。《晋书·五行志》解此谣曰:"'合集持作甒'者,元帝鸠集遗余,以主社稷。未能克复中原,但偏王江南,故其喻也。"
④ 瓿甊(bù lǒu):小瓮,圆口,深腹,圆足,用以盛物。《晋书·五行志》解此两句云:"及石头之事,六军大溃,兵人抄掠京邑,爰及二宫。其后三年,钱凤复攻京邑,阻水而守,相持月余日,焚烧城邑,并堙木刊矣。凤等败退,沈充将其党还吴兴,官军踵之,蹈藉郡县,充父子授首,党与诛者以百数,所谓'扬州破换败,吴兴覆瓿甊'。瓿甊瓦器,又小于甒也。"

时人为裴秀谣①

后进领袖有裴秀。

【注释】

① 王隐《晋书》引《太平御览》卷四百六十五载:裴秀少能为文,其叔父裴徽亦有名声,宾客拜访裴徽出来,就去拜访裴秀,裴秀当时才十余岁,时人作此谣。

王敦将灭时童谣①

翦韭翦韭②,断杨柳。
河东小子,令我与子。

【注释】

① 《太平御览》卷九百七十六引《晋书》曰:温峤灭王敦之前有此童谣。此民谣以贼如韭菜、柳树,不久将会复生。
② 翦:通"剪"。

明帝太宁初童谣①

恻力恻力②,放马山侧③。
大马死,小马饿。
高山崩,石自破。

【注释】

① 《晋书》卷二十八《五行志》载:明帝太宁初有此童谣。明帝崩后,成帝年幼,被苏峻逼迫迁于石头城,常常御膳不足,食不果腹,此为"大马死,小马饿"。"高山"指苏峻,苏峻不久死去。峻弟苏石在峻死后占据石头城,不久也被诸将所破,是"山崩石破"之应。另见《宋书》卷三十一《五行志》,《世说新语·容止篇》注引《晋阳秋》,《古诗纪》卷五十四。

② 恻力恻力:马蹄的声音。《晋书》、《世说新语》注作"恻恻力力",《乐府诗集》、《古诗纪》同。

③ 马:《世说新语》注此下有"出"字。

冀州童谣①

古在左②,月在右③。让去言,或入口。

【注释】

① 《太平御览》卷一百六十一引《晋书》云:晋末有此童谣。古在左,月在右,是"胡"字。"让(讓)"去言,为"襄"字。"或"入口,为"国"字。不久洛阳就被石勒占领,建立后赵政权,定都襄国。又见《十六国春秋》卷二十二《后赵录》。

② 古:《十六国春秋》作"革"。

③ 月:《十六国春秋》作"力"。

咸康二年童谣①

麦入土,杀石虎②。

【注释】

① 《晋书》卷二十八《五行志》载:咸康二年(276)十二月,河北有此谣,后果如其言。又见《宋书》卷三十一《五行志》,《古诗纪》卷五十四。

② 虎:《晋书》作"武",《古诗纪》同。

163

成帝末童谣①

磕磕何隆隆②,驾车入梓宫③。

【注释】

① 《晋书》卷二十八《五行志》载:成帝之末有此谣,不久成帝驾崩。又见《宋书》卷三十一《五行志》,《古诗纪》卷五十四。
② 磕磕、隆隆:都是车行的声音。
③ 梓宫:帝王、皇后所用的以梓木制做的棺材。

荆楚谣①

陶惟剑雄②,像以神标③。
云翔泥宿,邈何遥遥④。
可以诚致,难以力招。

【注释】

① 出《莲社高贤传》,又见《法苑珠林》卷十三,《庐山记》。据《莲社高贤传》载:"寻阳陶侃刺广州,渔人见海中有神光,网之,得金像文殊。志云:阿育王所造,侃以送武昌寒溪寺。主僧僧珍常住夏口,夜梦寺火,而此像室独有神护。驰还,寺果焚,像室果存。及侃移督江州,迎像将还,至舟而溺。"荆楚百姓为之作此谣。
② 雄:《莲社高贤传》作"椎"。此句是说陶侃依靠武力而称雄。
③ 标:显扬。《法苑珠林》作"摽"。此句是说文殊像是靠神迹而声名远扬。
④ 三、四句是说一个高翔在云端,另一个停驻在污泥中,差距非常遥远。

吴中童谣①

宁食下湖荇②,不食湖上莼③。
庾吴没命丧④,复杀王领军⑤。

【注释】

① 据《宋书》卷三十一《五行志》载:晋庾义在吴郡时,吴中有此童谣,不久庾义、王洽相继死去。另见《乐府诗集》卷八十九,《古诗纪》卷五十四。
② 荇:荇菜,多年生草本植物,叶略呈圆形,浮在水面,根生水底,夏天开黄花,结椭圆形蒴果。
③ 莼:莼菜,又名水葵、马蹄草等,以嫩茎和嫩叶供食用,江南名菜。

④ 庾:指庾义。
⑤ 王领军:指王洽,时任吴郡内史,并征拜领军。

哀帝隆和初童谣①

升平不满斗②,隆和那得久③。
桓公入石头,陛下徒跣走④。

【注释】

① 据《晋书》卷二十八《五行志》载:哀帝隆和初有此童谣,朝廷闻而恶之,遂改年号为兴宁。民又歌:"虽复改兴宁,亦复无聊生。"哀帝不久驾崩,升平五年(361),穆帝也驾崩。又见《宋书》卷三十一《五行志》,《乐府诗集》卷八十八,《古诗纪》卷五十四。
② 升平:是晋穆帝司马聃的第二个年号(357—361)。不满斗:意指不满十年。十升为一斗。
③ 隆和:是晋哀帝司马丕的第一个年号(362—363)。
④ 当指桓温废司马奕为海西公,改立简文帝司马昱之事。

太和末童谣①

犁牛耕御路,白门种小麦。

【注释】

① 《晋书》卷二十八《五行志》载:太和末有此童谣。及海西公被废,百姓在其门前耕地,以种小麦。另见《宋书》卷三十一《五行志》,《乐府诗集》卷八十八,《古诗纪》卷五十四。

沈麟士引童谣①

金鹅鸣,沈氏兴。
代代出公卿。

【注释】

① 见《湖录金石考》卷四。《湖录金石考》引《沈氏述祖德碑》载:"沈莫盛于吴兴,始吾祖戎建大勋,辞显职,由江北避地居吴之余不乡,其卒也永平元年(291),葬乡之金鳌山,时有金鹅,三鸣而去。"当时有此童谣,于是更其山名为"金鹅"。

京口民间谣①

黄头小人欲作贼②,阿公在城,下指缚得③。

黄头小人欲作乱,赖得金刀作蕃捍④。

【注释】

① 《晋书》卷二十八《五行志》载:王恭在京口,民间忽有此谣,不久果如谣所言。另见《宋书》卷三十一《五行志》,《古诗纪》卷五十四。

② 黄:"恭"字的上半部分;小:"恭"字的下半部分。"黄头小人"合起来就是"恭"。人:《晋书》作"儿"。

③ 此句当指王恭被商人钱强告发,被湖捕尉收捕押送京城之事。

④ 金刀:指刘牢之。王恭失败的一个重要原因就是其属下刘牢之的倒戈。

京口谣①(二首)

一

昔年食白饭②,今年食麦麸。

天公诛谪汝③,教汝捻咙喉④。

咙喉喝复喝⑤,京口败复败⑥。

【注释】

① 《晋书》卷二十八《五行志》载:王恭镇京口,诛王国宝,百姓为此谣。另见《宋书》卷三十一《五行志》,《古诗纪》卷五十四。

② 昔年食白饭:《晋书·五行志》解此句曰:"言得志也。"

③ 诛谪:诛戮责罚。《晋书·五行志》合上句解曰:"麦麸尘秽,其精已去,明将败也,天公将加谴谪而诛之也。"

④ 捻:同"捏"。《晋书·五行志》解此句曰:"捻咙喉,气不通,死之祥也。"

⑤ 喝:通"咳"。

⑥ 《晋书·五行志》解此两句曰:"败复败,丁宁之辞也,恭寻死,京都人行咳疾,而喉并喝焉。"

二①

昔年食麦屑,今年食荳豆②。

荳豆不可食,使我枯咙喉。

【注释】

① 《太平御览》卷八百五十三引刘谦之《晋纪》载：王恭诛后有此童谣。
② 荖(láo)豆：一种野生豆。

孝武帝太元末京口谣①

黄雌鸡，莫作雄父啼。
一旦去毛衣，衣被拉飒栖②。

【注释】

① 《晋书》卷二十八《五行志》载：孝武帝太元末，京口有此谣。不久王恭起兵诛王国宝，旋即被刘牢之所败，故言"拉飒栖"。《宋书》卷三十一《五行志》，《乐府诗集》卷八十八，《古诗纪》卷五十四。
② 拉飒栖：形容被风吹飞的样子。

荆州童谣①

芒笼目，绳缚腹。
殷当败，桓当复。

【注释】

① 《晋书》卷二十八《五行志》载：殷仲堪在荆州时，有此童谣，不久殷仲堪战败，桓玄遂占据荆州。另见《宋书》卷三十一《五行志》，《乐府诗集》卷八十九，《古诗纪》卷五十四。注见《桓玄篡时小儿歌》。

安帝元兴初童谣（二首）

一①

草生及马腹，乌啄桓玄目②。

【注释】

① 此谶谣预测桓玄被诛杀的日期。《宋书》卷三十一《五行志》载：晋桓玄篡权后有此童谣。桓玄战败之后，逃跑至江陵，被诛杀于五月中旬，果如谣谚所言。另见《晋书》卷二十八《五行志》，《乐府诗集》卷八十九，《古诗纪》卷五十四。
② 乌：《古诗纪》作"鸟"。

二①

征钟落地桓迸走②。

【注释】

① 据《宋书》卷三十一《五行志》载:此为桓玄时民谣,预测桓玄最后之下场。又见《古诗纪》卷五十四。

② 《宋书》卷三十一《五行志》解此句曰:"'征钟',至秽之服;'桓',四体之下称。玄自下居上,犹征钟之厕歌谣,下体之咏民口也。而云'落地',坠地之祥,'迸走'之言,其验明矣。"

安帝元兴中童谣①

长干巷②,巷长干。
今年杀郎君③,明年斩诸桓④。

【注释】

① 《宋书》卷三十一《五行志》载:晋安帝元兴中,桓玄叛乱,时有此童谣。后桓玄败走,诸桓都被诛杀。郎君指司马元显。另见《晋书》卷九十九《桓玄传》,《乐府诗集》卷八十九,《古诗纪》卷五十四。

② 长干巷:古建康里巷。六朝时,建康南五里秦淮河两岸有山冈,其间平地,为吏民杂居之所。江东称山陇之间为"干",故名。

③ 郎君:指司马元显,在桓玄之乱中被杀。

④ 明:《桓玄传》作"后"。

安帝义熙初童谣①

官家养芦化成荻②,芦生不止自成积③。

【注释】

① 《晋书》卷二十八《五行志》与《宋书》卷三十一《五行志》载:此为安帝义熙时童谣。时朝廷对卢循宠以金紫,奉以名州,但卢循却据州反叛,最终为东晋朝廷所镇压。另见《太平御览》卷一○○○引《晋中兴书》,《乐府诗集》卷八十九,《古诗纪》卷五十四。

② 芦:双关"卢",指卢循。成:《太平御览》作"作"。荻:双关"敌"。

③ 积:积聚。

安帝义熙初谣①（二首）

一
芦生漫漫竟天半。

【注释】

① 《晋书》卷二十八《五行志》载：卢龙占据广州，当时民间有"芦生漫漫竟天半"之谣。卢龙后来占领上游数州，威逼京师。与第一首民谣相应，不久又有后一谣。卢龙后来果然战败，不得再回石头城。又见《宋书》卷三十一《五行志》，《乐府诗集》卷八十九，《古诗纪》卷五十四。

二
芦橙橙①，逐水流。
东风忽如起，那得入石头。

【注释】

① 芦：《晋书》、《乐府诗集》作"卢"。

晋世京师谣①

十丈瓦屋八九间②。
芦作柱，薤作栏③。

【注释】

① 据《异苑》卷四：卢龙将作乱，京师有此谣，不久卢龙就失败。另见《艺文类聚》卷八十二。

② 本无"八九间"三字，据《古今风谣》补。

③ 薤（xiè）：又名藠（jiào）头、小蒜、薤白头、野蒜、野韭等。此两句是说此瓦屋不牢固，很快会倒。

义熙中童谣①

长有扫帚枢作杷，扫除洛中迎琅琊。

【注释】

① 据《异苑》，义熙中有此童谣。据《资治通鉴》记载：义熙十二年（416）三月琅琊王司马德文请求作为先锋，到洛阳修敬祖陵，诏许之。十月，晋大军入洛阳，诏遣兼司空高密

王恢之修谒五陵,置守卫。此歌谣又见《开元占经》卷一百一十三。

三峡谣①

朝发黄牛②,暮宿黄牛③。
三朝三暮④,黄牛如故。

【注释】

① 《水经注》卷三十四《江水注》载:"峡中有滩名曰黄牛滩,南岸重岭叠起,最外高崖间,有色,如人负刀牵牛。人黑牛黄,成就分明,既人迹所绝,莫得究焉。此岩既高,加江湍纡回,虽途经信宿,犹望见此物。"行者有此谣,以说明黄牛滩行船之难。另见《艺文类聚》卷七,《太平御览》卷五十三、六十九,《太平寰宇记》卷一百四十七并引盛弘之《荆州记》,《古诗纪》卷五十四。
② 发:《古诗纪》作"见"。
③ 宿:《古诗纪》作"见"。
④ 朝:《艺文类聚》作"日",《太平御览》卷五十三同。暮:《太平御览》卷五十三作"夜"。

清商曲辞

东晋南朝民歌以清商曲辞为主。东晋民间乐府诗包括江南吴歌、神弦歌、荆楚西曲。吴歌有《子夜》、《上声》、《欢闻》、《前溪》、《阿子》、《丁督护》、《读曲》等,产生于东晋南朝的首都建康附近。西曲有《石城乐》、《乌夜啼》、《乌栖曲》、《估客》、《莫愁》、《襄阳》、《江陵》、《共戏》、《寿阳》等,或为舞曲,或为倚歌,产生于荆、郢、樊、邓之间,在建康之西,以其具有浓烈的地方风俗特色,称之为西曲。神弦歌多为祭祀地方神灵的民歌。清商曲辞大致产生于东晋、宋、齐、梁各代,尤以东晋、宋两代为主。以下所录(包括宋、齐、梁、陈)如能明确知其年代者则按时代先后排列,不能知其时代者则列于东晋。

【吴声歌曲】

子夜歌①（四十二首）

一

落日出前门，瞻瞩见子度②。
冶容多姿鬓③，芳香已盈路。

【注释】

① 据《唐书·乐志》载：《子夜歌》为晋曲，晋有女子名子夜，造此声，其声调凄凉哀苦。乐府民歌有两个构成要素，一是歌辞，一是曲调，而其形成的过程可分为两种情况，一为歌辞产生在前，后创作曲调与之相配合；一是根据已有的曲调创作歌辞与之相配。现存《子夜歌》歌辞当属后一种情况。《乐府诗集》引《乐府解题》："后人更为四时行乐之辞，谓之《子夜四时歌》。又有《大子夜歌》、《子夜警歌》、《子夜变歌》，皆曲之变也。"现存的四十二首《子夜歌》组诗见《宋书·乐志》，又见于《乐府诗集》卷四十四，《古诗纪》卷五十一，为晋、宋、齐之歌辞。

② 瞻瞩：瞻望，远看。度：过。

③ 冶容：妖艳的打扮。

二①

芳是香所为，冶容不敢当。
天不夺人愿，故使侬见郎②。

【注释】

① 此诗是对上一首诗的应答。

② 侬：我，吴地人自称。

三

宿昔不梳头①，丝发被两肩。
婉伸郎膝下②，何处不可怜。

【注释】

① 宿昔：一向，向来。

② 婉：亲昵，和顺。下：《乐府诗集》作"上"。

四

自从别欢来①,奁器了不开②。

头乱不敢理,粉拂生黄衣③。

【注释】

① 欢:女子对爱人的称呼。
② 奁器:古代盛香器、首饰等器物的匣子。
③ 粉拂:即粉扑。此两句句意与《诗经·伯兮》"自伯之东,首如飞蓬。岂无膏沐,谁适为容"相似,均为因思念爱人而无心妆扮。

五

崎岖相怨慕①,始获风云通。

玉林语石阙②,悲思两心同。

【注释】

① 崎岖:道路险阻不平,用以比喻处境艰难。
② 玉林:《古诗纪》一作"玉床"。石阙:石筑之阙,即碑,双关"悲"。

六

见娘善容媚①,愿得结金兰②。

空织无经纬,求匹理自难③。

【注释】

① 娘:对心爱女子的称呼。善:《乐府诗集》作"喜",《古诗纪》一作"喜"。容媚:容貌美好。
② 金兰:《易·系辞上》:"二人同心,其利断金。同心之言,其臭如兰。"言交友相投合,此处指结为某种特殊的牢固关系。
③ 匹:织成布匹,双关"匹偶"。

七

始欲识郎时,两心望如一。

理丝入残机①,何悟不成匹②。

【注释】

① 丝:在这里与思念之"思"谐音。残机:残破的纺织机。
② 悟:料想。不成匹:"匹"为双关语,以织布不能成匹喻指二人不能成匹偶。

八

前丝断缠绵①,意欲结交情。

春蚕易感化,丝子已复生②。

【注释】

① 丝:同第七首注释①。缠:《乐府诗集》一作"成"。
② 丝子:谐音"思子"。

九

今日已欢别①,合会在何时?
明灯照空局②,悠然未有期。

【注释】

① 日:《乐府诗集》作"夕"。已:当作"与"。欢:同第四首注释①。
② 明灯:与后面"悠然"相照应,"悠然"谐音"油燃"。空局:"局"指棋盘,空局即"无棋",与后面"未有期"相照应。

十

自从别郎来,何日不咨嗟①。
黄蘗郁成林②,当奈苦心多③。

【注释】

① 咨嗟:叹息。
② 黄蘗(bò):木名。蘗,也作"檗",又名蘗木,俗名黄柏,树高数丈,叶似吴茱萸,亦如紫椿,经冬不凋,皮外白里深黄色,味苦。
③ 心:指树蕊,此处双关。

十一

高山种芙蓉①,复经黄蘗坞。
果得一莲时②,流离婴辛苦③。

【注释】

① 芙蓉:莲的别名,又名荷花。
② 莲:与"怜"谐音,爱意。
③ 婴:遭受。

十二

朝思出前门,暮思还后渚①。
语笑向谁道,腹中阴忆汝②。

【注释】

① 后渚:庭院后面的小洲。
② 阴:暗暗地。

十三

揽枕北窗卧,郎来就侬嬉①。

小喜多唐突②,相怜能几时?

【注释】

① 嬉:玩乐。

② 小喜:小小的欢娱。唐突:无拘束的冒犯。

十四

驻箸不能食①,蹇蹇步闱里②。

投琼著局上③,终日走博子。

【注释】

① 箸:筷子。

② 蹇蹇:迟缓貌。闱:此处指内室。

③ 琼:博具,即后句之"博子"。这两句是以棋双关"期"。

十五

郎为傍人取①,负侬非一事。

摘门不安横②,无复相关意③。

【注释】

① 傍人,傍通"旁",别人。

② 摘门:开着门。横:插门的横木,即后一句之"关"。

③ 关:关门,此处双关"关联"。

十六

年少当及时,蹉跎日就老①。

若不信侬语,但看霜下草②。

【注释】

① 蹉跎:失时,虚度光阴。

② 但:只,副词。

十七

绿揽迮题锦①,双裙今复开。

已许腰中带,谁共解罗衣。

【注释】

① 揽:同"缆",腰带。迮:紧束。题锦:樊维纲说是双题锦之省称,即用锦做的背心。

全句意为用绿带系紧锦丝背心。

十八

常虑有贰意①,欢今果不齐②。

枯鱼就浊水,长与清流乖③。

【注释】

① 贰意:从属于一个人的同时又从属于他人,此处可作"二心"解。
② 不齐:心意不同。
③ 乖:背离,不一致。

十九

欢愁侬亦惨①,郎笑我便喜。

不见连理树②,异根同条起。

【注释】

① 惨:忧愁貌。
② 连理树:两棵树的树枝连生在一起,比喻相爱的夫妻或恋人。

二十

感欢初殷勤①,叹子后辽落②。

打金侧瑇瑁③,外艳里怀薄④。

【注释】

① 殷勤:情意恳切。
② 辽落:同"寥落",和"殷勤"相对,疏阔之意,指男子对女子的情意大不如前。
③ 侧:同"厕",这里有镶嵌的意思。瑇瑁:动物名,似龟,背面呈褐色和淡黄色相间的花纹,甲片可以做装饰品。
④ 薄:本指金箔,意即装饰品外表漂亮,里面镶着金箔。这里双关薄情之"薄",喻指情好不终,情人只是表面做得好看,情怀早已淡薄。

二十一

别后涕流连①,相思情悲满②。

忆子腹糜烂③,肝肠尺寸断。

【注释】

① 流连:泪流满面貌。
② 满:通"懑",烦闷意。
③ 糜烂:极言相思之苦,与后句"肝肠尺寸断"意同。

二十二

道近不得数,遂致盛寒违。
不见东流水,何时复西归。

二十三

谁能思不歌?谁能饥不食?
日冥当户倚①,惆怅底不忆②。

【注释】

① 当户倚:斜靠在门上。

② 底:何,什么。忆:想。

二十四

揽裙未结带①,约眉出前窗②。
罗裳易飘飏,小开骂春风。

【注释】

① 带:束衣的带子。

② 约眉:画眉。

二十五

举酒待相劝①,酒还杯亦空。
愿因微觞会②,心感色亦同③。

【注释】

① 劝:劝酒。

② 微觞:小小的酒器。

③ 色:表情,神色。

二十六

夜觉百思缠①,忧叹涕流襟。
徒怀倾筐情②,郎谁明侬心。

【注释】

① 觉:睡醒。百思:各种思绪,主要指相思之情。

② 倾筐情:《诗经·卷耳》:"采采卷耳,不盈倾筐。嗟我怀人,置彼周行。"此处指相思之情。

二十七

侬年不及时,其于作乖离①。

素不知浮萍②,转动春风移。

【注释】

① 乖离:背离,分离。
② 知:《乐府诗集》作"如"。浮萍:浮生在水面的萍草,随风漂移,此处用来比喻漂泊的身世。

二十八

夜长不得眠,转侧听更鼓①。

无故欢相逢,使侬肝肠苦。

【注释】

① 更鼓:报更的鼓声。

二十九

欢从何处来,端然有忧色①。

三唤不一应②,有何比松柏③。

【注释】

① 端然:表情严肃。
② 应:应答。
③ 有何比松柏:形容态度坚定。

三十

念爱情慊慊①,倾倒无所惜②。

重帘持自鄣③,谁知许厚薄。

【注释】

① 慊慊:情思恳挚的样子。
② 倾倒:这里指倾尽情感。
③ 重帘:厚的帘子。鄣:"障"的本字,遮挡。

三十一

气清明月朗,夜与君共嬉。

郎歌妙意曲①,侬亦吐芳词。

【注释】

① 妙意曲:含义美好的曲调。

三十二

惊风急素柯①,白日渐微濛②。

郎怀幽闺性③,侬亦恃春容④。

【注释】

① 素柯:落光树叶的枝条。
② 濛:不清楚貌,这里指太阳被云所遮蔽。
③ 性:情。幽闺性:指对女子的情爱。
④ 春容:美貌。

三十三

夜长不得眠,明月何灼灼①。

想闻散唤声②,虚应空中诺③。

【注释】

① 灼灼:鲜明、光盛貌。
② 散唤:断续的呼唤。
③ 诺:应承之词。

三十四

人各既畴匹①,我志独乖违。

风吹冬帘起,许时寒薄飞②。

【注释】

① 畴匹:又作"俦匹",伴侣。
② 许时:此时。薄:即帘薄,关合"帘"。

三十五

我念欢的的①,子行由豫情②。

雾露隐芙蓉③,见莲不分明④。

【注释】

① 的的:即"旳旳",清楚、明白。
② 由豫:即"犹豫",拿不定主意。
③ 芙蓉:莲的同义词。
④ 莲:与"怜"谐音,为双关语。前句说雾露将荷花遮挡住,后句因此说看不清莲子。喻指男子对女子的态度不够明确。

三十六

侬作北辰星①,千年无转移。

欢行白日心②,朝东暮还西。

【注释】

① 北辰星:即北极星,这里指对男子的爱坚定不移。
② 白日心:太阳东升西落,指男子用情不专。

三十七

怜欢好情怀,移居作乡里。

桐树生门前,出入见梧子①。

【注释】

① 梧子:即"吾子"的谐音,为双关语。

三十八

遣信欢不来①,自往复不出。

金桐作芙蓉②,莲子何能实③。

【注释】

① 信:使者。
② 桐:《乐府诗集》作"铜"。
③ 莲子:"怜子"的谐音,即"爱子"。实:《乐府诗集》作"贵"。

三十九

初时非不密,其后日不如。

回头批栉脱①,转觉薄志疏②。

【注释】

① 批:通"篦";栉:梳子,这里指篦栉的梳齿。
② 薄志:似即为"篦栉"的谐音。梳齿脱落了,篦梳就变得稀疏起来。疏:暗指关系疏远。

四十

寝食不相忘,同坐复俱起。

玉藕金芙蓉①,无称我莲子。

【注释】

① 藕:与"偶"谐音,匹偶。

四十一①

恃爱如欲进,含羞未肯前。

朱口发艳歌②,玉指弄娇弦③。

【注释】
① 此诗又见《子夜警歌》。
② 朱口:《乐府诗集》作"口朱"。发:唱。艳歌:描写爱情的有关歌辞。
③ 玉指:形容女子手指洁白细腻温润。

四十二

朝日照绮钱①,光风动纨素②。

巧笑蒨两犀③,美目扬双蛾④。

【注释】
① 绮钱:指织物上的花纹。
② 纨素:精致洁白的细绢。
③ 巧笑:《诗经·硕人》:"巧笑倩兮,美目盼兮。"蒨(qiàn):同"倩",含笑的样子。两犀:"犀"指犀牛角,这里指女子像犀牛角那样弯而细的眼角。
④ 双蛾:蚕蛾的触须弯曲而细长,以比喻女子长而美的眉毛。

【子夜四时歌①】(七十五首)

春歌(二十首)

一

春风动春心,流目瞩山林②。

山林多奇采,阳鸟吐清音③。

【注释】
① 晋、宋、齐辞,见《乐府诗集》卷四十四,《古诗纪》卷五十一。
② 流目:目光流转。
③ 阳鸟:鸟名,一名阳鸦,似鹳而小,身黑,颈长而白,嘴可以入药。清:《古诗纪》作"青"。

二

绿荑带长路①,丹椒重紫荆②。

流吹出郊外③,共欢弄春英④。

【注释】

① 荑:始生的白茅嫩芽。带长路:像带子一样成片的生长在路的两边。
② 丹椒:红色的花椒。重(chóng):叠合。荆:《乐府诗集》作"茎"。
③ 流吹:指箫笛一类吹管之乐。
④ 共欢:与爱人一起。春英:春花。

三

光风流月初①,新林锦花舒②。
情人戏春月,窈窕曳罗裾。

【注释】

① 光风:雨止日出、日丽风和的景象。
② 新林:地名,在今江苏省南京市江宁区西南。锦花:灿烂的花朵。

四

妖冶颜荡骀①,景色复多媚。
温风入南牖②,织妇怀春意。

【注释】

① 妖冶:艳丽。荡骀:舒缓荡漾。
② 温风:暖风。南牖:南面的窗子。

五

碧楼冥初月①,罗绮垂新风②。
含春未及歌,桂酒发清容③。

【注释】

① 碧楼:青绿色砖瓦所建的楼房。此处指女子所居处。冥:昏暗。
② 罗绮:一种丝织品。
③ 桂酒:用桂花浸制的酒。

六

杜鹃竹里鸣①,梅花落满道。
燕女游春月,罗裳曳芳草②。

【注释】

① 杜鹃:鸟名,又名子规、鹈鸠、杜宇,传说为古蜀帝杜宇所化。
② 罗裳:用罗这种丝织品做的衣服。

七

朱光照绿苑,丹华粲罗星①。

那能闺中绣,独无怀春情。

【注释】

① 丹华:指红色的花。丹,红色;华,通"花"。粲:鲜明。罗:罗列。

八

鲜云媚朱景①,芳风散林花。

佳人步春苑,绣带飞纷葩②。

【注释】

① 鲜云:洁白明亮的云彩。朱景:景通"影",指日光。
② 绣带飞纷葩:指衣带上绣着纷飞的花朵。

九

罗裳迮红袖①,玉钗明月珰②。

冶游步春露③,艳觅同心郎。

【注释】

① 迮:紧窄。
② 明月珰:月明珠做成的耳饰。
③ 冶游:野游,到野外游玩。

十

春林花多媚,春鸟意多哀。

春风复多情,吹我罗裳开。

十一

新燕弄初调①,杜鹃竞晨鸣。

画眉忘注口②,游步散春情。

【注释】

① 初调:新燕的叫声。
② 注:涂抹。

十二

梅花落已尽,柳花随风散。

叹我当春年,无人相要唤①。

【注释】
① 要唤:即邀请呼唤之意。要:通"邀"。

十三

昔别雁集渚,今还燕巢梁。

敢辞岁月久①,但使逢春阳②。

【注释】
① 敢:大概、恐怕。
② 春阳:春日的和煦阳光。

十四

春园花就黄,阳池水方渌①。

酌酒初满杯,调弦始成曲②。

【注释】
① 阳池:向阳的池塘。
② 成:《乐府诗集》作"终",《古诗纪》同,注:一作终。

十五

娉婷扬袖舞①,阿那曲身轻②。

照灼兰光在③,容冶春风生④。

【注释】
① 娉婷:多指女子姿态美好。
② 阿那:同"婀娜",形容舞姿柔美。
③ 照灼:阳光照射光鲜明亮。
④ 容冶:容貌妖冶。

十六

阿那曜姿舞,逶迤唱新歌①。

翠衣发华洛②,回情一见过。

【注释】
① 逶迤:从容自得貌。
② 华洛:形容衣服光鲜亮丽。

十七

明月照桂林①,初花锦绣色②。

谁能不相思③,独在机中织。

【注释】

① 明月照桂林:《玉台新咏》作"朝日照北林"。桂林:桂树林。
② 初花:刚刚开放的花朵。锦绣色:像锦绣一样的颜色,比喻花的色彩鲜艳。
③ 不相思:《玉台新咏》作"春不思"。

十八

崎岖与时竞①,不复自顾虑。
春风振荣林②,常恐华落去。

【注释】

① 崎岖:山路不平,比喻处境艰难。
② 荣林:开着花的树林。

十九

思见春花月,含笑当道路。
逢侬多欲擿①,可怜持自误。

【注释】

① 擿(zhāi):通"摘"。

二十

自从别欢后,叹音不绝响①。
黄檗向春生②,苦心随日长。

【注释】

① 叹音:叹息之声。
② 黄檗(bò):又名黄柏、檗木,气苦性寒。

夏歌(二十首)

一

高堂不作壁①,招取四面风。
吹欢罗裳开,动侬含笑容。

【注释】

① 高堂:高大的殿堂,亦指正厅,此处意思应为后者。不作壁:没有墙壁。

二

反覆华簟上①,屏帐了不施②。

郎君未可前,待我整容仪③。

【注释】

① 反覆:通"翻覆",辗转反侧意。华簟(diàn):有纹饰的竹席。
② 了:完全。
③ 整容仪:谓梳妆打扮。

三

开春初无欢,秋冬更增凄。

共戏炎暑月,还觉两情谐。

四

春别犹春恋①,夏还情更久。

罗帐为谁褰②,双枕何时有?

【注释】

① 春恋:当为"眷恋"。
② 褰:撩起,用手提起。

五

叠扇放床上①,企想远风来②。

轻袖拂华妆,窈窕登高台③。

【注释】

① 叠扇:折扇,便于携带。
② 企想:盼望。
③ 窈窕:美好貌。

六

含桃已中食①,郎赠合欢扇②。

深感同心意,兰室期相见③。

【注释】

① 含桃:樱桃的别名。中食:可以食用,谓樱桃已经成熟。
② 合欢扇:指团扇。班婕妤《怨歌行》:"裁成合欢扇,团团似明月。"
③ 兰室:芳香高雅的居室。

七

田蚕事已毕,思妇犹苦身。

当暑理絺服①,持寄与行人。

【注释】

① 絺(chī)服:用细葛布织成的衣服。

八

朝登凉台上,夕宿兰池里①。

乘风采芙蓉②,夜夜得莲子③。

【注释】

① 据《三秦记》:始皇引渭水为池,东西二百里,南北二十里,筑土为蓬莱,刻石为鲸,长二百丈,称为兰池。后世用它代指仙境。

② 风:《乐府诗集》作"月"。

③ 莲子:"怜子"的谐音。

九

暑盛静无风,夏云薄暮起。

携手密叶下,浮瓜沉朱李①。

【注释】

① 朱李:李子的一种。《文选》魏文帝《与朝歌令吴质书》有"浮甘瓜于清泉,沉朱李于寒水"句,后人习用为夏日游宴之词。

十

郁蒸仲暑月①,长啸北湖边②。

芙蓉始结叶③,花艳未成莲④。

【注释】

① 郁蒸:指仲夏天气酷热正盛。

② 北:《乐府诗集》作"出"。

③ 芙蓉:即莲。始:《玉台新咏》作"如"。

④ 莲:通"怜",为双关语。

十一

适见载青幡①,三春已复倾②。

林鹊改初调,林中夏蝉鸣。

【注释】

① 载:《乐府诗集》作"戴"。青幡:青色的旗帜。

② 倾:尽。

十二

春桃初发红,惜色恐侬摘。

朱夏花落去①,谁复相寻觅。

【注释】

① 朱夏:《尔雅·释天》:"夏为朱明。"因此称夏季为朱夏。

十三

昔别春风起,今还夏云浮。

路遥日月促,非是我淹留①。

【注释】

① 淹留:滞留,停留。

十四

青荷盖渌水①,芙蓉葩红鲜。

郎见欲采我,我心欲怀莲②。

【注释】

① 渌水:指清池。

② 怀莲:即"怀怜"的谐音。

十五

四周芙蓉池,朱堂敞无壁①。

珍簟镂玉床②,缱绻任怀适③。

【注释】

① 朱堂:内壁漆成红色的厅堂。

② 珍簟:装饰华丽的竹席。

③ 缱绻:缠绵,形容情意深厚,难舍难分。

十六

赫赫盛阳月①,无侬不握扇。

窈窕瑶台女②,冶游戏凉殿③。

【注释】

① 赫赫:干旱炎热貌。

② 瑶台:美玉砌成之台,极言其华丽。

③ 凉殿:用于乘凉的殿堂。

十七

春倾桑叶尽①,夏开蚕务毕②。

昼夜理机丝③,知欲早成匹④。

【注释】

① 倾:尽。

② 蚕务:养蚕的工作。

③ 丝:与"思"谐音,《乐府诗集》作"缚"。

④ 匹:双关语,以织成布匹喻男女匹配。

十八

情知三夏热,今日偏独甚。

香巾拂玉席①,共郎登楼寝。

【注释】

① 香巾:用香料熏过的手巾,多为女子所用。

十九

轻衣不重彩,飙风故不凉①。

三伏何时过②?许侬红粉妆。

【注释】

① 飙风:指暴风,此处泛指风。

② 三伏:农历夏至后第三庚日为初伏,第四庚日为中伏,立秋后第一庚日起为末伏。三伏是一年中最热的时候。

二十

盛暑非游节,百虑相缠绵①。

泛舟芙蓉湖,散思莲子间②。

【注释】

① 百虑:种种思虑。缠绵:纠缠。

② 莲子:"怜子"的谐音。

秋歌(十八首)

一

风清觉时凉①,明月天色高。

佳人理寒服,万结砧杵劳②。

【注释】

① 觉:感觉,觉得。

② 砧杵:捣衣石与棒槌,这里指浣衣。

二

清露凝如玉,凉风中夜发①。

情人不还卧,冶游步明月。

【注释】

① 中夜:半夜。

三

鸿雁搴南去①,乳燕指北飞②。

征人难为思③,愿逐秋风归。

【注释】

① 搴南:向南。

② 乳:《乐府诗集》缺此字。

③ 难为思:难以忍受思念之苦。

四

开窗秋月光①,灭烛解罗裳。

含笑帷幌里②,举体兰蕙香③。

【注释】

① 秋:《乐府诗集》一作"取"。

② 帷幌:指罩在床上的帐子。

③ 举体:全身。兰蕙:兰草和蕙草,为两种香草。

五

适忆三阳初①,今已九秋暮②。

追逐泰始乐③,不觉华年度。

【注释】

① 三阳:指春天。
② 九秋:指秋天。
③ 泰始乐:应为当时流行的曲调名。

六

飘飘初秋夕,明月耀秋辉①。
握腕同游戏②,庭含媚素归③。

【注释】

① 秋辉:月光。
② 握腕:手腕相握。
③ 庭:正。

七

秋夜凉风起,天高星月明。
兰房竞妆饰①,绮帐待双情②。

【注释】

① 兰房:香气氤氲的精舍,犹言香闺。
② 绮帐:用绮这种丝织品做成的帐子。双情:男女情人。

八

凉风开窗寝①,斜月垂光照。
中宵无人语②,罗幌有双笑③。

【注释】

① 风:《乐府诗集》作"秋"。
② 中宵:半夜。
③ 罗幌:丝织品做的帐子。双笑:恋人的笑语。

九

金风扇素节①,玉露凝成霜。
登高去来雁,惆怅客心伤。

【注释】

① 金风:秋风。素节:秋令时节。

十

草木不常荣①,憔悴为秋霜②。
今遇泰始世③,年逢九春阳④。

【注释】

① 常：《乐府诗集》注：一作"长"。
② 憔悴：瘦弱萎靡貌。
③ 泰始：当为南朝宋明帝刘彧（465—471）的年号，或为安定刚刚开始之意。
④ 九春：春季九十天，故称为九春。

十一

自从别欢来，何日不相思。
常恐秋叶零，无复莲条时。

十二

掘作九州池①，尽是大宅里。
处处种芙蓉，婉转得莲子②。

【注释】

① 九州池：当是模仿邹衍大九州之说建造的大池。《史记·孟荀列传》记载邹衍的大九州说："中国外如赤县神州者九，乃所谓九州也。于是有裨海环之，人民禽兽莫能相通者，如一区中者，乃为一州。如此者九，乃有大瀛海环其外，天地之际焉。"
② 莲子："怜子"的谐音。

十三

初寒八九月，独缠自络丝。
寒衣尚未了，郎唤侬底为？

十四

秋爱两两雁，春感双双燕。
兰鹰接野鸡①，雉落谁当见？

【注释】

① 兰鹰：鸟名，具体不详。接：在飞行或奔跑中捕捉。

十五

仰头看桐树，桐花特可怜①。
愿天无霜雪，梧子解千年②。

【注释】

① 可怜：可爱。
② 梧子："吾子"的谐音。解："结"的谐音。

十六

白露朝夕生,秋风凄长夜。
忆郎须寒服,乘月捣白素①。

【注释】

① 捣白素:丝织品在刚织成之时较为僵硬,需要在捣衣石上不断捶打使其柔软,捣白素即为捶打白色丝织品。

十七

秋风入窗里①,罗帐起飘飏。
仰头看明月,寄情千里光。

【注释】

① 风:《乐府诗集》作"夜"。

十八

别在三阳初,望还九秋暮。
恶见东流水,终年不西顾。

冬歌(十七首)

一

渊冰厚三尺①,素雪覆千里。
我心如松柏,君情复何似②?

【注释】

① 渊冰:河中之冰。
② 情:《玉台新咏》作"心"。

二

途涩无人行①,冒寒往相觅。
若不信侬时,但看雪上迹。

【注释】

① 涩:道路阻塞。

三

寒鸟依高树,枯林鸣悲风。
为欢憔悴尽①,那得好颜容。

【注释】

① 尽:达到极点。

四

夜半冒霜来,见我辄怨唱①。
怀冰暗中倚②,已寒不蒙亮③。

【注释】

① 怨唱:埋怨。
② 怀冰:指天气寒冷,同时也指内心懔栗戒惧。
③ 不蒙亮:亮为"谅"的谐音,不蒙亮:不被原谅。这两句是歇后语。"怀冰"关合"寒","暗中"关合"不蒙亮"。

五

蹑履步荒林①,萧索悲人情。
一唱泰始乐②,枯草衔花生。

【注释】

① 步:行走。
② 泰始乐:当时流行的曲名。

六

昔别春草绿,今还墀雪盈①。
谁知相思老,玄鬓白发生②。

【注释】

① 墀(chí):台阶。
② 玄鬓:黑色的鬓发。

七

寒云浮天凝,积雪冰川波。
连山结玉岩①,修庭振琼柯②。

【注释】

① 玉岩:群山为雪所覆盖,如一整块玉石。
② 琼柯:树枝为积雪覆盖,如琼玉一般。

八

炭炉却夜寒①,重袍坐叠褥②。
与郎对华榻③,弦歌秉兰烛④。

【注释】

① 炭炉：取暖设施。却：除去。
② 袍：《乐府诗集》作"抱"。
③ 华榻：装饰华丽的坐卧用具。
④ 秉：《乐府诗集》云，一作"炳"。

九

天寒岁欲暮，朔风舞飞雪①。
怀人重衾寝②，故有三夏热③。

【注释】

① 朔风：北方刮来的寒风。
② 重衾：两层被子。
③ 三夏：指夏天。

十

冬林叶落尽，逢春已复曜①。
葵藿生谷底②，倾心不蒙照。

【注释】

① 曜：照耀。
② 葵藿：此处偏指葵，葵性向日，在此处比较符合诗意。

十一

朔风洒霰雨①，绿池莲水结。
愿欢攘皓腕②，共弄初落雪。

【注释】

① 霰雨：疑此处应为"霰雪"，指小雪粒。
② 攘：挽起，撩起。皓腕：洁白的手腕。

十二

严霜白草木①，寒风昼夜起。
感时为欢叹，霜鬓不可视②。

【注释】

① 严霜：指霜雪，霜雪冻杀百草，故称严霜。白：使草木覆上一层霜雪变白。
② 霜鬓：沾满霜雪的两鬓。

十三

何处结同心,西陵柏树下。

晃荡无四壁①,严霜冻杀我。

【注释】

① 晃荡:空旷貌。

十四

白雪停阴冈,丹华耀阳林。

何必丝与竹①,山水有清音②。

【注释】

① 丝与竹:指乐器。
② 清音:清亮的声音,后两句也见左思《招隐诗》:"非必丝与竹,山水有清音。"

十五

未尝经辛苦,无故强相矜①。

欲知千里寒,但看井水冰。

【注释】

① 矜:矜爱。

十六①

果欲结金兰②,但看松柏林。

经霜不堕地③,岁寒无异心。

【注释】

① 《古诗纪》一作梁武帝作。
② 果:果真。结金兰:指结成特殊的牢固关系。
③ 堕:《乐府诗集》云:一作"坠"。

十七

适见三阳日①,寒蝉已复鸣。

感时为欢叹,白发绿鬓生②。

【注释】

① 三阳:阳为农历十月的别称。《尔雅·释天》:"十月为阳。"这里指冬天。
② 绿鬓:乌亮的鬓发。

大子夜歌①（二首）

一

歌谣数百种，《子夜》最可怜②。
慷慨吐清音，明转出天然③。

【注释】
① 见《乐府诗集》卷四十五，《古诗纪》卷五十一。
② 子夜：指《子夜歌》。可怜：可爱。
③ 明转：指音调明亮婉转。

二

丝竹发歌响，假器扬清音①。
不知歌谣妙，声势出口心②。

【注释】
① 假器：借助乐器。
② 声势：指歌谣的含义韵味。

子夜警歌①（二首）

一

镂碗传绿酒②，雕炉熏紫烟③。
谁知苦寒调④，共作白雪弦⑤。

【注释】
① 见《乐府诗集》卷四十五，《古诗纪》卷五十一。
② 镂碗：镂有花纹的碗。绿酒：新酿酒的表面漂浮有绿色泡沫，故称，也称"绿蚁"。
③ 紫烟：香炉里升起的紫色烟雾。
④ 苦寒调：乐府中有《苦寒行》，备言冰雪溪谷之苦，此指其曲调。
⑤ 白雪：古曲名。《乐府诗集》卷五十七《白雪歌序》："《琴集》曰：白雪，师旷所作，商调曲也。"

二①

恃爱如欲进，含羞出不前。
朱口发艳歌，玉指弄娇弦。

【注释】

① 此诗与《子夜歌》第四十一首同。

子夜变歌①（三首）

一

人传欢负情，我自未尝见②。
三更开门去，始知子夜变。

【注释】

① 《乐府诗集》卷四十五，《古诗纪》卷五十一。
② 尝：《乐府诗集》作"常"。

二

岁月如流迈①，春尽秋已至。
荧荧条上花②，零落何乃驶③。

【注释】

① 流迈：水一般流逝。
② 荧荧：光艳貌。
③ 驶：迅速。

三

岁月如流迈，行已及素秋。
蟋蟀吟堂前①，惆怅使侬愁。

【注释】

① 蟋蟀：昆虫名，又名促织。雄者能两翅摩擦发声，多在秋季活动。《诗经·唐风》："蟋蟀在堂，岁聿其暮。"

上声歌①（八首）

一

侬本是萧草②，持作兰桂名③。
芬芳顿交盛④，感郎为《上声》⑤。

【注释】

① 《乐府诗集》卷五十一引《古今乐录》载:"《上声歌》者,此因上声促柱得名,或用一调,或用无调名,如古歌辞所言,谓哀思之音不及中和。梁武因之改辞,无复雅句。"另见《古诗纪》卷五十一。

② 萧草:植物名,蒿类,即艾蒿。

③ 持作:把……看作。兰桂:兰花和桂花。

④ 顿:立刻、马上。交盛:都很旺盛。

⑤ 上声:即《上声歌》。

二

郎作《上声曲》,柱促使弦哀①。
譬如秋风急,触遇伤侬怀。

【注释】

① 柱:琴柱,这里代指琴声。促:急迫。哀:悲伤。

三

初歌《子夜》曲,改调促鸣筝。
四座暂寂静,听我歌《上声》。

四

三鼓染乌头①,闻鼓白门里②。
揽裳抱履走,何冥不轻纪③?

【注释】

① 三鼓:三更,也称"丙夜"。染乌头:建康(今南京)地名。《南齐书·江泌传》载:江泌领国子祭酒时,"乘牵车至染乌头,见老翁步行,下车载之,躬自步去"。

② 白门:建康城西门。西方金,金气白,故曰白门。

③ 冥:夜。纪:同"记"。

五

三月寒暖适,杨柳可藏雀。
未言涕交零,如何见君隔。

六

新衫绣两端①,迮著罗裙里②。
行步动微尘③,罗裙随风起④。

【注释】

① 新:《玉台新咏》作"留"。端:《乐府诗集》注:一作"裆"。
② 著:《玉台新咏》作"置"。罗裙:《玉台新咏》作"罗裳"。
③ 行:《玉台新咏》作"微"。微:《玉台新咏》作"轻"。
④ 罗裙:《玉台新咏》作"罗衣"。

七

裲裆与郎着①,反绣持贮里②。
汙汙莫溅浣③,持许相存在④。

【注释】

① 裲裆:又称两裆,古代的一种背心,多为布帛所做,有夹有绵,男女皆可穿。
② 此句意为把花绣在背心的里面。
③ 汙汙:同"污污",弄脏。溅浣:浣洗。
④ 许:此。存在:存慰。

八

春月暖何太,生裙迮罗袜①。
暧暧日欲冥②,从依门前过。

【注释】

① 生裙:新裙。迮:紧窄。
② 暧暧:昏暗不明貌。

欢 闻 歌①

遥遥天无柱,流漂萍无根。
单身如荧火②,持底报郎恩③?

【注释】

①《乐府诗集》引《古今乐录》:"晋穆帝升平初,歌者歌毕辄呼'欢闻不',以为送乐,后因此为曲名。"见《玉台新咏》卷十,《乐府诗集》卷四十五,《古诗纪》卷五十一。
② 荧:《玉台新咏》、《乐府诗集》作"萤"。
③ 底:什么。

欢闻变歌①（六首）

一

金瓦九重墙，玉壁珊瑚柱②。
中夜来相寻，唤欢闻不顾③。

【注释】

① 《乐府诗集》引《古今乐录》载："《欢闻变歌》者，晋穆帝升平中，童子辈忽歌于道曰：'阿子闻。'曲终辄云：'阿子汝闻不。'无几而穆帝崩，褚太后哭'阿子汝闻不'，声既凄苦，因以名之。"此诗就歌辞来看与《古今乐录》所载无涉，盖民间用其曲调作歌，多为男女情歌。见《乐府诗集》卷四十五，《古诗纪》卷五十一。

② 金瓦九重墙，玉壁珊瑚柱：这两句描写女子所居处豪华壮丽。

③ 不顾：不回头。

二

欢来不徐徐①，阳窗都锐户②。
耶婆尚未眠③，肝心如推橹④。

【注释】

① 徐徐：从容。

② 锐户：大概是指窗上插着防盗的锐器。

③ 耶婆：耶，通"爷"，指父亲，婆指母亲。

④ 推橹：摇橹，此句表现内心紧张不安。

三

张罾不得鱼，不橹罾空归①。
君非鸬鹚鸟②，底为守空池？

【注释】

① 罾（zēng）：古代一种用木棍或竹竿做支架的方形鱼网。点校本《乐府诗集》缺"空"字。据毛刻本《乐府诗集》补"鱼"字，作"鱼不橹罾归"。

② 鸬鹚鸟：水鸟名，善潜水捕食鱼类，渔人常饲养之以捕鱼。

四

刻木作班鸠①，有翅不能飞。
摇著帆樯上②，望见千里矶。

【注释】
① 班鵁:一种神鸟名。
② 樯:船帆柱,即桅杆。

五

锲臂饮清血①,牛羊持祭天。

没命成灰土②,终不罢相怜。

【注释】
① 锲臂:即刺破臂膀以取血,为古代一种结盟的方式。锲:刻。
② 没命:指死亡。

六

驶风何曜曜①,帆上牛渚矶②。

帆作伞子张,船如侣马驰③。

【注释】
① 驶:疾,快。曜曜:光明貌。
② 牛渚矶:牛渚山在今安徽当涂县西,其山脚突入长江部分为采石矶,亦称牛渚矶。
③ 侣马:双马。

前溪歌①(七首)

一

忧思出门倚,逢郎前溪度②。

莫作流水心,引新都舍故③。

【注释】
① 见《乐府诗集》卷四十五。《宋书·乐志》载:"《前溪歌》者,晋车骑将军沈玩所制。"盖后人因沈玩之曲而作辞。又见《古诗纪》卷五十一。
② 前溪:溪名,在今浙江德清县。度:渡口。
③ 舍故:舍弃旧人。

二

为家不凿井,担瓶下前溪①。

开穿乱漫下②,但闻林鸟啼。

【注释】

① 担瓶:担着盛水器具。

② "开穿"句:《太平寰宇记》说前溪"悉生箭箬",如果要到溪边打水必须穿过竹林。开穿:穿过。乱漫:指竹林丛生貌。

三

逍遥独桑头①,北望东武亭②。

黄瓜被山侧,春风感郎情。

【注释】

① 逍遥:徜徉,彷徨。

② 独桑头:古代地名,具体情况不详。东武亭:在今绍兴镜湖。《会稽志》卷十八云:世传龟山自东武飞来,因以为名。

四

黄葛生烂熳①,谁能断葛根。

宁断娇儿乳②,不断郎殷勤③。

【注释】

① 黄葛:多年生草本植物,茎蔓生,多依附其他植物。烂熳:分布散漫的样子。

② 娇儿:爱子。

③ 殷勤:情意恳挚。

五

黄葛结蒙笼①,生在洛溪边。

花落逐水去②,何当顺流还③,还亦不复鲜④。

【注释】

① 葛:《玉台新咏》作"茑"。蒙笼:生长茂密的样子。

② 水:《玉台新咏》作"流"。

③ 何当顺流还:《玉台新咏》作"何见逐流还"。

④ 还亦不复鲜:《玉台新咏》无此句。

六

逍遥独桑头①,东北无广亲。

黄瓜是小草,春风何足叹②,忆汝涕交零。

【注释】

① 逍遥:徜徉,彷徨。

② 足:《乐府诗集》一作"处"。

七

前溪沧浪映①,通波澄渌清。
声弦传不绝,千载寄汝名,永与天地并。

【注释】

① 沧浪:指水青色。

阿子歌①(三首)

一

阿子复阿子②,念汝好颜容。
风流世希有③,窈窕无人双④。

【注释】

① 见《乐府诗集》卷四十五。《宋书·乐志》载:"《阿子歌》者,亦因升平初歌云'阿子汝闻不',后人演其声为《阿子》、《欢闻》二曲。"又见《古诗纪》卷五十一。
② 阿子:本为对儿子的称呼,此处应是女子对男子的爱称。
③ 风流:形容颜容俊美。希:少。
④ 双:共同,一起。

二

春月故鸭啼,独雄颠倒落①。
工知悦弦死②,故来相寻博③。

【注释】

① 颠倒落:翻来覆去,七上八下。
② 工:当作"弓"。
③ 寻博:寻找。

三

野田草欲尽,东流水又暴①。
念我双飞凫②,饥渴常不饱。

【注释】

① 暴:急骤,猛烈。
② 凫:野鸭。

团扇郎①（七首）

一

七宝画团扇②，灿烂明月光。

饷郎却暄暑③，相忆莫相忘。

【注释】

① 《乐府诗集》引《古今乐录》："《团扇郎歌》者，晋中书令王珉捉白团扇，与嫂婢谢芳姿有爱，情好甚笃，嫂捶挞婢过苦，王东亭闻而止之。芳姿素善歌，嫂令歌一曲，当赦之。应声歌曰：'白团扇，辛苦五流连，是郎眼所见。'珉闻，更问之：'汝歌何遗？'芳姿即改云：'白团扇，憔悴非昔容，羞与郎相见。'后人因而歌之。"见《玉台新咏》卷十，作《桃叶答王献之团扇歌》。又见《乐府诗集》卷四十五，《古诗纪》卷五十一。

② 七宝：用多种宝物装饰，此处指装饰华丽的团扇。

③ 饷：馈赠意，《玉台新咏》作"与"。却：去，除。暄暑：酷暑。

二

青青林中竹，可作白团扇。

动摇郎玉手①，因风托方便。

【注释】

① 玉手：形容手洁白温润如玉。

三

犊车薄不乘①，步行耀玉颜②。

逢侬都共语，起欲著夜半。

【注释】

① 犊车：牛车。《宋书·礼志》："犊车，辇车之流也。汉诸侯贫者乃乘之，其后转见贵。孙权云'车中八牛'，即犊车也。江左御出，又载储偫之物。"薄：语助词，无实际意义。

② 玉颜：美好的容貌。

四

团扇薄不摇，窈窕摇蒲葵①。

相怜中道罢，定是阿谁非②？

【注释】

① 蒲葵：植物名，形似棕榈，叶大，木材可以制器，叶可以制药、笠及扇。此处指蒲葵

做的扇子。

② 阿谁:犹言何人。

五

御路薄不行①,窈窕决横塘②。
团扇鄣白日③,面作芙蓉光。

【注释】

① 御路:皇帝出行时专用道路。
② 横塘:地名,在今南京市西南。
③ 鄣:即"障"的本字,遮挡。

六

白练薄不著①,趣欲著锦衣②。
异色都言好③,清白为谁施。

【注释】

① 白练:白色的熟绢。
② 锦衣:上有文彩的衣服,多为权贵所服。
③ 异色:别的颜色,指白练外其他的颜色。

七

团扇复团扇,持许自遮面①。
憔悴无复理②,羞与郎相见。

【注释】

① 遮:《玉台新咏》作"障"。
② 理:理妆,整理妆饰。

七日夜女郎歌①(九首)

一

三春怨离泣②,九秋欣期歌③。
驾鸾行日时④,月明济长河⑤。

【注释】

① 见《乐府诗集》卷四十五,又见《古诗纪》卷五十一。

② 三春:指春天。离泣:离别时因悲伤而哭泣。
③ 九秋:指秋天。期歌:相会时因高兴而歌唱。
④ 鸾:有铃的车乘。
⑤ 济:渡过。

二

长河起秋云,汉渚风凉发①。

含欣出霄路②,可笑向明月③。

【注释】

① 汉渚:天河边。
② 霄路:天路。
③ 可笑:含笑。

三

金风起汉曲①,素月明河边②。

七章未成匹③,飞燕起长川④。

【注释】

① 汉曲:天河边上。
② 素月:皎洁的明月。
③ 七章:《诗经·大东》:"虽则七襄,不成报章。"这里指未织成布。
④ 燕:《乐府诗集》一作"鸾",《古诗纪》同。长川:长河,此处指银河。

四

春离隔寒暑①,明秋暂一会②。

两叹别日长,双情苦饥渴③。

【注释】

① 寒暑:指夏天和冬天。
② 明秋:第二年秋天。
③ 苦:《乐府诗集》作"若"。

五

婉娈不终夕①,一别周年期。

桑蚕不作茧,昼夜长悬丝②。

【注释】

① 婉娈:缠绵,深挚。

② 丝："思"的谐音，为双关语。

六

灵匹怨离处①，索居隔长河②。
玄云不应雷③，是侬啼叹歌。

【注释】

① 灵匹：神仙匹偶，指牛郎、织女二星。
② 索居：散处，独居。
③ 玄云：黑色的云。

七

振玉下金阶①，拭眼瞩星兰②。
惆怅登云䩔③，悲恨两情殚④。

【注释】

① 振玉：身上佩戴的玉饰相互撞击发出声响。
② 星兰：疑当作"星阑"，因天亮而星星渐稀少。
③ 云䩔：一匹马驾的轻便车子。
④ 殚：尽。

八

风骖不驾缨①，翼人立中庭②。
箫管且停吹，展我叙离情。

【注释】

① 风骖：以风作马。缨：套马的革带。
② 翼人：长翅膀的人。御风飞行，所以称翼人。

九

紫霞烟翠盖①，斜月照绮窗②。
衔悲握离袂，易尔还年容。

【注释】

① 烟：像烟一样笼罩。
② 绮窗：雕画美丽的窗户。

长史变歌①（三首）

一

出侬吴昌门②，清水绿碧色。
徘徊戎马间③，求罢不能得。

【注释】

① 见《乐府诗集》卷四十五。《宋书·乐志》载："《长史变歌》者，晋司徒左长史王廞临败所制也。"后人因其所作之曲而作辞。又见《古诗纪》卷五十一。
② 昌门：即"阊门"，城门名，指苏州城西门。
③ 戎马：战马，指战争、军事。

二

日和狂风扇①，心故清白节。
朱门前世荣②，千载表忠烈。

【注释】

① 日：《乐府诗集》作"口"。
② 朱门：朱漆门，古代王侯贵族的大门多为红色，以表尊贵。

三

朱桂结贞根①，芬芳溢帝庭②。
陵霜不改色，枝叶永流荣。

【注释】

① 朱桂：桂树的一种，叶如桂，皮赤，又名丹桂。
② 芬芳：《乐府诗集》作"芳芬"。注：一作"菲"。陵霜：遭受霜雪。

黄生曲①（三首）

一

黄生无诚信②，冥强将侬期③。
通夕出门望，至晚竟不来④。

【注释】

① 见《乐府诗集》卷四十五，又见《古诗纪》卷五十一。
② 黄生：女子思念埋怨的男子。

③ 冥强:勉强。将:与。期:约会。
④ 晚:《乐府诗集》作"晓"。

二

崔子信桑条①,馁去多馁还②。
为欢复摧折,命生丝发间。

【注释】

① 信:就是。
② 馁:没有勇气。《乐府诗集》作"都"。

三

松柏叶青蒨①,石榴花葳蕤②。
迮置前后事③,欢今定怜谁?

【注释】

① 青蒨(qiàn):青绿茂盛的样子。
② 葳蕤:鲜艳貌。
③ 迮:通"乍",突然。置:舍弃、放弃。此句意为突然舍弃了以前的欢爱。

桃叶歌①(四首)

一

桃叶映红花,无风自婀娜。
春花映何限,感郎独采我。

【注释】

① 见《乐府诗集》卷四十五。《乐府诗集》引《古今乐录》:"《桃叶歌》为晋王子敬之所作也。桃叶,子敬妾名,缘于笃爱,所以歌之。"又见《古诗纪》卷五十一。

二①

桃叶复桃叶,桃树连桃根②。
相怜两乐事③,独使我殷勤④。

【注释】

① 《玉台新咏》卷十作《王献之情人桃叶歌》,又见《乐府诗集》卷四十五。
② 树:《玉台新咏》作"叶"。
③ 相怜:相爱。

④ 殷勤:情意恳切。

三

桃叶复桃叶,渡江不用楫。
但渡无所苦,我自来迎接④。

【注释】

① 来迎接:《玉台新咏》作"迎接汝",《乐府诗集》注:一作"我自迎接汝",《古诗纪》同。

四①

桃叶复桃叶,渡江不待橹。
风波了无常,没命江南渡。

【注释】

① 关于诗题,《古诗纪》云:"《彤管新编》作'桃叶'。"见《乐府诗集》卷四十五,《古诗纪》卷五十一。

长乐佳①(八首)

一

小庭春映日,四角佩琳琅②。
玉枕龙须席③,郎瞑首何当?

【注释】

① 见《乐府诗集》卷四十五,收入《古诗纪》卷五十一。
② 琳琅:玉石名。
③ 玉枕:玉制枕头。龙须席:用龙须草织成的席子。龙须草又名龙刍,石龙刍,茎可以织席。

二

雎鸠不集林①,体洁好清流。
贞节曜奇世,长乐戏汀洲②。

【注释】

① 雎鸠:水鸟名,又名王雎,俗称鱼鹰,好在江边捕鱼,相传有固定的配偶。这里用来比喻男女忠贞。
② 汀洲:水中的小洲。

三

鸳鸯翻碧树①,皆以戏兰渚②。

寝食不相离,长莫过时许。

【注释】

① 鸳鸯:水鸟名,古人认为它们有固定的配偶。碧树:指绿树。
② 兰渚:长满兰草的小洲。

四

比翼交颈游①,千载不相离。

偕情欣欢念,长乐佳。

【注释】

① 比翼:翅膀紧挨着。交颈:两颈相依,表示亲密。

五

欲知长乐佳,中陵罗淑女①,媚兰双情谐。

【注释】

① 中:《乐府诗集》作"仲",下同。罗:排列,广布。淑女:贤良的女子。

六

欲知长乐佳,中陵罗雎鸠,美死两心齐。

七

欲知长乐佳,中陵罗背林,前溪长相随。

八①

红罗复斗帐,四角垂珠珰②。

玉枕龙须席③,郎眠何处床。

【注释】

① 此诗又见《玉台新咏》卷十。
② 珠:《玉台新咏》、《乐府诗集》作"朱"。
③ 龙须席:用龙须草编成的席子。

欢好曲①（三首）

一

淑女总角时②，唤作小姑子③。
容艳初春花④，人见谁不爱。

【注释】
① 《乐府诗集》卷四十五，收入《古诗纪》卷五十一。
② 总角：古代男女未成年前束发为两结，形状如角，故称。
③ 小姑子：泛指未嫁的少女。
④ 容：容貌。此字《古诗纪》作"空"。

二

窈窕上头欢，那得及破瓜①。
但看脱叶莲，何如芙蓉花。

【注释】
① 破瓜：瓜字可分剖成两个"八"字，故诗文中常常称女子十六岁为破瓜之年。

三①

逶迤总角年，华艳星间月。
遥见情倾处②，不觉喉中哕③。

【注释】
① 此诗又见于《古乐府》卷六。
② 处：《乐府诗集》、《古诗纪》作"廷"，今从《古乐府》。
③ 哕：呃逆，打嗝儿，此处指看到女子而心动。

懊侬歌①（十四首）

一

丝布涩难缝②，令侬十指穿。
黄牛细犊车，游戏出孟津③。

【注释】
① 《乐府诗集》引《古今乐录》说，《懊侬歌》中晋石崇为绿珠所作的只有"丝布涩难缝"一曲，后面的都是隆安初民间讹谣之曲，即后人根据绿珠所作曲而为新辞。见《乐府诗

集》卷四十六,收入《古诗纪》卷五十一。

② 涩:不光滑。

③ 孟津:黄河渡口名,在今河南省孟津县。

二

江中白布帆,乌布礼中帷①。

潭如陌上鼓②,许是侬欢归。

【注释】

① 乌布礼中帷:仪礼中的帷幔是黑色的。

② 潭:象声字,形容如鼓一样的声音。《乐府诗集》作"撢"。

三

江陵去扬州①,三千三百里。

已行一千三,所有二千在。

【注释】

① 江陵:地名,今湖北江陵。扬州:当时州名,治所在今江苏省南京市。

四

寡妇哭城颓①,此情非虚假。

相乐不相得,抱恨黄泉下②。

【注释】

① 寡妇哭城颓:用杞梁妻的典故。《列女传》曰:"齐庄公袭莒,殖战而死。其妻无所归,乃就其夫之尸于城下而哭,十日而城为之崩。既葬,遂赴淄水而死。"

② 黄泉:指墓穴。

五

内心百际起①,外形空殷勤。

既就颓城感,敢言浮花言②。

【注释】

① 百际:很多裂隙,引申为变了心。

② 敢言浮花言:前一言字疑当为"信","浮花言"即"浮华言"。

六

我与欢相怜,约誓底言者①?

常叹负情人②,郎今果成诈。

【注释】

① 约誓底言者:(记得)发誓约时说了什么?
② 叹:中华书局点校本《乐府诗集》作"欢",误。

七

我有一所欢,安在深阁里①。

桐树不结花,何有得梧子②?

【注释】

① 深阁:此处指深闺之中。
② 有:《乐府诗集》作"由"。

八

长樯铁鹿子①,布帆阿那起②。

诧侬安在间③,一去三千里。

【注释】

① 铁鹿子:用以启放船帆的铁辘。
② 阿那:婀娜,指布帆升起时的样子。
③ 诧:惊讶。

九

暂薄牛渚矶①,欢不下廷板②。

水深沾侬衣,白黑何在浣③?

【注释】

① 薄:靠近。
② 廷板:应作"艇板",由船上岸所用之木板。
③ 此句意为衣服脏了在哪里洗?

十

爱子好情怀,倾家料理乱。

揽裳未结带,落托行人断①。

【注释】

① 落托:落魄,穷困失意,境况零落。

十一

月落天欲曙,能得几时眠?

凄凄下床去,侬病不能言。

十二

发乱谁料理？托侬言相思。

还君华艳去，催送实情来。

十三

山头草，欢少四面风，趋使侬颠倒。

十四

懊恼奈何许，夜闻家中论①，不得侬与汝②。

【注释】

① 家中论：指父母讨论女子的婚事。

② 与：嫁给。

【神弦歌】

《乐府诗集》引《古今乐录》载：《神弦歌》共十一曲，即《宿阿》、《道君》、《圣郎》、《娇女》、《白石郎》、《清溪小姑》、《湖就姑》、《姑恩》、《采菱童》、《明下童》、《同生》。这些民歌有些在孙吴时就已经存在，从内容看可能是民间祭祀神灵的歌辞。

宿阿曲①

苏林开天门②，赵尊闭地户。

神灵亦道同，真官今来下。

【注释】

① 此首与以下诗皆出自《乐府诗集》卷四十七，又见《古诗纪》卷五十一。

② 苏林：字子元，道教传说中的仙人。据载曾拜琴高、仇先生、涓子等人为师，传其道术与道书，道成后能分形散影。于元帝神爵二年（前60）登天。赵尊：不详，当也是道教仙人。

道君曲

中庭有树自语，梧桐推枝布叶。

圣郎曲

左亦不伴伴①,右亦不翼翼②。
仙人在郎傍,玉女在郎侧③。
酒无沙糖味④,为他通颜色。

【注释】

① 伴伴:众多貌。
② 翼翼:蕃盛貌。
③ 玉女:神女。
④ 沙糖:用甘蔗汁炼成的呈沙粒状的糖。

娇女诗(二曲)

一

北游临河海,遥望中菰菱①。
芙蓉发盛华,渌水清且澄。
弦歌奏声节,仿佛有余音。

【注释】

① 菰(gū):植物名,俗称茭白,生于河边陂泽,可作蔬菜,其实如米,称为雕胡米。菱:一年生水生草本植物,果实有硬壳,四角或两角,俗称菱角。

二

蹀躞越桥上①,河水东西流。
上有神仙居②,下有西流鱼。
行不独自去③,三三两两俱。

【注释】

① 蹀躞:小步貌。
② 仙居:《乐府诗集》云,一作"仙圣",《古诗纪》同。
③ 《乐府诗集》无"去"字。

白石郎曲（二曲）

一

白石郎，临江居，
前导江伯后从鱼①。

【注释】

① 江伯：江水之神。

二

积石如玉，列松如翠①。
郎艳独绝，世无其二②。

【注释】

① 翠：形容松树颜色之绿。
② 《古诗纪》无"其二"二字。

青溪小姑曲①

开门白水，侧近桥梁。
小姑所居，独处无郎。

【注释】

① 据干宝《搜神记》，广陵蒋子文，尝为秣陵尉，因击贼伤而死。吴孙权时，封其为中都侯，立庙于钟山。而据《异苑》记载，青溪小姑为蒋子文第三妹。

湖就姑曲（二曲）

一

赤山湖就头①，孟阳二三月，绿蔽贲荇薮②。

【注释】

① 赤山湖：湖名，在今江苏句容市西南，又名绛岩湖，上通九源，下接秦淮河，现在已经干涸。
② 贲：多彩、华美貌。荇薮：长满水草的湖泽。此句形容湖面水草茂盛。

二

湖就赤山矶①,大姑大湖东,仲姑居湖西。

【注释】

① 就:靠近。

姑恩曲(二曲)

一

明姑遵八风①,蕃谒云日中②。

前导陆离兽③,后从朱鸟麟凤凰④。

【注释】

① 明姑:所祭祀的女神。
② 蕃:通"幡",旗帜。
③ 陆离:神名。
④ 朱鸟:即凤鸟。

二

苕苕山头柏①,冬夏叶不衰。

独当被天恩②,枝叶华葳蕤③。

【注释】

① 苕(tiáo)苕:高貌。
② 被天恩:蒙受上天的恩顾。
③ 葳蕤:华艳、繁盛貌。

采莲童曲(二曲)

一

泛舟采菱叶,过摘芙蓉花。

扣楫命童侣,齐声采莲歌。

二

东湖扶菰童①,西湖采菱芰②。

不持歌作乐,为持解愁思。

【注释】

① 扶：中华书局点校本《乐府诗集》认为此字疑作"拔"，是。
② 芰：亦指菱角。

明下童曲（二曲）

一

走马上前阪①，石子弹马蹄。
不惜弹马蹄，但惜马上儿。

【注释】

① 阪：山坡，斜坡。

二

陈孔骄赭白①，陆郎乘班骓②。
徘徊射堂头③，望门不欲归。

【注释】

① 陈孔：人名，不详。赭（zhě）白：赭白马，骏马名。
② 陆郎：人名，不详。班骓：毛色黑白相间的骏马。
③ 射堂：举行射礼的大堂。

同生曲①（二曲）

一

人生不满百，常抱千岁忧。
早知人命促，秉烛夜行游。

【注释】

① 见《乐府诗集》卷四十七，收入《古诗纪》卷五十一。第一首与汉乐府《西门行》相同，惟"抱"作"怀"，第二首与《子夜变歌》第三首同，惟"令人"作"令侬"。

二

岁月如流迈，行已及素秋。
蟋蟀鸣空堂，感怅令人忧。

【西曲歌】

三洲歌①（三曲）

一

送欢板桥湾②，相待三山头③。

遥见千幅帆，知是逐风流④。

【注释】

① 《唐书·乐志》载：《三洲》为商人歌。《乐府诗集》引《古今乐录》载：《三洲歌》为商客在巴陵与三江口之间往还，其妻子或恋人作此曲。出《乐府诗集》卷四十八，收入《古诗纪》卷五十二。

② 板桥湾：即板桥浦，地名，在今江苏省南京市江宁区南五十里处。湾：《乐府诗集》作"弯"。

③ 三山：山名，在今江苏省南京市西南，长江东岸，突出于江中，为江防要地，又名护国山。

④ 逐风流：随风飘。

二

风流不暂停①，三山隐行舟。

愿作比目鱼②，随欢千里游。

【注释】

① 风流：风飘。

② 比目鱼：即鲽，旧谓此鱼只有一目，需要两两相并始能游行。

三

湘东醽醁酒①，广州龙头铛②。

玉樽金镂椀③，与郎双杯行。

【注释】

① 醽（líng）醁（lù）酒：酒名。醽：《乐府诗集》作"酃"。

② 龙头铛：饰有龙头的釜类器具。

③ 椀：同"碗"。

采桑度①（七曲）

一

蚕生春三月，春桑正含绿。
女儿采春桑，歌吹当春曲。

【注释】

① 《采桑度》一名《采桑》。《唐书·乐志》载，《采桑》是据《三洲曲》而作，产生于梁代，但《乐府诗集》引《古今乐录》称："《采桑度》，旧舞十六人，梁八人。"由此可见梁之前就有此曲。见《乐府诗集》卷四十八，收入《古诗纪》卷五十二。

二

冶游采桑女，尽有芳春色。
姿容应春媚，粉黛不加饰①。

【注释】

① 粉黛：妇女化妆品，粉以敷面，黛以画眉。

三

系条采春桑，采叶何纷纷。
采桑不装钩①，牵坏紫罗裙。

【注释】

① 钩：采桑时用的钩子，用来够取高处的桑枝。

四

语欢稍养蚕，一头养百𣛼①。
奈当黑瘦尽，桑叶常不周②。

【注释】

① 𣛼(ōu)：同"区"，古代量器名，四升为豆，四豆为区。
② 周：足够。

五

春月采桑时，林下与欢俱。
养蚕不满百，那得罗绣襦①。

【注释】

① 罗绣襦：指绣花的短腰锦袄。

六

采桑盛阳月①,绿叶何翩翩。
攀条上树表②,牵坏紫罗裙。

【注释】

① 盛阳月:指春天。
② 树表:即树上。

七

伪蚕化作茧①,烂熳不成丝②。
徒劳无所获,养蚕持底为?

【注释】

① 伪蚕:类似于蚕的一种虫子。
② 烂熳:散乱,分散。

江陵乐①（四曲）

一

不复蹑蹀人②,蹀地地欲穿。
盆隘欢绳断,蹋坏绛罗裙。

【注释】

① 《乐府诗集》引《古今乐录》说:"《江陵乐》,旧舞十六人,梁八人。"可见是配合舞蹈的乐歌。《西京杂记》卷三云:戚夫人侍儿贾佩兰说在宫内时:"十月十五日……既而相与连臂,踏地为节,歌《赤凤凰来》。"此歌疑与相与连臂、踏地而歌的习俗有关,可能唐朝的"踏歌"、歌舞《踏谣娘》与其有一脉相承的关系。见《乐府诗集》卷四十九,收入《古诗纪》卷五十二。
② 蹑蹀:即踩踏,踢踏。

二

不复出场戏,蹑场生青草。
试作两三回,蹑场方就好。

三

阳春二三月,相将蹋百草。
逢人驻步看,扬声皆言好。

四

暂出后园看,见花多忆子。

乌鸟双双飞,侬欢今何在。

青阳度①(三曲)

一

隐机倚不织②,寻得烂熳丝③。

成匹郎莫断,忆侬经绞时④。

【注释】

① 《乐府诗集》引《古今乐录》说:《青阳度》,为倚歌。倚歌的特点是用铃鼓,无弦而有吹。见《乐府诗集》卷四十九,收入《古诗纪》卷五十二。又《玉台新咏》卷十引第三曲,作《青阳歌》。

② 隐机:靠着织布机。

③ 烂熳:散乱的丝线。

④ 经绞:经线缠绕在一起。绞:双关"交"。

二

碧玉捣衣砧①,七宝金莲杵②。

高举徐徐下,轻捣只为汝③。

【注释】

① 捣衣砧:捣衣石。

② 七宝金莲杵:捣衣用的棒槌,上面装饰华丽。

③ 轻捣:与"倾倒"相谐音。

三

青荷盖绿水,芙蓉披红鲜①。

下有并根藕,上生并头莲②。

【注释】

① 披:《玉台新咏》作"发"。

② 并头:《玉台新咏》作"同心",《乐府诗集》作"并目"。

青骢白马①（八曲）

一

青骢白马紫丝缰,可怜石桥根柏梁。

【注释】

① 《古今乐录》载:《青骢白马》,旧舞十六人。见《乐府诗集》卷四十九,收入《古诗纪》卷五十二。

二

汝忽千里去无常,愿得到头还故乡①。

【注释】

① 到头:倒头。

三

系马可怜著长松,游戏徘徊五湖中①。

【注释】

① 五湖:所指非一,一指太湖,二指太湖及其附近四湖,三指一般的大湖泊,不在一地。此处应为第三层意思。

四

借问湖中采菱妇,莲子青荷可得否?

五

可怜白马高缠鬃,著地踯躅多徘徊。

六

问君可怜六萌车①,迎取窈窕西曲娘②。

【注释】

① 六萌车:一种女子乘坐的小车。
② 娘:对心爱女子的称呼。西曲娘:唱西曲的心爱女子。

七

问君可怜下都去,何得见君复西归。

八

齐唱可怜使人惑,昼夜怀欢何时忘。

共戏乐①（四曲）

一

齐世方昌书轨同②，万宇献乐列国风。

【注释】

① 《古今乐录》载：《共戏乐》，旧舞十六人，梁八人。见《乐府诗集》卷四十九，收入《古诗纪》卷七十三。

② 书轨同：即"书同文，车同轨"，为秦始皇统一天下以后所采用的文化政策，此处指国家正处于盛世。

二

时泰民康人物盛①，腰鼓铃柈各相竞②。

【注释】

① 时泰民康：即国家安定无事，人们生活稳定富足。
② 腰鼓铃柈：腰鼓，乐器，即细腰鼓；铃柈，亦为乐器名。

三

长袖翩翩若鸿惊，纤腰袅袅会人情。

四

观风采乐德化昌①，圣皇万寿乐未央②。

【注释】

① 观风采乐：古代朝廷为体察政治得失，令乐官从民间采集诗歌作为衡量政治得失的依据。《礼记·王制》："天子五年一巡狩，……命太师陈诗以观民风。"郑玄注云："陈诗，谓采其诗而视之。"德化：道德教化。
② 未央：未尽。

安东平①（五曲）

一

凄凄烈烈，北风为雪。
船道不通，步道断绝。

【注释】

① 《古今乐录》载：《安东平》，旧舞十六人，梁八人。《乐府诗集》卷四十九，《古诗纪》

卷五十二。

二

吴中细布,阔幅长度。
我有一端①,与郎作袴②。

【注释】
① 端:普通以二丈为一端,又有丈八、丈六、六丈诸说,这里以六丈为一端。
② 袴:套裤。

三

微物虽轻,拙手所作。
余有三丈,为郎别厝①。

【注释】
① 厝(cuò):即"措"。别厝:另作措置。

四

制为轻巾,以奉故人。
不持作好①,与郎拭尘。

【注释】
① 持作:拿……当作。

五

东平刘生,复感人情。
与郎相知,当解千龄①。

【注释】
① 解:能。千龄:千年。

女儿子①(二曲)

一

巴东三峡猿鸣悲,夜鸣三声泪沾衣。

二

我欲上蜀蜀水难,蹋蹀珂头腰环环②。

【注释】

① 见《乐府诗集》卷四十九,收入《古诗纪》卷五十二。据《乐府诗集》所引《古今乐录》,《女儿子》为倚歌。

② 蹋蹀:顿足,踏地。环环:弯曲貌。

来罗①（四曲）

一

郁金黄花标②,下有同心草。
草生日已长,人生日就老。

【注释】

① 据《乐府诗集》所引《古今乐录》,此为倚歌。出《乐府诗集》卷四十九,收入《古诗纪》卷五十二。

② 郁金:并非是现在所称的郁金香花,而是一种姜科植物,多年生宿根草本,根茎肉质,肥大,黄色;根末端膨大成长卵形块根。标:突出、高显。

二①

君子防未然,莫近嫌疑边。
瓜田不蹋履,李下不正冠。

【注释】

① 此与《相和歌辞·平调曲》之《君子行》中四句相同。

三

故人何怨新,切少必求多。
此事何足道,听我歌来罗。

四

白头不忍死,心愁皆敖然①。
游戏泰始世②,一日当千年。

【注释】

① 敖然:煎熬。

② 泰始世:见前注。

那呵滩①（六曲）

一

我去只如还,终不在道边。

我若在道边②,良信寄书还③。

【注释】

① 据《乐府诗集》所引《古今乐录》:《那呵滩》,旧舞十六人,梁八人。其和云"郎去何当还",多叙江陵及扬州事。那呵为滩名。见《乐府诗集》卷四十九,收入《古诗纪》卷五十二。

② 若:《乐府诗集》作"苦"。

③ 信:使者。良信:好的使者。

二

沿江引百丈①,一濡多一艇②。

上水郎担篙③,何时至江陵。

【注释】

① 引:长度单位,一引等于十丈,在此同"长"。《升庵诗话》引此诗作"有"。

② 濡:迟缓;滞留。

③ 担篙:掌篙。

三

江陵三千三,何足特作远①。

书疏数知闻②,莫令信使断。

【注释】

① 特:《乐府诗集》作"持",是。持作:把……看作。

② 书疏:书信。

四

闻欢下扬州,相送江津湾。

愿得篙橹折,交郎到头还①。

【注释】

① 交:教、让。到:通"倒",调转船头。

五①

篙折当更觅,橹折当更安。

各自是官人②,那得到头还。

【注释】

① 此诗是对上诗的应答。
② 官人:服官差之人。

六

百思缠中心,憔悴为所欢。
与子结终始,折约在金兰①。

【注释】

① 折约:定约。

孟珠①(十曲)

一

人言孟珠富,信实金满堂。
龙头衔九花②,玉钗明月珰。

【注释】

① 据《乐府诗集》所引《古今乐录》:《孟珠》十曲,倚歌二曲,旧舞十六人,梁八人。前二曲当为倚歌。出《乐府诗集》卷四十九,又见《古诗纪》卷五十二,一作《丹阳孟珠歌》。
② 九花:即"九华",形容器物绚烂多彩。

二

阳春二三月,草与水同色。
攀条摘香花,言是欢气息。

三

人言春复著,我言未渠央①。
暂出后湖看②,蒲菰如许长③。

【注释】

① 渠,通"遽"。渠央:匆遽完结。
② 暂:刚刚,方才。
③ 蒲菰(gū):香蒲与菰子,都为水草。许:此。

四

扬州石榴花,摘插双襟中。
葳蕤当忆我,莫持艳他侬。

五

阳春二三月,草与水同色。
道逢游冶郎,恨不早相识。

六

望欢四五年,实情将懊恼。
愿得无人处,回身与郎抱。

七

阳春二三月,正是养蚕时。
那得不相怨,其再许侬来①。

【注释】

① 许:《乐府诗集》缺此字,《古诗纪》原本同,逯钦立《全晋诗》从万历本《古诗纪》改,今据《全晋诗》增此字。

八

将欢期三更,合冥欢如何①。
走马放苍鹰②,飞驰赴郎期。

【注释】

① 合冥:天已全黑。
② 苍鹰:即老鹰,凶猛的飞禽,飞行迅速。

九

适闻梅作花,花落已成子。
杜鹃绕林啼,思从心下起。

十

可怜景阳山①,苕苕百尺楼②。
上有明天子,麟凤戏中州③。

【注释】

① 景阳山:山名,位于建康(今南京市)。据《宋书》卷五《文帝本纪》载:元嘉二十三年(446),"立玄武湖,筑景阳山于华林园"。
② 苕(tiáo)苕:高貌。
③ 麟凤:麒麟与凤凰,为传说中的祥兽与祥鸟。州:《古诗纪》云,一作"遊",《乐府诗集》作"遊"。

翳乐①（三曲）

一

人生欢爱时，少年新得意。
一旦不相见，辄作烦冤思②。

【注释】

① 据《乐府诗集》所引《古今乐录》："《翳乐》一曲，倚歌二曲，旧舞十六人，梁八人。"见《乐府诗集》卷四十九，收入《古诗纪》卷五十二。
② 烦冤思：愁闷烦乱的思绪。

二

阳春二三月，相将舞翳乐。
曲曲随时变，持许艳郎目。

三

人言扬州乐，扬州信自乐①。
总角诸少年，歌舞自相逐。

【注释】

① 信：的确。

月节折杨柳歌①（十三首）

正月歌

春风尚萧条，去故来如新②，苦心非一朝。
折杨柳，愁思满腹中，历乱不可数③。

【注释】

① 见《乐府诗集》卷四十九，收入《古诗纪》卷五十二。
② 如：《乐府诗集》作"入"。
③ 历乱：即凌乱。

二月歌

翩翩乌入乡，道逢双燕飞，劳君看三阳①。
折杨柳，寄言语侬欢，寻还不复久②。

【注释】

① 三阳:指立春时节。按照卦气说,此节气三阳始生。
② 寻还:不久就还归。

三月歌

泛舟临曲池,仰头看春花,杜鹃纬林啼①。
折杨柳,双下俱徘徊,我与欢共取。

【注释】

① 纬:围绕。

四月歌

芙蓉始怀莲①,何处觅同心?俱生世尊前②。
折杨柳,捻香散名花,志得长相取。

【注释】

① 怀莲:谐音"怀怜"。
② 世尊:佛家对释迦牟尼的尊称。

五月歌

菰生四五尺,素身为谁珍?盛年将可惜。
折杨柳,作得九子粽①,思想劳欢手。

【注释】

① 九子粽:粽子名。

六月歌

三伏热如火,笼窗开北牖,与郎对榻坐①。
折杨柳,同枢贮蜜浆②,不用水洗溴③。

【注释】

① 榻:《古诗纪》作"蹋"。
② 同:《乐府诗集》作"铜"。
③ 洗溴:洗涤。

七月歌

织女游河边,牵牛顾自叹,一会复周年。
折杨柳,揽结长命草①,同心不相负。

【注释】

① 长命草:即马齿苋,又名五行草、瓜子菜、地马菜等。

八月歌

迎欢裁衣裳,日月如流水①,白露凝庭霜。
折杨柳,夜闻捣衣声,窈窕谁家妇。

【注释】

① 如流:《乐府诗集》作"流如"。

九月歌

甘菊吐黄花,非无杯觞用,当奈许寒何。
折杨柳,授欢罗衣裳,含笑言不取。

十月歌

大树转萧索,天阴不作雨,严霜半夜落。
折杨柳,林中与松柏,岁寒不相负。

十一月歌

素雪任风流①,树木转枯悴,松柏无所忧。
折杨柳,寒衣履薄冰,欢讵知侬否②?

【注释】

① 风流:风吹。
② 讵知:岂知。

十二月歌

天寒岁欲暮,春秋及冬夏,苦心停欲度①。
折杨柳,沉乱枕席间,缠绵不觉久。

【注释】

① 停:正。

闰月歌

成闰暑与寒,春秋补小月,念子无时闲①。
折杨柳,阴阳推我去,那得有定主?

【注释】

① 无时:《古诗纪》作"时无"。

夜 黄①

湖中百种鸟,半雌半是雄。

鸳鸯逐野鸭,恐畏不成双②。

【注释】

① 《古今乐录》载:"《夜黄》,倚歌也。"自此以下至《作蚕丝》并同。见《乐府诗集》卷四十九,收入《古诗纪》卷五十二。

② 恐畏:害怕,恐惧。

夜度娘①

夜来冒霜雪②,晨去履风波③。

虽得叙微情,奈侬身苦何。

【注释】

① 《古今乐录》云:"《夜度娘》,倚歌也。"见《乐府诗集》卷四十九,收入《古诗纪》卷五十二。

② 冒:顶着,冒着。

③ 履:踏,踩。

长松标①

落落千丈松②,昼夜对长风。

岁暮霜雪时,寒苦与谁双。

【注释】

① 《古今乐录》云:"《长松标》,倚歌也。"见《乐府诗集》卷四十九,收入《古诗纪》卷五十二。

② 落落:孤独貌。

双行缠①(二曲)

一

朱丝系腕绳②,真如白雪凝。

非但我言好③,众情共所称。

【注释】

① 行缠:裹腿布,古时男女均用之,用布帛裹小腿至脚,以便腾跳。《古今乐录》云:"《双行缠》,倚歌也。"见《乐府诗集》卷四十九,收入《古诗纪》卷五十二。
② 朱丝:红色的丝线。
③ 好:美,漂亮。

二

新罗绣行缠,足趺如春妍①。
他人不言好,独我知可怜。

【注释】

① 足趺:脚面。

黄督①(二曲)

一

乔客他乡人②,三春不得归。
愿看杨柳树③,已复藏班雉④。

【注释】

① 《古今乐录》云:"《黄督》,倚歌也。"《乐府诗集》卷四十九,收入《古诗纪》卷五十二。
② 乔客:寓居在外的人。
③ 愿:中华书局点校本《乐府诗集》注:《古诗纪》作"愿",疑作"顾",是。
④ 班雉(zhuī):鸟名,鹁鸠。

二

笼车度蹋衍①,故人求寄载。
催牛闭后户②,无预故人事。

【注释】

① 笼车:车名,车厢密闭,形似笼。蹋衍:斜平的下坡路。
② 后户:车厢后面的小门。

平西乐①

我情与欢情,二情感苍天。
形虽胡越隔②,神交中夜间③。

【注释】

① 《古今乐录》云:"《平西乐》,倚歌也。"见《乐府诗集》卷四十九,收入《古诗纪》卷五十二。

② 胡越:胡地在北,越地在南,相隔遥远,比喻二人相隔遥远,不得相见。

③ 神交:精神交往。

寻 阳 乐①

鸡亭故侬去②,九里新侬还。
送一却迎两③,无有暂时闲。

【注释】

① 《古今乐录》云:"《寻阳乐》,倚歌也。"见《玉台新咏》卷十,收入《乐府诗集》卷四十九,《古诗纪》卷五十二。从诗中迎来送往的情况来看,此诗当为妓女所作。

② 鸡:《玉台新咏》作"稽",是。稽亭,即稽亭渚。据《资治通鉴》卷一六三"梁大宝元年"条胡注说:稽亭渚在江州城东。侬:《玉台新咏》作"人",下句同。

③ 却:《玉台新咏》作"便"。

拔蒲①(二曲)

一

青蒲衔紫茸②,长叶复从风。
与君同舟去,拔蒲五湖中。

【注释】

① 蒲:草名,一名香蒲,可食用,叶供编制,可以用来制作席、扇、篓等用具。《古今乐录》载:"《拔蒲》,倚歌也。"见《乐府诗集》卷四十九,收入《古诗纪》卷五十二。

② 衔:连接。茸:初生的纤细茅软的草。

二

朝发桂兰渚,昼息桑榆下。
与君同拔蒲,竟日不成把①。

【注释】

① 竟日:终日,整天。《诗经·卷耳》:"采采卷耳,不盈顷筐。"诗意与此相似。

作蚕丝①（四曲）

一

柔桑感阳风②，阿娜婴兰妇③。
垂条付绿叶，委体看女手④。

【注释】

① 《古今乐录》载："《作蚕丝》，倚歌也。"出《乐府诗集》卷四十九，又《玉台新咏》卷十引第二曲作《蚕丝歌》，收入《古诗纪》卷五十二。
② 阳风：东风、南风都可称为阳风。
③ 婴：缠绕。
④ 委体：曲体。

二

春蚕不应老，昼夜常怀丝①。
何惜微躯尽，缠绵自有时。

【注释】

① 丝：《玉台新咏》作"思"。

三

绩蚕初成茧①，相思条女密②。
投身汤水中③，贵得共成匹。

【注释】

① 绩：把丝或麻等纤维搓捻成线，以便纺织。
② 条：采桑。条女：采桑女。密：多。
③ 投身汤水中：缫丝工序，把蚕茧放在沸水里抽出丝。

四

素丝非常质①，屈折成绮罗。
敢辞机杼劳②，但恐花色多。

【注释】

① 素丝：白色的丝线。常质：普通的质地。
② 敢：岂敢。机杼：指织布。

黄鹄曲①（四首）

一

黄鹄参天飞，半道郁徘徊。
腹中车轮转，君知思忆谁。

【注释】

① 出《乐府诗集》卷四十五，收入《古诗纪》卷五十一。《列女传》载："鲁陶婴者，鲁陶明之女也，少寡，养幼孤，无强昆弟。鲁人或闻其义，将求焉，婴乃作歌，明己之不更二庭也。鲁人闻之，不敢复求。"《黄鹄》本汉横吹曲名。

二

黄鹄参天飞，半道还哀鸣。
三年失群侣，生离伤人情。

三

黄鹄参天飞，凝翮争风回①。
高翔入率阙，时复乘云颓。

【注释】

① 凝翮(hé)：《乐府诗集》作"疑翮"，《古诗纪》作"融"，今从汲古阁本《乐储》。

四①

黄鹄参天飞，半道还后渚。
欲飞复不飞，悲鸣觅群侣。

【注释】

① 此歌似为汉代佚篇。

舞曲歌辞

【拂舞歌诗】

据《晋书·乐志》载：《拂舞》出自江左，旧云吴舞也。晋曲五篇：一曰《白鸠》，二曰《济济》,三曰《独漉》,四曰《碣石》,五曰《淮南王》。多节略旧辞而因其曲名。《碣石篇》为曹操诗,《淮南王篇》已见汉古辞。

白 鸠 篇①

翩翩白鸠②,载飞载鸣③。
怀我君德,来集君庭④。
白雀呈瑞,素羽明鲜⑤。
翔庭舞异,以应仁乾⑥。
交交鸣鸠⑦,或丹或黄。
乐我君惠,振羽来翔。
东璧余光⑧,鱼在江湖。
惠而不费,敬我微躯。
策我良驷,习我驱驰⑨。
与君周旋⑩,乐道亡余⑪。
我心虚静,我志沾濡⑫。
弹琴鼓瑟,聊以自娱。
凌云登台,浮游太清⑬。
扳龙附凤⑭,目望身轻⑮。

【注释】

① 出《宋书·乐志》,又见《晋书·乐志》,《乐府诗集》卷五十四,《古诗纪》卷五十。据《南齐书·乐志》载:"《白符鸠舞》,出江南,吴人近造,其歌本云:'平平白符,思我君惠,集我金堂。'言白者金行。符,合也。鸠亦合也,符鸠虽异,其义实同。"另据《宋书·乐志》载:"晋杨泓《舞序》云:'自到江南,见《白符舞》,或言《白凫鸠舞》,云有此来数十年矣。察其辞旨,乃是吴人患孙皓虐政,思属晋也。'晋辞曰:'翩翩白鸠,载飞载鸣。怀我君德,来集君庭。'盖晋人改其本歌云。"由此可知,《白鸠篇》应该起源于民间,后来经过了文人的加工改造,因此句式整齐,语言雅致,现列于此备考。

② 翩翩:鸟飞之貌。白鸠:汉以后认为是祥瑞之鸟。《后汉书·礼乐志》载:"民年八十、九十者,礼有加赐玉杖,长九尺,端以鸠鸟为饰。"

③ 载:语词,无义。《宋书》、《文选补遗》作"再",下同。

④ 来集君庭:白鸠飞集于帝王的殿廷,是大祥瑞。

⑤ 素羽明鲜：白色的羽毛非常鲜明。
⑥ 以应仁乾：乾，天。此句谓应晋受魏禅的天命。
⑦ 交交：鸟叫声，《晋书》作"皎皎"，《文选补遗》同。
⑧ 璧：《晋书》作"壁"。
⑨ 驱驰：尽力奔走效劳。
⑩ 周旋：打交道；应酬，此处指侍奉国君。
⑪ 亡余：《晋书》作"忘饥"，《文选补遗》同。
⑫ 沾濡：润泽。
⑬ 太清：天空。
⑭ 扳龙附凤：指依附龙凤而升空，此处指希望投靠晋朝以获得高位。扳：《晋书》作"攀"，《文选补遗》同。
⑮ 目：《宋书》作"日"，《晋书》、《文选补遗》作"自"。

独 漉 篇①

独漉独漉②，水深泥浊③。
泥浊尚可，水深杀我。
雍雍双雁④，游戏田畔。
我欲射雁，念子孤散。
翩翩浮萍，得风摇轻⑤。
我心何合，与之同并。
空床低帷，谁知无人。
夜衣锦绣，谁别伪真。
刀鸣削中⑥，倚床无施。
父冤不报，欲活何为。
猛虎斑斑⑦，游戏山间。
虎欲啮人，不避豪贤⑧。

【注释】
① 出《宋书·乐志》，又见《晋书·乐志》，《乐府诗集》卷五十四，《文选补遗》卷三十四，《广文选》卷十二，《古诗纪》卷五十。此诗为《拂舞歌》之一篇，创作年代不详，《南齐书·乐志》认为当是讽刺之辞，萧涤非认为"此篇盖人有父屈死于法，或为豪猾所害而法不能申，因潜入仇家，报仇而未遂者之所作也"。
② 独漉：小网，此句起兴，以捕鱼之难喻报父仇之难。漉：《宋书》作"禄"，下同。《晋

书》此句作"独独禄禄",《文选补遗》同。

③ 水深泥浊:形容报仇之艰难。

④ 雍雍:雁鸣声,《宋书》作"雖雖"。

⑤ 摇:《宋书》、《晋书》作"遥",《风雅翼》同。

⑥ 削:同"鞘",装刀剑的套子。

⑦ 虎:《晋书》、《文选补遗》作"兽",下同。斑斑:毛色斑斓貌。斑:《宋书》、《晋书》、《广文选》作"班"。

⑧ 此句意为:即使陷害父亲的为大家豪强,我也会去报仇。

济济篇①

畅飞畅舞气流芳②,追念三五大绮黄③。
去失有,时可行,去来同时此未央④。
时冉冉,近桑榆⑤,但当饮酒为欢娱。
衰老逝,有何期⑥,多忧耿耿内怀思。
渊池广⑦,鱼独希,愿得黄浦众所依⑧。
恩感人,世无比,悲歌且舞无极已⑨。

【注释】

① 出《宋书·乐志》,又见《晋书·乐志》,《乐府诗集》卷五十四,《古诗纪》卷五十。此诗同为吴将亡时所作,希望归附晋朝,摆脱暴政。朱乾《乐府正义》曰:"《济济篇》未详所起,而同属吴舞,桑榆欢娱,衰老怀思,意象朝不谋夕,地广民稀,地荒民散,思归黄浦,疑与《白鸠篇》同为吴将亡诗。"

② 畅飞畅舞:舞蹈貌。《晋书》作"畅畅飞舞"。

③ 三五:指三皇五帝。大绮黄:指汉商山四皓绮里季、夏黄公。

④ 同时:《晋书》作"时同"。

⑤ 近桑榆:比喻年龄已长,接近晚年。

⑥ 有何期:《晋书》作"何有期"。

⑦ 渊:《晋书》作"深"。池广:《晋书》作"旷"。

⑧ 黄浦:战国楚公子春申君所凿。春申君姓黄,故名。

⑨ 且:《宋书》、《乐府诗集》作"具"。

【白纻舞歌诗①】

一

轻躯徐起何洋洋②,高举两手白鹄翔③。
宛若龙转乍低昂④,凝停善睐容仪光⑤。
如推若引留且行⑥,随世而变诚无方。
舞以尽神安可忘⑦,晋世方昌乐未央⑧。
质如轻云色如银⑨,爱之遗谁赠佳人。
制以为袍余作巾,袍以光躯巾拂尘⑩。
丽服在御会佳宾⑪,醪醴盈樽美且淳⑫。
清歌徐舞降祇神⑬,四座欢乐胡可陈⑭。

【注释】

① 　此歌亦属于杂舞曲,见《宋书·乐志》,又见《乐府诗集》卷五十五,《古诗纪》卷五十,又《太平御览》卷六百九十三作《古乐府》,引银、尘、巾三韵,卷八百二十作《古乐府》,引银、巾二韵。对此诗的解释,《宋书·乐志》说:"《白纻舞》,按舞辞有巾袍之言。纻本吴地所出,宜是吴舞也。晋《俳歌》云:'皎皎白绪,节节为双。'吴音呼绪为纻,疑白绪即白纻也。"《南齐书·乐志》载:"《白纻歌》,周处《风土记》云:'吴黄龙中童谣云:行白者君,追汝句骊马。后孙权征公孙渊,浮海乘舶。舶,白也。今歌和声犹云行白纻焉。'"《乐府解题》云:"古词盛称舞者之美,宜及芳时为乐。其誉白纻曰:'质如轻云色如银,制以为袍余作巾,袍以光躯巾拂尘。'"此诗应该产生在西晋平吴后的江南地区,主要描写歌舞娱乐的场面,同时有对晋政治的赞扬与歌颂,如"晋世方昌乐未央"、"明君御世永歌昌",又有对时光流逝、韶华不再的感慨,如"人生世间如电过,乐时每少苦日多"。曲调比较轻快活泼,主要用在宴会等世俗娱乐场合。

② 　轻躯:舞者轻盈的身体。洋洋:舒缓貌。

③ 　白鹄翔:比喻舞者的双手舞动起来就像空中翱翔的白鹄。

④ 　龙转:盘旋曲折貌。此句意为舞者舞蹈起来像龙一样曲折盘旋,乍低乍高,起伏升降。

⑤ 　凝停善睐:形容舞者眼睛明亮而灵活,善于顾盼传情。容仪:容貌举止。

⑥ 　如推若引留且行:指舞蹈中的动作像推又像拉,像逗留又像即将出发。

⑦ 　舞以尽神:舞蹈是用来娱神祈福的。

⑧ 　晋世方昌乐未央:指晋朝正处于鼎盛时代,到处歌舞升平,一片欢乐景象。

⑨ 　质如轻云色如银:描写舞者所穿衣服的质地、颜色。质如轻云:《太平御览》作"质如月轻如云"。

⑩ 　袍以光躯巾拂尘:用白纻制作的袍子使身躯美丽,制作的手巾用来拂拭灰尘。

⑪ 　丽服在御会佳宾:穿着漂亮的衣服参加宴会。

⑫ 醪醴:泛指酒类。醪,浊酒;醴,甜酒,甘浊的酒。
⑬ 清歌徐舞降祇神:歌声清亮,舞蹈徐徐,是为了使神祇降临赐福人间。
⑭ 四座欢乐胡可陈:极写与会者的欢乐之情。

二

双袂齐举鸾凤翔①,罗裙飘遥昭仪光②。
趋步生姿进流芳③,鸣弦清歌及三阳④。
人生世间如电过,乐时每少苦日多。
幸及良辰耀春华⑤,齐倡献舞赵女歌⑥。
羲和驰景逝不停⑦,春露未晞严霜零⑧。
百草凋索花落英⑨,蟋蟀吟牖寒蝉鸣⑩。
百年之命忽若倾⑪,早知迅速秉烛行⑫。
东造扶桑游紫庭⑬,西至昆仑戏曾城⑭。

【注释】

① 双袂齐举鸾凤翔:白纻舞舞服袖子很长,舞蹈时双袖齐举,貌似鸾凤飞翔。
② 裙:《宋书》作"裾"。昭:明。仪光:犹容光。
③ 趋步:小步快走,为一种舞蹈动作。
④ 三阳:指春天。
⑤ 华:《宋书》作"花"。
⑥ 齐倡:齐地舞女。倡,以歌舞娱乐为生的女子。赵女:赵地歌姬。赵女善歌,齐女善舞。
⑦ 羲和驰景逝不停:传说太阳在一辆车上,由车夫羲和每天赶着奔驰,才有了日出日落。《楚辞·离骚》说:"吾令羲和弭节兮,望崦嵫而勿迫。"景:通"影",指太阳。
⑧ 晞:干。此句极言时间流逝之快。
⑨ 凋索:凋谢。
⑩ 蟋蟀吟牖寒蝉鸣:蟋蟀、寒蝉,在秋季出现,表明时间已经流逝殆尽。
⑪ 倾:日斜将落。此句意为人生转眼已经到了日薄西山之年。
⑫ 秉烛:指要珍惜光阴,及时行乐。《古诗十九首》:"昼短苦夜长,何不秉烛游。"
⑬ 扶桑:传说日出于扶桑之下,拂其树杪而升,因谓为日出处。亦代指太阳。紫庭:神仙居住的宫阙。
⑭ 昆仑:山名,在今新疆、西藏之间。曾城:即增城,神话传说昆仑山上有瑶池、阆苑、增城、悬圃等仙境。

三

阳春白日风花香,趋步明玉舞瑶珰①。

声发金石媚笙簧②,罗袿徐转红袖扬③。
清歌流响绕凤梁④,如矜若思凝且翔⑤。
转眄遗精艳辉光⑥,将流将引双雁行⑦。
欢来何晚意何长,明君御世永歌昌⑧。

【注释】

① 瑶珰:美玉制作的耳饰。
② 笙簧:笙,乐器。簧,笙中之簧片。《礼记·明堂位》:"垂之和钟,叔之离磬,女娲之笙簧。"郑玄注:"笙簧,笙中之簧也……女娲作笙簧。"
③ 罗袿(guī):丝织长襦,女子上衣。
④ 绕凤梁:绘雕凤凰图案的房屋梁柱。此句形容歌声优美婉转。
⑤ 如矜若思凝且翔:意为舞蹈时而热烈奔放如飞鸟,时而平静如沉思。
⑥ 转眄遗精:即"转眄流精",眼光流转,顾盼生姿。
⑦ 行:《宋书》作"翔"。
⑧ 明君:圣明的君主。御世:统治。昌:昌盛。《宋书》作"倡"。此句为祝颂之语。

【晋杯盘舞歌诗①】

晋 世 宁

晋世宁,四海平,普天安乐永大宁。
四海安,天下欢,乐治兴隆舞杯盘。
舞杯盘,何翩翩②,举坐翻覆寿万年③。
天与日,终与一④,左回右转不相失。
筝笛悲,酒舞疲,心中慷慨可健儿⑤。
樽酒甘,丝竹清,愿令诸君醉复醒。
醉复醒,时合同⑥,四座欢乐皆言工。
丝竹音,可不听,亦舞此盘左右轻。
自相当,合坐欢乐人命长。
人命长,当结友,千秋万岁皆老寿。

【注释】

① 出《宋书·乐志》,又见《乐府诗集》卷五十六,《古诗纪》卷五十。《杯盘舞歌诗》亦

为杂舞辞。关于杯盘舞,干宝《搜神记》载:"晋太康中,天下为《晋世宁舞》,矜手以接杯盘而反复之。此则汉世唯有盘舞,而晋加之以杯反复也。"周处《风土记》称:"越俗宴饮,即鼓盘以为乐。取太素圆盘广尺六者,抱以著腹,以左手五指更弹之以为节,舞者应节而舞。"《宋书·五行志》云:"言接杯盘于手上而反复之,至危也。杯盘者,酒食之器也。而名曰《晋世宁》者,言晋世之士,苟偷于酒食之间而知不及远,晋世之宁,犹杯盘之在手也。"《杯盘舞歌诗》应是在舞蹈表演中演唱的歌辞,舞者手弄杯盘,一边表演舞蹈,一面演唱。萧涤非说:"(此诗)文字轻松,音节委婉,令人读之,如闻其声,如见其形。篇中凡八转韵,不用萧、尤、侵、咸等衰飒喑哑之韵,亦似非偶然者。"这是与杯盘舞这种舞蹈风格相一致的。

② 何翩翩:描写舞时杯盘旋转之状。
③ 翻覆:舞蹈动作,即"矜手以接杯盘而反复之"。
④ 终与一:终究合一。
⑤ 可:适合、相称。
⑥ 时合同:有时是一样的。

俳 歌 辞①

俳不言不语,呼俳噏所②。
俳适一起,狼率不止③。
生拔牛角,摩断肤耳④。
马无悬蹄,牛无上齿。
骆驼无角,奋迅两耳。

【注释】

① 出《南齐书·乐志》,另见《乐府诗集》卷五十六,《古诗纪》卷十六。《乐府诗集》:"一曰《侏儒导》,自古有之,盖倡优戏也。"《南齐书·乐志》:"《侏儒导》,舞人自歌之,古辞《俳歌》八曲,前一篇二十二句,今侏儒所歌,摘取之也。"冯沅君在《古优的技艺》一文中说:"这段文字虽嫌费解,但其内容为倡优奏技的描写则毫无疑义。"(见《冯沅君古典文学论文集》)具体地说是描写头戴兽角相抵的蚩尤戏。

② 噏(xī)所:陆侃如、冯沅君《中国诗史》认为,"噏所"为司马相如《子虚赋》中"噏呷萃蔡"之"噏呷"。王延寿《王孙赋》中"观者吸呷而忘疲"的"吸呷",张揖注"衣起张也"。因此,这两句意为俳优初则不言不语,继而则跃起衣动。

③ 狼率不止:狼:指的是戴着狼的面具的角力者。率:本义是捕捉鸟兽的网,这里是捕捉的意思。

④ 摩断肤耳:即摩肤断耳。指在角力过程中,肌肤摩擦,头角面具被折断破坏。以下几句均是对角力场面的描绘。

杂曲歌辞

西 洲 曲①

忆梅下西洲②,折梅寄江北③。
单衫杏子红,双鬓鸦雏色④。
西洲在何处?两桨桥头渡。
日暮伯劳飞⑤,风吹乌臼树⑥。
树下即门前,门中露翠钿⑦。
开门郎不至,出门采红莲⑧。
采莲南塘秋,莲花过人头。
低头弄莲子⑨,莲子青如水。
置莲怀袖中,莲心彻底红。
忆郎郎不至,仰首望飞鸿⑩。
鸿飞满西洲,望郎上青楼⑪。
楼高望不见,尽日栏干头。
栏干十二曲⑫,垂手明如玉⑬。
卷帘天自高,海水摇空绿⑭。
海水梦悠悠,君愁我亦愁。
南风知我意,吹梦到西洲。

【注释】

① 见《乐府诗集》卷七十二,又见《古诗纪》卷五十三,《广文选》卷十二。此诗《乐府诗集》作古辞,《玉台新咏》题为江淹所作,目前尚无定论。从风格上看此曲应为民歌,描写了一位少女从初春到深秋,从现实到梦境,对钟爱之人的苦苦思念,洋溢着浓厚的生活气息和鲜明的感情色彩。

② 下:去,到。

③ 江北:思念之人的所在地。

④ 鸦雏色:小乌鸦的毛色乌黑,此处形容女子鬓发黑亮。

⑤ 伯劳:鸟名,四月开始鸣叫。
⑥ 乌臼树:落叶乔木,夏天开黄色小花。臼:《广文选》作"柏"。
⑦ 翠钿:用翠玉镶成的首饰。
⑧ 红莲:以下"莲"字反复出现,大多与"怜"相谐音,为"怜爱"之意。
⑨ 莲子:即"爱子"。
⑩ 飞鸿:鸿雁,古时有鸿雁传书之说,此处指女子盼望得到爱人的消息。
⑪ 青楼:指女子所居之处。
⑫ 十二曲:指栏杆有很多转折的地方。
⑬ 垂手:把手搭在栏杆上。
⑭ 空绿:一望无际的绿色。

长 干 曲①

逆浪故相邀,菱舟不怕摇②。
妾家扬子住③,便弄广陵潮④。

【注释】

① 长干,即长干里,在今秦淮河南岸雨花台至下长干桥一带。此曲内容写江上渔家生活。见《乐府诗集》卷七十二,《古诗纪》卷五十三。
② 菱舟:轻便的小船。
③ 妾:女子的自称。扬子:江名,汉水出峤冢山,至汉口与长江会合,东流至扬州,为扬子江。
④ 广陵潮:指扬子江潮。

休洗红①(二首)

一

休洗红,洗多红色淡。
不惜故缝衣,记得初按茜②。
人寿百年能几何?后来新妇今为婆。

【注释】

① 见《古诗纪》卷五十三。
② 茜:茜草,可以作为染料。

二

休洗红,洗多红在水。

新红裁作衣,旧红番作里①。

回黄转绿无定期,世事反复君所知。

【注释】

① 番:通"翻"。

邯 郸 歌①

回顾灞陵上②,北指邯郸道③。

短衣妾不伤,南山为君老④。

【注释】

① 见《古诗纪》卷五十三。
② 灞陵:地名,在今陕西省西安市东部。
③ 邯郸道:通往邯郸的道路。
④ 南山:指终南山。

杂 诗①

玉钗色未分②,衫轻似露腕。

举袖欲障羞,回持理发乱。

【注释】

① 见《玉台新咏》卷十,收入《古诗纪》卷五十三。
② 钗:《玉台新咏》作"钏"。分:分别、分辨。

吴 趋 行①

玺满盖重帘②,唯有远相思。

藕叶清朝钏③,何见早归时④。

【注释】

① 《文选》卷二十八陆机《吴趋行》注引崔豹《古今注》曰:"《吴趋曲》,吴人以歌其地也。"此歌《乐府诗集》卷十四次陆机诗后,《古诗纪》卷三十四作陆机诗,录以备考。

② 玺:同"茧"。
③ 钏:环连。
④ 归:《乐府诗集》云,一作"还"。

曲池歌①

曲池何淡澹②,芙蓉蔽清源。
荣华盛壮时,见者谁不欢。
一朝光采落③,见者不回颜。

【注释】

① 见《古乐苑》卷三十五。
② 淡澹:水清澈貌。
③ 光采落:指女子容颜不再。

乐 辞①

绣幕围香风②,耳节朱丝桐③。
不知理何事,浅立经营中④。
爱惜加穷袴⑤,防闲托守宫⑥。
今日牛羊上丘陇,当年近前面发红。

【注释】

① 《古诗纪》编入晋诗,吴竞编此辞在《古诗十九首》后。《彦周诗话》谓此为齐梁间乐府,今依《古诗纪》编入晋诗。另见《冷斋夜话》、《事文类聚》前集卷五十八,《古诗纪》卷五十三,《彦周诗话》作《齐梁间乐府》,引宫、红二韵。
② 绣幕:华丽的幕布。
③ 节:通"接",承接,这里是听取的意思。
④ 经营:原意为筹画营造,这里指营造的宫室建筑之类。
⑤ 爱:《事文类聚》、《冷斋夜话》作"护"。加:《冷斋夜话》作"如"。穷袴:当时的习语,即裆袴。
⑥ 防闲:《事文类聚》、《冷斋夜话》作"堤防"。守宫:虫名,蜥蜴的一种,又名壁虎,因它经常守护在屋壁宫墙,捕食飞虫,故名。又张华《博物志》:"蜥蜴或名蝘蜓。以器养之以朱砂,体尽赤,所食满七斤,治捣万杵,点女人肢体,终本不灭,有房室事则灭,故号守宫。"此处意思当为后者。

南朝·宋民歌

杂歌谣辞

【歌辞】

时人为檀道济歌（二首）

一①

可怜白浮鸠②，枉杀檀江州③。

【注释】

① 《南史》卷一十五《檀道济传》载：檀道济为刘裕部将，战功显赫，其部下并身经百战，诸子又有才气，朝廷疑畏之。当时有的人说："安知非司马仲达也。"文帝十三年（436）春，檀道济被派遣还军镇，船尚未出发，就有群鸟集于船上悲鸣。此时宋文帝病发，彭城王刘义康矫诏诛杀道济及其子植等八人，时人有此歌。《古诗纪》卷六十五作《宋人歌》。
② 白浮鸠：鸟名，"浮"也作附、凫。
③ 檀江州：指檀道济，曾任江州刺史，故称。

二①

生人作死别，荼毒当奈何②。

【注释】

① 出《太平御览》卷八百八十五。《异苑》载，檀道济元嘉中镇守寻阳，十二年（435）入朝，与家人分别时瞻顾城阙，歔欷不已。于是有人预知檀道济不能再返回镇所了。
② 荼毒：残害。

刘敬叔引诗①

鸡山别飞响，雉涧和清音。

【注释】

① 见《太平御览》卷九百一十八。刘敬叔《异苑》载：朱文绣与罗子钟为好友，朱文绣死后，罗子钟哀痛异常，当晚也死去。梁南七里有鸡山，葬绣于其中，北九里有雉涧，埋钟于其内。绣神灵变为鸡，钟魂魄化为雉，清鸣哀响，来往不绝，故民间有此诗。

读 曲 歌①

死罪刘领军②，误杀刘第四③。

【注释】

① 《宋书》卷一九《乐志》载：《读曲歌》者，民间为彭城王义康所作。另见《乐府诗集》卷四十六。
② 刘领军：领军将军刘湛。
③ 刘第四：指刘义康。

【谣辞】

民间为谢灵运谣①

四人挈衣裙②，三人捉坐席。

【注释】

① 《宋书·五行志》载：陈郡谢灵运，每当出入，常有数人服侍左右，民间有此谣。
② 挈：悬持，提起。

元嘉末童谣①

钱唐出天子。

【注释】

① 见《宋书》卷十七《符瑞志》。《宋书·符瑞志》载：宋文帝元嘉（424—453）年间，谣言说钱唐要出天子，于是在钱唐置戍军防备。后来孝武帝即帝位于新亭寺之禅堂。"禅"之与"钱"，音相近，故"禅堂"即"钱塘"。

民间为奚显度谣①

宁得建康压额②,不能受奚度拍。

【注释】

① 见《宋书》卷九十四《戴法兴传》。《戴法兴传》载:宋大明(457—464)年间,奚显度曾任员外散骑侍郎。孝武帝让他主持工程建设。奚显度暴虐无道,对属下动辄捶挞,无论暑雨寒雪,一刻也不让他们休息,许多人都难以忍受,所以民间有此谣。百姓之间又相互开玩笑道:"勿反顾,付奚度。"另见《南史》卷七十七《戴明宝传》,《古诗纪》卷六十五作《大明中谣》。

② 建康压额:当时建康县拷问囚徒用方材压额及踝胫。

百姓为袁粲褚彦回谣①

可怜石头城,宁为袁粲死,不作褚渊生②。

【注释】

① 见《南史·袁粲传》,另见《古诗纪》六十五作《石城谣》。《南史·袁粲传》载:明帝时(465—472)袁粲与褚渊同时受命拥立太子,时权在中领军萧道成手中,道成杀太子,立顺帝。袁粲谋划起兵诛萧道成,褚渊泄密,袁粲兵败被害,而后褚渊独自辅政,当时百姓作此谣。

② 褚渊:《南史》作"彦回"。

泰始中童谣①

东城出天子②。

【注释】

① 《南齐书·祥瑞志》载:宋泰始年间(465—471)有此童谣,宋明帝听后认为歌谣所指是建安王休仁,便杀了他。后来顺帝自东城即位,议论的人认为童谣应验了。另见《南齐书》卷十八《祥瑞志》,《南史》卷四《齐高帝纪》。

② 出天子:《南史》作"天子出"。

永光初谣言①

湘州出天子②。

【注释】

① 见《宋书》卷二十七《符瑞志》。《符瑞志》载:前废帝永光初年(465)有此谣,废帝欲南幸湘川以厌之,既而湘东王即尊位,是为明帝。另见《太平御览》卷一百二十八。
② 州:《太平御览》作"中"。

元徽中童谣①

襄阳白铜蹄②,郎杀荆州儿③。

【注释】

① 《南齐书》卷十九《五行志》载:元徽年间(473—477)有此童谣。后来沈攸之反叛,雍州刺史张敬儿袭击江陵,杀攸之子元琰等。另见《古诗纪》卷六十五。
② 白铜蹄:《隋书·乐志》引识者言:"白铜蹄,谓金蹄,为马也。白,金色也。"
③ 荆州儿:指元琰。

东阳为释慧约谣①

少达妙理娄居士。

【注释】

① 见《高僧传·释慧约传》。《高僧传》载:释慧约姓娄,二十岁游于剡,慧约聪明有智慧,精通佛理,博览佛教典籍,故东阳为之作此谣。

清商曲辞

【吴声歌曲】

碧玉歌①(三首)

一

碧玉破瓜时,郎为情颠倒。
芙蓉陵霜荣②,秋容故尚好。

【注释】

① 见《乐府诗集》卷四十五,收入《古诗纪》卷六十五。《乐府诗集》引《乐苑》说,《碧玉歌》为宋汝南王所作。碧玉是汝南王妾名,因汝南王特别宠爱她,所以为她作此歌。但从辞意来看与其本事不同,郭茂倩《乐府诗集》题下不书作者名氏,左克明《古乐府》作古辞。盖此曲起源于汝南王,而其辞则为后人根据汝南王所作曲调改作,后面的《读曲歌》、《乌夜啼》等多为此种情况。

② 陵:侵陵。荣:开花。

二①

碧玉小家女,不敢攀贵德。

感郎千金意,惭无倾城色②。

【注释】

① 《玉台新咏》卷十作《孙绰情人碧玉歌》。

② 倾城色:《汉书》卷九十七李延年为汉武帝李夫人歌:"北方有佳人,绝世而独立,一顾倾人城,再顾倾人国。宁不知倾城国,佳人不再得!"后用来形容女子美貌绝伦。

三

碧玉小家女,不敢贵德攀。

感郎意气重,遂得结金兰①。

【注释】

① 结金兰:《易·系辞上》:"二人同心,其利断金;同心之言,其臭如兰。"这里的意思是因情投意合而结成紧密特殊的关系。

华山畿①(二十五首)

一

华山畿!

君既为侬死,独活为谁施②。

欢若见怜时,棺木为侬开。

【注释】

① 《乐府诗集》引《古今乐录》载:"《华山畿》为宋少帝时《懊恼曲》一曲,亦变曲也。少帝时,南徐一士子,从华山畿往云阳。见客舍有女子,年十八九,悦之无因,遂感心疾。母问其故,具以启母。母为至华山寻访,见女具说闻感之因,脱蔽膝令母密置其席下卧之,当已。少日果差,忽举席,见蔽膝而抱持,遂吞食而死。气欲绝,谓母曰:'葬时车载从华山

度。'母从其意。比至女门,牛不肯前,打拍不动。女曰:'且待须臾,妆点沐浴。'既而出歌曰:'华山畿,君既为侬死,独活为谁施。欢若见怜时,棺木为侬开。'棺应声开,女遂入棺。家人叩打,无如之何。乃合葬,呼曰神女冢。"此为传说附会之辞。本诗第一首所写为男女之间生死不渝的恋情,后面二十四首写男女相思。见《乐府诗集》卷四十六,收入《古诗纪》卷六十五。

② 活:《乐府诗集》作"生",《古诗纪》云:一作"生"。

二

闻欢大养蚕,定得几许丝。
所得何足言,奈何黑瘦为。

三

夜相思,投壶不得箭①,忆欢作娇时。

【注释】

① 得:《乐府诗集》作"停"。射壶之戏需将箭掷壶中。这里以壶隐喻女子,箭喻男子。

四

开门枕水渚,三刀治一鱼①,历乱伤杀汝。

【注释】

① 治鱼:即剖鱼。

五①

未敢便相许②,夜闻侬家论③,不持侬与汝④。

【注释】

① 此诗内容与《懊侬歌》第十四首类似。
② 许:许嫁。
③ 论:讨论婚事。
④ 持:把。

六

懊恼不堪止,上床解要绳①,自经屏风里②。

【注释】

① 要绳:腰带。
② 自经:上吊自杀。

七

啼著曙①,泪落枕将浮,身沉被流去。

【注释】

① 啼著曙:哭到天亮。

八

将懊恼,石阙昼夜题①,碑泪常不燥②。

【注释】

① 石阙:石筑之阙,即碑。
② 碑泪:碑与"悲"谐音。

九

别后常相思,顿书千丈阙①,题碑无罢时②。

【注释】

① "书阙"即"题碑"。
② 题:书写。题碑:"啼悲"的谐音。

十

奈何许,所欢不在间,娇笑向谁绪①。

【注释】

① 绪:通"述",表示。

十一

隔津欢①,牵牛语织女,离泪溢河汉②。

【注释】

① 欢:《乐府诗集》作"叹",是。
② 河汉:指银河。

十二

啼相忆,泪如漏刻水,昼夜流不息。

十三

著处多遇罗①,的的往年少②,艳情何能多③。

【注释】

① 罗:捕鸟的网。
② 的的:即"旳旳",鲜明的样子。少:年轻。
③ 何能:为何如此。

十四

无故相然我,路绝行人断,夜夜故望汝。

十五

一坐复一起,黄昏人定后①,许时不来已。

【注释】

① 人定:夜深安息之时。

十六

摩可浓①,巷巷相罗截②,终当不置汝③。

【注释】

① 摩可浓:汤显祖《紫箫记·巧探》:"那人当真新结纳,又肯在京城顿插,摩可浓怎般挑达。"似有"怪不得"的意思。浓:《乐府诗集》作"侬"。

② 罗截:遮拦,阻挡。

③ 置:放过。

十七

不能久长离,中夜忆欢时,抱被空中啼①。

【注释】

① 空中:独自,凭空。

十八

腹中如汤灌,肝肠寸寸断,教侬底聊赖①。

【注释】

① 教:让。底聊赖:即何聊赖,无以为生、无所寄托的意思。

十九

相送劳劳渚①,长江不应满,是侬泪成许②。

【注释】

① 劳劳渚:地名,劳劳亭在今南京市西南,劳劳渚疑应在此附近。

② 许:这样。

二十

奈何许①,天下人何限,慊慊只为汝②。

【注释】

① 奈何许:怎么办啊?

② 慊慊:心意专诚、情思恳挚之意。

二十一

郎情难可道,欢行豆挟心①,见荻多欲绕②。

【注释】

① 挟:通"荚"。
② 荻:多年生草本植物,生在水边,叶子长形,似芦苇,秋天开紫花,豆类,属于攀缘植物,喜缠绕。

二十二

松上萝①,愿君如行云,时时见经过。

【注释】

① 萝:植物名,应指萝藦,多年生蔓草,茎缠绕于他物。

二十三

夜相思,风吹窗帘动,言是所欢来。

二十四

长鸣鸡,谁知侬念汝,独向空中啼。

二十五

腹中如乱丝,愦愦适得去①,愁毒已复来②。

【注释】

① 愦愦:内心烦乱不安。
② 愁毒:忧愁烦懑。

读曲歌①(八十九首)

一

花钗芙蓉髻②,双鬓如浮云。
春风不知著,好来动罗裙。

【注释】

① 据《宋书·乐志》载,《读曲歌》是民间为彭城王义康所作。其歌云:"死罪刘领军,误杀刘第四。"后民间又据此曲而作歌辞,多为民间恋歌。《乐府诗集》引《古今乐录》却记载其本事说:"《读曲歌》者,元嘉十七年(440),袁后崩,百官不敢作声歌,或因酒燕,止窃声读曲细吟而已。"不知何者为本诗的真正来源。见《乐府诗集》卷四十六,收入《古诗纪》卷六十五。
② 芙蓉髻:发髻的一种样式,具体形制不详。

二

念子情难有,已恶动罗裙,听侬入怀不①?

【注释】

① 听:同意,允许。

三

红蓝与芙蓉①,我色与欢敌。

莫案石榴花,历乱听侬摘②。

【注释】

① 红蓝:草名,又名红花、黄蓝。其花红色,叶片似蓝,花可以染色、制胭脂,也可以入药。

② 历乱:烂漫。

四

千叶红芙蓉,照灼绿水边①。

余花任郎摘,慎莫罢侬莲②。

【注释】

① 照灼:照亮。

② 罢:通"败",伤害。

五

思欢久,不爱独枝莲,只惜同心藕。

六

打坏木栖床①,谁能坐相思。

三更书石阙②,忆子夜啼碑③。

【注释】

① 木栖床:即床,古代坐卧用具。

② 石阙:古人在墓道外口两侧立碑,刻有死者的相关信息,称为石阙。

③ 书石阙:即题碑。啼碑:双关"题碑",同时双关"啼悲"。

七

奈何不可言,朝看莫牛迹①,知是宿蹄痕②。

【注释】

① 莫:通"暮"。

② 蹄:与"啼"谐音。

八

婺拖何处归①,道逢播捈郎②。

口朱脱去尽③,花钗复低昂④。

【注释】

① 婺拖:体态轻盈、舒缓貌。

② 播捈郎:行为不正的无赖之徒。

③ 口朱:口红。

④ 低昂:有高有低,指花钗零乱。

九

所欢子,莲从胸上度,刺忆庭欲死①。

【注释】

① 刺忆:此处忆当为"臆",与前面"胸上度"相照应,即"胸臆"。庭:正。

十

揽裳踱,跣把丝织履①,故交白足露②。

【注释】

① 跣:赤脚。

② 交:通"教"。

十一

上知所,所欢不见怜,憎状从前度。

十二

思难忍,络繹语犹壶①,倒写依顿尽②。

【注释】

① 络繹:珠玉缀成的饰物。犹:《乐府诗集》作"酒",是。

② 倒写:写与"泻"通,倾泻意。

十三

上树摘桐花,何悟枝枯燥①。

迢迢空中落,遂为梧子道②。

【注释】

① 悟:料想。

② 梧子:与"吾子"谐音。

十四①

桐花特可怜,愿天无霜雪,梧子解千年②。

【注释】
① 与上《子夜四时歌》春歌第十三首后三句同。
② 解:能。

十五①

柳树得春风,一低复一昂。
谁能空相忆,独眠度三阳。

【注释】
① 《玉台新咏》卷十作《独曲》,《乐府诗集》卷四十六、《古诗纪》卷六十五同。

十六

折杨柳,百鸟园林啼,道欢不离口。

十七

縠衫两袖裂①,花钗鬓边低。
何处分别归,西上古余啼②。

【注释】
① 縠衫:用绉纱纺成的衫子。
② 古余:疑为山名,具体情况不详。

十八

所欢子,不与他人别,啼是忆郎耳。

十九

披被树明灯,独思谁能忍。
欲知长寒夜,兰灯倾壶尽①。

【注释】
① 兰灯:以泽兰炼制的灯油为燃料的灯。

二十

坐起叹汝好,愿他甘丛香,倾筐入怀抱。

二十一

通发不可料①,憔悴为谁睹?

欲知相忆时,但看裙带缓几许。

【注释】

① 通:《乐府诗集》作"逋"。逋:欠也。逋发:似说头发因脱落而稀少。一说是"蓬发"之误。料:理。

二十二

忆欢不能食,徘徊三路间①,因风觅消息。

【注释】

① 间:《乐府诗集》作"问"。

二十三

朝日光景开,从君良燕游。

愿如卜者策①,长与千岁龟。

【注释】

① 卜者策:占卜用的蓍草。

二十四

所欢子,问春花可怜,摘插裲裆里①。

【注释】

① 括插:扎插。裲裆:古代的一种背心,紧贴心口。

二十五

芳萱初生时①,知是无忧草。

双眉画未成,那能就郎抱。

【注释】

① 芳萱:萱草,即忘忧草。《诗经·伯兮》:"焉得谖草,言树之背。"

二十六

百花鲜,谁能怀春日,独入罗帐眠。

二十七

闻欢得新侬,四支懊如垂①。

鸟散放行路井中②,百翅不能飞。

【注释】
① 四支:即"四肢"。懊如垂:四肢无力挂下,形容懊恼沮丧的样子。
② 井中:二字疑衍。

二十八

怜欢敢唤名,念欢不呼字。
连唤欢复欢,两誓不相弃。

二十九

奈何许,石阙生口中,衔碑不得语①。

【注释】
① 石阙:即碑。碑:与"悲"谐音。

三十

白门前①,乌帽白帽来。
白帽郎,是侬良②,不知乌帽郎是谁?

【注释】
① 白门:建康(今南京)城门。
② 良:即良人,丈夫的意思。

三十一

初阳正二月,草木郁青青。
蹑履步前园,时物感人情。

三十二

青幡起御路①,绿柳荫驰道②。
欢赠玉树筝③,侬送千金宝④。

【注释】
① 青幡:青色的旗子。
② 驰道:皇帝驰马所行之道。《礼记·曲礼》:"岁凶,年谷不登,君膳不祭肺,马不食谷,驰道不除。"注:"驰道,正道,如今御路也,是君驰走车马之处,故曰驰道也。"
③ 玉树筝:用玉树所制的筝。
④ 千金宝:非常珍贵的宝物。

三十三

桃花落已尽,秋思犹未央。
春风难期信,托情明月光。

三十四

计约黄昏后,人断犹未来。
闻欢开方局①,已复将谁期②。

【注释】

① 开方局:摆好棋盘。
② 期:与"棋"谐音。

三十五

自从别郎后,卧宿头不举。
飞龙落药店①,骨出只为汝。

【注释】

① 飞龙:中药中的龙骨。
② 骨出:是消瘦露骨。用"龙骨"双关思妇之骨。

三十六

日光没已尽,宿鸟纵横飞。
徙倚望行云,躞蹀待郎归①。

【注释】

① 躞蹀:小步走貌。

三十七

百度不一回①,千书信不归。
春风吹杨柳,华艳空徘徊。

【注释】

① 百度:指时间长。

三十八

音信阔弦朔①,方悟千里遥。
朝霜语白日,知我为欢消②。

【注释】

① 阔:疏也。弦朔:弦,月半圆时状如弓弦,故谓之弦,出现在月初或月末,这里指月末;朔,农历初一月亮运行到太阳与地球之间,地面上看不到月光,这种现象叫朔。此句是说音信疏阔。
② 消:双关。这两句意为:早晨的霜因白日而消融,人为欢而消瘦。

三十九

合冥过藩来①,向晓开门去。

欢取身上好,不为侬作虑。

【注释】

① 合冥:入黑,入夜。藩:篱笆。

四十

五鼓起开门①,正见欢子度②。

何处宿行还,衣被有霜露。

【注释】

① 五鼓:旧时分夜为甲、乙、丙、丁、戊五段,每段称为一鼓,又叫五更。
② 度:过,经过。

四十一

本自无此意,谁交郎举前。

视侬转迈迈①,不复来时言。

【注释】

① 迈迈:轻慢貌。

四十二

自我别欢后,叹音不绝响①。

茱萸持捻泥②,奁有杀子像③。

【注释】

① 叹:《古诗纪》作"欢"。
② 茱萸持捻泥:茱萸气味香烈,古代有佩戴茱萸囊的习俗。此句是说将茱萸捻成粉末,以便做茱萸囊。
③ 奁:奁囊,亦即囊。杀子:指茱萸。陶弘景《本草经集注》:"吴茱萸,《礼记》名藙,而俗呼为杀子。音杀,当是不识藙字,乃以相传。"像:通"香"。

四十三

家贫近店肆①,出入引长事②。

郎君不浮华,谁能呈实意?

【注释】

① 店肆:指商店。
② 事:疑为"车"。

四十四

念日行不遇,道逢播揩郎①。
查灭衣服坏②,白肉亦黯疮。

【注释】

① 播揩郎:行为不正的无赖之徒。
② 查:用手抓。

四十五

歔欷暗中啼①,斜日照帐里。
无油何所苦②,但使天明尔。

【注释】

① 歔欷:叹息声,抽咽声。
② 油:双关"由"。

四十六

黄丝咡素琴①,泛弹弦不断。
百弄任郎作,唯莫《广陵散》②。

【注释】

① 黄丝:琴丝为黄色。《淮南子》:"东风至而酒湛溢,蚕咡丝而商弦绝。"高诱注"咡丝":"老蚕上下丝于口,故曰咡丝……咡,或作珥,蚕老时丝在身中正黄,远见于外如珥也。"
② 莫:不要。广陵散:琴曲名,已失传。嵇康将刑东市,太学生三千人请以为师,弗许。康顾视日影,索琴弹之,曰:"昔袁孝尼尝从吾学《广陵散》,吾每靳固之,《广陵散》于今绝矣!"此处"散"为双关语,分散意。

四十七

思欢不得来,抱被空中语。
月没星不亮,持底明侬绪①。

【注释】

① 底:什么。绪:连绵不断的情思。

四十八

诈我不出门,冥就他侬宿。
鹿转方相头①,丁倒欺人目②。

【注释】

① 鹿转：调转。方相：古代驱疫辟邪之神像，后来民间扎制模型用以送丧，亦称方相。

② 丁倒：与"颠倒"谐音。

四十九

欢但且还去，遗信相参伺①。

契儿向高店②，须臾侬自来。

【注释】

① 参伺：侦察。这里是打听的意思。

② 契：约。

五十

欲行一过心，谁我道相怜。

摘菊持饮酒，浮华著口边①。

【注释】

① 浮华：漂浮在酒中的菊花瓣。

五十一

语我不游行①，常常走巷路②。

败桥语方相，欺侬那得度③。

【注释】

① 游行：出游、游逛。

② 巷路：花街柳巷，狭邪之路。

③ 方相：逐疫驱鬼之神，在驱鬼祭仪中作开路神。两句大意是：请求方相让桥坏掉，骗我的人决不让他过去。

五十二

阔面行负情①，诈我言端的②。

画背作天图，子将负星历③。

【注释】

① 阔面：离别，分离。

② 端的：真实。

③ 星历：星辰运行的规律。负星：与"负心"谐音。

五十三

君行负怜事,那得厚相于。

麻纸语三葛①,我薄汝粗疏②。

【注释】

① 三葛:植物名,多年生蔓草,块根可入药,亦可食用,其茎可以织布或造纸。这里指用三葛做的纸。

② 我薄汝粗疏:麻纸细薄,葛纸粗疏。

五十四

黄天不灭解①,甲夜曙星出②。

漏刻无心肠,复令五更毕。

【注释】

① 黄天:即"皇天",这里指天上的星星。灭解:消失、隐没。

② 甲夜:见上注。曙星:拂晓之星,多指启明星。

五十五

打杀长鸣鸡①,弹去乌臼鸟②。

愿得连冥不复曙,一年都一晓③。

【注释】

① 长鸣鸡:长声啼叫的鸡。

② 弹:用弹弓打。乌臼鸟:一种候鸟,又名鸦舅,似乌鸦而较小,天亮时啼叫。

③ 都:总共。

五十六

空中人,住在高墙深阁里。

书信了不通,故使风往尔。

五十七

侬心常慊慊①,欢行由豫情②。

雾露隐芙蓉,见莲讵分明。

【注释】

① 慊慊:心意专诚、情思恳挚之貌。

② 由豫:即"犹豫"。

五十八

非欢独慊慊,侬意亦驱驱①。

双灯俱时尽,奈许两无由②。

【注释】

① 驱驱:同"慊慊",心意专诚、情思恳挚之貌。
② 无由:与"无油"谐音。

五十九

谁交强缠绵①?常持罢作虑②。

作生隐藕叶,莲侬在何处。

【注释】

① 交:教。
② 罢作:停止,了结。虑:想法、考虑。
③ 作:通"乍",乍生,初生时。隐藕叶:藏在藕叶后。

六十

相怜两乐事,黄作无趣怒。

合散无黄连①,此事复何苦!

【注释】

① 合散:配制药散,双关"聚合离散"。黄连:植物名,其根连株色俱黄,味道甚苦,可以入药。

六十一

谁交强缠绵,常持罢作意。

走马织悬帘①,薄情奈当驶②。

【注释】

① 走马:比喻匆促,快速。悬帘:即帘薄。
② 这一句是歇后语。薄:关合悬帘。驶:关合走马。

六十二

执手与欢别,合会在何时?

明灯照空局①,悠然未有期②。

【注释】

① 空局:空的棋局。
② 悠然:时间漫长,与"油然"谐音。

六十三

百忆却欲噫①,两眼常不燥②。

蕃师五鼓行③,离侬何太早!

【注释】

① 噫:叹气。

② 不燥:泪痕未干。

③ 蕃师:即番匠,轮班去服役的工匠。

六十四

含笑来向侬①,一抱不能置。

领后千里带,那顿谁多媚②。

【注释】

① 含:《乐府诗集》作"合",非。

② 谁多:疑为"许多"。

六十五

欢相怜,今去何时来。

裲裆别去年①,不忍见分题②。

【注释】

① 裲裆:背心,由两块组成,一护心,一护背,引申为"两边厢"或"两下里"。此句是说,去年分别后各在一方。

② 分题:据樊维纲说是借称裲裆。裲裆又称两裆,"题"与"裆"音近,所以,"双题"与"分题"亦指裲裆。因为两人分别在两处,所以连裲裆也不忍心看。另外,"题"与"啼"谐音,"分题"又双关分别时的哭泣。

六十六

欢相怜,题心共饮血①。

梳头入黄泉②,分作两死计。

【注释】

① 樊维纲说题即裲裆。题心共饮血:原指前心后背都沾了血,意指两人心血相连。另外,题心又双关"啼心"。

② 梳:《古诗纪》作"流"。梳头:关合"分",黄泉关合"死"。

③ 计:"髻"的谐音,与上句的"梳头"照应。两句意谓如要分离,只有两两同死一计。

六十七

娇笑来向侬,一抱不能已。
湖燥芙蓉萎,莲汝藕欲死①。

【注释】

① 莲汝:即"怜汝"。藕:谐"偶",配偶。

六十八

欢心不相怜,慊苦竟何已①?
芙蓉腹里萎,莲汝从心起。

【注释】

① 慊苦:遗憾,怨苦。

六十九

下帷掩灯烛①,明月照帐中。
无油何所苦②,但使天明侬③。

【注释】

① 掩:熄灭。
② 无油:与"无由"谐音,为双关语。
③ 明:亦为双关语,一指天亮,二指理解、明白。

七十

执手与欢别,欲去情不忍。
余光照已藩,坐见离日尽。

七十一

种莲长江边,藕生黄蘗浦。
必得莲子时,流离经辛苦。

七十二

人传我不虚,实情明把纳①。
芙蓉万层生,莲子信重沓②。

【注释】

① 把纳:把握,掌握。
② 重沓:重重叠叠。

七十三

闻乖事难怀①,况复临别离。

伏龟语石板②,方作千岁碑③。

【注释】

① 乖:不顺,这里指坏消息。
② 伏龟:指龟趺,刻作龟形的碑座。石板:指龟背上的石碑。
③ 千岁碑:碑与"悲"谐音。

七十四

钤荡与时竞①,不得寻倾虑。

春风扇芳条,常念花落去。

【注释】

① 钤(qián):当作"矜"。矜荡:自负而放情任性。

七十五

坐倚无精魂,使我生百虑。

方局十七道①,期会是何处②。

【注释】

① 方局:棋局。
② 期会:与"棋会"谐音,约定的会面。

七十六①

暂出白门前,杨柳可藏乌。

欢作沉水香②,侬作博山炉③。

【注释】

① 此诗亦见《杨叛儿曲》。
② 沉水香:沉香木脂膏黑色芳香,凝结为块,入水能沉。用沉香木做的香叫沉香。
③ 博山炉:古香炉名,表面雕刻作重叠山形。

七十七

十期九不果,常抱怀恨生。

然灯不下炷①,有油那得明。

【注释】

① 炷:灯中火炷,灯芯。

七十八

自从近日来,了不相寻博①。

竹帘裲裆题②,知子心情薄。

【注释】

① 博:局戏,弈棋一类的游戏。

② 竹帘:即帘薄。据樊维纲说:裲裆是两边的意思。题:通"提",两边搭挂之意。这两句是歇后语,竹帘贴胸,即"心有薄(帘)"。

七十九①

下帷灯火尽,朗月照怀里。

无油何所苦,但令天明尔。

【注释】

① 此诗与第六十九首大同小异。

八十

近日莲违期①,不复寻博子②。

六筹翻双鱼③,都成罢去已。

【注释】

① 莲:"怜"的谐音。期:关合"棋"。

② 博子:古代棋戏六博所用的棋子。

③ 六筹翻双鱼:古代博戏双方各六枚棋子,所用棋盘分为十二道,两头中间称为"水"。除棋子外,又有"鱼"两枚,又有掷采,类似今天的骰子。博法:二人面棋盘而坐,互相掷采行棋,棋行到处立即竖起来称为"骁棋",然后入水食鱼,称为"牵鱼",每牵一鱼获二筹,翻一鱼获三筹,如果已牵双鱼而不胜称为被翻双鱼。此处"六筹翻双鱼"即指获胜。

八十一

一夕就郎宿,通夜语不息。

黄蘖万里路,道苦真无极。

八十二

登店卖三葛①,郎来买丈余。

合匹与郎去②,谁解断粗疏③。

【注释】

① 三葛:即葛布。

② 合匹:整匹。

③ 解：能。谁解断：谁能裁断。粗疏：双关"三葛"。

八十三

侬亦粗经风，罢顿葛帐里①，败许尘疏中②。

【注释】

① 罢顿：即疲顿，劳苦困顿。罢通"疲"。
② 尘疏：即粗疏，以布匹之"粗疏"谐性情之粗疏。

八十四

紫草生湖边，误落芙蓉里。
色分都未获①，空中染莲子。

【注释】

① 色分：应该有的颜色。

八十五

闺阁断信使，的的两相忆①。
譬如水上影，分明不可得。

【注释】

① 的的：即"旳旳"，明白，昭著。

八十六

逍遥待晓分①，转侧听更鼓。
明月不应停，特为相思苦。

【注释】

① 逍遥：徜徉，彷徨，这里指辗转反侧。

八十七

罢去四五年，相见论故情。
杀荷不断藕①，莲心已复生②。

【注释】

① 杀荷：摘荷花，将荷叶拔起。
② 莲心："莲"与"怜"谐音，即"怜心"。

八十八

辛苦一朝欢，须臾情易厌。
行膝点芙蓉，深莲非骨念。

八十九

慊苦忆侬欢①,书作后非是。
五果林中度②,见花多忆子。

【注释】
① 慊苦:遗憾,怨苦。
② 五果:与"无果"谐音。

【西曲歌】

石城乐①(五曲)

一

生长石城下,开窗对城楼②。
城中诸少年③,出入见侬投。

【注释】
① 据《唐书·乐志》载,《石城乐》是宋臧质所作。石城在竟陵(古城在今湖北天门县西北),臧质曾经任竟陵郡太守,他在城上远眺,见少年成群相聚歌谣,因作此曲。《古今乐录》载,《石城乐》,旧舞十六人。此见《乐府诗集》卷四十七,又《玉台新咏》卷十引第一曲,收入《古诗纪》卷六十五。
② 窗:《玉台新咏》作"门"。
③ 诸少年:《玉台新咏》作"美年少"。

二

阳春百花生,摘插环髻前。
捥指蹋忘愁①,相与及盛年②。

【注释】
① 捥指:弯曲手指。蹋:踏地。弯指踏地,是舞蹈时的姿势。
② 相与:一起。及:趁着。盛年:美好的时节。

三

布帆百余幅,环环在江津①。
执手双泪落,何时见欢还。

【注释】

① 环环:飘扬貌。

四

大舮载三千①,渐水丈五余②。
水高不得渡,与欢合生居③。

【注释】

① 大舮:大船。
② 渐水:即浙江,又名之江,以其多曲折故称浙江。
③ 合生:一生。

五

闻欢远行去,相送方山亭①。
风吹黄檗藩②,恶闻苦篱声③。

【注释】

① 方山:山名,在今南京市江宁区东南,秦淮河东岸,四面等方,孤绝耸立,故名方山,又名天印山。
② 黄檗藩:黄檗做的篱笆。
③ 苦篱:黄檗味苦,黄檗做的篱笆故为苦篱,在这里与"苦离"相谐音。篱:《乐府诗集》作"离"。

莫愁乐①(二曲)

一

莫愁在何处,莫愁石城西②。
艇子打两桨,催送莫愁来。

【注释】

① 此见《乐府诗集》卷四十八。《唐书·乐志》载:"《莫愁乐》者,出于石城。石城有女子名莫愁,善歌谣,《石城乐》和中复有忘愁声,因有此歌。"《古今乐录》曰:"《莫愁乐》,亦云《蛮乐》,旧舞十六人,梁八人。"《乐府解题》曰:"古歌亦有《莫愁洛阳女》,与此不同。"
② 石城:此石城应是竟陵之石城而非指南京之石头城。

二

闻欢下扬州①,相送楚山头②。
探手抱腰看,江水断不流。

【注释】
① 扬州：州名，此时治所在建康，即今江苏省南京市。
② 楚山：指石城所在地区之山，因其地为楚地，故称。

乌夜啼①（八曲）

一

歌舞诸少年②，娉婷无种迹③。
菖蒲花可怜④，闻名不曾识。

【注释】
① 见《乐府诗集》卷四十七。《唐书·乐志》载，《乌夜啼》为宋临川王刘义庆所作。元嘉七年（440），徙彭城王刘义康于豫章，刘义庆当时在江州，与义康相见而哭。文帝听到后起了疑心，将刘义康召回。刘义庆非常害怕祸事牵连到自己，伎妾夜里听到乌鸦啼叫声，都说"明天应有赦令"。当年朝廷就将刘义庆改任为兖州刺史，他因此而作《乌夜啼》。从现在流传的这些歌辞来看，与本事无关。又见《古诗纪》卷六十五。
② 少年：《玉台新咏》作"年少"。
③ 娉婷：姿态美好的样子。种迹：当为"踪迹"。
④ 菖蒲花：草名，生于水边，有香气，根可以入药，又名白菖蒲。

二①

长樯铁鹿子，布帆阿那起。
诧侬安在间，一去数千里。

【注释】
① 此诗一见《懊侬歌》第八首。

三

辞家远行去，侬欢独离居。
此日无啼音，裂帛作还书①。

【注释】
① 裂帛：撕裂缯帛，作为书写材料。

四

可怜乌臼鸟，强言知天曙。
无故三更啼，欢子冒闇去①。

【注释】

① 冒闇:天未明,在黑暗中。

五

乌生如欲飞,飞飞各自去。

生离无安心,夜啼至天曙。

六

笼窗窗不开①,荡户户不动②。

欢下葳蕤籥③,交侬那得往!

【注释】

① 笼窗:开窗。
② 荡户:推门。
③ 葳蕤:锁名。据《太平广记》卷三百一十六引《录异传·刘照》载:建安中,河间太守刘照妇亡。后太守梦见一妇人,往就之,又遗一双锁,太守不能名,妇曰:"此葳蕤锁也。以金缕相连,屈伸在人,实珍物。吾方当去,故以相别,慎无告人!"后以葳蕤称锁。葳蕤籥:偏指葳蕤,即锁。此两句意为情郎上了锁,教我怎么进屋?

七

远望千里烟,隐当在欢家①。

欲飞无两翅,当奈独思何。

【注释】

① 隐:通"稳"。隐当:即稳当,一定,肯定。

八

巴陵三江口①,芦荻齐如麻。

执手与欢别,痛切当奈何。

【注释】

① 巴陵:郡名,南朝宋元嘉十六年(439)置。三江口:三条江汇聚的地方。郭璞《山海经注》曰:"巴陵县有洞庭陂,江、湘、阮水皆共会巴陵,故号三江口也。"大致在今岳阳城南。

襄阳乐①（九曲）

一

朝发襄阳城，暮至大堤宿②。

大堤诸女儿，花艳惊郎目③。

【注释】

① 见《乐府诗集》卷四十八。《乐府诗集》引《古今乐录》载，《襄阳乐》为宋随王诞所作。诞始任襄阳郡太守，元嘉二十六年(449)，改任雍州刺史。他在襄阳时，夜里听到歌谣后根据所闻改作成此曲。又见《古诗纪》卷六十五，又《玉台新咏》卷十引第一曲。

② 大堤：地名，具体情况不详。

③ 花艳：像花一样艳丽。

二

上水郎担篙①，下水摇双橹。

四角龙子幡②，环环江当柱③。

【注释】

① 上水：向上游前进。担：《乐府诗集》作"檐"。

② 龙子幡：绣龙的旗帜，挂在船舱的四角。

③ 环环：飘扬貌。

三

江陵三千三①，西塞陌中央②。

但问相随否，何计道里长。

【注释】

① 三千三：形容路途遥远。

② 陌：正当。

四

人言襄阳乐，乐作非侬处。

乘星冒风流①，还侬扬州去。

【注释】

① 风流：飘风流水。

五

烂漫女萝草①，结曲绕长松。

三春虽同色，岁寒非处侬。

【注释】
① 女萝草:地衣类植物,即松萝。

六

黄鹄参天飞,中道郁徘徊。
腹中车轮转①,欢今定怜谁。

【注释】
① 车轮转:形容心中不安的感觉。

七

扬州蒲锻环①,百钱两三丛。
不能买将还,空手揽抱侬。

【注释】
① 蒲锻环:用蒲草做成的装饰环圈。

八

女萝自微薄,寄托长松表。
何惜负霜死①,贵得相缠绕。

【注释】
① 负霜:遭受霜雪。

九

恶见多情欢,罢侬不相语。
莫作乌集林,忽如提侬去。

寿阳乐①(九曲)

一

可怜八公山②,在寿阳③,别后莫相忘。

【注释】
① 见《乐府诗集》卷四十九。《乐府诗集》引《古今乐录》云:"《寿阳乐》者,宋南平穆王为豫州所作也。旧舞十六人,梁八人。"从其歌辞来看,主要是抒发伤别望归之情。又见《古诗纪》卷六十五。
② 八公山:山名,在安徽省凤台县西北,淝水之北,淮水之南。相传淮南王刘安同八公登此山而升天,故名。

③ 寿阳:今安徽寿春县。

二

东台百余尺①,凌风云,别后不忘君。

【注释】

① 东台:亭榭名,在今安徽省寿县境。

三

梁长曲水流①,明如镜,双林与郎照。

【注释】

① 梁:桥。

四

辞家远行去,空为君,明知岁月驶。

五

笼窗取凉风①,弹素琴,一叹复一吟。

【注释】

① 笼窗:开窗。

六

夜相思,望不来,人乐我独愁。

七

长淮何烂漫①,路悠悠,得当乐忘忧。

【注释】

① 长淮:指淮河。

八

上我长濑桥,望归路,秋风停欲度①。

【注释】

① 停:正。度:过。

九

衔泪出伤门,寿阳去,必还当几载。

西乌夜飞① （五曲）

一

日从东方出，团团鸡子黄②。
夫妇恩情重③，怜欢故在傍。

【注释】

① 见《乐府诗集》卷四十九。《乐府诗集》引《古今乐录》载：《西乌夜飞》为宋元徽五年(477)荆州刺史沈攸之所作。攸之起兵讨伐萧道成，从荆州顺流而下，在未败之前，思归京师，作此歌。此辞也与本事无关。另见《古诗纪》卷六十五。
② 鸡子黄：鸡蛋黄，比喻初生的太阳。
③ 妇：《乐府诗集》作"归"。

二

暂请半日给①，徙倚娘店前②。
目作宴瑱饱③，腹作宛恼饥④。

【注释】

① 请给：即请假的意思。
② 徙倚：流连徘徊。娘：对心爱女子的称呼。
③ 瑱：通"填"。此句意为饱看女子美色。
④ 宛恼：烦恼。此句是肚子饿得发恼的意思。

三

我昨忆欢时，揽刀持自刺。
自刺分应死，刀作杂楼僻①。

【注释】

① 杂，《乐府诗集》作"离"。离楼：乖巧、伶俐。僻：偏、歪。此句意思说，刀很乖巧地刺偏了。

四

阳春二三月，诸花尽芳盛。
持底唤欢来，花笑莺歌咏。

五

感郎崎岖情①，不复自顾虑。
臂绳双入结，遂成同心去。

【注释】

① 崎岖:诚恳真挚之貌。

丁督护歌①(六首)

一

督护北征去②,前锋无不平。
朱门垂高盖,永世扬功名。

【注释】

① 出《玉台新咏》卷十,又见《乐府诗集》卷四十五。此诗一名《阿督护》。据《宋书·乐志》载:"《督护歌》者,彭城内史徐逵之为鲁轨所杀,宋高祖使府内直督护丁旿收敛殡埋之。逵之妻,高祖长女也。呼旿至阁下,自问殓送之事。每问辄叹息曰:'丁督护!'其声哀切,后人因其声广其曲焉。"另据《唐书·乐志》载:"《丁督护》,晋宋间曲也。今歌是宋武帝所制。"此诗从风格上看,绝似民歌,关于作者为宋武帝一说,不见于《宋书·乐志》而见于后出之《唐书·乐志》,有待考证,此处作为民歌收录。

② 督护:晋朝设立的专职军事职务,名目众多,有前锋督护、义军督护、大督护等等。军事官员和行政官员部下都设立督护,有军事指挥权,统领部队,有直接指挥作战的权力。

二

洛阳数千里,孟津流无极①。
辛苦戎马间②,别易会难得。

【注释】

① 孟津:渡口名,在今河南孟县南,相传武王伐纣与八百诸侯会盟于此。
② 戎马间:指战事。

三

督护北征去,相送落星墟①。
帆樯如芒柽,督护今何渠②。

【注释】

① 落星墟:地名。三国吴时在今南京东北建有落星楼,当在此附近。
② 何渠:同"何许",因船多而不知督护所在。

四

督护初征时,侬亦恶闻许①。
愿作石尤风②,四面断行旅③。

283

【注释】

① "恶闻许"两句：《玉台新咏》卷十作"督护上征去，侬亦思闻许"。
② 石尤风：传说石氏女嫁尤郎，尤为商旅远行，妻阻之，不从。尤久不归，妻思念致病，临亡叹曰："吾恨不能阻其行，以至于此，今凡有商旅远行，吾当做大风为天下妇人阻之。"故称逆风、顶头风为石尤风。
③ 行旅：出行的旅客。

五

闻欢去北征，相送直渎浦①。
只有泪可出，无复情可吐。

【注释】

① 直渎浦：地名，在今南京市幕府山东北。《景定建康志》卷十七引《寰宇记》云："幕府山东北临直渎浦。"

六①

黄河流无极②，洛阳数千里。
轗轲戎旅间③，何由见欢子。

【注释】

① 此诗《玉台新咏》卷十作王金珠诗。
③ 轗轲：同"坎坷"，形容高低不平的样子，多比喻困顿不得志，此处指战事之艰难。

南朝·齐民歌

杂歌谣辞

【歌辞】

苏小小歌①

妾乘油壁车②,郎骑青骢马③。
何处结同心,西陵松柏下。

【注释】

① 《乐府诗集》引《乐府广题》载:苏小小为钱塘名倡,南齐时人。西陵在钱塘江之西,就是歌中所说西陵松柏下。此诗一作《钱塘苏小小歌》。见《玉台新咏》卷十,又见《乐府诗集》卷八十五,《古诗纪》卷七十三。
② 妾:《乐府诗集》作"我"。油壁车:用油纸作壁并且周围有帷幔遮挡的小车。
③ 骑:《乐府诗集》作"乘"。青骢马:毛色青白相杂的马。

永明初歌①

白马向城啼,欲得城边草。

【注释】

① 此为谶谣。据《齐书·五行志》载,永明初,百姓歌此谶谣。白在五行之中属金,金多与战事有关;马指将有兵戈之事。见《南齐书》卷十九《五行志》,收入《古诗纪》卷七十三。

百姓为东昏侯歌①

阅武堂②,种杨柳。
至尊屠肉③,藩妃酤酒④。

【注释】

① 《南史》卷五《齐废帝东昏侯纪》载:东昏侯改阅武堂为芳乐苑,豪奢华丽,在酷暑天气种树,合抱的大树,都加以移植,将树叶和花朵绑在树上。又在苑中设立店肆,模拟市场,每天在市场中游玩,仿照商贩做买卖,让其宠幸的潘妃当市令,自己担任市吏录事。又开渠立埭,亲自拉船,埭上设店,充当屠夫,当时百姓歌之。另见《六朝事迹编类》上。
② 阅武堂:检阅军队的地方。
③ 至尊:指东昏侯。
④ 藩:当作潘。酤:卖酒。

【谣辞】

张敬儿自为歌谣①

天子在何处,宅在赤谷口。
天子是阿谁,非猪如是狗。

【注释】

① 出《南史》卷四十五《张敬儿传》。据载,张敬儿生性喜欢卜术,对梦兆尤其相信,让人在乡里作此歌谣,使小儿辈歌唱。敬儿家在冠军(在今河南邓县西北),宅前有地名赤谷,其母于田中卧,梦到有角的狗舔她,不久就怀孕生了敬儿,所以为他起名狗儿。又生一子,复名为猪儿。宋明帝嫌狗儿名粗俗,为他改名为敬儿,猪儿也改名恭儿。

永元元年童谣①

洋洋千里流②,流晏东城头③。
乌马乌皮袴,三更相告诉。
脚跛不得起,误杀老姥子。

【注释】

① 出《南齐书》卷十九《五行志》,又见《古诗纪》卷七十三。据载,永元元年(499)有

此童谣。"千里流"指江祐,"东城"指萧遥光。萧遥光夜间举兵谋反,垣历生穿着乌皮袴褶去投奔他。"跛脚"也指萧遥光。"老姥子",为"孝"字,指徐孝嗣。

② 洋洋:大水貌。

③ 翣(shà):棺饰。

永元中童谣①

野猪虽嗃嗃②,马子空间渠。
不知龙与虎,饮食江南墟。
七九六十三,广莫人无余。
乌集传舍头③,今汝得宽休。
但看三八后,摧折景阳楼。

【注释】

① 见《南齐书》卷十九《五行志》,收入《古诗纪》卷七十三。《南齐书》载,永元中有此童谣。时人对此童谣的解释是:"东昏侯属猪,马子未详,梁王属龙,萧颖胄属虎。崔慧景攻台,顿广莫门死,时年六十三。乌集传舍,即所谓'瞻乌爰止,于谁之屋'。三八二十四,起建元元年(479),至中兴二年(502),二十四年也。摧折景阳楼,亦高台倾之意也。言天下将去,乃得休息也。"

② 嗃(xiào)嗃:大声嗥叫。

③ 传舍:古时供来往行人休息的处所。

东昏侯时宫中谣①

赵鬼食鸭䏑②,诸鬼尽著调。

【注释】

① 见《南史》卷七十七《茹法珍传》。据载:"初,左右刀敕之徒悉号为鬼,宫中有此谣,当时莫解。梁武平建邺,东昏死,群小一时诛灭,故称为诸鬼也。俗间以细剉肉糅以姜桂曰䏑,意者以凶党皆当细剉而烹之也。"

② 䏑(xiào):拌有姜桂的肉末。

清商曲辞

【西曲歌①】

杨叛儿①（八曲）

一

截玉作手钩②，七宝光平天。
绣沓织成带，严帐信可怜③。

【注释】

① 见《乐府诗集》卷四十九，《古诗纪》卷七十三，《玉台新咏》卷十引第二曲。《唐书·乐志》载：齐隆昌(494)时有此童谣。南齐有女巫之子名为杨旻，小时随母入宫，长大后被何后宠爱。童谣云：杨婆儿，共戏来所欢。语音讹误，于是变成"杨叛儿"。《杨叛儿》本为童谣歌，现存多为民间恋歌，与本事无关，当为后来所作。

② 手钩：不详，似为装饰品。

③ 严帐：装饰华丽的帐子。

二①

暂出白门前，杨柳可藏乌。
欢作沉水香②，侬作博山炉。

【注释】

① 此诗一见《读曲歌》第七十六首。

② 欢：《玉台新咏》作"郎"。

三

送郎乘艇子，不作遭风虑。
横篙掷去桨，愿倒逐流去。

四

七宝珠络鼓①,教郎拍复拍。
黄牛细犊儿,杨柳映松柏。

【注释】
① 七宝珠络鼓:装饰华丽的鼓。

五

欢欲见莲时,移湖安屋里。
芙蓉绕床生,眠卧抱莲子①。

【注释】
① 莲子:谐"怜子"。

六

闻欢远行去,送欢至新亭①,津逻无依名②。

【注释】
① 新亭:亭名,在今江苏省南京市西南,即劳劳亭。
② 津逻:古代渡口上的关卡。

七

落秦中庭生①,诚知非好草。
龙头相钩连,见枝如欲绕。

【注释】
① 落秦:与下句相参照,当为草名。

八

杨叛西随曲,柳花经东阴。
风流随远近①,飘扬闷依心。

【注释】
① 风流:风飘。

南朝·梁民歌

杂歌谣辞

【歌辞】

荆州民为始兴王憺歌①

始兴王,民之爹②。
赴人急,如水火。
何时复来哺乳我。

【注释】

① 出《梁书》卷二十二《始兴忠武王传》,又见《南史》卷五十二《始兴忠武王传》,《乐府诗集》卷八十六、《古诗纪》卷一百〇七并作《始兴王歌》。据《梁书》载:萧憺任荆州刺史,厉精图治,广开屯田,减轻徭役,官府中没有积压的政务,监狱里没有沉积的案子。天监六年(511),荆州发大水,江溢堤坏,萧憺亲率府中将吏,冒雨拦截洪水。雨大浪急,部下请憺躲避,萧憺说:"王尊尚且打算用身体来堵塞河堤,我为什么要回去躲避风雨!"邬州在南岸,数百家见水位暴涨而慌忙逃走,有的爬到屋顶,有的爬到树上。萧憺让人去将他们救到安全的地方,救一口人赏钱一万,因此州民才得以幸免。又遣人到诸郡中,有遭水灾死亡的就送给他们棺椁,失去田地的送给他们粮种。百姓作此歌歌颂萧憺。
② 民:《南史》作"人",《古诗纪》同。

鄱阳民为陆襄歌①(二首)

一

鲜于平后善恶分②,民无枉死③,赖有陆君。

【注释】

① 出《梁书》卷二十七《陆襄传》，《南史》卷四十八《陆襄传》，《乐府诗集》卷八十六，《古诗纪》卷一百〇七作《鄱阳歌》。陆襄为吴郡人，中大通六年(534)任鄱阳内史。之前郡民鲜于琛服食修道，大同元年(535)，与其门徒杀广陵令王筠，聚众万余人，将要攻打鄱阳郡。陆襄之前已经率领军民修城池以备侵略，贼率众攻打鄱阳郡，陆襄生擒鲜于琛，余众逃散。当时邻郡如豫章、安成等地的守宰，借抓捕盗贼的机会收受贿赂，导致许多良民一家遭祸，只有陆襄秉公办事，无私阿曲。百姓作歌颂之。又有彭、李二家，因小事而起争端，于是相互诬告，陆襄将他们引入内室，不加以责诮，只是好言劝说。二人都被陆襄所感动，深感愧疚，陆襄于是准备酒食，让他们各尽其欢，酒罢二人同车回家，百姓又为他作歌。

② 平：《南史》作"抄"。

③ 民：《南史》作"人"。枉：《南史》作"横"。

二

陆君政，无怨家。
斗既罢，仇共车。

南豫州民为夏侯兄弟歌①

我之有州②，赖彼夏侯③。
前兄后弟，布政优优④。

【注释】

① 出《梁书》卷二十八《夏侯亶传》，另见《南史》卷五十五《夏侯亶传》，《白帖》卷二十一，《太平御览》卷二百五十六，《乐府诗集》卷八十六作《夏侯歌》，《古诗纪》卷一百〇七作《夏侯歌》。据《梁书》载，夏侯夔任豫州刺史时在苍陵设立堤堰，灌溉田地千余顷，对农业生产大有裨益。夔兄亶，先任豫州刺史，兄弟二人对百姓都有恩惠，百姓歌之。

② 《白帖》有"豫"字。

③ 《白帖》无"彼"字，《梁书》作"频仍"，《太平御览》同，《南史》作"频得"，《古诗纪》一作"得"。

④ 布政：施行政教。优优：合适，宽裕。

雍 州 歌①

江千万，蔡五百。
王新车②，庾大宅。
主人愦愦不如客③。

【注释】

① 出《南史》卷五十二《南平王恪传》,又见《太平御览》卷二百五十四引《三国典略》,《乐府诗集》卷八十六。据《南史》载:南平王萧恪为雍州刺史时年纪尚幼,不懂政务,将处理政事的权力交给部下。百姓要想向他传达消息,必须要贿赂他的部下。宾客有江仲举、蔡薳、王台卿、庾仲雍四人,都因此获得大量财物,故民间歌"江千万,蔡五百。王新车,庾大宅"。武帝接着这四句续作"主人愦愦不如客",不久就以庐陵王代萧恪为刺史,萧恪还朝,武帝故意拿此歌问他,萧恪非常惭愧,不敢发一言。

② 王:《太平御览》误作"正"。

③ 愦愦:糊涂。如:《乐府诗集》作"知"。

河中之水歌①

河中之水向东流②,洛阳女儿名莫愁。

莫愁十三能织绮,十四采桑南陌头③。

十五嫁为卢家妇④,十六生儿字阿侯⑤。

卢家兰室桂为梁⑥,中有郁金苏合香⑦。

头上金钗十二行⑧,足下丝履五文章。

珊瑚挂镜烂生光⑨,平头奴子擎履箱⑩。

人生富贵何所望,恨不早嫁东家王⑪。

【注释】

① 《玉台新咏》卷九作《无名氏歌词》,《艺文类聚》卷四十三作《古河中之水歌》,另见《乐府诗集》卷八十五,《古诗纪》卷六十四,又《文选》卷二十八《君子有所思行》注作《古诗》,《初学记》卷十九作《古诗》,引章、霜二韵,又卷二十五作《古诗》,引光一韵。《乐府诗集》卷八十五作梁武帝诗,有待考证,因其民歌风味较浓,姑附于此。

② 这句是起兴,洛阳距黄河不远,所以先说河水东流,以引起诗中所写洛阳女儿莫愁的故事。

③ 南:《艺文类聚》作"东"。

④ 家:《乐府诗集》作"郎"。

⑤ 字:《乐府诗集》作"似"。

⑥ 兰室:芳香高雅的居室。桂为梁:桂树为梁木。此句形容卢家的富贵。

⑦ 郁金苏合香:两种贵重的香料。郁金香,出大秦国(古东罗马帝国);苏合香,出大食国(古波斯帝国)。

⑧ 头上金钗十二行:夸张手法,形容插戴首饰之多。

⑨ 挂:《初学记》作"佳"。烂生光:《乐府诗集》一作"生辉光"。
⑩ 擎:《玉台新咏》作"提",《艺文类聚》、《初学记》同。箱:《初学记》作"霜"。
⑪ 早嫁:《玉台新咏》作"嫁与",《艺文类聚》同。

【谣辞】

梁武帝时谣①

莫匆匆,且宽公。
谁当作天子,草覆车边已②。

【注释】

① 出《南史》卷五十二《翻阳王范传》,《古诗纪》卷一百〇七作《雍州童谣》。据《南史》载:萧范为梁武帝从子,任都督、雍州刺史,安抚将士,甚得将士之心,当时论者说萧范准备叛乱,又有此童谣,但是此谣最终没有应验。
② 草覆车边已:指萧范。

昭明为太子时谣①

鹿子开城门,城门鹿子开。
当开复未开,使我心徘徊。
城中诸少年,逐欢归去来。

【注释】

① 出《南史》卷五十三《昭明太子传》。据《南史》载:梁武帝天监元年(502)十一月,立长子萧统为皇太子,当时民间有此谣。"鹿子开",反语为"来子哭",后太子果薨。当时萧统长子萧欢任徐州刺史,为嫡孙,应继太子位,但武帝想立晋安王为嗣,犹豫未决。后来立晋安王为皇太子,而萧欢以封为豫章郡王,还徐州任。谣辞说"心徘徊",指武帝立嗣未定。"城中诸少年,逐欢归去来"指萧欢复还徐州。

山阴民为丘仲孚谣①

二傅沈刘,不如一丘。

【注释】

① 出《梁书》卷五十三《丘仲孚传》,另见《太平御览》卷二百六十七,《乐府诗集》卷八

十七。据《梁书》载:丘仲孚迁为山阴令,任职期间颇有美名,百姓为之作此谣。前此傅琰父子、沈宪、刘玄明相继在山阴做官,都颇有政绩,此诗说丘仲孚的政绩超过他们。

普通中童谣①

青丝白马寿阳来②。

【注释】

① 出《梁书》卷五十六《侯景传》,另见《南史》卷八十《侯景传》,《乐府诗集》卷八十九、《太平御览》卷六百九十三、《古诗纪》卷一百〇七俱作《大同中童谣》。据《梁书》载:侯景占据寿春后,向朝廷求锦一万匹。领军朱异建议送青布给侯景,景得到布后用来作军服,故有此童谣。后来侯景果然乘白马过江,兵士都穿青衣。

② 丝:《太平御览》作"袍"。

的脰乌童谣①

的脰乌②,拂朱雀,还与吴。

【注释】

① 见《南史》卷八十《侯景传》,《古诗纪》卷一百〇七作《侯景时童谣》。据《南史》载:侯景攻克建邺后,修饰台城及朱雀、宣阳等门,童谣歌之。

② 的脰:白色的脖颈。

侯景即位时童谣①

脱青袍,著芒屩②。
荆州天子挺应著③。

【注释】

① 见《南史》卷八十《侯景传》,另见《太平御览》卷六百九十八引《梁书》,《古诗纪》卷一百〇七作《侯景时童谣》。据《南史》载:侯景占领建业以后,都城王侯百姓祖庙中的树木都被残毁,只有文宣太后庙四周柏树幸免。侯景篡位后,修通往南郊的道路,命人伐此树来修筑桥梁,砍掉了南面的十余株,一宿之后又重新长了出来。当时是冬天,树木生长却翠茂如春。侯景甚是不安,让人把所有的柏树都砍掉。有人认为当年上林苑倒地的柳树重新生长是汉宣帝兴起的征兆,现在庙树重青,必彰陕西之瑞。又景床东边香炉无故堕地,景呼东西南北皆谓为厢。景曰:"此东厢香炉,那忽下地。"议者以为湘东军下之征。

② 青袍:侯景军队之军服为青色。芒屩(juē):即芒鞋。明胡应麟《少室山房笔丛·丹铅新录八·履考》:"六朝前率草为履,古称芒屩,盖贱者之服,大抵皆然。"

③ 荆州天子:指后来的梁元帝萧绎,时任荆州刺史。挺:《太平御览》作"定"。

江陵童谣①

苦竹町,市南有好井。

荆州军②,杀侯景。

【注释】

① 出《南史》卷八十《侯景传》,《古诗纪》卷一百〇七作《江陵谣》。据《南史》载:侯景被诛之后,其头颅被传至江陵,元帝(萧绎)下令悬首示众三日,用大锅烹煮之后用漆涂抹,最后交付武库。之前江陵有这首谣言,侯景头颅送到江陵之后,元帝将其存放在李季长宅中,宅东就是苦竹町,煮侯景头颅所用的也是市南井中的水,正应童谣。

② 荆州军:萧绎当时任荆州刺史,实力未受大的损失,荆州军在王僧辩的率领下大破侯景,收复建康,侯景被杀。

湘东王府中为鱼宏徐绲谣①

北路鱼,南路徐。

【注释】

① 见《南史》卷一十五《徐绲传》。据《南史》载:徐绲任湘东王镇西谘议参军,颇好声色,侍妾有数十人,喝醉酒后闭门齐声放歌。有时用车载着歌女,肆意游行。当时襄阳鱼宏亦以豪侈著称。故有此歌谣讽刺二人豪奢。

梁时童谣①

虏万夫②,入五湖③。

城南酒家使虏奴。

【注释】

① 出《南史》卷九《陈武帝纪》,另见《太平御览》卷三百二十三引《三国典略》,《古诗纪》卷一百〇七作《童谣》。据《南史》载:梁兵战胜南侵的齐兵,将俘虏赏赐给酒家之前就有儿童歌此谣。

② 虏:《太平御览》此字下有"马"字。夫:《太平御览》作"匹"。

③　五:《太平御览》作"南"。

梁末童谣①

可怜巴马子,一日行千里。
不见马上郎,但有黄尘起②。
黄尘污人衣,皂荚相料理。

【注释】

①　见《南史》卷十《陈本纪赞》,另见《乐府诗集》卷八十九,《古诗纪》卷一百〇七,又《太平御览》卷九百六十引起、理二韵。据《南史》载:梁末有此童谣,王僧辩被灭后,解说此谣的人认为王僧辩乘着巴地出产的马去攻打侯景;"马上郎",为王僧辩字;"尘"指陈朝,而始终不理解"皂荚"指何物。后来陈灭于隋,解说者认为:江东称杀羊角为"皂荚",隋朝建立者姓杨,"杨"与"羊"谐音,暗指陈灭于隋。

②　但有:《太平御览》作"只见"。

百姓为萧正德父子谣①

宁逢五虎入市,不欲见临贺父子②。

【注释】

①　见《南史》卷五十一《临川王宏传附正德传》,《乐府诗集》卷八十七、《古诗纪》卷一百〇七并作《梁童谣》。萧正德,字公和,今江苏常州人,为梁武帝萧衍之侄,临川王萧宏的第三个儿子,封临贺王。侯景之乱中萧正德引侯景过江,景入建康后立萧正德为帝,后废正德,将其缢死。百姓作此谣以示对其厌恶、畏怖之情。

②　临贺:萧正德曾被封临贺王。

鸟山童谣①

鸟山出天子。

【注释】

①　出《太平寰宇记》卷九十四。据《太平寰宇记》引《梁陈故事》载:梁武帝时有此童谣,江左以鸟名山者悉凿以禳厌,而唯独雉山得以保留,陈高祖就是长兴(浙江省湖州市长兴县)雉山人,正应童谚。

三余童谣①

天子之居在三余。

【注释】

① 出《太平寰宇记》卷九十四。据《太平寰宇记》引《梁陈故事》载：梁武时有此童谣，武帝在余干、余杭、余姚等地作法禳厌。其时长兴有余干山、余罨水、余鱼里，陈高祖即为长兴（浙江省湖州市长兴县）三余人。

相和歌辞

【相和曲】

陌上桑①

日出秦楼明，条垂露尚盈。
蚕饥心自急，开奁妆不成。

【注释】

① 出《乐府诗集》卷二十八。本诗作者，《乐府诗集》作无名氏，《古乐府》作王筠，录此备考。

杂歌曲辞

东飞伯劳歌①

东飞伯劳西飞燕②,黄姑织女时相见③。
谁家女儿对门居④,开颜发艳照里间⑤。
南窗北牖桂月光⑥,罗帷绮帐脂粉香。
女儿年几十五六,窈窕无双颜如玉。
三春已暮花从风⑦,空留可怜谁与同⑧。

【注释】
① 出《玉台新咏》卷九,《艺文类聚》卷四十三作《古东飞伯劳歌》,《乐府诗集》卷八十六作"古辞",《文苑英华》卷二百〇六作"梁武帝诗",此处作为民歌收录。
② 伯劳:鸟名。劳燕纷飞在古代诗歌中通常用来比喻夫妻、情侣、亲人、朋友的别离。
③ 黄姑织女:黄姑,指牵牛星;织女,织女星。
④ 女儿:本作"儿女",据《玉台新咏》卷九改。
⑤ 里间:邻里,乡里。
⑥ 北牖:北窗。桂月:《玉台新咏》、《文苑英华》注均作"挂明"。
⑦ 花从风:花儿随风飘落,比喻女子青春的流逝。从:《艺文类聚》作"随"。
⑧ 谁与同:《玉台新咏》作"与谁同"。

清商曲辞

【西曲歌】

攀杨枝①

自从别君来,不复著绫罗。
画眉不注口②,施朱当奈何。

【注释】

① 出《乐府诗集》卷四十九,收入《古诗纪》卷五十二、卷一百〇七。据《乐府诗集》引《古今乐录》载,《攀杨枝》为倚歌,梁时作。

② 注:涂抹。

南朝·陈民歌

杂歌谣辞

【歌辞】

陈人为齐云观歌①

齐云观,寇来无际畔②。

【注释】

① 出《南史》卷十《陈后主纪》,《太平御览》卷一百七十九引《陈书》,《古诗纪》卷一百一十七作《齐云观歌》。据《隋书·陈后主纪》载:陈后主建造齐云观,国人作此歌讽刺他,结果刚建成就被隋军俘虏。

② 际畔:边际、界限。

【谣辞】

陈初童谣（三首）

一①

黄斑青骢马,发自寿阳涘②。
来时冬气末,去日春风始。

【注释】

① 出《隋书·五行志》及《韩擒虎传》,又《北史》卷六十八《韩擒虎传》作《江东谣》,《太平御览》卷八百九十五引《陈书》,《古诗纪》卷一百一十七作《江东谣》。据《隋书·五行

志》载:陈朝初年就有这首童谣,后来陈后主果然被韩擒所败。擒本名擒虎,"黄斑"就是指老虎。韩擒虎刚攻破建康时,乘青骢马往返南北。

② 寿阳浿:指寿春,今安徽寿县。寿春为进攻南朝的军事要地。

二①

御路种竹筱②,萧萧已复起。
合盘贮蓬块③,无复扬尘已。

【注释】

① 见《乐府诗集》卷八十九,收入《古诗纪》卷一百一十七。
② 筱:细竹子,亦称"箭竹"。
③ 合盘:全盘,全部。

三①

日西夜乌飞,拔剑倚梁柱。
归去来,归山下。

【注释】

① 见《乐府诗集》卷八十九,收入《古诗纪》卷一百一十七。

陈宣帝时谣①

大货六铢钱,叉腰哭天子。

【注释】

① 见洪遵《泉志》卷二。据《陈书·宣帝纪》载:太建十一年(579)秋七月辛卯,初用大货六铢钱,这种钱不利于市场交易,于是人们相与讹言道:六铢钱将对皇帝不利。不久宣帝就驾崩,六铢钱也被废。徐锴解云:"叉腰哭天子",可能是篆书"六"字作"𠔼"形,像人双手叉着腰。

十六国民歌

杂歌谣辞

【歌辞】

陇上为陈安歌(二首)

一①

陇上壮士有陈安②,躯干虽小腹中宽。
爱养将士同心肝,骊骢父马铁锻鞍③。
七尺大刀奋如湍④,丈八蛇矛左右盘。
十荡十决无当前,战始三交失蛇矛。
弃我骊骢窜岩幽⑤,为我外援而悬头。
西流之水东流河,一去不还奈子何。

【注释】

① 出《晋书》卷一百〇三《刘曜载记》,又见于《太平御览》卷二百八十,《乐府诗集》卷八十五、《古诗纪》卷五十三并作《陇上歌》,又《太平御览》卷四百一十五引和苞《汉赵记》作《陇上语》,引安、盘二韵,《锦绣万花谷》卷十五引安、鞍、湍、槃、前五韵。陈安原为西晋秦州刺史,叛晋投降刘曜,后又叛曜。据《晋书·刘曜载记》载:刘曜将陈安围困在陇城,陈安战败,向陕中逃跑。刘曜派将军平先、丘中伯率劲骑追陈安,陈安与壮士十余骑在陕中格斗,陈安左手执七尺大刀,右手执丈八蛇矛,近战则刀矛俱用,远战则左右驰射而走。刘曜将军平先也壮健勇猛,过于常人,与陈安交战,三个回合,夺其蛇矛,陈安失去蛇矛后遂被斩于涧曲。陈安善于安抚部下,诸事无论吉凶都与部下同当,他战死后,陇上人为他作此歌。

② 壮士:《太平御览》卷三百五十三作"健儿",《乐府诗集》一作"陇上健儿"。

③ 骊(niè)骢:奔跑迅速的骏马。父:《古诗纪》云,一作"交",《锦绣万花谷》作"交"。

铁锻鞍:马鞍名。

④ 湍:急流的水。

⑤ 窜岩幽:逃跑到幽深的岩谷之中。

二①

陇上健儿曰陈安②,躯干虽小腹中宽③。

爱养将士同心肝,骢骢骏马铁锻鞍④。

七尺大刀配齐镮,丈八蛇矛左右盘⑤。

十荡十决无当前,百骑俱出如云浮。

追者千万骑悠悠⑥,战始三交失蛇矛。

十骑俱荡九骑留,弃我骢骢攀岩幽。

悲天降雨追者休,阿呵呜呼奈子何,呜呼阿呵奈子何⑦!

【注释】

① 见《赵书》,与前一首稍有不同,又见于《太平御览》卷三百五十三、四百六十五,并作《谣》,《古诗纪》卷五十三,又《北堂书钞》卷一百二十四、《艺文类聚》卷六十并引《灵鬼志》安、宽、盘三韵,《艺文类聚》卷十九引安、宽、肝三韵,《太平御览》卷三百五十四引《灵鬼志》安、宽、盘三韵。

② 上:《艺文类聚》作"城",《太平御览》作"有"。

③ 躯干虽小:《北堂书钞》作"头小面狭",《太平御览》卷三百五十四同,《艺文类聚》作"头细面狭"。腹:《北堂书钞》、《艺文类聚》作"肠"。

④ 骏:《太平御览》卷四百六十五作"骇",卷二百八十无"骏"字。锻:《太平御览》卷三百五十三作"镂"。

⑤ 蛇矛:《北堂书钞》、《艺文类聚》作"大槊",《太平御览》三百五十四作"长槊"。

⑥ 千:《太平御览》卷三百五十三作"十"。悠悠:《太平御览》卷三百五十三作"修修"。

⑦ 何:《太平御览》卷四百六十五作"乎"。

苻坚时关陇人歌①

长安大街,夹树杨槐②。

下走朱轮,上有鸾栖③。

英彦云集,诲我萌黎④。

【注释】

① 见《晋书》卷一百一十三《苻坚载记》,又见于《艺文类聚》卷十九引车频《秦书》,

《艺文类聚》卷八十八,《太平御览》卷四百六十五引《前秦录》、卷九百一十六引车频《秦书》、卷九百五十四引槐、栖二韵,《古诗纪》卷五十三作《关陇歌》。据《晋书·苻坚载记》载:苻坚统治时期,关中陇西等前秦统治区域政治清平,百姓丰衣足食。从长安到各州郡的道路两边都种着槐树、柳树,二十里有一亭,四十里有一驿,旅行者在道路上获得补给。百姓作歌赞颂这种清平的统治。

② 树:《太平御览》卷九百五十四作"路"。夹树杨槐:《艺文类聚》、《太平御览》卷九百一十六作"两边种槐"。

③ 鸾栖:《太平御览》卷九百五十四作"栖鸾"。

④ 萌:《太平御览》作"人"。萌黎:百姓。

苻坚时凤凰歌①

凤凰于飞,其羽翼翼②。
渊哉圣后③,飨龄万亿④。

【注释】

① 出《太平御览》卷四百六十五、九百一十五,又见于《十六国春秋》卷三十六,《古诗纪》卷五十三。据载:苻坚时,凤凰在东阙聚集,百姓作此歌。

② 翼翼:飞动貌。

③ 渊哉:《十六国春秋》作"翊我"。圣后:圣明的君主。后:君主。

④ 飨:《太平御览》卷九百一十五作"其"。

苻坚时长安为慕容冲歌①

一雌复一雄,双飞入紫宫②。

【注释】

① 出《晋书》卷一百一十四《苻坚载记下》,又见于《魏书》卷九十五《慕容廆传》,《北史》卷九十三《燕慕容廆传》,《太平御览》卷五百七十。据《晋书·苻坚载记》记载:苻坚灭掉前燕时,慕容冲的姐姐当时才十四岁,美丽无比。苻坚纳其为妃,在后宫诸妃中最受恩宠。慕容冲当时十二岁,相貌英俊,苻坚对他也非常宠幸。姐弟二人专宠于后宫,其他宫人莫得进,长安人作此歌。群臣害怕二人乱政,在王猛的力谏下,苻坚才将慕容冲逐出,但最终被慕容冲所败。

② 紫宫:指帝王宫禁。

平原为太守索棱歌①

懿矣明守②,庶绩允釐③。
剖符作宰④,实获民思⑤。

【注释】

① 出《十六国春秋》卷六十一。据《十六国春秋》卷六十一引《后秦录》载:索棱字孟则,敦煌人,好学博闻,姚苌对他非常器重,让他处理机密要务,文章诏檄都出自其手。后任平原太守,用道德感化百姓,百姓作歌颂之。此诗用语雅致,不似下层百姓所作。
② 懿:美好。
③ 语出《尚书·尧典》。全句是说诸多事务得到了治理。庶:众,多。绩:事务。允:用。釐:治理。
④ 剖符:帝王任命郡守时,将符节剖分为二,作为信守的约证。
⑤ 民:《十六国春秋》作"我"。

陇 头 歌①

陇头流水②,流离四下③。
念我行役④,飘然旷野。
登高望远⑤,涕零双堕⑥。

【注释】

① 出《后汉书》卷一百一十三《郡国志》,又见于《初学记》卷十五,《寰宇记》卷三十五,《太平御览》卷五十引《周地图记》,《古诗纪》卷十八。据《后汉书》卷一百一十三《郡国志》注引郭仲产《秦州记》载:"陇山东西百八十里。登山岭,东望秦川四五百里,极目泯然。山东人行投升此而顾瞻者,莫不悲思。"《古诗纪》引《辛氏三秦记》载:"陇渭西关,其阪九回,不知高几许,欲上者七回。上有水,可容百余家,上有清水四注下,有此俗歌。"《古诗纪》列入汉诗。逯钦立认为此诗产生时代虽不可确定,但郭仲产为晋人,辛氏较其更晚,其产生时代应不会早于西晋,故将其归入十六国时期。此诗亦见于《梁鼓角横吹曲》,此首与其稍异,多后面两句。
② 流水:《太平御览》作"泉",《太平寰宇记》作"之"。
③ 流:《后汉书》注作"分",《太平寰宇记》同。四:《太平御览》作"西"。
④ 行役:旧指因服兵役、劳役或公务而出外跋涉。
⑤ 望远:《后汉书》注作"远望",《太平寰宇记》同。
⑥ 堕:《初学记》作"落"。

时人为庞世谣①

庞家之巷,车马辚辚②。
泥丸之日无吊宾③,吊宾不来何所因④。
由性苛克寡所亲。

【注释】

① 《太平御览》卷四百六十五引《赵书》载:燕人庞世任光禄勋时贬抑豪强,他性情刚直苛刻,相识者对他既畏且恨。他死后无人吊唁,时人作此谣。另见《十六国春秋》卷六十五《南燕录》。

② 辚辚:车行的声音。《太平御览》作"鳞鳞"。

③ 泥丸之日:涅盘之日,也就是死之日。

④ 来:《南燕录》作"至"。

【谣辞】

凉州民谣(二首)

一①

蛇利砲,蛇利砲②。
公头坠地而不觉。

【注释】

① 《魏书》卷九十九《张寔传》载:晋末天下丧乱,唯凉州独全,张寔自恃兵强马壮,转而开始骄横恣纵,后寔为其部将阎沙等所杀。在此之前就有此谣。传张寔所住室中,梁间有人像而无头,很久才消失,此后不久张寔就被杀。

② 蛇利砲:此句,"蛇利"合读为"寔",指张寔;砲为象声词,头坠地之声。

二①

灭宋者,田土子②。

【注释】

① 《魏书》卷九十九《张寔传》载:张玄安司马张邕起兵杀玄安,尽诛宋氏。此前有此谣。

② 田土子:张邕一名野,"田土子"合起来就是"野"。

西土谣①

手莫头②,图凉州。

【注释】

① 《晋书》卷八十六《张茂传》载:张茂为张寔之弟,太兴三年(321)张寔遇害后,州人推举张茂为平西将军、凉州牧。凉州大姓贾摹,为张寔妻弟,势倾西土。先前民间有此童谣,茂信以为真,诱贾摹而杀之,于是大族销声匿迹。收入《古诗纪》卷五十四。

② 手:手刃,以手杀之。莫:通"摹"。

姑臧谣①

鸿从南来雀不惊,谁谓孤雏尾翅生②,高举六翮凤凰鸣③。

【注释】

① 《晋书》卷八十六《张骏传》载:张骏,寔之子。张茂卒后,骏嗣位大都督、大将军、凉州牧、西平公。张骏初立时,姑臧有此谣,盖预测张骏最终收复河南之地。收入《古诗纪》卷五十四。

② 翅:《晋书》作"支"。

③ 翮(hé):鸟翎的茎,翎管。

时人为张冲谣①

推财不疑,张长思。

【注释】

① 见《十六国春秋》卷七十五引《前秦录》。据载:张冲,字长思,敦煌人,家财丰厚,常常救济乡里贫困者,时人为之作此谣。另见《太平御览》卷四百七十七。

临水人为张楼谣①

阳平张楼头如箱,见人切齿剧虎狼。

【注释】

① 据《十六国春秋》卷二十二《后赵录》载:张楼,阳平人,为临水长,严政酷刑,残忍无惠,时人苦之,为之作此谣。又见《太平御览》卷四百六十五引《后赵录》。

洪水谣①

雨若不止,洪水必起。

【注释】

① 出《晋书》卷一百一十二《苻洪载记》,又见于《魏书》卷九十五《苻健传》,《太平御览》卷一百二十一、四百六十五并引《前秦录》,《古诗纪》卷五十四。苻洪,字广世,略阳临渭氐人。据载,当时陇右有大雨,百姓苦不堪言,民间流传此谣,于是他自改名为洪,自称大单于、三秦王。

陇上童谣①

十斗二升沙,谁为王擢家②。

【注释】

① 见《十六国春秋》卷三十四,又见于《北堂书钞》卷一百五十九引《三十国春秋》。据载:初有此童谣,苻健皇始二年(352)十二月,丞相苻雄攻王擢于陇上,王擢大败,单马奔回凉州。苻雄还屯陇东。

② 《北堂书钞》"为"上有"谓"字。王擢:原为后赵西中郎将,屯驻秦陇。公元352年七月投靠东晋,拜为秦州刺史,驻守陇西郡(今甘肃临洮西南)。十月,又投靠前燕,官拜益州刺史,威胁前秦的安全。十一月,被苻雄击败后转投前凉,被前凉王张重华委任为秦州刺史。公元354年十二月,因受凉主排挤,又投向前秦。《北堂书钞》"擢"下有"属"字。

苻生时长安谣①(二首)

一

东海大鱼化为龙,
男便为王女为公②,
问在何所洛门东③。

【注释】

① 出《晋书》卷一百二十《苻生载纪》,又见于《魏书》卷九十五《苻健传》附传,《古诗纪》卷五十四,《太平御览》卷一百二十一、四百六十五引《前秦录》、卷九百二十九。据载:苻生为苻洪之孙,嗣父健即位,僭称帝号。初,苻生梦到大鱼食蒲草,当时长安又有此童谣,苻生不解,以为姓鱼的将要与自己争夺皇位。东海为苻坚封地,当时苻坚任龙骧将军,宅第在洛门东。苻生不知民谣所指为苻坚,以谣言之故,诛杀其侍中鱼遵及其子孙。后又

308

有第二首童谣出现,于是尽数毁坏空城来禳除灾祸。

② 便:《太平御览》卷一百二十一无"便"字。

③ 门:《太平御览》卷九百二十九作"城"。

二

百里望空城,郁郁何青青。

瞎儿不知法,仰不见天星。

苻坚时长安谣①

凤凰凤凰止阿房②。

【注释】

① 出《晋书》卷一百一十四《苻坚载记》,又见于《魏书》卷九十五《慕容廆传》,《艺文类聚》卷八十八引《三秦记》,《太平御览》卷九百五十六,《乐府诗集》卷八十九,《古诗纪》卷五十四。据《晋书·苻坚载记》载:苻坚时长安有此谣。苻坚以为凤凰非梧桐不栖,非竹实不食,于是重植梧桐、竹子数十万株于阿房城,以求凤凰的降临。慕容冲最后打败苻坚,入驻阿房城。慕容冲小字凤凰,童谣中的凤凰指的原来是慕容冲。

② 《艺文类聚》不重"凤凰"二字。

苻坚初童谣①

阿坚连牵,三十年。

后若欲败时②,当在江湖边③。

【注释】

① 出《晋书》卷二十八《五行志》,又见于《宋书》卷三十一《五行志》,《乐府诗集》卷八十九,《古诗纪》卷五十四。《晋书·五行志》载,苻坚当政初年有此童谣,后苻坚败于淝水,最终被姚苌缢死新城,在位共三十年,童谣都一一应验。

② 后若:《苻坚载记》作"若后"。《苻坚载记》无"时"字。

③ 湖边:《苻坚载记》作"淮间"。

苻坚时童谣(二首)

一①

河水清复清②,苻诏死新城③。

【注释】

① 出《晋书》卷一百一十四《苻坚载记》,又见于《晋书》卷二十八,《宋书》卷三十一,《乐府诗集》卷八十九,《古诗纪》卷五十四。据载:前秦国力正强盛时,国中有此童谣,苻坚听到后万分厌恶,每次征伐,都要告诫部下:"如果有地方名字叫新城的,应当绕道而行。"后苻坚败于寿阳,国中大乱,最后被姚苌缢死于新平佛寺之中,童谣还是得以应验。

② 复:《古诗纪》一作"且"。

③ 诏:《晋书》卷二十八、《宋书》卷三十一《五行志》均作"坚"。新城:即新平,今陕西彬县。

二①

鱼羊田斗当灭秦。

【注释】

① 出《晋书》卷二十八《五行志》,又见于《宋书》卷三十一《五行志》,《古诗纪》卷五十四。据《晋书·五行志》载,前秦时有此童谣。"鱼,羊"为鲜,"田,斗",为卑。苻坚自号秦,灭之者当为鲜卑族人,当时群臣向苻坚进谏,让其将鲜卑人诛尽,苻坚不听。最后被慕容冲打败,又被姚苌缢死,最终身死国灭。

苻坚时长安谣①

长鞘马鞭击左股,太岁南行当复虏②。

【注释】

① 出《晋书》卷一百一十四《苻坚载记》,又见于《魏书》卷九十五《慕容永传》,《初学记》卷二十二,《太平御览》卷三百五十九引《前秦录》,《古诗纪》卷五十四。据载,前秦末乱时,长安有此童谣。秦人称鲜卑为"白虏",鲜卑人慕容垂在383年(岁在癸未)正式同苻坚决裂,为建立后燕打下了基础。

② 复:《初学记》作"避",《太平御览》同,《古诗纪》一作"避"。

凉州为张氏谣①

刘新妇簸米②,石新妇吹羝③。
荡涤簸张儿④,张儿食之口正披⑤。

【注释】

① 出《魏书》卷九十九《私署凉州牧张天锡传》。据载:昭成帝时(376),苻坚派大将苟苌伐凉州,攻破凉州后,张天锡降于苟苌。之前郡中有此谣,当时姑臧及诸郡国儿童都

在传唱。这首童谣的意思是刘曜、石虎攻打凉州都未取胜,到苻坚时才得以攻下。

② 刘新妇:指刘曜。

③ 石新妇:指石勒。羖(gǔ):黑色的公羊,阉割过的羊都可称羖。羝:谐"氐"。苻坚为氐族人,这里指苻坚。

④ 张儿:指张天锡。

⑤ 披:劈开,裂开。

长安民谣①

坚入五将山长得②。

【注释】

① 出《晋书》卷一百一十四《苻坚载记》,又见于《魏书》卷九十五《苻坚传》,《太平御览》卷四十四、《太平寰宇记》卷三十并引《十六国春秋》。据载:苻坚与慕容冲作战,两方各有胜负。城中有书名为《古符传贾录》,上载"帝出五将久长得"。之前,又有此童谣在民间传唱,苻坚相信童谣所言,告诉其子苻宏说"果如言,是上天在帮助我们。现在你留下来总理戎政,我出陇收兵运粮"。于是率骑数百出城往五将山方向逃跑,苻坚到五将山后,姚苌遣将军吴忠将他包围,苻坚最终遭俘虏并被缢死于新平佛寺中。

② 山:《环琼记》作"久",《太平御览》无"山"字。

苻坚国中谣①

谁谓尔坚,石打碎②。

【注释】

① 出《晋书》卷七十四《桓豁传》,又见于《太平御览》卷三百六十二引《晋书》。据载:桓豁(约318—376),东晋将领,字朗子,谯国龙亢(今安徽怀远县龙亢镇)人,桓温次弟。听闻前秦国中有此童谣,于是就让他的二十个儿子都以"石"为名,以应童谣。

② 碎:《太平御览》作"破"。

朔马谣①

朔马心何悲,念旧中心劳②。
燕雀何徘徊,意欲还故巢。

【注释】

① 出《晋书》卷一百二十二《吕光载记》,又见于《古诗纪》卷五十四。据载:孝武太元十四年(389),苻坚旧部吕光僭号称"三河王",将西河郡(十六国时后凉吕光改原西平郡为西河郡)人民迁徙到其他郡中以充实人口,于是就有此谣传唱。不久,百姓互相煽动,都迁徙回西河郡。

② 中心劳:即"心中劳",内心忧愁。

燕童谣①

一束藁,两头然。
秃头小儿来灭燕。

【注释】

① 出《晋书》卷一百二十四《慕容熙载记》,又见于《古诗纪》卷五十四。据载:慕容熙为政暴虐,其部将冯跋、张兴皆因事逃跑,结盟推举慕容云为主。趁慕容熙出城,闭门拒守。慕容熙夜至龙城,攻打北门不胜,为慕容云擒获后杀死,时为义熙二年(406)。之前就有此童谣传唱。"藁"字上有草,下有木,燃烧尽两头的草木即为"高"字,云在高处,此指慕容云。慕容云父名拔,小字秃头,慕容云为其季子,故"秃头小儿"也指慕容云。童谣所歌一一应验。

大风谣①

大风蓬勃扬尘埃,八井三刀卒起来。
四海鼎沸中山颓,惟有德人据三台②。

【注释】

① 出《晋书》卷一百二十七《慕容德载记》,又见于《古诗纪》卷五十四。据载:慕容宝嗣位后,以慕容德都督冀、兖六州诸军事,镇守邺城。此时北魏军攻入中山,慕容宝逃奔于蓟城,当时有此童谣传唱,于是慕容德群臣劝他僭号称帝。

② 三台:汉、魏宫殿名,这里指帝位。

北朝民歌

杂歌谣辞

【歌辞】

咸阳宫人为咸阳王禧歌①

可怜咸阳王,奈何作事误。
金床玉几不能眠②,夜踏霜与露③。
洛水湛湛弥岸长④,行人那得渡。

【注释】
① 出《魏书》卷二十一《咸阳王禧传》,又见于《北史》卷十九《咸阳王禧传》,《乐府诗集》卷八十六、《古诗纪》卷一百一十九并作《咸阳王歌》,《太平御览》卷七百一十引误、露二韵。据《魏书·咸阳王禧传》载:高祖(北魏孝文帝)崩,拓跋禧(孝文帝之胞弟,封咸阳王)受遗诏辅政。其性情骄奢,贪财好色,有姬妾数十人还不满足,一味追求财货,奴婢达千人。世宗(宣武帝)登基后,拓跋禧怕被世宗追究,于是起兵谋反。被擒获后送华林都亭,世宗亲自审问其起兵的原因,最后被赐死于私第。其宫人作此歌。后来这首歌流传到江南,流亡在南方的北方人,即使极为富贵,听了此歌,无不落泪。
② 几:《魏书》作"肌",《古诗纪》同。
③ 夜踏霜与露:此句《乐府诗集》作"夜起踏霜露",《古诗纪》云,一作"夜起踏霜露"。
④ 湛湛:水深貌。

河北民为裴侠歌①

肥鲜不食②,丁庸不取③。
裴公贞惠④,为世规矩。

【注释】

① 出《周书》卷三十五《裴侠传》,《乐府诗集》卷八十六作《裴公歌》,《太平御览》卷二百六十二,《古诗纪》卷一百一十九作《裴公歌》。据载:裴侠在大统年间任河北郡守,带头厉行节约,爱民如子。郡中旧有渔猎夫三十人为郡守提供山珍海味,裴侠都将他们罢除。又有丁三十人供郡守使役,裴侠让他们管理马群,一段时间后,马匹成群,在他离职的时候,一无所取,百姓为他作此歌。

② 肥鲜:山珍海味。

③ 丁庸:用以充抵力役的赋税。

④ 贞惠:正直而有恩惠于百姓。

时人为上商里歌①

洛阳城北上商里②,殷之顽民昔所止。
今日百姓造瓮子,人皆弃去住者耻。

【注释】

① 出《洛阳伽蓝记》卷五。据载:北魏刚迁都洛阳时,朝士住在上商里中,他们之间互相讥笑讽刺,最后都离开了上商里,惟有造瓦者住在里面,京师瓦器都是从那里出产的,世人因作此歌。

② 上商里:里名,逯本作"上高里"或"上高景"。周祖谟《洛阳伽蓝记校释》云:"原作上商景,别本作上高里,亦误。按《后汉书》卷五十九《鲍永传》云:'光武赐永洛阳商里宅。'注云:'《东观记》曰:赐洛阳上商里宅。陆机《洛阳记》曰:上商里在洛阳东北,本殷顽民所居,故曰上商里。"

北军为韦睿歌①

不畏萧娘与吕姥②,但畏合肥有韦武。

【注释】

① 《南史》卷五十一《梁临川靖惠王宏传》,又见于《乐府诗集》卷八十六、《古诗纪》卷一百○七并作《北军歌》。据《南史》载:天监四年(505),梁武帝命其弟萧宏(临川靖惠王)率领诸军攻打北魏,所率军队使用的兵器盔甲都是新的,士气十分旺盛,北魏认为这种阵势百数十年来从未曾有过。梁军驻扎洛口,前锋军队攻克梁城后,诸将打算乘胜深入,但萧宏听说魏军援兵马上就到,畏惧不敢前进,召集诸将打算还师。吕僧珍也附和说:"知难而退,不亦善乎?"柳忱等不听,萧宏不敢违背众将的意思,停军不进。魏君知道萧宏胆怯,

就送给他妇女用的头巾和发饰来羞辱他,北魏军中作此歌。"武"指萧宏部将韦睿。萧娘与吕姥:指萧宏与吕僧珍,讽刺他们胆小懦弱如妇人。

诘汾歌①

诘汾皇帝无妇家②,力微皇帝无舅家③。

【注释】

① 出《魏书》卷一《圣武皇帝纪》,又见于《北史》卷一《魏本纪》,《太平御览》卷一百〇一,《古诗纪》卷一百一十九。据《北史》载:北魏圣武皇帝诘汾,曾在山泽打猎,看到车马自天而下。一美妇人自称天女,说是受天命而与诘汾结为配偶,第二天她就请求回天上,走时告诉诘汾一年后要在此地复会。一年后,诘汾到原来打猎的地方,果然见到天女,天女此时已经生下一男,她把所生的男婴送给诘汾,说:"这是你的儿子,应当会成为帝王。"这个孩子就是始祖神元皇帝。

② 诘汾:北魏的先祖圣武皇帝,为拓跋力微之父。妇家:妻子一方的家庭。

③ 力微:拓跋部首领,北魏始祖神元皇帝。舅家:此处指外祖父。

李波小妹歌①

李波小妹字雍容,
褰裙逐马如卷蓬②,
左射右射必叠双③。
妇女尚如此,
男子那可逢④。

【注释】

① 出《魏书》卷五十三《李安世传》,又见于《北史》卷三十三《李孝伯传》附安世传,《太平御览》卷四百九十五。据《魏书》载:广平人李波,为地方豪强,对百姓异常残酷,官民都很害怕他,百姓为之作此歌。刺史李安世设计诱捕李波等将其杀死,州内才恢复安宁。

② 褰裙:撩起衣裙。卷蓬:被风卷起的蓬草,形容骑马之轻捷、迅速。

③ 叠双:一箭中两靶。

④ 那:《古诗纪》作"安"。

敕勒歌①

敕勒川②,阴山下③。
天似穹庐④,笼盖四野。
天苍苍,野茫茫,
风吹草低见牛羊⑤。

【注释】

① 见《乐府诗集》卷八十六,又见《古诗纪》卷一百二十一。《乐府诗集》引《乐府广题》说:北魏大统十二年(546),高欢攻打北周玉壁(古城名,在今山西省稷山县南),士卒死亡过半,高欢因气愤而疾病发作,周王(宇文泰)下令说:"高欢鼠子,亲犯玉壁,剑弩一发,元凶自毙。"高欢听后,勉强坐起来安慰将士,让斛律金唱《敕勒歌》,高欢亲自附和。这首歌本为鲜卑语,后改为汉语,故其句长短不齐。

② 敕勒:古代北方少数民族名,也称铁勒。其先为匈奴,南北朝时为突厥所并,其习俗多乘高轮车,北魏时也称高车部。

③ 阴山:山名,今河套以北、大漠以南群山的统称。

④ 穹庐:游牧民族所用之毡帐。

⑤ 见:通"现",呈现。

光州民为郑氏父子歌①

大郑公②,小郑公。
相去五十载,风教尚犹同③。

【注释】

① 出《北齐书》卷二十九《郑述祖传》,又见《北史》卷三十五《郑羲传》附述祖传,《乐府诗集》卷八十六、《古诗纪》卷一百二十一作《郑公歌》。据《北齐书·郑述祖传》载:郑述祖任光州(今河南潢川县,《先秦汉魏晋南北朝诗》作"兖州",辨正详见《北史·郑述祖传》校勘记)刺史,为政宽厚仁慈,有人入市盗窃布匹,他的父亲怒道:"怎么忍心欺骗仁慈的刺史呢?"就让他儿子去自首,郑述祖也原谅了此人。从此之后,兖州境内再也没有出现盗贼,百姓作此歌赞扬郑述祖。

② 大郑公:郑述祖之父郑道昭,曾为光州刺史。

③ 尚犹:《北齐书》作"犹尚",《北史》同。

邯郸郭公歌①

邯郸郭公九十九,技两渐尽入滕口。
大儿缘高冈,雉子东南走。
不信吾言时,当看岁在酉。

【注释】

① 出《乐府诗集》卷八十七,又见《古诗纪》卷一百二十一。据《乐府诗集》引《乐府广题》:北齐后主高纬,非常喜欢傀儡,称傀儡为郭公,时人戏作《郭公歌》。高纬将败时,果然在邯郸扎营。"高"、"郭"读音相近。"九十九",是末数。"滕口"指邓林。"大儿"指周帝,太祖子。"高冈":后主姓(后主字仁纲)。"雉":鸡类,武成小字。后来高纬战败于邓林,一切都如歌中所言。

济北民为崔伯谦歌①

崔府君,能治政②。
易鞭鞭③,布威德,民无争④。

【注释】

① 出自《北齐书》卷四十六《崔伯谦传》,另见《北史》卷三十二《崔伯谦传》。据载:崔伯谦任济北太守时,给予百姓许多恩惠。例如,他不忍把犯人鞭打出血,就改用熟皮作皮鞭,鞭打他们只是为了让他们知道耻辱。有朝贵路过郡境,向百姓询问太守治理济北郡的情况,百姓回答说:"府君恩化,古者所无。"并且将此歌唱给朝贵听。
② 治:《北史》作"临"。
③ 易:《北史》"易"上有"退田"二字。鞭鞭:《北史》不重"鞭"字。
④ 民:《北史》作"人"。

褚士达梦中所得诗①

九升八合粟,角斗定非真。
堰却津中水,将留何处人。

【注释】

① 出《北史》卷五十四《斛律光传》。据载:光尝在朝堂,垂帘而坐,祖珽不知,乘马过其前。光怒,谓人曰:"此人乃敢尔!"后珽在内省,言声高慢,光过闻之,又怒。珽知光忿,赂其从奴磕头。曰:"自公用事,相王每夜抱膝叹曰:'盲人用权,国必破矣!'"珽省事褚士

达梦人倚户授其诗曰:"九升八合粟,角斗定非真。堰却津中水,将留何处人。"以告斑。斑占之曰:"角斗,斛字;津却水,何留人,合成律字;非真者,解斛律于我不实。"士达又言所梦状,乃其父形也。斑由是惧。

【谣辞】

赵郡为李曾谣①

诈作赵郡鹿,犹胜常山粟。

【注释】

① 出《魏书》卷五十三《李孝伯传》,另见《北史》卷三十三《李孝伯传》,《乐府诗集》卷八十七,《古诗纪》卷一百一十九作《赵郡谣》。据载:李曾在道武帝时任赵郡太守,令行禁止。之前,并州丁零的盗贼屡次为害山东,百姓能为李曾效死力,因此盗贼不敢入境。盗贼在常山界拾得一死鹿,其首领认为是在赵郡地拾得的,让盗贼送还原处。赵郡百姓为李曾作此谣以颂之。

元嘉中魏地童谣(二首)

一①

辒车北来如穿雉②,不意虏马饮江水③。

虏主北归石济死④,虏欲渡江天不徙。

【注释】

① 出《宋书》卷七十四《臧质传》,另见《南史》卷十八《臧质传》,《古诗纪》卷五十五。《南史·臧质传》载:宋元嘉二十七年(450),魏太武帝围攻汝南戍,文帝派臧质往救,到盱眙时,太武帝已经渡过淮河。二十八年从广陵返回攻打盱眙。太武帝向臧质要酒喝,臧质将小便装入坛中送给他,并附书信一封说:"不闻童谣言邪:'虏马饮江水,佛狸死卯年。'冥期使然,非复人事,尔智识及众岂能胜苻坚邪?顷年展尔陆梁者,是尔未饮江,太岁未卯耳。"当时魏地有此童谣,臧质引用来讽刺魏太武帝。

② 辒车:一匹马驾的轻便车子。穿雉:形容辒车来来往往。

③ 虏马:虏是对北方少数民族的蔑称,此处指魏太武帝的军队。

④ 虏主:指太武帝。

二①

虏马渡江水,佛狸死卯年②。

【注释】

① 见《宋书》卷七十四《臧质传》。
② 佛狸：太武帝拓跋焘的小字。

永明中房中童谣①

黑水流北，赤火入齐。

【注释】

① 出《南齐书》卷十九《五行志》。据载：永明中，房中有此童谣。不久京城有人家忽然生出火苗，比平常的火红、热，但是火焰微弱。人们无论富贵贫贱都争相取来治病，朝廷下诏也不能禁止，后来梁以火德兴，与童谣相应。

永明中魏地童谣①

赤火南流丧南国。

【注释】

① 出《南史》卷四《齐武帝纪》。据载：先前魏地有此谣言。永明十一年（492）有沙门从北方带来赤火，颜色比常火红但是火焰较小，可以用来治疗疾病。京师中无论贵贱都争相取此火，称之为圣火，朝廷下诏也不能禁止，火炙至七炷而疾愈。吴兴丘国宝密持此火以还乡，邑人杨道庆有虚疾二十年，依照此炙法疗治，不久即病愈。永明十一年（493）七月皇帝萧赜驾崩，正应了诗中的"丧南国"。

河东民为元淑谣①

泰州河东，杼柚代春②。
元公至止，田畴始理。

【注释】

① 出《北史》卷十五《常山王遵传》附淑传，另见《古诗纪》卷一百一十九作《河东谣》。据载：元淑字买仁，能弯三百斤的弓，擅长骑射。孝文帝时任河东太守，河东旧俗喜欢从事商业，很少从事农业生产。元淑到任后劝课农桑，亲自教百姓耕种，两年后家给人足，百姓作此谣歌颂他。
② 杼柚：即杼轴，织布机上的两个部件，杼即梭，司纬线，轴即卷布轴。此处指织布，可引申为商业。

宣武孝明时谣①

狐非狐,貉非貉。
焦梨狗子吃断索。

【注释】

① 出《北史》卷五《魏孝明帝纪》,另见《乐府诗集》卷八十九,《古诗纪》卷一百一十九。据载:孝武帝在永熙三年(534年)被宇文泰酖杀,在宣武帝、孝明帝时就有此童谣。解释此谣的人以为"索"指鲜卑人本来索发(编发为辫),为北魏;宇文泰小字黑獭,"焦梨狗子"指宇文泰。

西魏时童谣①

獾獾头团圝②,河中狗子破尔苑③。

【注释】

① 出《史通·言语篇》。据载:"魏本索头,故当时有童谣曰:'獾獾头团圝,河中狗子破尔苑。'诸如此类,难可弃遗。而《周史》以为其事非雅,略而不载。"
② 獾獾:指高欢,高欢为鲜卑人。
③ 河中狗子:指宇文泰,详见上诗注。破尔苑:高欢建立的北齐最终为宇文泰所灭。

孝明时洛下谣①

铜拔打铁拔②,元家世将末③。

【注释】

① 出《北齐书》卷一《神武纪上》,另见《北史》卷六《神武纪》,《古诗纪》卷一百一十九作《二拔谣》。据载:永熙二年(533)窦泰破尔朱荣,高欢进入洛阳。尔朱仲部下有都督桥宁、张子期从滑台来投降,高欢以其反复无常将他斩首。尔朱荣之党斛斯椿因此心感不安,于是与南阳王萧宝炬等向魏帝进谗言陷害高欢,因此魏帝开始对高欢产生怀疑,同时倾向于贺拔岳。之前在孝明帝之时,洛下人用两拔相击,唱此谣言。好事者认为"二拔"指拓拔、贺拔,为将要衰败的征兆。最终北魏分裂,贺拔岳被杀。
② 铜拔、铁拔:铜拔指北魏拓跋氏,铁拔指贺拔岳。贺拔岳(?—534),一名阿斗泥。神武尖山(今山西朔州)人,敕勒族,为尔朱荣部将。尔朱荣死后,高欢趁机起兵,在广阿打败尔朱兆军。尔朱氏贵族联合出击高欢,贺拔岳联合侯莫陈悦攻占长安,割据关陇,与高欢抗衡。永熙三年(534),在高欢的挑唆下,在平凉(今甘肃平凉西南)被侯莫陈悦所杀,部众被宇文泰所收,建立了西魏政权。

③ 元家:指北魏。

清河民为宋世良谣①(二首)

一

宁度东吴会稽②,不历成公曲堤。

【注释】

① 出《北史》卷二十六《宋隐传》附宋世良传,另见《乐府诗集》卷八十七作《曲堤谣》,《太平御览》卷二百六十二,《古诗纪》卷一百〇九作《曲堤谣》。据载:北魏宋世良在孝庄帝时任清河太守,甚有才识,擅长政事。郡东南有曲堤,被占为私地,盗贼多在此聚集,百姓作歌谣道:"宁度东吴会稽,不历成公曲堤。"后来宋世良施行"八条之制",盗贼逃往外地,百姓又作谣"曲堤虽险贼何益,但有宋公自屏迹"。

② 度:《太平御览》作"使"。

二

曲堤虽险贼何益,但有宋公自屏迹①。

【注释】

① 但:《太平御览》作"得"。

洛中童谣①(二首)

一

三月末,四月初,
杨灰簸土觅真珠②。

【注释】

① 出《魏书》卷七十五《尔朱颜伯传》,另见《北史》卷四十八《尔朱彦伯传》,《古诗纪》卷一百一十九。据载:北魏末年,尔朱世隆兄弟,各拥强兵,极其暴虐,喜欢任用奸诈残酷之人,天下之人无不怨恨。后与其弟尔朱彦伯俱为斛斯椿所杀,悬其首于斛斯椿门前树上,传于神武。先前洛中有谣唱道:"三月末,四月初,杨灰簸上觅真珠。"又唱道:"头去项,脚根齐,驱上树,不须梯。"后果一一应验。

② 杨:《太平御览》作"阳"。真:《事类赋》作"珍"。

二

头去项,脚根齐。
驱上树,不须梯。

北方童谣①

　　荆山为上格②，浮山为下格③。
　　潼沱为激沟④，并灌钜野泽。

【注释】

　　①　出《梁书》卷十八《康绚传》，另见《南史》卷五十五《康绚传》，《太平御览》卷七十三引《梁典》，《太平御览》卷三百二十一，《古诗纪》卷一百○七。据载：梁武帝时，北魏降人王足向梁武帝献计：在淮河上修筑堤堰，用洪水来淹没寿春，并引用了这首童谣。武帝征发民丁及战士二十万修筑堤堰，让康绚负责其事。南起浮山，北抵巉石山。堰成之后，长九里，高二十丈，夹堤种植杞柳。魏军最终被淹，溃败而归，洪水所及之地方数百里。

　　②　荆山：在今安徽省怀远县西南。北魏郦道元《水经注·淮水》："《郡国志》曰：'平阿县有当涂山，淮出于荆山之左，当涂之右，奔流二山之间，西扬涛北注之。'"

　　③　浮山：山名，与巉石山隔淮河相对。

　　④　潼沱：《太平御览》卷三百二十一作"江"，卷七十三作"泡"。

洛阳童谣①

　　名军大将莫自牢②，千兵万马避白袍③。

【注释】

　　①　出《梁书》卷三十二《陈庆之传》，另见《南史》卷六十一《陈庆之传》，《古诗纪》卷一百○七作《洛阳歌》。据载：元颢（？—529）字子明，北魏宗室，袭父爵为北海王，后累次升迁为散骑常侍、抚军将军、徐州刺史，后被御史弹劾而除名。迫于北魏内乱及义军的压力，他投奔南梁。大通初，武帝遣骠勇将军陈庆之送魏北海王元颢还北即位。陈庆之连破魏军，元颢入洛阳宫，即皇帝位，改元大赦。当时上党王元天穆来攻，陈庆之又将其打败。陈庆之部下作战时全穿着白色战袍，所向披靡。之前洛阳人有此歌，果然应验。

　　②　军：《梁书》作"师"，《古诗纪》同。牢：《古诗纪》作"劳"。

　　③　避：《古诗纪》作"被"。

东魏童谣①

　　可怜青雀子，飞来邺城里。
　　羽翮垂欲成，化作鹦鹉子。

【注释】

① 出《乐府诗集》卷八十九,另见《北齐书》卷二《神武纪下》,《古诗纪》卷一百一十九。据载:渤海王高欢立清河王之子善见,即孝静皇帝,迁都于邺,是为东魏。从此军国政务都被高欢把持,之前有此童谣。"青雀子"指静帝,静帝为清河王之世子;"鹦鹉"指齐神武帝高欢。东魏最终被齐所灭。

东魏武定末童谣①

百尺高竿摧折②,水底燃灯灯灭③。

【注释】

① 出《北齐书》卷三《文襄纪》,另见《隋书》卷二十二《五行志上》,《古诗纪》卷一百二十一。据载:武定(543—550)五年,高欢死。七月戊戌,魏帝下诏以高澄为渤海王。辛卯,高澄被盗贼杀死,时年二十九岁,葬于峻成陵。齐受禅后,追谥他为文襄皇帝,庙号世宗。渤海王被杀前有此童谣,有人认为是渤海王将死的征兆。

② 百尺高竿:指高欢。

③ 灯:指高澄,"灯"与"澄"音近,字形相似。

祖珽引魏世谣①

河南种谷河北生,白杨树头金鸡鸣②。

【注释】

① 出《北齐书》卷十一《河间王孝琬传》。据载:河间王孝琬为高澄第三子,骄矜自负,河南王(高澄长子)死后,诸王在宫中莫敢作声,只有孝琬大哭而出,和士开与祖珽企图诬陷他。之前有这首谣言在民间流传,祖珽趁机解释道:"河南、河北,为河间,金鸡鸣,孝琬将建金鸡而大赦。"

② 金鸡:古颁赦诏日,设金鸡于竿,以示吉辰。鸡以黄金饰首,故名金鸡。此制起于北魏,见《封氏闻见记》卷四"金鸡"条。此谣指孝琬篡权后将大赦天下。

柳楷引谣①

鸾生十子九子殢②,一子不殢关中乱。

【注释】

① 出《北史》卷二十九《萧宝夤传》,另见《太平御览》卷九百一十六。《北史》载:当时

323

山东、关西寇贼充斥,朝廷派兵讨伐却屡次失败。萧宝夤认为多年出师,耗费巨大,害怕一旦失败会受到责备,心中很不安。朝廷对他也产生了疑心,于是派御史中尉郦道元为关中大使。宝夤以为郦道元将取代自己,想发动兵变,就问河东柳楷,楷说:"大王齐明帝子,今日之举,是众望所归,并且民间有谣言如此。不要有所疑虑!"宝夤于是派其将郭子恢等攻杀郦道元于阴盘驿。

② 殰(duàn):卵不孵化。

文宣时谣①

马子入石室,三千六百日。

【注释】

① 见《北史》卷七,又见《乐府诗集》卷八十九,《古诗纪》卷一百二十一。《北史》载:此为文宣时谣,文宣帝在午年出生,故称为马子。三台宫为石季龙所居,故称作石室。三千六百日为十年,文宣在位十年,果如谣言。

柳达摩引北方童谣①

石头捣两裆,捣青复捣黄②。

【注释】

① 见《南史》卷九《陈武帝纪》,又《古诗纪》卷一百〇七作《北童谣》。据《南史》载:北齐遣柳达摩领兵侵梁,陈霸先命部将侯安都将其打败。达摩对属下说:"在北方时就有这首童谣,侯景军队穿青色军服已经失败,现在我的士兵穿黄衣服也失败了,这难道说是应验了童谣?"

② 青:侯景军队衣服为青色。

废帝时童谣①(三首)

一

白头羊翚秃②,羖䍽头生角③。

【注释】

① 见《北齐书·杨愔传》,又见《北史·杨愔传》,《古诗纪》一百二十一。据载:杨愔,齐文宣帝(高洋)时尚太原公主,位至尚书令、骠骑大将军。文宣帝死后,愔与侍中燕子献、黄门侍郎郑子默并受遗诏辅政。当时常山、长广二王位高权重,杨愔等谋划,想要削弱二

王的权力,但最终反被二王所害。之前就有此童谣。"羊"指杨愔。"角",由"用"和"刀"组成。"道人",为废帝(高殷)小名。太原公主曾当过尼姑,故称"阿麼姑"。愔尚太原公主、子献尚淮阳公主、天和尚东平公主,都娶公主为妻,所以称为道人姑夫。

② 头羊:《北齐书》作"羊头"。毣(mù):毛。《北齐书》作"尾"。

③ 羖䍽(gǔ lì):一种勇悍的羊。

二

羊羊吃野草,不喫野草远我道,不远打尔脑。

三

阿麼姑①,祸也。
道人姑夫,死也。

【注释】

① 麼:《北齐书》作"么"。

孝昭时童谣①

中兴寺内白凫翁,
四方侧听声雍雍,
道人闻之夜打钟。

【注释】

① 出《北齐书》卷十四《上洛王思宗子元海传》,又见《北史》卷五十一《上洛王思宗子元海传》、《古诗纪》卷一百二十一。据载:孝昭帝高演诛杀杨愔时对高湛说:"事成之后,让你当皇太弟。"高演当上皇帝后,让高湛在邺领兵,立其子百年为皇太子。武成心中不平,想起兵篡位。在此之前有这首童谣。当时丞相府在城中,即旧中兴寺;"凫翁"指雄鸡,武成小字步落稽;"道人"是济南王(高殷)小名;"打钟",指将被击。后来高湛听了占卜者的话而不起兵,高演不久死去,高湛即位。

武成俎后谣①

千钱买果园②,中有芙蓉树。
破家不分明③,莲子随它去④。

【注释】

① 见《太平御览》卷九百七十五,又《乐府诗集》卷八十七、《古诗纪》卷一百二十一并作《北齐太上时童谣》。据载:武成(高湛)死后有此谣流传,曲调非常悲伤苦楚。北周平定北齐后,齐幼主、胡太后等一并归于长安,童谣最后一一应验。又,高纬宠幸的冯淑妃,名为小怜。

② 钱:《乐府诗集》作"金"。果:《乐府诗集》作"药"。

③ 破家:指北齐灭亡。家:《太平御览》作"券"。

④ 莲子:"怜子",指冯淑妃。

武平元年童谣①

狐截尾②,你欲除我我除你。

【注释】

① 见《隋书》卷二十二《五行志》,又见《乐府诗集》卷八十九,《古诗纪》卷一百二十一。《隋书》载:武平元年有此童谣。此年四月,陇东王胡长仁谋划派刺客杀和士开,事情败露后反被和士开诬陷而死。

② 狐:与"胡"谐音。

武平中童谣(二首)

一①

和士开②,七月三十日,将你向南台。

【注释】

① 出《隋书》卷二十二《五行志》,另见《乐府诗集》卷八十九,《古诗纪》卷一百二十一。《隋书》载:武平二年有此童谣,小儿唱完一首,就拍手道"杀却"。至七月二十五日,御史中丞琅邪王俨捉拿和士开,于南台斩首。

② 和士开:字彦通,历仕北魏、北齐,北齐武平元年(570),封为淮阳王,除尚书令、录尚书事。后因与太后乱政被御史中丞高俨等所诛。

二①

七月刈禾伤早②,九月吃糕正好③。

十月洗荡饭瓮,十一月出却赵老④。

【注释】

① 出《隋书》卷二十二《五行志》,另见《乐府诗集》卷八十九,《古诗纪》卷一百二十

一。据《北史·綦连猛传》载:"七月刈禾太早,九月啖糕未好。本欲寻山射虎,激箭旁中赵老。"与此稍异。武平二年有此童谣,七月,和士开被诛。九月,琅邪王遇害。十一月,赵彦深出为西兖州刺史。与童谣一一符合。

② 禾:指和士开。

③ 糕:指琅邪王高俨。

④ 赵老:指赵彦深。

武成时童谣[①]

九龙母死不作孝。

【注释】

① 出《北齐书》卷九《神武娄后传》。《北齐书》载:娄太后共孕六男二女,都是因感梦而怀孕。孕文襄时梦到一条断龙;孕文宣时梦到一条火龙,首属天尾接地,张口动目,形状异常恐怖;孕孝昭时梦到蠕龙于地;孕武成时梦到龙浴于海;孕魏二后时都梦到月亮入怀;孕襄城、博陵二王时梦到老鼠进入衣下。太后死之前,有此童谣。太后死后,武成帝不为太后服丧,像往常一样穿着绯袍。武成帝在兄弟姐妹中排第九,果然如童谣所言。

北齐末邺中童谣[①]

金作扫帚玉作把,净扫殿屋迎西家。

【注释】

① 出《隋书》卷二十二《五行志》,另见《乐府诗集》卷八十九,《古诗纪》卷一百二十一。据《隋书》载:北齐末,邺中有此童谣,不久,北齐被北周所灭,北周定都关中,所以称为西家。

武平末童谣[①]

黄花势欲落,清尊但满酌[②]。

【注释】

① 出《北齐书》卷九《后主穆后传》,另见《隋书》卷二十二《五行志》,《乐府诗集》卷八十九,《古诗纪》卷一百二十一。据载:武平(570—576)末年有此童谣。当时穆后母子淫辟,干预朝政。穆后小字黄花,不久齐亡,童谣应验。

② 尊但满:《北齐书》作"觞满杯"。

徐之范引童谣①

周里跋求伽,豹祠嫁石婆。

斩冢作媒人,唯得一量紫绽靴②。

【注释】

① 出《北齐书》卷三十三《徐之才传》。据载:太宁二年(562)春,武明太后生病。当时民间流传着这首童谣,其中充满了神秘的隐语,不好理解,时名医徐之才做了如是解释:"跋求伽,胡言去已;豹祠嫁石婆,岂有好事?斩冢作媒人,但令合葬,自斩冢。唯得紫绽靴者,得至四月。何者?紫之为字,此下系,绽者熟,当在四月之中。靴者革旁化,宁是久物?"至四月一日,太后果然死去,童谣应验。

② 绽(xiàn):"线"的异体字。

杨子术引谣言①

卢十六,稚十四②,犍子拍头三十二。

【注释】

① 出《北齐书》卷四十九《魏宁传》,另见《北史》卷八十九《魏宁传》。据载:魏宁因擅长推算禄命,被征为馆客。北齐武成帝高湛亲自测试他,都被他言中,于是用自己的出生年月假托为别人的来问他,魏宁推算说:"极富贵,今年入墓。"武成惊道:"是我。"魏宁改口说:"如果是帝王的话自有办法禳除。"当时又有叫阳子术的人说:"谣言曾说:'卢十六,雉十四,犍子拍头三十二。'四八三十二是天之大数,当今皇帝,也恐怕不过如此。"不久武成死去,死时三十二岁。

② 稚:《北史》作"雉"。

周初童谣①

白杨树头金鸡鸣,秖有阿舅无外甥②。

【注释】

① 出《隋书》卷二十二《五行志》,另见《太平御览》卷九百五十七,《乐府诗集》卷八十九,《古诗纪》卷一百二十九。据《隋书》载:579年,周静帝受禅即位,时年七岁,由隋国公、外祖父丞相杨坚辅政。大象三年(581)禅让帝位于丞相杨坚,杨坚登基。至此北周灭亡,隋朝建立,童谣所歌即此事。

② 秖:同"祇",疑作"衹",只有。《古诗纪》作"裁"。

玉浆泉谣①

我有丹阳,山出玉浆②。
济我民夷③,神乌来翔④。

【注释】

① 出《隋书》卷三十九《豆卢绩传》,另见《北史》卷六十八《豆卢绩传》,《太平御览》卷七十二、二百五十七、九百一十四,《乐府诗集》卷八十七,《古诗纪》卷一百二十九。据载:豆卢绩在周武帝时任渭州刺史,政治清明,祥瑞屡至。鸟鼠山俗称为高武陇,其山绝壁高千寻,历来缺水,住在那儿的羌人都以此为苦。豆卢绩马足所践踏的地方,忽然有飞泉涌出。还有白乌在其厅前飞翔,喂养小鸟以后离去。民间为豆卢绩作此歌谣。后来就将这口泉眼命名为"玉浆泉"。

② 出:《太平御览》卷九百一十四作"飞"。

③ 民:《北史》、《乐府诗集》作"人",《古诗纪》同。夷:《太平御览》卷九百一十四作"戎夷人"。

④ 乌:《太平御览》卷二百五十七作"鸟"。

横吹曲辞

【梁鼓角横吹曲】

据《乐府诗集》载:"横吹曲,其始亦谓之鼓吹,马上奏之,乃军中之乐也。其后分为二部,有箫笳者为鼓吹,用之朝会、道路。有鼓角者为横吹,用之军中,马上所奏者是也。"是鼓吹与横吹在伴奏乐器与用途上都不相同。北朝民间乐府以《梁鼓角横吹曲》六十六首为主,"多叙慕容垂及姚泓时战阵之事",有的也涉及男女恋情,具有浓郁的北方特色。因为这些歌曲曾经先后传入梁、陈,释智匠作《古今乐录》时题为《梁鼓角横吹曲》,创作者为北朝人,而保存者则为南朝人。

企喻歌① (四曲)

一

男儿欲作健,结伴不须多。

鹞子经天飞②,群雀两向波。

【注释】

① 见《乐府诗集》卷二十五,另见《古诗纪》卷一百〇六。《乐府诗集》引《古今乐录》载:"《企喻歌》四曲,或云后又有二句'头毛堕落魄,飞扬百草头'。最后'男儿可怜虫'一曲是苻融诗,本云'深山解谷口,把(当作"白")骨无人收'。"又引《唐书·乐志》曰:"北狄乐其可知者鲜卑、吐谷浑、部落稽三国,皆马上乐也。后魏乐府始有北歌,即所谓《真人代歌》是也。代都时,命掖庭宫女晨夕歌之。周、隋世与西凉乐杂奏,今存者五十三章,其名可解者六章,《慕容可汗》、《吐谷浑》、《部落稽》、《钜鹿公主》、《白净皇太子》、《企喻》也。其不可解者,咸多'可汗'之辞。北虏之俗呼主为可汗。吐谷浑又慕容别种,知此歌是燕、魏之际鲜卑歌也。其词虏音,竟不可晓。梁乐府鼓吹又有《大白净皇太子》、《小白净皇太子》、《企喻》等曲。隋鼓吹有《白净皇太子曲》,与北歌校之,其音皆异。"这四首《企喻歌》均写"战阵之事",体现了北方民族骁勇善战的特点。

② 鹞子:鹞鹰,一种猛禽,比喻凶猛骁捷的人。

二

放马大泽中,草好马著膘。

牌子铁裲裆①,钜鍪鹳尾条②。

【注释】

① 牌子:指盾牌。铁裲裆:即保护前心后背的铠甲。

② 钜鍪(hù móu):指兜鍪,头盔。

三

前行看后行,齐著铁裲裆。

前头看后头,齐著铁钜鍪。

四

男儿可怜虫,出门怀死忧。

尸丧狭谷中,白骨无人收。

琅玡王歌辞① (八曲)

一

新买五尺刀,悬著中梁柱②。
一日三摩娑③,剧于十五女④。

【注释】

①　出《乐府诗集》卷二十五,另见《古诗纪》卷一百〇六。据《古今乐录》载:《琅玡王歌》八曲,或云"阴凉"下又有二句云:"盛冬十一月,就女觅冻浆。"琅玡王不知指谁,最后一首有"唯有广平公"一句。据《晋书·姚兴载记》,广平公指姚弼,为姚兴之子,姚泓之弟,则此组歌辞的产生年代应在十六国时期。
②　中梁柱:大殿中支撑屋梁的柱子。
③　摩娑:抚摸。
④　剧:超过。十五女:少女。

二

琅玡复琅玡,琅玡大道王。
阳春二三月,单衫绣裲裆①。

【注释】

①　绣裲裆:绣花的背心。

三

东山看西水,水流磐石间。
公死姥更嫁①,孤儿甚可怜。

【注释】

①　公:父亲。姥:母亲。

四

琅玡复琅玡,琅玡大道王。
鹿鸣思长草,愁人思故乡。

五

长安十二门①,光门最妍雅②。
渭水从垄来③,浮游渭桥下④。

【注释】

①　十二门:长安城共四面,每面三门,合计十二门。

② 妍雅：美好雅致。
③ 从垄：垄，通"陇"，指渭水发源于陇山。
④ 渭桥：长安附近渭水上的桥梁，以连接渭水南北。

六

琅玡复琅玡，女郎大道王。
孟阳三四月，移铺逐阴凉。

七

客行依主人，愿得主人强①。
猛虎依深山，愿得松柏长。

【注释】
① 主：《古诗纪》作"女"。

八

㧑马高缠鬃①，遥知身是龙②。
谁能骑此马，唯有广平公③。

【注释】
① 㧑(wèi)：当为"駃(kuài)"。駃马：骏马、快马。鬃：兽类颈上之长毛。
② 是：《古诗纪》作"自"。龙：指骏马，马八尺以上称为龙。
③ 广平公：据《晋书·姚兴载记》，广平公指姚弼，为姚兴之子，姚泓之弟。

钜鹿公主歌辞①（三曲）

一

官家出游雷大鼓②，细乘犊车开后户③。

【注释】
① 出《乐府诗集》卷二十五，另见《古诗纪》卷一百〇六。据《唐书·乐志》载："梁时有《钜鹿公主歌》，似是姚苌时歌，其词华音，与北（疑为"此"）歌不同。"钜鹿公主具体情况不详。
② 雷：同"擂"，敲。
③ 细：慢慢地，轻轻地。犊车：牛车。

二

车前女子年十五，手弹琵琶玉节舞①。

【注释】

① 玉节:疑指弹琵琶用的拨片。

三

钜鹿公主殷照女,皇帝陛下万几主。

紫骝马歌辞①（六曲）

一

烧火烧野田,野鸭飞上天。
童男娶寡妇,壮女笑杀人②。

【注释】

① 见《乐府诗集》卷二十五,另见《古诗纪》卷一○六。《紫骝马歌辞》共六曲,但后面四曲是将古辞《十五从军征》割裂为四曲,这里将后四曲合并在一起作为一首完整的歌辞。《乐府诗集》引《古今乐录》载:"'十五从军征'以下是古诗。"第一曲写婚姻嫁娶,第二曲写游子远行,第三首写士兵从军久戍,还归故乡后的所见所感。

② 壮女:年轻女子。

二

高高山头树,风吹叶落去。
一去数千里,何当还故处。

三

十五从军征,八十始得归。
道逢乡里人,家中有阿谁①？
遥看是君家,松柏冢累累②。
兔从狗窦入③,雉从梁上飞④。
中庭生旅谷⑤,井上生旅葵⑥。
舂谷持作饭⑦,采葵持作羹。
羹饭一时熟,不知饴阿谁⑧。
出门东向看,泪落沾我衣。

【注释】

① 有阿谁:有谁。
② 冢累累:坟墓相连接。

③ 狗窦:供狗进出的洞。
④ 雉:野鸡。
⑤ 旅谷:未经播种自己出生的谷子。
⑥ 旅葵:野生的葵菜。
⑦ 持作:拿来作成。
⑧ 饴:送给。

紫骝马歌①

独柯不成树②,独树不成林。

念郎锦裲裆③,恒长不忘心④。

【注释】

① 见《乐府诗集》卷二十五,另见《古诗纪》卷一百〇六。据《古今乐录》,此曲与前曲不同。
② 柯:枝条。
③ 锦裲裆:锦丝做的背心。
④ 不忘心:背心是用来保护前后心的,所以说不忘心。两句意为:希望情郎像锦丝背心一样,永远贴心,不忘我心。

黄淡思歌①(四曲)

一

归归黄淡思②,逐郎还去来。

归归黄淡百,逐郎何处索?

【注释】

① 见《乐府诗集》卷二十五,另见《古诗纪》卷一百〇六。本组歌辞主要写女子对情人的爱恋与思念。
② 归归:声辞,无实在意义。

二

心中不能言,腹作车轮旋①。

与郎相知时,但恐傍人闻。

【注释】

① 腹:《乐府诗集》作"复"。

三

江外何郁拂①,龙洲广州出②。

象牙作帆樯,绿丝作帏绋③。

【注释】

① 郁拂:犹郁勃,盛貌。
② 龙洲:当作"龙舟"。
③ 帏(wéi)绋(fú):帏,船上的帷帐;绋,捆绑帷帐的粗绳索。

四

绿丝何葳蕤,逐郎归去来①。

【注释】

① 此下疑脱两句。

地驱乐歌辞①(四曲)

一

青青黄黄②,雀石颓唐③。

槌杀野牛,押杀野羊④。

【注释】

① 见《乐府诗集》卷二十五,另见《古诗纪》卷一百○六。
② 青青黄黄:当指山石的颜色。
③ 雀石:当为山名或石名。颓唐:坍塌,崩塌。
④ 押:通"压"。

二

驱羊入谷,自羊在前①。

老女不嫁,蹋地唤天②。

【注释】

① 自:一说是"白"之误,一说是"百"之误。"百"即"首",首羊即头羊的意思。头羊应该走在前,老女应该嫁在前。
② 蹋:同"踏"。

三

侧侧力力①,念君无极②。

枕郎左臂,随郎转侧。

【注释】
① 侧侧:叹息声。
② 无极:非常想念。

四

摩将郎须①,看郎颜色。
郎不念女,不可与力。

【注释】
① 摩将:抚摸。将:《乐府诗集》作"捋"。

地驱乐歌①

月明光光星欲堕,欲来不来早语我②。

【注释】
① 见《乐府诗集》卷二十五,另见《古诗纪》卷一百〇六。据《古今乐录》载,此曲与前四曲不同。
② 语:告诉。

雀劳利歌辞①

雨雪霏霏雀劳利②,长嘴饱满短嘴饥。

【注释】
① 《乐府诗集》卷二十五,另见《古诗纪》卷一百〇六。劳利:鸟雀的喧叫声。
② 霏霏:纷飞貌,形容雪大。

慕容垂歌辞①（三曲）

一

慕容攀墙视②，吴军无边岸③。
我身分自当④，枉杀墙外汉⑤。

【注释】

① 见《乐府诗集》卷二十五，又见《古诗纪》卷一百〇六。《晋书·慕容垂载记》载：慕容垂本名霸，后因谶语的原因，就去掉"夬"，以垂为名。慕容儁称帝后，封慕容垂为吴王，移镇信都，太元八年(383)，慕容垂自称燕王。

② 攀墙：登上城墙。

③ 吴军：指东晋刘牢之率领的军队，慕容垂围攻苻丕，将其围在邺城，刘牢之率兵救援，围解，慕容垂兵败走新城，反被刘牢之围困于城中。

④ 我：指慕容垂。

⑤ 墙外汉：指慕容垂统治地区的汉人。

二

慕容愁愤愤①，烧香作佛会②。
愿作墙里燕③，高飞出墙外。

【注释】

① 愤愤：烦闷不舒貌。

② 佛会：礼佛诵经的法会。

③ 墙里燕：慕容垂为燕人，此处为双关语。

三

慕容出墙望，吴军无边岸。
咄我臣诸佐①，此事可惋叹②。

【注释】

① 诸佐：辅助之臣。

② 惋叹：因怨恨惋惜而叹气。

陇头歌辞①（三曲）

一

陇头流水，流离山下②。

念吾一身，飘然旷野③。

【注释】

① 见《乐府诗集》卷二十五，又见《古诗纪》卷一○六。陇头即陇山，六盘山南段的别称，又称陇坻、陇坂。在今陕西陇县至甘肃平凉一带，地势险峻，为陕、甘要隘。这三曲歌辞写行人远行途中的艰辛。

② 流离：水流淋漓貌。

③ 飘然：漂泊无定的状态。

二

朝发欣城①，暮宿陇头。

寒不能语，舌卷入喉②。

【注释】

① 欣城：地名，不详。

② 舌卷入喉：形容极度寒冷。

三

陇头流水，鸣声幽咽。

遥望秦川①，心肠断绝②。

【注释】

① 秦川：地名，自大散关以北达于歧雍，夹渭川南北岸，沃野千里，为秦故国，故称秦川。

② 肠：《乐府诗集》作"肝"。

陇头流水歌辞①（三曲）

一

陇头流水，流离西下。

念吾一身②，飘旷野③。

【注释】

① 《乐府诗集》卷二十五,又见《古诗纪》卷一百○六,《古诗纪》卷一百○六引《辛氏三秦记》载:"陇渭西关,其陂九回,上有清水,四注流下,俗有此歌。"
② 吾:《古诗纪》作"我"。
③ 《古诗纪》"飘"下有"然"字。

二

西上陇阪,羊肠九回①。
山高谷深,不觉脚酸。

【注释】

① 羊肠:喻指崎岖曲折的小路。

三

手攀弱枝,足逾弱泥。

隔谷歌①(二曲)

一

兄在城中弟在外,弓无弦,箭无栝②。
食粮乏尽若为活?救我来!救我来!

【注释】

① 见《乐府诗集》卷二十五,又见《古诗纪》卷一百○六。《古今乐录》载:"前云无辞,乐工有辞如此。"主要写战事给百姓带来的苦难和不幸。
② 栝:箭末扣弦处。

二

兄为俘虏受困辱,骨露力疲食不足。
弟为官吏马食粟,何惜钱刀来我赎①。

【注释】

① 来我赎:即"来赎我",将我用钱赎出监狱。

淳于王歌①（二曲）

一

肃肃河中育②，育熟须含黄。
独坐空房中，思我百媚郎③。

【注释】

① 见《乐府诗集》卷二十五，又见《古诗纪》卷一百〇六。
② 肃肃：风吹物体的声音。育：当为水生植物，具体不详。
③ 百媚：极其妩媚，极其美好。

二

百媚在城中，千媚在中央。
但使心相念，高城何所妨①。

【注释】

① 妨：阻碍。

东平刘生歌①

东平刘生安东子②，树木稀，屋里无人看阿谁？

【注释】

① 见《乐府诗集》卷二十五，又见《古诗纪》卷一百〇六。
② 东平刘生：东平，地名，汉晋有东平国，北魏改国为郡。刘生，人名，具体情况不详。

捉搦歌①（四曲）

一

粟谷难舂付石臼②，弊衣难护付巧妇③。
男儿千凶饱人手④，老女不嫁只生口⑤。

【注释】

① 见《乐府诗集》卷二十五，《古诗纪》卷一百〇六。捉搦（nuò）：犹言捉拿。此谓男女互相捉弄、嬉戏。

② 石臼:用于舂米的器具,石质,中间凹陷。
③ 弊衣:破旧的衣服。
④ 千凶:指很多缺点。人手:指能够使人吃饱,免于饥饿。
⑤ 只生口:只是白白地吃饭。

二

谁家女子能行步,反著袷禅后裙露①。
天生男女共一处,愿得两个成翁妪②。

【注释】

① 袷禅(jiā dān):双层单衣。
② 成翁妪:结为夫妻。

三

华阴山头百丈井①,下有流水彻骨冷。
可怜女子能照影,不见其余见斜领。

【注释】

① 华阴:县名,在今陕西省华阳县东南。

四

黄桑柘屐蒲子履①,中央有丝两头系②。
小时怜母大怜婿,何不早嫁论家计。

【注释】

① 柘屐:用柘木做的鞋。柘:木名,桑属,木质细密坚硬,可制弓,叶可饲蚕。蒲子履:用蒲草做的鞋。
② 丝:《乐府诗集》作"系"。

折杨柳歌辞①(五曲)

一

上马不捉鞭②,反折杨柳枝。
蹀座吹长笛③,愁杀行客儿④。

【注释】

① 见《乐府诗集》卷二十五,又见《古诗纪》卷一百〇六。
② 捉:拿,握。

③ 踥座：双足交叠而坐。
④ 行客儿：远行的人。

二

腹中愁不乐，愿作郎马鞭。

出入擐郎臂①，踥座郎膝边。

【注释】

① 擐(huán)：系，套。

三

放马两泉泽，忘不著连羁①。

担鞍逐马走②，何得见马骑。

【注释】

① 羁：马笼头。
② 担鞍：肩扛着鞍。

四

遥看孟津河①，杨柳郁婆娑②。

我是虏家儿③，不解汉儿歌。

【注释】

① 孟津：渡口名，在今河南孟县南，相传武王伐纣与八百诸侯会盟于此。
② 婆娑：茂盛的样子。
③ 虏：这里是少数民族的自称。

五

健儿须快马，快马须健儿。

跸跋黄尘下①，然后别雄雌。

【注释】

① 跸跋(bié bá)：马蹄踏地的声音。

折杨柳枝歌①（四曲）

一

上马不捉鞭，反拗杨柳枝②。

下马吹长笛，愁杀行客儿。

【注释】

① 见《乐府诗集》卷二十五,《古诗纪》卷一百〇六。
② 拗:折。

二

门前一株枣,岁岁不知老。
阿婆不嫁女,那得孙儿抱。

三

敕敕何力力①,女子临窗织。
不闻机杼声,只闻女叹息②。

【注释】

① 敕敕何力力:敕敕、力力,均指女子的叹息声。何:语气助词。
② 只闻:《古诗纪》误作"闻惟"。

四

问女何所思,问女何所忆。
阿婆许嫁女①,今年无消息。

【注释】

① 许:许配。

幽州马客吟歌辞①(五曲)

一

愦马常苦瘦,剿儿常苦贫②。
黄禾起羸马③,有钱始作人④。

【注释】

① 又见《乐府诗集》卷二十五,《古诗纪》卷一百〇六。
② 剿儿:轻捷之士,即健儿。苦:以……为苦。
③ 黄禾:粟粒,饲料。起:使振作。羸马:羸弱之马。
④ 作人:被看作人。

二

荧荧帐中烛①,烛灭不久停。
盛时不作乐②,春花不重生③。

【注释】

① 荧荧:烛光闪烁的样子。
② 盛时:盛年。
③ 春花:青春年华,少壮时期。

三

南山自言高,只与北山齐①。
女儿自言好②,故入郎君怀。

【注释】

① 只:仅仅,唯一。
② 好:美、善。

四

郎著紫袴褶①,女著彩袷裙②。
男女共燕游③,黄花生后园④。

【注释】

① 袴褶:男子的一种服饰。上穿褶,下着裤,外不加裘裳。最早始于汉末,为骑服,盛行于南北朝时期,用作常服或朝服。
② 袷裙:有面有里的双层裙。
③ 燕游:闲游。
④ 黄花:菊花。

五

黄花郁金色①,绿蛇衔珠丹②。
辞谢床上女,还我十指环③。

【注释】

① 郁金:香草名,即郁金香。《梁书·中天竺国传》:"郁金独出罽宾国,华色正黄而细,与芙蓉花裹被莲者相似。"
② 衔珠丹:《淮南子·览冥训》高诱注:"隋侯,汉东之国,姬氏诸侯也。隋侯见大蛇伤断,以药傅之。后蛇于江中衔大珠以报之。"
③ 十指环:戒指。

慕容家自鲁企由谷歌①

郎在十重楼②,女在九重阁。
郎非黄鹞子③,那得云中雀④。

【注释】

① 见《乐府诗集》卷二十五,《古诗纪》卷一百〇六。慕容家:南燕慕容氏。企由谷:当是地名。
② 十:《乐府诗集》作"千"。
③ 黄鹞(yào)子:鹞鹰一类猛禽。
④ 云中雀:女子的自比之语。

高阳乐人歌①(二曲)

一

可怜白鼻䯀②,相将入酒家③。
无钱但共饮④,画地作交赊⑤。

【注释】

① 见《乐府诗集》卷二十五,《古诗纪》卷一百〇六。《乐府诗集》引《古今乐录》载:魏高阳王乐人所作也,又有《白鼻䯀》,盖出于此。高阳王:北魏孝文帝拓跋宏之子拓跋雍。
② 白鼻䯀(guā):白鼻黑嘴的黄马。
③ 相将:三三两两结伴,相携而来。
④ 但:然而。
⑤ 画地:在地上作记号。交赊:赊欠。

二

何处䭇䭏来①?两颊色如火。
自有桃花容②,莫言人劝我。

【注释】

① 䭇(tà)䭏:此处指饮酒。䭇,饭;䭏,饮酒。来:句尾语气词,无实际意义。
② 桃花容:形容酒后面色红润如桃花。

木兰诗(二首)

一①

唧唧复唧唧②,木兰当户织③。不闻机杼声④,唯闻女叹息。问女何所思,问女何所忆。女亦无所思,女亦无所忆。昨夜见军帖⑤,可汗大点兵⑥。军书十二卷⑦,卷卷有爷名⑧。阿爷无大儿,木兰无长兄。愿为市鞍马⑨,从此替爷征。

东市买骏马,西市买鞍鞯⑩。南市买辔头⑪,北市买长鞭。朝辞爷娘去⑫,暮宿黄河边。不闻爷娘唤女声,但闻黄河流水鸣溅溅⑬。旦辞黄河去,暮宿黑山头⑭。不闻爷娘唤女声,但闻燕山胡骑声啾啾⑮。

万里赴戎机⑯,关山度若飞⑰。朔气传金柝⑱,寒光照铁衣。将军百战死,壮士十年归。

归来见天子,天子坐明堂。策勋十二转⑲,赏赐百千强⑳。可汗问所欲,"木兰不用尚书郎㉑。愿驰千里足㉒,送儿还故乡。"

爷娘闻女来,出郭相扶将㉓。阿姊闻妹来㉔,当户理红妆㉕。小弟闻姊来,磨刀霍霍向猪羊㉖。开我东阁门,坐我西阁床㉗。脱我战时袍,著我旧时裳。当窗理云鬓㉘,对镜帖花黄㉙。出门看伙伴㉚,伙伴始惊惶㉛。同行十二年,不知木兰是女郎。

雄兔脚扑朔㉜,雌兔眼迷离㉝。两兔傍地走㉞,安能辨我是雄雌㉟。

【注释】

① 见《古文苑》卷四,又见《文苑英华》卷三百三十三,《乐府诗集》卷二十五,《广文选》卷十二,《古诗纪》卷一百〇六,又《草堂诗笺》卷五《前出塞》注引一句。此诗是我国南北朝时期北方的一首乐府民歌,记述了木兰女扮男装,代父从军,征战沙场,凯旋回朝,建功受封,辞官还乡的故事,充满传奇色彩。作者及产生时代不详,《古诗纪》引《古今乐录》载:"木兰不知名,浙江西道观察使兼御史中丞韦元甫续附入。"又云:"《古文苑》作《唐人木兰诗》。"逯钦立《先秦汉魏晋南北朝诗》认为:"十二转勋制始于唐,建立明堂在武则天时,韦元甫乃唐代宗时人,《古文苑》以为唐人作,良是。"目前学术界认为,(陈)释智匠《古今乐录》中已经著录此诗,故其产生时代不会晚于陈代,可能经过隋唐文人的加工润色。

② 唧唧:机杼声。《古文苑》作"促织",《文苑英华》或作"历历"。

③ 当户:对着门。

④ 机杼:织布机。

⑤ 军帖:征兵的文书。

⑥ 可汗:北方少数民族对君主的称呼。

⑦ 军书:征兵的名册。

⑧ 爷:父亲。

⑨ 市:买。

⑩ 鞍鞯(jiān):马鞍下的垫子。

⑪ 辔头:拴牲口的笼头和缰绳。

⑫ 朝:《乐府诗集》作"旦",注云:一作"朝"。《广文选》作"旦"。
⑬ 溅溅:流水声。
⑭ 宿:《文苑英华》、《乐府诗集》作"至",《乐府诗集》注云:一作"宿"。
⑮ 燕山:即燕山山脉。声啾啾:啾啾,马鸣声。声:《文苑英华》作"鸣",《乐府诗集》、《广文选》同,《古诗纪》云:一作"鸣啾"。
⑯ 戎机:军事机宜。
⑰ 关山:关口和山隘。
⑱ 朔气:北方的寒冷空气。金柝(tuò):即刁斗,军用铜器,三足一柄。白昼用于炊事,夜晚用来打更巡夜。
⑲ 策勋:记功于策。十二转:转,升等,升级,每升一级为一转,这里指木兰立功之多。
⑳ 赏赐:《文苑英华》云:一作"赐物",《乐府诗集》、《古诗纪》同。百千强:非常多。
㉑ 木兰:以上七字《文苑英华》作"可汗欲与木兰官",注云:一作"可汉问所欲",又作"欲与木兰赏"。尚书郎:尚书省侍郎,这里指高官。《乐府诗集》、《古诗纪》并云:一作"欲与木兰赏,不愿尚书郎"。
㉒ 愿驰千里足:《文苑英华》作"愿得鸣驼千里足",注云:"得鸣"一作"借明"。
㉓ 出郭:郭,外城。
㉔ 阿姊闻妹来:《广文选》作"阿妹闻姊来",《古诗纪》云:一作"阿妹闻姊来"。
㉕ 理红妆:梳妆打扮。
㉖ 霍霍:磨刀声。猪:《古诗纪》作"诸"。
㉗ 床:古代的坐卧用具。
㉘ 云鬓:盛美如云的鬓发。鬓:《文苑英华》作"发",注云:一作"鬓"。
㉙ 对:《古文苑》作"挂",《文苑英华》、《乐府诗集》同,注:一作"对"。帖花黄:古代妇女用黄粉涂在额上的一种妆扮,称黄额妆。
㉚ 伙伴:一同出征的士兵。
㉛ 始:《古文苑》、《广文选》作"皆",《乐府诗集》同,注:一作"始"。惊惶:《古文苑》、《乐府诗集》作"忙",《文苑英华》作"惊忙忙",注:一作"始惊忙",又作"皆惊忙"。
㉜ 扑朔:跳跃的样子。朔:《古文苑》作"握",《文苑英华》同,注:一作"朔",《古诗纪》一作"握"。
㉝ 迷离:模糊不清。迷:《古文苑》作"弥",《文苑英华》同,注:一作"迷",《古诗纪》一作"弥"。
㉞ 两:《古文苑》作"毲",《古诗纪》云:一作"毲",《文苑英华》作"双",《乐府诗集》同。注:一作"两"。走:跑。
㉟ 安:怎么。《古文苑》注:一作"焉"。

二①

木兰抱杼嗟②,借问复为谁。欲闻所慽慽③,感激强其颜。老父隶兵籍,气力日衰耗。岂足万里行,有子复尚少。胡沙没马足④,朔风裂人肤。老父旧羸病⑤,何以强自扶。

木兰代父去,秣马备戎行⑥。易却纨绮裳,洗却铅粉妆。驰马赴军幕,慷慨携干将⑦。朝屯雪山下,暮宿青海傍。夜袭月支虏⑧,更携于阗羌⑨。

将军得胜归,士卒还故乡。父母见木兰,喜极成悲伤。木兰能承父母颜,却卸巾鞲理丝簧⑩。昔为烈士雄,今复娇子容。亲戚持酒贺,父母始知生女与男同。

门前旧军都⑪,十年共崎岖。本结兄弟交,死战誓不渝。今也见木兰,言声虽是颜貌殊。惊愕不敢前,叹重徒嘻吁⑫。世有臣子心,能如木兰节。忠孝两不渝,千古之名焉可灭。

【注释】

① 见《乐府诗集》卷二十五,又见《广文选》卷十二,《古诗纪》卷一百〇六。此诗与上一首内容基本一致,但文人仿作的痕迹明显,姑附于此以备考。

② 嗟:叹息

③ 慽慽:悲伤貌。

④ 胡沙:指北方战场的尘沙。

⑤ 羸病:体弱多病。

⑥ 秣马:喂饱马匹。戎行:军队、行伍。

⑦ 干将:古宝剑名,这里指兵器。

⑧ 月支:古西域国名,即月氏。月:《乐府诗集》作"燕"。

⑨ 于阗(tián):汉代西域国名,在今新疆和田县一带。

⑩ 卸:《乐府诗集》误作"御"。巾鞲(gōu):臂套,射箭时所用,这里指战袍。丝簧:乐器。

⑪ 军都:指一起出征的将士。

⑫ 嘻吁:赞叹声。

【杂曲歌辞】

阿那环①

闻有匈奴主,杂骑起尘埃。
列观长平坂,驱马渭桥来。

【注释】

① 出《乐府诗集》卷七十八,又见《古诗纪》卷一百一十九。《北史》载:阿那环为蠕蠕国主。《通典》载,蠕蠕自拓跋初迁徙到云中,即有种落,后魏太武时开始强盛,占领了匈奴故地。

杨白花①

阳春二三月,杨柳齐作花。
春风一夜入闺闼②,杨花飘荡落南家。
含情出户脚无力,拾得杨花泪沾臆③。
秋去春还双燕子,愿衔杨花入窠里④。

【注释】

① 出《乐府诗集》卷七十三,又见《古诗纪》卷一百一十九。据《梁书》载:杨华为武都仇池人,年轻时英勇善战,相貌英俊。魏胡太后逼迫杨华和她通奸,杨华害怕遭受祸害,于是率领其部曲投降梁朝。胡太后十分思念杨华,作《杨白华歌》,使宫人连臂踏足而歌,声调非常凄凉哀婉。另据《南史》,杨华本名白花,奔梁后名华,魏名将杨大眼之子。
② 闺闼:内室。
③ 沾臆:沾湿胸前的衣襟。臆:当胸之处。
④ 窠(kē):指燕巢。

附录

杂曲歌辞(无时代可考者)

古 歌①

边城晏闻汉阳掺,黄尘萧萧白日暗。

【注释】

① 出《诗话总龟》卷二。《诗话总龟》引杨文公《谈苑》载:"徐锴仕江左至中书舍人,时徐淑为校理,《古乐府》中'掺'字者淑多改为'操'字,盖章草之变。锴曰:'非可一例言,若渔阳掺者,三挝鼓也,弥衡作《汉阳掺挝》,古歌'边城晏闻汉阳掺,黄尘萧萧白日暗'。淑叹服。"

出 塞①

候骑出甘泉②,奔命入居延③。
旗作浮云影,阵如明月弦。

【注释】

① 《乐府诗集》卷二十一。《出塞》、《入塞》的产生时间很早,据《西京杂记》载:"戚夫人善歌《出塞》、《入塞》、《望归》之曲。"则高帝时已有之。《晋书·乐志》又说:"《出塞》、《入塞》曲,李延年造。"《乐府诗集》引曹嘉之《晋书》说:"刘畴尝避乱坞壁,贾胡百数欲害之,畴无惧色,援笳而吹之,为《出塞》、《入塞》之声,以动其游客之思,于是群胡皆垂泣而去。"由此可见,《出塞》此曲的产生时间甚早,当时歌辞如何不得而知,但从此辞来看不似汉歌,也不似作于民间,当为后人据《出塞》曲所创之辞。

② 候骑:巡逻侦察的骑兵。

③ 居延:古边塞名,西汉太初三年(102)强弩将军路博德筑居延塞,称"遮虏障"。后沿弱水岸筑长城接酒泉塞,遂成为历代屯兵设防重镇。

阳春曲①

苯苢生前径②,含桃落小园③。
春心自摇荡,百舌更多言。

【注释】

① 见《乐府诗集》卷五十一,又见《古诗纪》卷一百四十。此诗又见《李太白集》,姑附于此。
② 苯苢(fú yǐ):即车前草,多年生草本植物。
③ 含桃:樱桃的别称。

项王歌①

无复拔山力,谁论盖世才。
欲知汉骑满,但听楚歌哀②。
悲看骓马去③,泣望舣舟来④。

【注释】

① 见《乐府诗集》卷五十八,又见《古诗纪》卷一百四十。疑此诗为文人所作。
② 楚歌:《史记·项羽本纪》:项王军壁垓下,兵少食尽,汉军及诸侯兵围之数重。夜闻汉军四面皆楚歌。张守节《正义》引颜师古云:"楚人之歌也,犹言吴讴、越吟。"
③ 骓马:项羽所骑之乌骓马。
④ 舣(yǐ)舟:《史记·项羽本纪》:"项王乃欲东渡乌江,乌江亭长舣船待。"孟康注曰:"舣音蚁,附也,附船着岸也。"如淳注曰:"南方人谓整船向岸曰舣。"

于阗采花①

山川虽异所,草木尚同春。
亦如溱洧地②,自有采花人。

【注释】

① 出《乐府诗集》卷七十三,又见《古诗纪》卷一百四十。《乐府诗集》题为无名氏所作。古于阗国,居葱岭北二百余里,汉唐以来皆入贡。
② 溱(zhēn):古水名。源出河南省密县东北,向东南流,会洧水为双洎(jì)河,东流贾鲁河。洧(wěi):古水名,源出河南登封县阳城山。《诗经》有《溱洧》篇,写青年男女到河边春游,相互谈笑并赠送香草表达爱慕的情景。

沐 浴 子①

澡身经兰泛,濯发傃芳洲②。
折荣聊踯躅,攀桂且淹留。

【注释】

① 出《乐府诗集》卷七十四,又见《古诗纪》卷一百四十。
② 濯发:洗头发。傃(sù):向着。

泽 雉①

擅场延绣颈,朝飞弄绮翼。
饮啄常自在,惊雄恒不息。

【注释】

① 出《乐府诗集》卷七十四,又见《古诗纪》卷一百四十。据《古今乐录》,《泽雉》为古曲《凤将雏》的送曲。

舍 利 佛①

金绳界宝地,珍木荫瑶池②。
云间妙音奏,天际法蠡吹③。

【注释】

① 《乐府诗集》卷七十八,又见《古诗纪》卷一百四十。此诗又见《李太白集》,姑系于此。
② 瑶池:古代传说中昆仑山上的池名,西王母所居。《史记·大宛列传论》:"昆仑其高二千五百余里,日月所相避隐为光明也。其上有醴泉、瑶池。"
③ 法蠡:即法螺。

摩多楼子①

从戎向边北,远行辞密亲②。
借问阴山候③,还知塞上人。

【注释】

① 见《乐府诗集》卷七十八,又见《古诗纪》卷一百四十。此诗又见《李太白集》,姑系于此。

② 醉:此处作"醉"不通,《乐府诗集》作"辞",是。

③ 候:侦察人员。

湘川渔者歌①

帆随湘转,望衡九面。

【注释】

① 出《水经注·湘水注》。《水经注》载:衡山东南二面,临映湘川,自长沙至此七百里,可以九次看到衡山。故渔者歌此。

越 谣 歌①

君乘车,我戴笠,他日相逢下车揖。
君担簦②,我跨马,他日相逢为君下。

【注释】

① 见《初学记》卷十八,又见《乐府诗集》卷八十七,《古诗纪》卷二,又《太平御览》卷五百四十三、七百六十五并引笠、揖二韵。据周处《风土记》载:"越俗性率朴,意亲好合,即脱头上手巾,解腰间五尺刀以与之。为交拜亲跪妻。定交有礼,俗皆尝于山间大树下封土为坛,祭以白犬一、丹鸡一、鸡子三,名曰木下鸡,犬五,其坛地人畏不敢犯也。"此歌即为其祝词。《乐府诗集》、《古诗纪》皆作《越谣歌》,编入先秦。《风土记》为晋周处著,其所谓越,指当时山越而非春秋时代越国。其创作年代不详,姑附于此。据《古诗纪》卷二,此诗一作:"卿虽乘车我戴笠,后日相逢下车揖。我步行,卿乘马,后日相逢君当下。"

② 簦(dēng):古代有柄的笠,像现在的伞。

鬼 神 歌

杜兰香所作诗①（二首）

一

阿母处灵岳②，时游云霄际。

众女侍羽仪，不出墉宫外③。

飘轮送我来④，岂复耻尘秽？

从我与福俱，嫌我与祸会⑤。

【注释】

① 出《搜神记》卷一。据载：汉时有杜兰香，曾两次来见张硕，自称阿母所生，为阿母派遣许配张硕，并作诗两首。从内容上看，这两首诗应是道教徒宣扬神仙道教思想、劝人入道之作，与民歌差距较大，现录于此备考。

② 阿母：指西王母。灵岳：灵秀的山岳，神仙修炼之地。

③ 墉宫：即墉城，相传为西王母的居所。

④ 飘轮：杜兰香所乘之车。

⑤ 这两句意为：从我就会带来福气，不从就会遭到祸患。

二

逍遥云汉间，呼吸发九嶷①。

流汝不稽路②，弱水何不之③。

【注释】

① 九嶷（yí）：山名。在湖南宁远南，相传舜葬于此。

② 不稽路：不可留止的道路。

③ 弱水：古水名。相传弱水环绕岜杏仙境，水弱不能载舟，只有得道之人方能渡过。

丁令威歌①

有鸟有鸟丁令威②，去家千年今来归③。

城郭如故人民非④,何不学仙冢累累⑤。

【注释】

① 出《搜神记》卷一,又见《艺文类聚》卷七十八引《搜神记》,《云笈七籤》卷一百一十引《洞仙传》,《古诗纪》卷一百四十一。据《搜神记》:辽东城门有华表柱,忽有一白鹤集柱头。时有少年弯弓欲射之,鹤乃飞,徘徊空中而歌此歌,遂高上冲天。

② 有鸟:《云笈七籤》只作"我是"二字。

③ 年:《云笈七籤》作"岁",《古诗纪》同。来:《搜神记》作"始",《古诗纪》同。

④ 故:《云笈七籤》作"旧"。

⑤ 累累:重叠貌。《古诗纪》作"垒垒",《云笈七籤》作"离冢累"。

崔少府女赠卢充诗①

煌煌灵芝质②,光丽何猗猗③。
华艳当时显,嘉异表神奇。
含英未及秀,中夏罹霜萎④。
荣曜长幽灭,世路永无施。
不悟阴阳运,哲人忽来仪⑤。
会浅离别速,皆由灵与祇⑥。
何以赠余亲,金鋺可颐儿⑦。
爱恩从此别,断绝伤肝脾。

【注释】

① 见《搜神记》卷十六,又见《世说新语·方正》篇注引《孔氏志怪》,《法苑珠林》卷七十五引《续神仙记》,《古诗纪》卷一百四十四。据《搜神记》载:范阳卢充出猎,误入崔少府墓,与崔氏女成亲后还家,并约定如果所生为男孩当送还。四年后,崔氏女将所生男孩送还卢充,并赠此诗。

② 煌煌:明亮辉耀,光彩夺目貌。

③ 猗猗:柔美貌。

④ 罹霜萎:遭受严霜的侵袭而枯萎,比喻自己早逝。

⑤ 哲人:指卢充。

⑥ 灵:神灵。祇:神祇。

⑦ 颐:《先秦汉魏晋南北朝诗》作"养",《搜神记》卷十六、《世说新语·方正》篇注引《孔氏志怪》、《古诗纪》作"祇"。

紫玉歌①

南山有乌②，北山张罗③。

乌既高飞，罗将奈何④。

意欲从君⑤，谗言孔多。

悲结成疹⑥，没命黄垆⑦。

命之不造⑧，冤如之何。

羽族之多⑨，名为凤凰。

一日失雄，三年感伤。

虽有众鸟，不为匹双。

故见鄙姿⑩，逢君辉光。

身远心近⑪，何当暂忘⑫。

【注释】

① 出《搜神记》卷十六，又见《古诗纪》卷一百四十四，又《太平御览》卷五百七十三引罗、何、多、垆、何、凤、伤、光八韵，《吴地记》引罗、何、多、垆四韵。据《搜神记》：吴王夫差有小女名紫玉，童子韩重有道术。女悦重，欲嫁之不得，乃气结而死。重游学归，往吊之。玉魂从墓出，见重流涕。乃左顾宛颈而歌此歌。此故事所述为吴王夫差时事，其附会成分较大，其产生时期不易确定，并且在收入《搜神记》之前可能在民间广为流传，故予以收录。

② 乌：《吴地记》、《古诗纪》作"鸟"。

③ 罗：捕鸟的网。

④ 乌既高飞，罗将奈何：《古诗纪》无此二句。

⑤ 意欲：《太平御览》作"志欲"，《古诗纪》一作"志愿"。

⑥ 疹：《搜神记》作"生疾"，《太平御览》同，《吴地记》作"成疾"。

⑦ 命：《吴地记》作"身"，《古诗纪》一作"身"。黄垆：亦作黄卢、黄庐，犹黄泉。《淮南子·览冥训》："上际九天，下契黄垆。"高诱注："上与九天交接，下契至黄垆，黄泉下垆土也。"此句意为命丧黄泉。

⑧ 不造：不幸。《诗经·周颂·闵予小子》："闵予小子，遭家不造。"

⑨ 羽族：鸟类。

⑩ 鄙姿：鄙陋的外表。

⑪ 近：《古诗纪》注：一作"迩"。

⑫ 当：《古诗纪》作"曾"，注：一作"当"。《太平御览》作"尝"。

庐山夫人女婉抚琴歌①

登庐山兮郁嵯峨②,晞阳风兮拂紫霞③。
招若人兮濯灵波④,欣良运兮畅云柯⑤。
弹鸣琴兮乐莫过,云龙会兮乐太和⑥。

【注释】

① 出《太平御览》五百七十三引祖台之《志怪》:建康小吏曹著见庐山夫人,夫人命女婉出见,婉见著欣悦,命婢琼林令取琴,婉抚琴歌此歌,歌毕,婉便去。此诗文人加工痕迹明显,收录备考。
② 嵯峨:山高峻貌。
③ 晞:晒干。阳风:南风。
④ 若人:即此人,多指自己所钦慕者。濯灵波:在水中洗浴。
⑤ 畅云柯:在凌云的高枝上畅游。
⑥ 云龙会:指自己与曹著相会。太和:天地间冲和之气。

聂包鬼歌①

花盈盈②,正间行,当归不闻死复生。

【注释】

① 出《异苑》卷六,又见《初学记》卷十五,《太平御览》卷五百七十三,《古诗纪》卷一百四十四。据《异苑》载:临川聂包,死数年,忽诣南丰相沈道袭共饮,其歌笑甚有伦次,歌此歌。
② 《初学记》"花"下有"上"字。

陵欣歌①

生时世上人,死作狱中鬼。
不得还坟墓,灰没有余罪。

【注释】

① 出《太平御览》卷六百四十三引《异苑》。据载:建康陵欣,景平(南朝宋少帝年号)中死于扬州作部,尅辰当葬。作部督梦欣云:"今为狱公姥祖夕有期,莫由自反,劳君解谢,令得放遣。"督不信,夜后又梦,言辞转切,因歌一曲云:"生时世上人,死作狱中鬼。不得还坟墓,灰没有余罪。"督觉,为谢神,从此便绝。

鬼谣歌①

死树今更青,吴平寻当归。
适闻杀此树,已复有光辉。

【注释】

① 出《异苑》卷六,又见《艺文类聚》卷八十八,《太平御览》卷九百五十六,《古诗纪》卷一百四十四。据载:勾章吴平州门前,忽生一株青桐,树上有谣歌之声,平恶而砍杀。平随军北虏,首尾三载。死桐欻自随立于故根上,闻声树巅,空中歌此谣。平寻归,如鬼谣。

鬼 歌①

坐依孔雀楼②,遥闻凤凰鼓。
下我邹头山,仿佛见梁鲁。

【注释】

① 出《异苑》卷六,又见《古诗纪》卷一百四十四。据载:安定梁清,字道修,为扬武将军、北鲁郡太守。在郡少时,夜中,其婢松罗见威仪器械人众数十,一人戴帻,送书粗纸有七十余字,又歌此歌。

② 坐:《古诗纪》作"登阿"。

郭长生吹笛歌①

闲夜寂已清②,长笛亮且鸣③。
若欲知我者,姓郭名长生。

【注释】

① 出《艺文类聚》卷四十四,又见《太平御览》卷五百八十,《太平广记》卷三百二十四,《事类赋·笛赋》注,《古诗纪》卷一百四十四。据《幽明录》载:永嘉中,太山民巢氏先为相县令,居在晋陵。家婢采薪,忽有一人追随婢还家,不使人见,与婢宴饮,辄吹笛而歌此歌。

② 已:《太平广记》作"以"。《事类赋》同。

③ 且:《事类赋》作"以"。

陈阿登弹琴歌①

连绵葛上藤,一绥复一组②。
欲知我姓名③,姓陈名阿登。

【注释】

① 出《搜神后记》卷六,又见《太平御览》卷五百七十三引《幽明录》,《太平御览》卷八百八十四引《续搜神记》,《法苑珠林》卷四十引《续搜神记》,《太平广记》卷三百一十六引《灵怪集》,《古诗纪》卷一百四十四。据载:汉时会稽句章人至东野,还,暮不及至家。见路旁小屋燃火,因投宿止。有一少女,不欲与丈夫共宿,呼邻人家女自伴,夜共弹箜篌。问其姓名,女不答。弹弦而歌此诗。明至东郭外,有卖食母在肆中。此人寄坐,因说昨所见。母闻阿登,惊曰:"此是我女,近亡,葬于郭外。"

② 绥、组:皆为绳索,以喻葛藤。绥:《搜神后记》注云:一作"缓"。

③ 此句《太平御览》卷八百八十四作"汝欲知我姓"。

方山亭鬼歌①(二首)

一

久闻忻重名②,今遇方山亭。
肌体虽朽老,亦足悦人情。

【注释】

① 见《太平广记》卷三百六十引《幽明录》。方山亭见《石城乐》第五首注释①。这两首诗为丁诧与女鬼宴饮时女鬼所唱。这两首与下面《九里亭狸女歌》三首据骆玉明、陈尚君《〈先秦汉魏晋南北朝诗〉补遗》补。

② 忻:通"欣",此处应指所会之男子。

二

女形虽薄贱,愿得忻作婿。
缱绻觏良宵①,千载结同契②。

【注释】

① 缱绻(qiǎn quǎn):缠绵。觏:遭遇。此句意为一起度过良宵。

② 契:情义。此句意为愿结千年之好。

九里亭狸女歌①（三首）

一

精气感冥昧②，所降若有缘。
嗟我遘良契③，寄忻宵梦间。

【注释】

① 见《太平御览》卷五百七十三引《幽明录》。这三首诗为费升与女鬼宴饮时女鬼所唱。
② 感冥昧：死亡，此句指感化已死之人。
③ 遘：遇到。良契：感情相投合之人。

二

成公从义起①，兰香降张硕②。
苟云冥分结，缠绵在今夕。

【注释】

① 成公：成公智琼。义起：弦超的字。此事见《搜神记》，讲述仙女成公智琼受天帝之命下嫁弦超的故事。
② 兰香：杜兰香，见前《杜兰香所作诗》注释。

三

伫我风云会①，正俟今夕游。
神交虽未久，中心已绸缪②。

【注释】

① 伫：希望，企盼。风云会：与情人相会。
② 绸缪：形容缠绵不解的男女恋情。

鹤 吟①

畴昔聆好音，日月心延伫。
如何遇良人，中怀邈无绪。

【注释】

① 出《太平广记》卷四百六十。《太平广记》卷四百六十引《异苑》：晋怀帝永嘉中，徐奭出行田，见一女子，姿色鲜白，就奭言调，女因吟此诗。奭情既谐，欣然延至一屋。女施

设饮食而多鱼,遂经日不返。兄弟追觅至湖边,见与女相对坐。兄以滕杖击女,即化成白鹤,翻然高飞。奭恍惚年余乃瘥。

王敬伯泫露诗①

低露下深幕②,垂月照孤琴。
空弦益宵泪③,谁怜此夜心。

【注释】

① 见《太平御览》卷五百七十七引《晋书》,又见《事类赋·琴赋》注引《世说新语》。《乐府诗集》中有此故事的详细记载。据《乐府诗集》引《续齐谐记》:"晋有王敬伯者,会稽余姚人。少好学,善鼓琴。年十八,仕于东宫,为卫佐。休假还乡,过吴,维舟中渚。登亭望月,怅然有怀,乃倚琴歌《泫露》之诗。俄闻户外有嗟赏声,见一女子,雅有容色,谓敬伯曰:'女郎悦君之琴,愿共抚之。'敬伯许焉。既而女郎至,姿质婉丽,绰有余态。从以二少女,一则向先至者。女郎乃抚琴挥弦,调韵哀雅,类今之登歌,曰:'古所谓《楚明君》也,唯嵇叔夜能为此声,自兹已来,传习数人而已。'复鼓琴,歌《迟风》之词,因叹息久之。乃命大婢酌酒,小婢弹箜篌,作《宛转歌》。女郎脱头上金钗,扣琴弦而和之,意韵繁谐。歌凡八曲,敬伯唯忆二曲。将去,留锦卧具、绣香囊,并佩一双,以遗敬伯。敬伯报以牙火笼、玉琴轸。女郎怅然不忍别,且曰:'深闺独处,十有六年矣。邂逅旅馆,尽平生之志,盖冥契,非人事也。'言竟便去。敬伯船至虎牢戍,吴令刘惠明者,有爱女早逝,舟中亡卧具,于敬伯船获焉。敬伯俱以告,果于帐中得火笼、琴轸。女郎名妙容,字雅华,大婢名春条,年二十许,小婢名桃枝,年十五,皆善弹箜篌及《宛转歌》,相继俱卒。"《太平御览》引此诗谓出《晋书》,但今本晋书中并无王敬伯的记载,今列此备考。后面三首为刘妙容所唱。

② 低:当作"泫","泫"易讹为"低"。泫露:滴下的露珠。

③ 宵:《太平御览》作"霄"。

刘妙容宛转歌①(三首)

一

月既明,西轩琴复清②。
寸心斗酒争芳夜,千秋万岁同一情。
歌宛转,宛转凄以哀③。
愿为星与汉,光影共徘徊。

【注释】

① 前两首出《乐府诗集》卷六十,又见《古诗纪》卷一百四十四。本事见《王敬伯泫露诗》注①。

② 清:清越,清脆悠扬。

③ 以:且。

二

悲且伤,参差泪成行①。

低红掩翠方无色,金徽玉轸为谁锵②。

歌宛转,宛转情复悲。

愿为烟与雾,氤氲对容姿③。

【注释】

① 成:《乐府诗集》云:一作"几",《古诗纪》同。

② 金徽玉轸:高贵、雅致的琴徽和琴轴,形容流畅悦耳的琴声。徽:系琴弦的丝线;轸:转动琴弦的轴。锵:金属撞击声,此处指弹奏。

③ 氤氲:云雾朦胧貌。

三①

宛转情复哀,愿为烟与雾,氤氲君子怀②。

【注释】

① 《太平御览》卷五百七十七引《晋书》,《事类赋·琴赋》注。与前面两首相对照,此诗可能为残篇。

② 氤氲:指阴阳二气交会和合之状,此处有和合、情感浓郁之意。君子:《太平御览》作"同共"。

青溪小姑歌①

日暮风吹,叶落依枝。

丹心寸意,愁君未知。

歌阕夜已久②,繁霜侵晓幕。

何意空相守,坐待繁霜落。

【注释】

① 出《续齐谐记》,又见《古诗纪》卷一百四十四。据载:会稽赵文韶,宋元嘉五年(428)为东宫扶侍,秋夜坐于清溪中桥,怅然思归,倚门唱《乌飞曲》。此时有一女出现,自

称王尚书之女,赵文韶遂与其唱和,文韶歌《草生盘石》,女子歌此歌。天明后,文韶偶至清溪庙歇,发现昨夜唱和之女子为清溪女神。

② 歌阕:唱完歌。

犬 妖 歌①

言我不能歌,听我歌梅花。
今年故复可,奈汝明年何②。

【注释】

① 出《艺文类聚》卷八十六,又见《太平御览》卷八百八十五、九百五十引《述异记》,《太平广记》卷四百三十八引《述异记》,《古诗纪》卷一百四十四。据载:宋元嘉中,嘉兴县朱休之与兄弟对坐,家有一犬,来向休之蹲,遍视二人,遂摇头笑而歌此歌。其家惊惧,斩犬,标首路侧。至来岁,梅花时,兄弟相斗,弟奋战伤兄。官收治,并被囚系,经岁得免。至夏,举家遘时疾,母及兄弟皆死。

② 奈:《太平广记》作"那"。汝明年何:《太平御览》卷九百〇五作"明年当奈"。

徐铁臼怨歌①

桃李花②,严霜落奈何。
桃李子,严霜早落已③。

【注释】

① 出《还冤记》,又见《法苑珠林》卷七十五引《冤魂志》,《古诗纪》卷一百四十四。据《还冤记》载:宋东海徐某甲,前妻许氏,生一男,名铁臼。许氏亡,甲改娶陈氏,陈氏凶虐,志灭铁臼。生一男,名铁杵,欲以杵捣铁臼也。于是捶打铁臼,饥不给食,寒不加絮。铁臼竟以冻饿被杖死,时年十六。亡后旬余,鬼忽还家,日日骂詈,时复歌此歌,声甚伤切,自悼不得长成也。于时铁杵六岁,鬼屡打之,月余而死。

② 花:《法苑珠林》作"华"。
③ 落已:《还冤记》作"已落"。

鸟 妖 诗①

独足上高台,茂草变为灰②。
欲知我家处,朱门当水开③。

【注释】

① 出《南史·陈后主纪》,又见《诗话总龟》卷四十七,《古诗纪》卷一百四十四。《南史》载:陈将灭亡时,有一足鸟,在宫殿聚集,以嘴画地成此诗。解此诗者认为"独足"指后主独行无众,"茂草"指陈政治荒秽。陈最终被隋所灭,隋承火运,即"茂草变为灰"。后主被俘至长安,馆于都水台,即诗中所谓"上高台"、"当水开"。
② 茂:《诗话总龟》作"腐"。
③ 当:《诗话总龟》作"临"。

白 燕 歌①

昔填夏家冢,辇泥头欲秃。
今寄黄氏居,非意伤我目。

【注释】

① 《太平御览》卷九百二十二羽族部九"白燕"条引《续异记》:孙氏妻见一童子当前,以钗掷之,跃入云中。夜闻户外歌此歌,寻觅巢中,得一白燕,左目伤。

引用书目

(三国·魏)张揖撰,(清)王念孙疏证:《广雅疏证》,江苏古籍出版社2000年版

(宋)罗愿撰,(元)洪焱祖释:《尔雅翼》,《丛书集成初编》本

(宋)吴棫撰:《韵补》,《丛书集成初编》本

(清)阮元校刻:《十三经注疏》,中华书局1980年版

(汉)司马迁撰:《史记》,中华书局1959年版

(汉)班固撰:《汉书》,中华书局1962年版

(南朝·宋)范晔撰:《后汉书》,中华书局1965年版

(晋)陈寿撰:《三国志》,中华书局1959年版

(唐)房玄龄撰:《晋书》,中华书局1974年版

(南朝·梁)沈约撰:《宋书》,中华书局1974年版

(南朝·梁)萧子显撰:《南齐书》,中华书局1972年版

(唐)姚思廉撰:《梁书》,中华书局1973年版

(唐)姚思廉撰:《陈书》,中华书局1972年版

(北齐)魏收撰:《魏书》,中华书局1974年版

(唐)李百药撰:《北齐书》,中华书局1972年版

(唐)令狐德棻等撰:《周书》,中华书局1971年版

(唐)李延寿撰:《南史》,中华书局1975年版

(唐)李延寿撰:《北史》,中华书局1974年版

(唐)魏征、令狐德棻撰:《隋书》,中华书局1973年版

(后晋)刘昫等撰:《旧唐书》,中华书局1975年版

(宋)司马光编著:《资治通鉴》,中华书局1956年版

(汉)刘珍等撰,吴树平注释:《东观汉记》,中华书局2008年版

周天游辑注:《八家后汉书辑注》,上海古籍出版社1986年版

(清)汤球辑,杨朝明校补:《九家旧晋书辑本》,中州古籍出版社1991年版

（清）汤球辑：《十六国春秋辑补》，《丛书集成初编》本，中华书局1985年版

（晋）常璩撰，刘琳校注：《华阳国志校注》，巴蜀书社1984年版

（晋）习凿齿撰，（清）任兆麟订：《襄阳耆旧记》，《续修四库全书》影印清乾隆任氏忠敏家塾刻《心斋十种》本

（北魏）崔鸿撰：《十六国春秋》，《文渊阁四库全书》本

（唐）李肇撰：《唐国史补》，上海古籍出版社1979年版

（明）唐顺之：《历代史纂左编》，《四库全书存目丛书》影印明嘉靖四十年胡宗宪刻本

（北魏）郦道元撰，（清）王先谦校：《合校水经注》，中华书局2009年版

（北魏）杨衒之撰，周祖谟校释：《洛阳伽蓝记校释》，中华书局2010年版

（唐）余知古撰，杨炳校校释：《渚宫旧事校释》，武汉出版社1992年版

（宋）王象之撰：《舆地纪胜》，中华书局1992年版

（宋）乐史撰，王文楚点校：《太平寰宇记》，中华书局2008年版

（宋）陈舜俞撰：《庐山记》，《文渊阁四库全书》本

（宋）周应合撰，王志高等点校：《景定建康志》，南京出版社2009年版

（元）刘大彬撰：《茅山志》，《续修四库全书》影印北图藏元刻本配明刻本

（清）顾祖禹撰，贺次君、施和金点校：《读史方舆纪要》，中华书局2005年版

（清）焦循撰：《扬州图经》，江苏古籍出版社1998年版

（唐）刘知几撰，（清）浦起龙通释，王煦华整理：《史通通释》，上海古籍出版社2009年版

（唐）杜佑撰：《通典》，中华书局1984年版

（宋）郑樵撰：《通志》，浙江古籍出版社2007年版

（汉）刘安撰，刘文典集解，冯逸、乔华点校：《淮南鸿烈集解》，中华书局1989年版

（汉）应劭撰，王利器校注：《风俗通义校注》，中华书局1981年版

（三国·魏）徐干撰，孙启治解诂：《中论解诂》，中华书局2013年版

（晋）崔豹撰：《古今注》，《文渊阁四库全书》本

（南朝·宋）刘义庆撰,徐震堮校笺：《世说新语校笺》,中华书局1984年版

（南朝·梁）萧绎撰,许逸民校笺：《金楼子校笺》,中华书局2011年版
（北齐）颜之推撰,王利器集解：《颜氏家训集解》,中华书局1993年版
（北魏）贾思勰撰,石声汉校释：《齐民要术今释》,中华书局2009年版
（隋）杜台卿撰,（清）杨守敬校订：《玉烛宝典》,《续修四库全书》影印清光绪黎庶昌刻《古逸丛书》本
（唐）瞿昙悉达撰：《唐开元占经》,《文渊阁四库全书》本
（唐）颜师古撰：《匡谬正俗》,《文渊阁四库全书》本
（晋）葛洪撰,周天游校注：《西京杂记》,三秦出版社2006年版
（晋）干宝撰,汪绍楹校注：《搜神记》,中华书局1979年版
（晋）陶潜撰,汪绍楹校注：《搜神后记》,中华书局1981年版
（晋）王嘉撰,齐治平校注：《拾遗记》,中华书局1981年版
（晋）张华撰,范宁校证：《博物志校证》,中华书局1980年版
（南朝·宋）刘敬叔撰：《异苑》,中华书局1996年版
（南朝·宋）刘义庆撰,郑晚晴辑注：《幽明录》,文化艺术出版社1988年版
（南朝·梁）吴均撰：《续齐谐记》,《文渊阁四库全书》本
（北齐）颜之推：《还冤记》,见（明）陶宗仪：《说郛》,《文渊阁四库全书》本（晋）佚名：《东林十八高贤传》,《卍续藏经》第78册,台湾新文丰出版公司1975年版
（明）董斯张撰：《广博物志》,《文渊阁四库全书》本
（南朝·梁）释慧皎撰：《高僧传》,中华书局1992年版
（唐）释道世撰,周叔迦、苏晋仁校注：《法苑珠林校注》,中华书局2003年版
（宋）张君房辑：《云笈七签》,中华书局2003年版
（唐）封演撰,赵贞信校注：《封氏闻见记校注》,中华书局2008年版
（五代）孙光宪撰,贾二强点校：《北梦琐言》,中华书局2002年版
（宋）赵彦卫撰,傅根清点校：《云麓漫钞》,中华书局1996年版
（宋）释惠洪撰：《冷斋夜话》,中华书局1988年版
（宋）朱翌撰：《猗觉寮杂记》,《文渊阁四库全书》本

（宋）洪遵撰：《泉志》，《续修四库全书》影印明万历刻《秘册汇函》本

（唐）徐坚等编：《初学记》，中华书局1962年版

（唐）虞世南编，（明）陈禹谟补注：《北堂书钞》，《文渊阁四库全书》本

（唐）欧阳询编，汪绍楹校：《艺文类聚》，上海古籍出版社1982年版

（唐）白居易编：《白氏六帖事类集》，文物出版社1987年影宋本

（唐）马总编：《意林》，《文渊阁四库全书》本

（宋）李昉等编：《太平御览》，中华书局1960年版

（宋）李昉等编：《文苑英华》，中华书局1956年版

（宋）李昉等编：《太平广记》，中华书局1961年版

（宋）佚名编：《锦绣万花谷》，上海辞书出版社1992年版

（宋）谢维新编：《古今合璧事类备要》，上海古籍出版社1992年版

（宋）吴淑编：《事类赋》，《文渊阁四库全书》本

（元）刘履编：《风雅翼》，《文渊阁四库全书》本

（清）罗振玉辑：《鸣沙石室古籍丛残》，上虞罗氏影印本

（南朝·梁）萧统编，（唐）李善、吕延济、刘良、张铣、李周翰、吕向注：《六臣注文选》，中华书局1987年版

（陈）徐陵编，（清）吴兆宜注、程琰删补，穆克宏点校：《玉台新咏笺注》，中华书局1985年版

（唐）李白撰，（清）王琦注：《李太白全集》，中华书局1977年版

（唐）杜甫撰，（宋）蔡梦弼会笺：《杜工部草堂诗笺》，《续修四库全书》影印清光绪黎庶昌刻《古逸丛书》本

（宋）章樵注：《古文苑》，《四部丛刊》影印宋刻本

（宋）郭茂倩编：《乐府诗集》，中华书局1979年版

（宋）真德秀编：《文章正宗》，《文渊阁四库全书》本

（宋）陈仁子编：《文选补遗》，《文渊阁四库全书》本

（元）左克明编：《古乐府》，《文渊阁四库全书》本

（明）张之象编：《古诗类苑》，上海古籍出版社2006年版

（明）梅鼎祚编：《汉魏诗乘》，《四库全书存目丛书补编》影印北京大学图书馆藏明万历十一年刻本

（明）刘节编：《广文选》，《四库全书存目丛书》影印首都图书馆藏明嘉靖十六年陈蕙刻本

（明）唐尧官辑：《选诗补遗》，《丛书集成续编》本
（明）杨慎编：《古诗纪》，《文渊阁四库全书》本
（清）杜文澜辑，周绍良点校：《古谣谚》，中华书局1958年版
（清）董诰等辑：《全唐文》，中华书局1983年版
（清）黄奭辑：《黄氏逸书考》，《续修四库全书》影印清道光黄氏刻民国二十三年江都朱长圻补刊本
（清）陈沆撰：《诗比兴笺》，上海古籍出版社1981年版
（清）朱乾撰：《乐府正义》，乾隆五十四年朱珪刻本
（清）丁福保辑：《全汉三国晋南北朝诗》，中华书局1959年版
（宋）姚宽撰，孔凡礼点校：《西溪丛语》，中华书局1993年版
（宋）胡仔辑，廖德明校点：《苕溪渔隐丛话》，人民文学出版社1981年版
（宋）阮阅撰，周本淳校点：《诗话总龟》，人民文学出版社1987年版
（宋）许顗撰：《彦周诗话》，《文渊阁四库全书》本
（宋）范晞文撰：《对床夜语》，《文渊阁四库全书》本
（宋）魏庆之撰，王仲闻点校：《诗人玉屑》，中华书局2007年版
（明）杨慎撰，王大厚笺证：《升庵诗话新笺证》，中华书局2009年版
逯钦立辑：《先秦汉魏晋南北朝诗》，中华书局1983年版
陆侃如、冯沅君撰：《中国诗史》，百花文艺出版社2008年版
闻一多：《乐府诗笺》，《闻一多全集》第5册，湖北人民出版社1993年版
徐仁甫撰：《古诗别解》，上海古籍出版社1984年版
郑文撰：《汉诗选笺》，上海古籍出版社1986年版
许云和撰：《汉魏六朝文学考论》，上海古籍出版社2006年版
樊维纲撰：《释乐府民歌中的裲裆、钜铧和题》，《杭州师范学院学报》1982年第1期
樊维纲撰：《乐府民歌词语解释》，《杭州师范学院学报》1988年第1期
樊维纲撰：《乐府民歌词语释》，《杭州师范学院学报》1988年第5期
樊维纲撰：《晋南北朝乐府民歌词语校释》，《杭州师范学院学报》1991年第2期